LE SOLEIL ME TRACE LA ROUTE

DES MÊMES AUTEURS

Sandrine Bonnaire

Le Roman d'un tournage
Jeanne la Pucelle
Lattès, 1994

Tiffy Morgue et Jean-Yves Gaillac

L'Âge du siècle
Le Félin, 1991

Murielle Hermine, Sirella
Les pieds dans l'eau, la tête dans les étoiles
Albin Michel, 1992

Lolita Lempicka
20 ans de création
La Martinière, 2005

Sandrine Bonnaire

LE SOLEIL ME TRACE LA ROUTE

Conversations avec
Tiffy Morgue et Jean-Yves Gaillac

Stock

La sélection des photographies de la présente édition, reprises de l'édition originale, a été effectuée en accord avec les auteurs.

TEXTE INTÉGRAL

ISBN 978-2-7578-2178-7
(ISBN 978-2-234-06323-5, 1re publication)

À Maurice Pialat

Depuis vingt-sept ans on se parle

Ils m'ont connue très jeune et je les ai toujours connus à deux. Depuis vingt-sept ans je parle à la femme et l'homme qu'ils sont. Deux êtres complices.

Depuis ces longues conversations, ces beaux moments partagés, est née cette complicité à trois. Ils connaissent les étapes de ma vie et les grands tournants. Ils connaissent l'actrice et la femme que je suis. Ils m'ont toujours suivie, regardée et écoutée avec bienveillance.

Alors voilà, ce livre je ne pouvais le faire qu'avec eux.

Ce livre raconte mon parcours, de la petite enfance à aujourd'hui. Il parle des gens que j'ai croisés et de ceux que j'ai aimés. J'ai envie de rendre hommage à certains d'entre eux. Ceux qui m'ont construite, accompagnée, et celui qui m'a mise sur cette route ensoleillée.

Sandrine Bonnaire

Voilà mes racines, voilà d'où je viens.

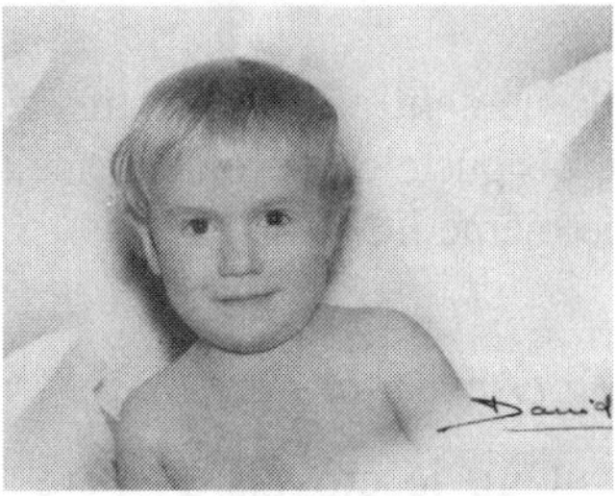

Une enfant de Grigny

Sans réfléchir, là tout de suite, si tu repenses à ton enfance, quelle scène te revient à l'esprit ?

La première image… Je suis avec Lydie, ma sœur, on fait du tricycle sur une allée près d'un parking. Je dois avoir trois ans, trois ans et demi… En fait, je suis assez amnésique sur ma petite enfance. J'ai un autre souvenir avec Lydie, un lendemain de Noël, le jour vient à peine de se lever, on court vers la chambre de nos parents avec nos nouvelles poupées, on est supercontentes. On entre, ils ne sont pas encore très réveillés. C'est bizarre… Je crois que c'est la seule image que j'ai de mes parents dans le même lit.

Tu croyais au Père Noël ?

Oui, je croyais au Père Noël. Lydie m'a dit plus tard qu'il n'existait pas.

Lydie, c'était la grande.

Oui. Enfin, elle a un an de plus que moi.

Elle était devant quand vous faisiez du tricycle ?

De toute façon, Lydie était toujours devant. Elle gérait tout, on l'appelait la « commandante ». C'est elle qui réglait nos chorégraphies quand à treize, quatorze ans, on faisait les Clodettes ! À cette époque, c'est encore elle qui organisait nos fugues en stop dans le Sud où elle allait rejoindre un amoureux. On partait toutes les deux avec dix balles en poche. Les parents ne se doutaient de rien, ma sœur nous inventait de super-alibis. Ma meilleure amie, Ouidad, se joignait souvent à nous. Quand j'y repense, nous étions complètement folles, il aurait pu nous arriver n'importe quoi. Une fois, nous sommes parties en Camargue en stop, et nous avons été prises par un petit papy en deudeuche. Nous pensions qu'avec lui nous ne risquions rien, et pourtant, en pleine cambrousse, il a garé la voiture et a commencé à se faire une petite branlette. Ouidad et moi, inconscientes ou audacieuses, nous lui avons dit : « Qu'est-ce qui vous prend ? Ça suffit, rangez ça ! » Totalement déstabilisé, le pépère en a perdu tous ses moyens. Une autre fois, nous avons carrément dû sauter en marche d'un camion.

On se perd un peu dans le nombre de tes frères et sœurs.

Nous sommes une famille de onze enfants. Patrice, l'aîné, est mort en 1996.

Pourquoi tes parents souhaitaient-ils fonder une famille nombreuse ?

Je n'arrive pas à me l'expliquer vraiment. Ma mère a connu mon père à seize ans, un an plus tard elle mettait au monde son premier enfant. Tous les ans, elle tombait enceinte. Ma mère fréquente les Témoins de Jéhovah depuis son adolescence ; sachant qu'ils proscrivent l'avortement et la contraception, je pense que ça vient de là. Cela dit, à l'époque, avorter n'était pas facile.

Ton père acceptait ces interdits pour respecter les croyances de ta maman ?

Je n'en ai jamais parlé avec mon père... Je pense qu'il n'était pas vraiment pour, ma mère non plus d'ailleurs. Quand je la questionne aujourd'hui elle me dit : « Qu'est-ce que tu veux, j'en avais toujours un dans le ventre. » En effet, j'ai une image précise de ma mère, elle est enceinte, on part en balade, elle a un môme endormi dans le landau, un autre assis dessus en train de gigoter, et deux autres gosses qui traînent les pieds accrochés à la poussette ! Maintenant que je suis maman de deux filles, Jeanne et Adèle, je me demande comment ma mère a pu assumer toute cette marmaille ; physiquement déjà, c'est hallucinant ! Quand mes parents se sont connus, ils habitaient un coin de campagne pas très drôle du côté de Moulins, dans l'Allier. C'est là que ma mère a rejoint les Témoins de Jéhovah. Mon père qui passait ses journées au boulot a dû se dire : « Ça lui fait un truc pour se distraire, pour rencontrer des copines », donc il a laissé faire. Sauf qu'après, ça s'est gâté, ma mère y a cru de plus en plus.

Elle n'a jamais cherché à vous endoctriner ?

Si, quand on était gosses il fallait assister aux réunions dans ce que les Témoins appellent la « Salle du Royaume ». On se retrouvait aussi au domicile des uns et des autres pour commenter les textes bibliques et les articles publiés dans leurs revues internationales *La Tour de garde et Réveillez-vous !*

Durant ton enfance, comment as-tu vécu cela ?

À dix ans, j'ai dit : « Non. Ça suffit », je pensais surtout à aller jouer avec mes copines. J'avais l'impression que cette religion me privait de ce qu'on aime quand on est gamin et dont on parle entre copines en cours de récré. Par exemple, chez les Témoins de Jéhovah on ne fête pas les anniversaires, les gâteaux sont interdits, on ne souffle pas les bougies. Il n'y avait pas non plus de sapin de Noël à la maison. Mon père qui n'adhérait pas à ces principes aurait pu dire : « Non, pour les enfants, il y aura un gâteau avec des bougies. » Mais il ne s'est jamais battu pour imposer cette fête si réjouissante pour les enfants ; d'ailleurs on ne lui disait pas vraiment que cela nous manquait. En fait, le plus gênant pour moi était de me sentir différente des autres. Quand tu es môme, tu as envie de ressembler à tout le monde. Pareil pour les fringues. Si tu n'as pas le jean à la mode comme la copine parce que tes parents n'ont pas le même porte-monnaie, tu le vis mal. Parfois c'est encore plus terrible quand tes parents cherchent malgré cela à te faire plaisir. Je me souviens d'avoir rêvé porter un pantalon de cuir, ça faisait fureur à l'époque, et ma mère m'a acheté un pantalon en Skaï ! Sur le coup, j'étais heureuse, mais je me suis fait chambrer à l'école. Aujourd'hui, je constate que ma fille aînée a aussi envie d'être habillée comme ses copines, mais j'essaie de trouver un équilibre entre satisfaire ses désirs et éviter le piège du diktat de la marque. En fait, je me rends compte qu'elle est moins gâtée que certaines de ses copines. Parfois à l'école, on lui fait des réflexions du genre, « Ah t'as pas le dernier portable, pourtant tes parents sont acteurs. Ils sont radins ou quoi ? »

Plantons le décor de ton enfance. À quoi ressemble Grigny ?

Une cité HLM dessinée par l'architecte Émile Alliaud qui a composé un nouveau paysage urbain avec des espaces verts et des aménagements de jeux pour enfants. Avec aussi un horizon assombri par les murs de la prison de Fleury-Mérogis où les familles ont parfois des proches derrière les barreaux, partagées entre l'attente de les retrouver et la peur de les voir replonger. L'autoroute du Soleil qui passe pas très loin nous donnait l'envie de fuguer. Un appartement comme beaucoup, même vilain papier peint, même petit napperon sur la télé. Le père part au gagne-pain dès potron-minet. La mère s'évade de sa marmaille en chamaille dans le secret d'une double vie. Elle adorait changer la déco des murs au gré de ses humeurs. Profitant d'un peu de temps libre quand tous les enfants étaient à l'école, elle entreprenait brusquement d'arracher le papier peint sans décolleuse. Le soir, de retour à la maison, on découvrait stupéfaits des lambeaux de papier déchirés qui pendaient des murs. Les pièces restaient parfois en chantier pendant des mois, ma mère n'ayant plus suffisamment de sous pour acheter les rouleaux nécessaires. Le travail une fois fini laissait découvrir des raccords d'une grande fantaisie car elle ne retrouvait jamais les mêmes motifs ! J'en rigole aujourd'hui, mais quand tu es môme, si tu invites une copine à venir chez toi, tu as un peu la honte !

Tu fais très pin-up sur tes photos d'adolescente.

À mort ! Pourtant j'étais plutôt complexée. Récemment, j'ai dit à ma fille Jeanne qui est une gamine resplendissante et beaucoup plus grande et plus élancée que moi : « Tu sais, à ton âge, je me sentais un peu moche, un peu trop ronde. » Récemment je l'ai autorisée à visionner *À nos amours*, ce film que j'avais tourné à son âge. Jeanne m'a dit après l'avoir vu : « Mais maman, tu es tellement mimi dans ce film ! » Finalement, c'est vrai, je n'étais pas si mal ! Tout dépend de la façon dont on se sent dans son corps, or on n'est jamais vraiment à l'aise à l'adolescence, cette période de la vie où le corps et l'esprit sont en grand désordre. C'est peut-être pour cela que j'en rajoutais un peu sur le look à l'époque. J'étais même très extravertie.

Genre la petite pépette qui veut se faire remarquer !

Oui, en plus, dans ma banlieue au début des années quatre-vingt, il y avait deux clans : les babas cool et les funk, dont je faisais partie. Du coup, j'avais un look disco à fond les ballons avec les petites jupes courtes à trois volants et les chaussures rouges à talons. Ça ne plaisantait pas, ça bastonnait. T'étais « Cat Stevens » ou « Kool and The Gang ». « Maxime Le Forestier » ou « Boney M. » !

Ton corps était déjà très formé pour une gamine de treize ans.

Ma silhouette s'est transformée d'un coup. J'étais mince, longiligne, et brusquement j'ai pris des formes, une jolie poitrine…

Tu devais avoir un succès fou auprès des garçons ! Tu te souviens de ton premier flirt ?

Oui, Jean-Luc, un très beau métis aux yeux verts. Toutes les filles se l'arrachaient, et c'était mon chéri à moi, donc je roulais des mécaniques ! Il avait dix-neuf ans, son âge m'impressionnait à l'époque. C'est important un premier flirt, on est encore une enfant et on se dépouille déjà des gamineries. C'est amusant, je l'ai rencontré par hasard des années plus tard sur le tournage d'un téléfilm, *Le Procès de Bobigny*. Ayant appris que je faisais partie de la distribution, il était venu se mêler à la foule des badauds qui assistaient au tournage d'une séquence en extérieur. Nos regards se sont croisés, je l'ai évidemment tout de suite reconnu, il n'avait pas changé. On s'est longuement parlé. Il est marié, il a deux enfants, il a l'air heureux.

Il t'arrive de retrouver des copains de Grigny ?

À l'occasion d'une émission de télévision, j'ai revu une bonne copine, Karine. On s'appelle de temps en temps. C'était ma voisine du dessous. On s'envoyait des mots par la fenêtre avec un système de ficelles et, pour que nos parents ne découvrent pas nos secrets, on avait inventé un langage, « la langue de feu ». On ajoutait des F à chaque syllabe. Je ne m'appelais plus Sandrine mais « S*anfandrifinefe* ».

Chez toi, tu arrivais à trouver un peu d'intimité au milieu de tous ces frères et sœurs ?

En fait, on n'a jamais vécu les onze ensemble, certains sont partis habiter chez un oncle. Le fait d'être une famille nombreuse favorise des rapports plus profonds et un esprit de solidarité exacerbé. Si jamais quelqu'un emmerdait le petit frère à l'école ou en bas de l'immeuble, on descendait vite fait ! Et à la fois, il y a aussi des clans à l'intérieur d'une fratrie. Mes deux frères Éric et David, inséparables dès la prime enfance, sont toujours très complices. Céline est plus solitaire. Mon autre sœur Jocelyne, qui a connu son mari très jeune, assumait déjà son rôle de femme. Aujourd'hui, je ne ressens plus de différence d'âge avec cette sœur aînée qui m'apprenait à marcher quand j'étais gamine, nous nous parlons de femme à femme. Avec Lydie, nous restons très attachées l'une à l'autre. Sabine, complice avec tous, est dans son monde. Cet esprit de fratrie perdure surtout avec mes sœurs. Au quotidien, il y avait bien sûr des petites chicaneries vite oubliées, les engueulades pour se partager la stéréo ou les murs de la chambre pour coller nos posters.

Seules les photos des frères Laurent et Pierre Malet mettaient toutes les sœurs d'accord ! Il était difficile d'avoir un peu d'intimité car tout se faisait par groupes. Ça oblige à toujours penser à l'autre. On fonctionnait par équipes de deux. Je partageais ma chambre et prenais ma douche avec Lydie. C'est avec elle que je faisais les tâches ménagères réparties par les parents : les courses, débarrasser la table... D'ailleurs nous détestions l'une et l'autre passer l'éponge. Lydie était très forte pour se précipiter dans la chambre avant moi et je me retrouvais inévitablement l'éponge à la main, furieuse !

Quelles valeurs essentielles t'ont léguées tes parents ?

À la maison, on vénérait mon père. Il m'a sans doute inculqué le sens des responsabilités. Chez nous, on ne nous a jamais forcés à finir le pain, on savait le mal qu'avait mon père à le gagner. Ça me minait de le voir se lever à 5 heures pour partir bosser sur sa Motobécane bleue et revenir à 7 heures du soir épuisé, avec en plus la bouffe à préparer pour les mômes. Ma mère s'évadait parfois ailleurs… C'est dur pour une ado de se rendre compte que ses parents n'assument pas les fonctions qui leur incombent. Quand le père est décédé, je suis devenue très vite le pilier financier, le soutien de famille. Sentant mes deux petits frères bien trop jeunes pour perdre le repère paternel, j'ai décidé de les soutenir et de les prendre chez moi pendant deux ans. Je les ai inscrits dans une école privée où ils séjournaient la semaine. Le week-end, je jouais mon rôle de maman. Prendre la place de ma mère m'a beaucoup perturbée.

Lettre de Lydie

L'enfance n'est que jeu, sincérité et sensibilité. D'une poupée rose à une poupée bleue qui forment les premières perles des souvenirs d'enfant, les autres se suivent dans les mêmes tons. Des rires, des poupées, des câlins, et des histoires... Et dans ma mémoire il y a un tiroir que j'aurais cru poussiéreux, duquel des images reviennent vivantes et réelles que je regarde avec le cœur chaud et parfois saignant.

Enfance perdue ? Est-elle déjà finie ? Et pourtant, au plus profond de moi, je me sens encore enfant. Quelle chance de pouvoir le rester ! Il faudrait garder nos jeux, nos rires et notre sensibilité. L'enfance est toujours fleurie et reposante, créative aussi, toujours pleine d'imagination. La mienne est accompagnée d'un visage rond avec des yeux vifs et rieurs. Comme une poupée mais bien plus souriante. Elle faisait partie de mes jeux, d'ailleurs je ne jouais jamais sans elle. Pourtant, avec du recul, je penserais qu'il n'était pas très fantaisiste de déplacer, d'animer des petits personnages caoutchouteux dans une maison inventée, à partir d'un meuble triste et sombre de salon. Mais l'avantage, c'est que cette maison avait trois étages. On a passé beaucoup de temps à vivre dans cette maison imaginaire. On aurait bien aimé pouvoir y entrer, on y avait créé un tel confort ! Puis on a perdu, cassé ou simplement délaissé ces poupées, toujours est-il qu'on est passées à autre chose... À des poupées sans visage, imaginées, créées avec nos mains et quelques fils de laine noués autour des doigts. Ça leur donnait un air plus féminin avec cette riche et abondante chevelure. Bien que sans visage, elles avaient beaucoup d'expressions et on pouvait leur donner l'aisance, et une façon de bouger dans l'espace que les autres poupées n'avaient pas. À ça s'accompagnaient les voix, les pas, les mouvements. Elles étaient donc tout simplement plus humaines. C'était magique, surtout que ce jeu était matinal, au réveil, quand tout le monde dormait.

Et puis je suis sûre que les draps qui ont servi de décor s'en souviennent encore. Ils doivent aussi se rappeler les histoires contées, la lumière éteinte, et les câlins qu'on échangeait les bras entrecroisés avant d'entrer dans un sommeil souriant.

J'aimais bien dormir avec elle, ça avait un côté sécurisant, réciproque. Mais à la fois, c'était le seul moment où on se séparait, chacune dans ses rêves, peut-être s'y rencontrait-on ? Le matin, parfumé de café et de lait bouilli qu'on prenait après avoir jeté un œil à la fenêtre, du côté château, pour voir si tout le monde était là, prêt à jouer.

C'était une vraie mise en scène, une histoire très construite, et avec, bien sûr, le décor idéal pour y jouer à l'aventure de d'Artagnan. Ce n'était que courses, combats d'une tour à l'autre pour une princesse. C'était elle qui tenait toujours le rôle de la princesse.

Et aujourd'hui encore, elle le tient à merveille pleine de beauté et de grâce...

Depuis, tu as pu parler librement de ses absences avec ta mère ?

Oui, et je comprends mieux pourquoi elle disparaissait parfois, pourquoi la vaisselle traînait dans l'évier… Ma mère se sentait aimée, mais pas exactement comme elle l'aurait souhaité. Mon père, un brave homme un peu rustre, n'avait pas les mots pour exprimer ses sentiments, surtout à une femme. Donc ma mère a cherché des choses ailleurs. Aujourd'hui, je me dis que, malgré ses défauts, elle a toujours été une femme libre. Évidemment, je ne pouvais pas le comprendre à l'époque. Ensuite, tu grandis, tu es femme, tu as des enfants, et cette expérience te donne une vision plus lucide sur la complexité des êtres. À présent, on se parle de femme à femme. Avec le recul, on apprend aussi à être plus indulgent. J'avais tort de penser que ma mère fuyait ses responsabilités. Certains matins, l'appartement était jonché de piles de linge car ma mère n'avait pas fermé l'œil de la nuit pour faire le repassage de toute sa flopée de mômes. Je repense aussi à cette période avant Grigny où mon père a perdu son emploi, on s'est retrouvés dans une espèce de chalet sans eau ni électricité dans l'Essonne, près de Montlhéry. Je revois ma mère faire chauffer de l'eau dans une grande marmite sur une cuisinière à gaz pour baigner ses gosses, par trois, dans un énorme baquet. Elle allait aussi laver tout le linge à la rivière, alors que la plupart des femmes utilisaient déjà une machine à laver. Il faut quand même lui reconnaître un certain mérite. Ma mère ne nous a jamais quittés complètement, elle partait quand ça l'arrangeait. D'ailleurs elle nous disait souvent : « Si je ne divorce pas, c'est pour vous. » Elle était tellement malheureuse ! Si elle s'était occupée de nous à plein temps, elle nous aurait collé son mal-être.

Alors voilà, de mon père j'ai hérité un sens du concret, un côté terrien. À présent si je peux dire à qui que ce soit : « C'est comme ça, et si ça ne vous plaît pas, tant pis, je vous emm… », cette liberté à laquelle je tiens par-dessus tout, je la dois à ma mère.

Tu te souviens de la première fois où tu as vu ta mère comme une femme et plus comme une maman ?

Oui… Un jour à Grigny, je l'ai vue quitter la maison impeccablement habillée dans un tailleur gris à fines rayures. En effet, là c'était une femme élégante que je voyais partir. Elle pouvait décider de s'offrir un resto avec quelques sous mis de côté. Ou même aller passer trois jours dans un hôtel.

Seule ?

Ma mère a aimé trois hommes dans sa vie. Mon père bien sûr. Avant lui, elle avait dû faire le deuil d'un mariage impossible avec son premier amour. À l'époque Grigny, elle a connu un autre homme qu'elle a profondément aimé.

Comment vivais-tu le fait que ta mère s'aventure dans une autre vie ?

Quand l'un de ses parents est délaissé, l'enfant a tendance à protéger celui qui reste sur le carreau. À ce moment-là, ma mère semblait heureuse ailleurs, et mon père n'avait pas d'équivalent – en tout cas, on ne l'a jamais su –, donc on a eu tendance à la charger. Plus tard, j'ai compris que ma mère pouvait avoir des arguments légitimes.

Est-ce que tu as eu à répondre aux questionnements de ta fille lorsque tu as changé de vie, changé d'homme ?

Je n'ai pas du tout la même vie que ma mère. Aujourd'hui la relation parent-enfant est plus souple, on communique plus facilement. Jeanne était très jeune quand nous avons décidé de nous séparer avec Bill, son père[1]. Adolescente, elle aurait sans doute cherché à comprendre, je crois que je lui aurais parlé et dit pourquoi je partais.

Quand as-tu pris conscience que ton père et ta mère ne formaient pas le couple idéal dont les enfants rêvent ?

Je n'ai pas le souvenir de les avoir connus former vraiment un couple. À l'exception de cette image, ce lendemain de Noël où j'ai débarqué dans leur chambre avec ma poupée. Par contre, je me souviens de bonnes engueulades entre eux ! Ma mère n'a jamais dissimulé à mon père la présence d'un autre homme. Elle ne faisait pas ça en cachette. C'est à la fois drôle et triste à dire, mais je dois avouer que, certains soirs, on n'était pas mécontents que ma mère s'absente. La maison retrouvait enfin son calme !

Ton père savait-il faire preuve d'autorité avec vous ?

On finissait toujours par s'arranger avec mon père. Avec ma mère, constamment débordée et du coup hypernerveuse, il valait mieux filer droit, sinon les rapports devenaient plutôt houleux. C'est drôle, autant ma mère s'autorisait des libertés vis-à-vis d'elle-même,

1. L'acteur William Hurt.

autant elle pouvait se montrer stricte sur nos sorties et nos fréquentations. Les claques valsaient si on rentrait trop tard, ou si on ne se préparait pas assez vite le matin pour se rendre à l'école. Avant le tournage d'*À nos amours*, Pialat m'avait proposé de l'accompagner pour faire des repérages dans le sud de la France, et ma mère s'y est opposée, elle criait « Ce Pialat, on ne sait pas qui c'est. Il va peut-être la violer, ce saligaud ! » Aujourd'hui, c'est devenu un jeu entre nous, au téléphone ma mère me dit : « Tu n'es pas rentrée trop tard hier soir, sinon attention, tu vas t'en prendre une », et elle éclate de rire. Ma mère savait aussi mettre de l'ambiance à la maison, elle adorait danser, chanter. Elle a des réactions antinomiques, par moments elle devient hyperfonceuse et optimiste, et brusquement elle a l'esprit chagrin et ce n'est plus la même femme. Extrêmement angoissée, elle voit le danger partout. L'autre jour, apprenant que je partais au Japon, elle a imploré le ciel en disant : « Oh malheur, faites que l'avion ne s'écrase pas ! » Quand on était petits, dans ses élans de tendresse elle nous appelait « ma petite Counou », « ma Nénette ». Elle nous câlinait, nous embrassait, alors que notre père n'exprimait jamais le moindre geste d'affection. Ses effusions d'amour se limitaient à une petite tape affectueuse sur la tête agrémentée de l'esquisse d'un sourire. On savait alors qu'il était content et fier de nous. C'était sa manière de nous dire « je t'aime », il fallait vraiment décoder.

Comment parvenais-tu à t'échapper de ce contexte familial ?

Grâce à Ouidad, une fille formidable qui allait devenir ma meilleure amie. On s'est connues en jouant à la marelle, pour ne plus se quitter jusqu'à sa mort, en 2001. Pourtant à Grigny, Ouidad faisait partie du clan adverse, celui des Bab's qui écoutaient Cat Stevens ! Elle portait des Pataugas, une vieille écharpe violette et des fringues qu'on aurait dit taillées dans des sacs à patates. Une fille pleine de rêves, d'audace, passionnée par les langues, les voyages, la littérature. Ses parents d'origine maghrébine m'impressionnaient par l'étendue de leur culture, alors que chez moi il n'y avait aucun livre. Je me souviens des fêtes de fin de ramadan, avec les danses et chants orientaux. J'étais très liée avec ses sœurs Raja et Mouna, elles aussi très posées, adorant les études. Saïda, leur mère, une femme d'une grande beauté, avait quitté le bled dans le Sud algérien pour venir en France où elle a élevé ses cinq enfants. Ouidad m'a ouvert un autre monde. Sans elle, je ne sais pas trop ce que je serais devenue. J'aurais peut-être fait des conneries…

Tu aurais pu virer dans la délinquance ?

Pire, sans le cinéma qui m'est tombé dessus un peu par hasard, je me serais contentée de peu.

Tu n'avais aucune ambition ?

Ma seule ambition à l'époque, et encore sans grande conviction puisque je ne l'ai même pas tenté, était de passer un CAP de coiffure.

Tu souffrais de ta condition sociale ?

Face à nos HLM, il y avait une zone pavillonnaire, et pour nous, là-bas, c'étaient les bourgeois. Il n'y avait pourtant pas de quoi rêver, il s'agissait seulement de petites maisons modestes avec un mètre carré de jardin devant, sauf qu'il y avait une frontière : d'un côté les barres de HLM, et de l'autre de « vraies maisons ». Tout d'un coup, tu es chez les bourges. On avait une vraie colère vis-à-vis de ces gens-là, enfin on était envieux, pour nous ils symbolisaient les nantis. Alors on allait parfois faire une razzia dans leurs jardinets, on piquait tous les pots de fleurs et on les déposait au centre d'un rond-point, ensuite on se marrait comme des baleines en voyant les gens venir récupérer leurs pots en s'engueulant : « Celui-là, c'est le mien ! », « Ah non, le vert est à moi ! » On foutait le bordel, une façon de se venger de notre condition, c'était un peu bête mais pas méchant. Une petite colère sociale !

Vous étiez politisés dans la famille ?

Non, on n'en parlait pas, je ne sais pas si mes parents penchaient pour un parti, ni même s'ils votaient. Je n'ai jamais entendu chanter *L'Internationale* à la maison, ma mère fredonnait plutôt du Julio Iglesias !

Ton père avait-il des convictions religieuses ?

Il n'en parlait pas. Lors de mes visites chez Ouidad, j'étais fascinée de voir les membres de cette famille musulmane si sincèrement croyants et pratiquants. Et surtout respectueux des autres. Moi qui n'étais pas attirée par les théories des Témoins de Jéhovah et plutôt méfiante vis-à-vis de toute religion, leur façon si simple et heureuse de prier m'épatait. Je dirais même qu'ils auraient pu me convaincre, comment dire…

À te convertir ?

Non, mais à réfléchir sur la pratique des principes de base que l'on retrouve dans chaque religion : aide ton prochain. Sois dans l'écoute et le respect de l'autre. Quand Ouidad est morte, je me suis surprise à prier, moi qui ne connais pas vraiment de prière.

Prier pour son bonheur éternel dans l'au-delà ?

Non… je ne saurais pas précisément expliquer le sens de cette prière. Je voulais lui témoigner mon amitié, lui dire simplement : « On a passé du bon temps ensemble, je ne t'oublie pas. » Comme un gamin qui enterre un petit oiseau : il a essayé en vain de le soigner, il creuse un trou, il lui parle encore…

Comment imagines-tu l'au-delà, toi la mécréante ? Penses-tu, comme les Témoins de Jéhovah, au rétablissement du royaume de Dieu après la bataille d'Harmaguédon entre le Bien et le Mal ?

Je doute de l'existence de ce monde nouveau où l'on retrouverait les disparus qui nous sont chers. Ma mère, elle, croit dur comme fer que mon père et mon frère Patrice vont revenir. Je n'espère pas une vie après la mort. Moi j'imagine que, juste avant la fin, on doit sûrement penser une dernière fois aux êtres que l'on aime, à nos enfants en premier, ensuite on bascule dans le néant, on disparaît. Je n'ai pas peur de cet instant où l'on passe de vie à trépas, mais par contre je crains la maladie. J'étais auprès de mon père dans ses derniers instants, j'ai été frappée de voir ses rictus de souffrance disparaître de son visage à son dernier souffle. Soudain serein, il semblait libéré. En fait je voudrais mourir en bonne santé !

Il t'est arrivé de t'interroger sur d'autres formes de spiritualité ?

Oui, avec Bill, le père de Jeanne. De famille protestante, il était très croyant au moment de notre rencontre. Il adore les lieux saints, les temples, les églises. Lorsqu'on habitait Barbès, il montait souvent se recueillir au Sacré-Cœur. Au début de notre liaison, j'ai essayé de m'initier à la foi, je voulais découvrir la sensation de croire. Je me souviens d'un Noël passé ensemble à Venise, avant le tournage de Jeanne d'Arc, je l'accompagnais quand il visitait des églises. Je ne priais pas, mais j'étais heureuse de m'unir avec lui dans ses moments de calme, d'introspection et de recueillement. Finalement, à travers ce partage amoureux, j'essayais de ressentir pourquoi il aimait passer du temps dans ce silence, immergé dans ce sentiment de vide, si difficile à décrire… Ensuite, il s'est orienté vers la méditation. Et puis il est devenu végétarien !

Toi qui as un bon coup de fourchette, ça a dû être dur !

Non, moi je ne me suis pas mise au soja ! D'ailleurs, quand on s'est connus en Argentine, sur le tournage de *La Peste*, je me souviens du plaisir que l'on prenait à dévorer leurs fameux steaks de bœuf qui débordent de l'assiette. Je trouvais dommage qu'il se prive de ces bonnes choses.

Et en quoi consistaient ses méditations ?

Quel que soit le lieu, il mettait en place tout un cérémonial, il installait un petit autel avec une bougie, un tapis, une photo d'une supernana, Gurumayi Chidvilasananda ! Il s'asseyait par terre et récitait des prières, des sortes de chants lancinants jusqu'au plus profond de son souffle pour faire le vide. J'ai essayé de méditer avec lui, mais cela ne m'a rien apporté si ce n'est un certain calme. Le yoga ou même de simples étirements me procurent la même sensation de relaxation. J'ai toujours pris soin de ma condition physique, je sais me concentrer sur mon corps. Plus tard, Ouidad s'est aussi laissé tenter par la méditation en faisant de fréquents séjours en ashrams, par besoin de se recentrer sur elle-même, me disait-elle.

Tu ne donnes aucune notion de spiritualité ou de sacré à tes enfants ?

Ma fille aînée n'est pas baptisée, et pourtant elle s'appelle Jeanne car elle a été conçue au moment où je tournais Jeanne d'Arc, cette sainte ô combien vénérée des catholiques. Adèle a reçu les sacrements du baptême. Avec Guillaume[1], son père, nous souhaitions faire plaisir à ses grands-parents, des pratiquants dans le bon sens du terme. Cet acte symbolique permettrait à Adèle d'avoir la présence de personnes choisies à ses côtés si un jour elle en éprouvait le besoin ou si nous venions à disparaître. Le baptême d'Adèle, on l'a voulu rock and roll ! Comme on avait un peu picolé avec le prêtre en attendant la cérémonie, Adèle s'est retrouvée aspergée d'eau bénite ! Elle riait aux éclats en

1. Guillaume Laurant, scénariste et écrivain.

criant : « Encore, encore ! » Adèle a pour marraine la réalisatrice de *Joueuse*, Caroline Bottaro, et pour parrain un couple d'amis homos. Je me souviens du moment où le prêtre a demandé aux parrains et marraine : « Renoncez-vous à Satan, au péché et à tout ce qui conduit au péché ? », tout le monde s'est regardé un peu dubitatif, puis le prêtre a ajouté en esquissant un sourire : « Bon, vous n'êtes pas obligés de répondre à toutes les questions... »

Il y a un instant tu as évoqué la mort de ton père. Je me souviens, nous étions venus te rendre visite à Anvers sur le tournage du film de Doillon, La Puritaine, *pour un reportage dans* Libération. *Tu nous parlais alors de ton père, de l'affection que tu n'avais jamais su lui exprimer, et soudain tu as été appelée en urgence pour te rendre à son chevet.*

Ayant été prévenue la première, je suis arrivée à l'hôpital bien avant les autres membres de ma famille. En entrant dans la chambre, une vision terrible de mon père m'est apparue, il était dans un état semi-comateux, les yeux révulsés, seul le blanc de l'œil était perceptible. J'avais l'impression de voir un fantôme, cela m'a fait un choc ! Je me suis enfuie dans le couloir pour tenter de me calmer et sécher mes larmes. Quand je suis revenue dans la chambre, mon père avait repris connaissance, il m'a regardée fixement et soudain s'est mis à crier : « Pourquoi tu pleures ? », puis il est retombé aussitôt dans le coma. J'étais effrayée d'assister à l'agonie de l'être qui compte le plus au monde. Je me suis approchée de lui tout doucement et me suis assise à ses côtés. J'hésitais à lui tenir la main car ce n'était pas un geste habituel entre nous. Mon père s'est à nouveau réveillé et, dans son agitation, il a repoussé son drap. Et là, j'ai vu son sexe. Cela m'a extrêmement perturbée. Je voyais le sexe de mon père pour la première fois à cet instant où il quittait ses enfants, nous qui venions de là… Pour moi, c'était fini.

Ton père décédait dans la nuit.

Oui, je suis restée plusieurs heures près de lui, en silence. Ensuite ma mère est arrivée. Plus tard, en quittant l'hôpital, on m'a rendu un billet de 500 francs que je lui avais glissé pour payer sa télé. Ce moment a été très violent car ce billet résumait toute son histoire. Je me suis dit, voilà un bonhomme qui a travaillé toute sa vie, et il meurt avec les 500 francs que sa fille lui a donnés. Ce billet, c'est tout ce qu'il possède. Cette scène me fera toujours mal, toujours…

Vous n'avez pas pu vous parler avec ton père ?

Non. J'avais choisi de jouer dans *La Puritaine* de Jacques Doillon, pour son sujet qui tournait autour d'une relation père-fille. Je savais mon père malade et j'espérais que, en voyant ce film, il comprendrait à travers mes échanges avec Michel Piccoli ce que je n'avais jamais osé lui dire. Mais la maladie l'a emporté alors que j'étais en plein tournage. Heureusement, grâce à votre entretien dans *Libé*, je me suis un peu dévoilée en avouant combien je regrettais de n'avoir jamais pu lui dire que je l'aimais. En entrant dans la chambre, j'ai aperçu sur son lit le journal ouvert à la page où figurait votre article. Il l'avait lu. J'espère qu'il a pu partir en paix après avoir reçu ma déclaration d'amour.

Dès tes premiers cachets, tu as pris soin financièrement de tes parents.

Oui, il y avait aussi ce lien dans un sens « anormal » avec mon père. J'avais autorisé qu'il puisse prélever sur mon compte une certaine somme par semaine. Il galérait pour joindre les deux bouts chaque fin de mois, ayant encore des gosses à charge. Ma mère n'a jamais travaillé, excepté deux emplois de courte durée comme dame pipi et plus tard dans une cantine. C'est bizarre de prendre en charge ses parents financièrement. À dix-huit ans, j'étais encore un peu une enfant, et je subvenais déjà aux besoins de mes parents. Jusque-là mon père s'était saigné aux quatre veines pour nous nourrir et, brusquement, je devenais responsable de mes parents. Cette inversion des rôles est très déstabilisante.

Tu as toujours tenu table ouverte pour ta fratrie.

L'argent de mes premiers films m'a permis de prendre un appartement dans Paris où, en effet, ma porte était ouverte principalement à mes sœurs, mes frères aînés ayant leur autonomie. J'ai toujours eu besoin de la présence de mes sœurs. Une image publique oblige à une certaine tenue, une sorte de devoir de réserve, alors qu'avec mes sœurs, je peux m'oublier, évacuer la pression du métier, faire un peu la folle ! Elles étaient souvent là. J'avais demandé à l'une d'elles de s'occuper du ménage pour se faire un peu de sous, mais comme je me sentais mal à l'aise dans ce rôle d'« employeur de gens de maison » avec ma propre sœur, finalement je la rejoignais pour l'aider. Pareil avec Lydie, on bricolait constamment, on fignolait la déco, on lavait les murs, on repeignait, c'était surtout l'occasion d'être ensemble,

Mon père était assis un peu plus loin avec Marcellin, son meilleur ami je crois. Marcellin a un beau visage. Ses yeux sont très expressifs. Il y avait d'autres gens que je ne connaissais pas. C'était une belle journée. C'était la première et la dernière fois que j'étais ailleurs en dehors de la famille, avec lui. Je ne l'avais jamais vu prenant du temps pour lui, avec ses amis, il était beau, c'était un enfant.

Extrait de mon journal intime/Lettre à Bill, 1991

on faisait ça en écoutant de la musique et en chantant à tue-tête. Maintenant que mon père n'est plus là, je peux l'avouer, on fumait pas mal de pétards à l'époque. Et ces cigarettes qui font rire nous poussaient à de bonnes parties de rigolade ! À l'heure du dîner, je me mettais aux fourneaux pour mijoter un lapin à la moutarde, mes talents de cuisinière se résumaient à ce seul plat, et mes sœurs en avaient une indigestion. Vers minuit, on chaussait nos rollers pour partir en balade à travers Paris. Un peu stones à cause des pétards, on zigzaguait en s'accrochant aux grilles des vitrines. On s'amusait comme des gamines !

Il t'arrivait de répéter des scènes avec tes sœurs ?

Non, par contre on adorait improviser des saynètes que je filmais en vidéo. On sortait toutes les fringues de l'armoire pour se déguiser, et chacune jouait à tour de rôle un personnage. Les rôles que l'on préférait mettaient en scène une prolo et une grande bourgeoise dans les situations les plus improbables. Finalement, on reproduisait sans le savoir les familles Groseille et Le Quesnoy dans *La vie est un long fleuve tranquille* ! On s'amusait aussi à parodier des séries américaines comme *Drôles de dames*. Pour moi qui n'ai jamais suivi de cours d'art dramatique, ces soirées impro avec mes sœurs et Ouidad, c'était mon Actors Studio ! C'est curieux, on m'a souvent proposé des personnages sombres alors que j'adore tellement jouer la comédie.

Ta sœur Sabine participait-elle à vos jeux ?

J'ai souvent filmé Sabine en lui proposant d'improviser. Elle adorait jouer et s'inventait souvent des personnages un peu hystériques.

Dans le film que tu as consacré à ta sœur, Elle s'appelle Sabine, *on aperçoit sur ces images d'époque tournées en vidéo une adolescente extrêmement présente, exubérante.*

Oui, Sabine pouvait être très entreprenante puis, brusquement, totalement en retrait, mutique, solitaire. Quand elle se mettait à parler toute seule, on savait qu'on ne devait pas la déranger, elle entrait dans son monde.

Comment était perçue sa « différence » au sein de la famille ?

Nous avons toujours été habitués à sa différence. Sabine n'était pas la plus jeune de la fratrie, mais elle était considérée comme la « petite ». Aujourd'hui encore, elle a des comportements d'enfant et un vrai désir d'être femme. Elle pouvait être pénible dans l'enfance, surtout pour les parents. Par exemple, tous les soirs, quand mon père rentrait du boulot sur sa Motobécane et la garait devant la maison, il fallait que Sabine la fasse tomber. C'était une sorte de rituel. Dès qu'il avait le dos tourné, Sabine s'approchait de la moto et vlan, elle la foutait par terre !

Peut-être en voulait-elle à cet engin qui lui prenait son père toute la journée.

Oui, c'était sûrement une façon d'attirer l'attention de mon père. J'étais trop jeune pour m'expliquer tout cela. Et à la maison, on ne cherchait pas vraiment à comprendre.

Avec ta maman, Sabine était une enfant aimante ?

Là aussi Sabine était, et est toujours, très versatile. Elle peut faire preuve d'une grande tendresse et brusquement entrer dans la provocation. Par exemple ce week-end, alors que je lui rends visite, Sabine veut téléphoner à ma mère pour l'interroger à nouveau sur son choix d'appartenir aux Témoins de Jéhovah. C'est l'une de ses demandes permanentes : « Maman, tu crois toujours à ta religion ? », et ma mère lui répond invariablement : « Oui Sabine. » Après avoir raccroché, Sabine me demande : « Tu penses que c'est vrai, les Témoins de Jéhovah ? » Je lui réponds : « Moi je n'y crois pas, mais maman a le droit d'y croire, si tu lui dis que ça n'existe pas, elle va être déçue. C'est comme le Père Noël. Toutes les deux, on sait qu'il n'existe pas, mais Adèle y croit. Une petite fille de son âge serait triste d'apprendre qu'il n'y a pas de Père Noël dans la vie réelle. » Et là, illico, Sabine me dit : « On peut appeler Adèle ? » Toute la soirée, elle me bassine pour qu'on téléphone à Adèle. Elle sait pourtant que si elle révélait à Adèle que le Père Noël n'existe pas, elle aurait de la peine de lui avoir fait du mal, elle en pleurerait elle aussi... Mais elle ne peut pas s'empêcher d'être dans la provocation, c'est étrange.

Sabine a peut-être souffert que sa mère consacre une grande partie de son temps aux Témoins de Jéhovah ?

Je ne pense pas que Sabine ait pu éprouver un sentiment d'abandon. Du fait de sa différence, ma mère la couvait, elle avait toujours peur qu'il lui arrive quelque chose. Au contraire, ma mère a été trop présente, trop envahissante pour Sabine. Pendant très longtemps, Sabine croyait tout ce que ma mère disait. À présent, elle sait qu'elle est en droit de s'opposer à sa mère, et elle ne cesse de le faire. Mais à la fois, avec son côté psycho-infantile, Sabine espère toujours pouvoir faire confiance à sa mère. Elle s'identifie à elle et souhaite qu'il n'y ait pas de différence, pas de conflit entre elles deux. Avec le temps, Sabine s'est émancipée, grâce à nous les frères et sœurs qui lui avons permis de s'ouvrir à d'autres univers. Aujourd'hui, Sabine a besoin d'éprouver et de se prouver son émancipation.

Parmi les cinq sœurs, Sabine est celle qui a le plus tôt affirmé des dons artistiques. Dans ton film, elle donne à entendre une lecture d'un prélude de Bach d'une rare sensibilité.

Sabine était très manuelle, elle adorait le tricot, elle fabriquait des poupées de chiffon, elle dessinait, ou passait des heures à reconstituer des puzzles. Elle voulait voyager. Du coup je l'ai emmenée à New York, puis aux Antilles. Elle avait aussi un vrai don pour la musique, jouait à merveille du piano et composait ses propres mélodies. Et surtout Sabine adorait apprendre. J'étais admirative de la façon dont elle disciplinait son emploi du temps : « Je vais faire une heure de piano, et ensuite une heure de géographie, puis une heure d'anglais. » Oui, Sabine était la plus douée et la moins feignante d'entre nous !

Tu adorais aussi ta grand-mère, un sacré personnage !

Ah, la grand-mère, elle était étonnante ! Je n'ai jamais su exactement pourquoi cette femme s'est retrouvée en hôpital psychiatrique à une période de sa vie. Il est raconté dans la famille que pendant la guerre, sur les routes de l'exode, la grand-mère n'aurait pas supporté la perte de son bébé mort de froid dans ses bras. Aujourd'hui, on appellerait ça une dépression, non ? Après avoir été séparée d'elle pendant vingt ans, ma mère a fini par la retrouver dans une maison médicalisée en Bretagne. Un jour, elle est partie la voir et l'a kidnappée pour qu'elle vienne vivre avec nous. Finalement tout s'est arrangé, et on a pu garder la grand-mère. À la maison, elle a vite repris goût à la vie. C'était une belle femme, joyeuse, fantasque. Une vraie titi parisienne ! Elle avait connu le Paris des années trente et nous apprenait à danser le charleston. Elle avait un peu l'allure et la gouaille d'une Damia, d'une Fréhel, d'une Berthe Sylva. Elle connaissait par cœur leur répertoire de chansons réalistes dont les textes sont des petits chefs-d'œuvre sur fond de drame social, de femmes à la dérive, d'histoires d'amours tourmentées, de sombres dimanches. J'adorais la voir glisser son paquet de Gauloises bleues dans son soutif quand elle commençait à fredonner « Hé Monsieur, une cigarette, Une cibiche, ça n'engage à rien… »

DU GRIS
(Paroles : E. Dumont, musique : F. L. Benech)

Et Monsieur, une cigarette,
Une cibiche, ça n'engage à rien,
Si je te plais, on fera la causette,
T'es gentil, t'as l'air d'un bon chien.

Tu serais moche, ça serait la même chose,
Je te dirais quand même
que t'es beau,
Pour avoir, t'en devines
bien la cause,
Ce que je te demande :
une pipe, un mégot.
Ah, non ! Pas d'anglaises,
ni de bouts dorés,
Ces tabacs-là c'est du chiqué.

Du gris que l'on prend
dans ses doigts
Et qu'on roule
C'est fort, c'est âcre comme du bois,
Ça vous soûle.
C'est bon et ça vous laisse un goût
Presque louche
De sang, d'amour et de dégoût
Dans la bouche.

Tu fumes pas, ben t'en as
de la chance,
C'est que la vie, pour toi,
c'est du velours,
Le tabac, c'est le baume
de la souffrance,
Quand on fume, le fardeau
est moins lourd.

Y'a l'alcool, me parle pas
de cette bavarde,
Qui vous met la tête à l'envers,
La rouquine, qu'était une pocharde,
A vendu son homme à Deibler.

C'est ma morphine,
c'est ma coco,
Quoi ? C'est mon vice à moi
le perlot.

(refrain)

Monsieur le docteur, c'est grave ma blessure ?
Oui je comprends, y a plus d'espoir,
Le coupable, j'en sais rien,
je vous le jure,
C'est la rue, le métier, le trottoir.

Le coupable, en fait,
je vais vous le dire,
C'est les hommes avec leur amour,
C'est le cœur qui se laisse séduire,
La misère qui dure nuit et jour.

Ah, et puis je m'en fous, tenez, donnez-moi,
Avant de mourir, une dernière fois,
Du gris, que dans mes pauvres doigts
Je le roule
C'est bon, c'est fort, ça tourne en moi,
Ça me soûle.
Je sens que mon âme s'en ira
Moins farouche
Dans la fumée qui sortira
De ma bouche.

Le clan Bonnaire a-t-il des attaches à une région, à un lieu ?

Nous ne sommes pas très famille hors de la fratrie de Grigny. Personne n'a fait de recherches généalogiques, et je n'ai pas de problèmes identitaires. Je connais peu mes grands-parents paternels, et ne suis même jamais retournée sur les lieux de mon enfance à Gannat, dans l'Allier. Non, je n'ai aucun port d'attache, pas de maison de famille dans une province française, aucun désir non plus d'élire mon coin de terre à part cet arbre où j'ai vu mon père heureux. Je suis plutôt nomade, j'ai souvent changé de lieu d'habitation. À présent, pour Adèle surtout, nous habitons tout près du bois de Vincennes, mais le charme de Paris me manque, l'animation des rues, la proximité des boutiques, des cinémas. Je suis urbaine.

Tu avais un vrai désir d'enfant, enfin peut-être pas onze !

Ah non, deux me suffisent ! Mes filles sont des enfants de l'amour. D'ailleurs je ne leur souhaite pas une famille nombreuse. Si elles tiennent leur rôle de mère tout en étant des femmes libres, j'en serai heureuse. Je ne suis pas une maman poule. J'ai été très maternelle avec Jeanne pendant toute sa petite enfance, puis très vite, j'ai eu envie de retrouver mon indépendance de femme. La maternité prend sens dans ma relation avec un homme. Mes filles, je les ai faites chacune par rapport à un homme. Jeanne et Adèle ont onze ans d'écart. Pour chacune, je savais que leur père, c'était le « bon » homme.

Et comment le reconnaît-on, ce « bon homme » ?

Quand tu te dis : « Je suis raide dingue de ce mec ! » Non, je ne saurais vraiment pas l'expliquer. Il y a des hommes avec qui l'on vit toute son existence, même si cela ne dure pas dans le concret, ce n'est pas grave. Il est là, il fait partie de moi, de ma vie. Si nos parcours se séparent, si l'on n'habite plus ensemble, il n'y a pas de sentiment d'échec puisque le lien qui nous unit perdure. Oui, mes grandes histoires d'amour vivent toujours. Bill, je l'ai tellement aimé… Je l'aimerai toujours. De toute façon, on reste forcément lié à la personne avec qui l'on a conçu un enfant. Avec Guillaume, je savais le jour de notre mariage que, quelle que soit ma vie future, il serait aussi l'homme de ma vie.

Allez, à mes amours !

Libiamo, libiamo ne'lieti calici
Che la belleza infiora.
E la fuggevol ora S'inebrii a voluttà.
Libiamo ne'dolci fremiti
Che suscita l'amore...

Qu'est-ce que tu chantes, Jean-Yves ?

« Buvons dans les doux frissons que suscite l'amour »... Un air de circonstance. Violetta, l'héroïne de La Traviata *est une femme amoureuse et libre... Ainsi, tes histoires d'amour survivent aux turbulences ?*

Être un couple, pour moi, c'est au-delà du vivre ensemble. J'ai besoin de sublimer cette union et, à la fois, le quotidien ne m'effraie pas, il peut être très agréable. L'amour passe aussi par cette humble relation. Je suis très attachée à certaines valeurs et traditions dans le partage du couple, et en même temps je suis pour la dynamique du couple, pour tout ce qui peut le sortir d'une certaine convention. On se trouve vite enfermé par les règles, les coutumes du mariage et de la vie en couple.

Le mariage serait un tue-l'amour pour le couple ?

Il peut l'être. En tout cas, si l'on partage un projet commun, s'il s'agit d'une véritable rencontre entre deux individus, il est possible d'emprunter d'autres chemins que le mariage ou la vie commune pour que l'histoire existe et dure. Par exemple, ça peut sembler paradoxal, mais à mon sens un divorce peut sauver un couple. Ne plus habiter sous le même toit en tant que « mari et épouse » peut permettre de vivre pleinement une relation. Il est plus facile dans cette situation de se libérer des rapports très ou trop codés. Au sein d'un ménage, chacun prend vite la place que lui imposent les règles induites par le mariage et la différence des sexes. On peut l'observer dans notre société pourtant évoluée, la femme continue à supporter la majorité des tâches ménagères, et l'éducation des enfants. Elle doit faire davantage preuve de ses compétences pour obtenir une situation professionnelle souvent plus modeste que celle d'un homme et, à valeurs égales, elle est généralement moins bien rétribuée. Tout le monde sait cela et pourtant on constate très peu d'évolution. Il est difficile aussi, il me semble, de transgresser ces clichés à l'intérieur du couple si l'on est constamment l'un avec l'autre.

Souvent inconsciemment, l'homme demande à sa femme de répondre plus ou moins à ces stéréotypes, à cette image de la femme sinon soumise, en tout cas fidèle à une certaine « féminité ».

Comme si être femme se résumait à cela ! J'ai découvert de tels comportements chez des hommes que j'ai pourtant aimés pour leur liberté. Ces injonctions peuvent se manifester de façon muette ou voilée, subtile, de toute façon il n'est pas simple de s'en libérer. C'est curieux, un père a presque toujours quelque chose de plus important à faire que de donner le bain au petit dernier. Dans le même cas de figure, la femme est vite considérée comme une mère négligente, quand on ne la traite pas de mauvaise mère ! Trouver un équilibre des rôles et révéler son individualité à l'intérieur de son couple exigent de la femme une persévérance inouïe, sinon sa personnalité s'en trouve étouffée. Sans un esprit de liberté, le couple ronronne, il s'étiole, il vire à une mascarade de l'amour. En tout cas, femme ou homme, il faut se préserver des zones de liberté, sinon, toutes ces lourdeurs tuent l'amour.

Rendons aux femmes ce qui leur appartient,
C'est-à-dire elles-mêmes !
Revisitons le monde
À travers un regard féminin,
Né d'un esprit libre et d'un corps épanoui.

Raja Bekkouche-Shakarna

Ce que tu proposes c'est : « Chéri, divorçons pour mieux nous aimer ! »

Pourquoi pas, si les normes du mariage sclérosent et figent la relation ? L'important est de vivre une belle histoire à deux, et de ne pas la gâcher à cause de ces clichés. Le divorce, avec la liberté qu'il introduit dans la relation, peut raviver l'audace et l'ampleur des sentiments que l'on éprouve l'un envers l'autre. Parfois on se découvre aussi libres et expansifs qu'au début de l'amour, et à la fois plus riches de notre expérience commune. Je ne crois pas au progrès en amour, mais son évolution est nécessaire à sa vitalité et sa ferveur. Je tiens beaucoup à mon indépendance parce qu'elle me permet d'être amoureuse sans limites. L'amour ne connaît pas de lois. Amoureuse et libre, voilà mon seul credo !

Une des difficultés du couple est d'évoluer en même temps, ensemble et chacun pour soi !

Oui, c'est extrêmement complexe d'évoluer au même rythme et de conserver le partage des émotions avec l'autre. Finalement, je suis assez romantique… Je déteste les petites infidélités alors qu'elles sont quasiment acceptées par beaucoup de couples. On sait quand l'autre nous trompe ou va chercher ailleurs ce qui lui manque. Les gens qui restent ensemble en s'arrangeant de cette situation, cette idée du couple ne m'intéresse pas. Avec ce genre de compromis effectivement, on peut rester toute sa vie avec quelqu'un !

Tu ne concèdes aucun accroc ? On peut avoir envie de vivre une expérience tout en sachant qu'elle ne mettra pas son couple en danger.

Une expérience ponctuelle, un truc d'un soir ? J'ai beaucoup de mal avec ça. Je n'ai pas de petite histoire…

Tu veux dire ne jamais se laisser aller un soir...

Peut-être quand j'avais vingt ans, mais aujourd'hui, si j'ai une histoire, c'est une histoire d'amour. Je ne peux pas me donner comme ça. J'ai besoin de connaître l'autre. Alors il se passe du temps... suffisamment pour m'attacher. Une relation affective et de complicité commence à grandir, et ce n'est déjà plus une petite histoire. Il m'est arrivé d'être infidèle, mais je savais que mon infidélité avait un sens, ce n'était pas un truc de coucherie. Une intimité était née entre cette personne et moi.

Et s'il t'arrivait d'être infidèle, tu en parlerais à l'homme aimé ?

Oui. Puisque c'est important, je suis obligée d'en parler à l'homme qui fait partie de ma vie.

Et alors ?

Là, ça fout le bordel !

Et réciproquement, tu préfères être avertie s'il te trompe ?

Oui, je veux savoir. Comment un couple peut-il se mentir sur un tel sujet !

On est bien d'accord. C'est rare, généralement les couples pensent que l'ignorance ou le secret protège de la souffrance.

Pour moi c'est encore pire ! Ne serait-ce que pour choisir quoi faire avec cette trahison. D'ailleurs, peut-être pourrais-je l'accepter si son infidélité a un sens pour lui… Si elle n'en a pas, c'est encore plus humiliant.

Ah oui, exactement !

Pauvre gars, s'il va voir ailleurs juste pour un coup, alors là, quel irrespect, il se fout de moi ! Je peux concevoir qu'une relation naisse avec quelqu'un d'autre, et chercher des raisons à l'infidélité, quelque chose de concret qui conduit à mettre le couple en danger… Après, pouvoir l'accepter, ce n'est pas évident.

Tu as une pudeur à donner ton corps, tu le respectes.

Oui, le respect et la pudeur m'intéressent. Je ne crois pas être une fille coincée, je me sens plutôt à l'aise et j'aime mon corps. Je l'entretiens. Mais il me faut du temps pour faire connaissance, c'est physiologique, je n’ai pas de désir physique pour quelqu’un si je ne l’ai pas un peu observé. J’ai besoin d’intimité, de sentiments avec la personne.

Et la pudeur à l’écran ?

Je n’en peux plus de voir des scènes de cul à l’écran, la simple vision d’un couple qui fait l’amour dans un lit, ce « spectacle » me dérange. Je serais incapable aujourd’hui de montrer mon corps au cinéma dans ce genre de situations ou de positions, la femme sur le mec, etc. Faire l’amour fait partie de l’intime, à tout point de vue. Donner mon corps, c’est de l’ordre du cadeau. Alors, il se déballe délicatement. Pas comme ça !

Sur le soupir d'une amie

Sur le soupir de l'amie
toute la nuit se soulève,
une caresse brève
parcourt le ciel ébloui.

C'est comme si dans l'univers
une force élémentaire
redevenait la mère
de tout amour qui se perd.

Rainer Maria RILKE

Ouidad, mon amie, ma sœur de cœur… depuis les bancs de l'école jusqu'à son grand départ.

L'amitié, une relation fusionnelle où l'on se dit tout en un sourire, en un regard, on se comprend. La séduction et la possession sont présentes, mais de façon moins passionnelle. L'amie, ce n'est pas le regard de l'autre, celui qui juge, c'est l'intime, celui qui comprend. On s'aime sans conditions, telles que l'on est. On partage tout avec l'amie, les questionnements, les angoisses, les joies, les illusions, on refait le monde, on découvre en elle ce qui nous est le plus étranger et le plus proche. Et à la fois on glousse comme des gamines.

Vous étiez du même âge avec Ouidad.

Oui, elle est du 1er avril, moi, du 31 mai. Au début c'était une amie de Lydie. Ouidad et moi n'avions absolument rien en commun. Nous ne nous aimions pas. Elle faisait partie du clan des babas et mon côté disco l'énervait profondément. Elle m'ignorait ou bien me regardait de son œil noir comme elle savait si bien le faire. À force de petites réflexions balancées de part et d'autre, la tension montait sérieusement entre nous. Notre amitié a donc commencé par de grosses bagarres dans la cour d'école. Nous avions dix ans. Quelque temps plus tard, nous avons accompagné nos sœurs respectives à l'arrêt de bus qui les conduisait en colonie de vacances. Sur le chemin du retour, n'étant que toutes les deux, il a bien fallu que l'on se parle.

Ensuite ?

Ensuite nous sommes devenues inséparables. J'ai été adoptée par les Bekkouche, et Ouidad par les Bonnaire ! Chacune avait trouvé sa deuxième famille. Ouidad venait dormir un jour sur deux à la maison, sinon j'allais chez elle. On se racontait nos secrets tard dans la nuit, à voix basse pour ne pas faire de bruit, et vers minuit on se partageait les sandwichs tartinés de harissa que sa mère lui avait préparés pour l'école du lendemain. On était vraiment barjos, ça nous arrachait la gueule juste avant de nous endormir ! Dans notre complicité, nous n'étions pas semblables mais plutôt complémentaires. Dès l'école, l'une était studieuse, l'autre pas ! Ouidad m'a ouverte au monde en quelque sorte, me faisant profiter de ses connaissances dans différents domaines. Elle était curieuse et voulait tout savoir, elle aimait apprendre, apprivoiser des langues, parcourir des pays, découvrir d'autres cultures. Pendant des nuits entières, nous échangions sur les sujets les plus divers. Il nous arrivait de philosopher sur les questions importantes de la vie mais aussi de délirer sur nos espoirs d'adolescentes. Passionnée de littérature et de musique, Ouidad m'initiait au fil des années à de grands auteurs, à Dostoïevski, à la poésie de Rilke… En échange, je lui faisais profiter de mes découvertes et de mes rencontres, je lui parlais des *Fragments d'un discours amoureux* de Barthes, des textes de Brecht ou de Spinoza que j'avais découverts à l'occasion de mon travail sur un film ou une pièce de théâtre. Ouidad m'accompagnait aussi sur les tournages, elle partageait les expériences qui enrichissaient ma vie grâce au cinéma.

Ouidad t'a aussi fait découvrir et apprécier Brel et Brassens.

Oui, à une époque où je ne jurais que par le funk ! Elle baignait dans un environnement artistique, sa mère se produisait sur scène avec un répertoire de musique arabe, sa sœur Raja nous a initiées à la danse orientale. On était voisines de HLM. Souvent le soir, pendant que sa mère préparait le couscous dans la cuisine à la lumière d'une ampoule nue qui pendait du plafond, on dansait devant la fenêtre en suivant des yeux notre reflet dans les vitres qui nous servaient de miroir. Un magnéto-cassette avec une fourchette plantée en guise d'antenne diffusait les chansons de Farid el-Atrache, Mohamed Abdel Wahab et Oum Kalsoum que l'on surnomme « la diva du monde arabe », « la quatrième pyramide ». Son disque *Al Atlal* m'accompagne partout. Plus tard, quand j'ai eu un appartement, Ouidad est venue vivre avec moi. Je me souviens d'ailleurs très bien de ce premier chez-moi, de ce premier chez-nous. Il se situait au 51 rue de Monceau dans le VIIIe. Un duplex en rez-de-chaussée et sous-sol. Ce quartier chic ne nous intéressait pas beaucoup, mais mon gros chien Chichou pouvait courir dans le parc. Tous les samedis, mon père venait nous rendre visite. Au lieu de passer par le porche d'entrée, il escaladait la fenêtre. Un griffon tout fou, une amie arabe et un père acrobate, je dois vous avouer que je suis vite devenue une cible pour mes chers voisins ! Nous avons ensuite habité près du canal Saint-Martin, dans le Xe. Un appartement pas très joli mais que nous adorions pour son grand salon transformé en salle de danse. Pendant des journées entières, on inventait des chorégraphies un peu expérimentales que l'on surnommait « Dialogues avec nos corps ». Chacune se calant sur un instrument, Ouidad sur le oud, moi sur la darbouka, on improvisait des enchaînements comme si nos corps se répondaient, exprimant chacun sa propre partition. J'adore cette danse tour à tour lascive, sensuelle, et parfois endiablée, autrefois interdite aux jeunes filles de bonne famille. Ma passion pour les percussions m'a poussée ensuite vers la danse brésilienne, et là, c'est moi qui lui donnais des cours. On chantait aussi, Ouidad connaissait par cœur le répertoire d'Édith Piaf. Elle participait aux improvisations de sketches avec mes sœurs. Je n'ai jamais suivi de cours d'art dramatique ni appris mon métier autrement que sur le tas, mais, depuis mon plus jeune âge, j'ai toujours travaillé en m'entraînant physiquement, en chantant, en dansant, en jouant, en filmant.

De la « Danse du Ventre » à la connaissance de soi

Lors de leur retour de l'expédition d'Égypte, les soldats de Napoléon étaient loin de se douter que la danse observée et rapportée comme « Danse du Ventre » s'installerait durablement en France.

Bien que cette dernière se développe de façon exponentielle, on est en droit de s'interroger sur la qualité de transmission et de représentation de la « Danse du Ventre ».

S'il est vrai que les mouvements fondamentaux trouvent leur source dans la région du ventre, il est erroné d'en faire une lecture strictement érotique. Le ventre abrite l'appareil digestif. Aussi de nombreuses recherches ont mis en relief la corrélation entre l'appareil digestif et les émotions.

Mettre en mouvement son ventre, soit son centre, c'est conter ou se libérer de son histoire. C'est exprimer ses émotions par le mouvement dansé. D'où l'importance de l'improvisation.

Aujourd'hui appelée danse orientale, elle trouve son origine dans le Baladi (danse du pays). Un terme orienté vers l'intérieur. Au début du XXe siècle elle sera rebaptisée Raqs Sharqi (danse d'Orient), cette fois le nom est tourné vers l'extérieur puisqu'il s'adresse aux Occidentaux.

La danse orientale, influencée par des chorégraphes occidentaux, le cinéma hollywoodien, l'introduction des rythmes occidentaux dans la musique orientale, va vivre une véritable transformation.

De danse collective elle se transforme en danse en solo. La prise d'espace est modifiée par la représentation scénique. Le sens même de ce qui est véhiculé prend une orientation toute particulière quand on sait que l'Égypte est un pays en majorité musulman.
Le costume à lui seul cristallise la transgression et, comme bien des ambivalences en Égypte, elle participe de son charme.
Le fait même que la danse orientale n'a pas le droit de cité pendant la période du ramadan signifie clairement la limite du tolérable.

En France l'appréciation de la danse orientale est biaisée par moult préjugés.
Le plus préjudiciable étant la confusion entre l'expression de l'intériorité et l'intimité.

Dans le premier cas, il s'agit d'un travail introspectif mis en perspective dans un champ plus global des expériences humaines.

Dans le second l'évocation de soi dans un champ plus restrictif qui est souvent lié à la sexualité.

Les deux approches soulèvent néanmoins la question de la représentation de la femme et plus précisément de la femme en mouvement. Une véritable ouverture sur la connaissance de soi.

Toutefois, cette question risque d'être éludée par le nombre toujours croissant d'hommes qui pour notre plus grand plaisir s'adonnent à la danse orientale.

Raja Shakarna

L'amitié, c'est aussi pour toi la découverte d'autres coutumes, d'autres horizons. Raconte-nous ton voyage au bled avec Ouidad, dans le village de ses grands-parents en Algérie.

Ouidad voulait retrouver son père. Elle ne l'avait pas revu depuis sa petite enfance et souhaitait comprendre qui était cet homme. Elle voulait aussi me faire connaître les lieux d'origine de sa famille dans le Souf, ce pays âpre et sensible du Sud algérien. C'était en 1989. L'aventure n'a pas très bien commencé. Lorsque nous arrivons à Alger avec Ouidad et son oncle, les autorités me prient de prendre immédiatement le vol de retour sous prétexte que je n'ai pas de visa à leur présenter. Folle de rage, j'entame une course contre la montre dans Paris pour obtenir ce sésame, et je débarque dès le lendemain à Alger où, enfin, nous prenons un vol pour Biskra, puis nous faisons route jusqu'au bled. À mon arrivée, on me fête en héros. Ses grands-parents n'en reviennent pas que j'aie obtenu un visa aussi vite et racheté un nouveau billet pour venir les voir. J'ai passé un séjour merveilleux aux portes du désert dans leur petit village aux maisons de terre. Je partageais le quotidien de sa famille. Après avoir accompagné sa grand-mère au marché, on la regardait préparer les repas. Elle ne voulait aucune aide et se faisait un point d'honneur de nous cuisiner ces délicieuses kesra aux légumes, une sorte de galette de semoule fine, dorée sur un tagine à feu vif. Elle était fière de nous avoir chez elle. Et moi j'étais heureuse d'être là, dans cet endroit dont j'avais tant entendu parler. Depuis mes dix ans, depuis Grigny. Ce lieu, cette maison, celle des grands-parents, celle-là, la vraie ! Ouidad m'entraînait pour de longues balades dans les dunes à la recherche de roses des sables. On s'asseyait pour contempler cet horizon infini et s'imprégner de la magie du désert et, bien sûr, on refaisait le monde. Au coucher du soleil, les voisines se réunissaient dans le patio autour d'un thé à la menthe brûlant. Il y avait une grande complicité entre les femmes et nous, mais curieusement elles nous traitaient comme leurs enfants. À Paris, nous vivions déjà comme des adultes. Le soir, la grand-mère nous apprenait à embellir et accélérer la pousse de nos cheveux en les imprégnant d'huile d'olive et de citron. Pour les empêcher de friser, elle les tordait si serrés dans un bas qu'ils formaient une longue queue raide. Ça s'appelle kardouf, et c'est très efficace !

Quels rôles incombaient à Ouidad lorsqu'elle t'accompagnait sur les tournages ?

Elle était un peu polyvalente. Habilleuse sur *Prague*, le film de Ian Sellar avec Bruno Ganz, ou « mécano » sur le *Jeanne la Pucelle* de Jacques Rivette, car lorsque je montais mon cheval au grand galop, je semais les boulons de mon armure, et Ouidad était chargée entre autres de les remplacer ! Comme elle s'intéressait à l'Amérique du Sud et parlait l'espagnol, j'ai réussi à la faire engager comme mon assistante lorsque je suis partie tourner *La Peste* en Argentine. À Buenos Aires nous partagions un appartement loué par la production. Là aussi, nous avons vécu des choses incroyables ! Profitant d'une dizaine de jours de répit sur le tournage, nous sommes parties pour le nord de l'Argentine où nous avons traversé en voiture la cordillère des Andes jusqu'à la frontière bolivienne. Un voyage inoubliable. À la fin du tournage, nous avons enchaîné avec le Brésil. On en a partagé des choses toutes les deux, finalement on a toujours habité ensemble jusqu'à l'arrivée de mon premier enfant.

C'est à cette période-là que tu prends des cours de capoeira.

C'est là-bas que j'ai découvert cette danse. Lorsque je voyage, j'aime toujours approcher un pays à travers sa culture et expérimenter le plus possible ses diverses coutumes. Aussi j'ai éprouvé un plaisir inouï à pouvoir m'initier, dans cette terre du Brésil, à cette danse qui fait partie de son histoire. Aujourd'hui la capoeira est à la fois une danse, un sport de combat et un jeu. Son origine se situe en Angola, puis elle a été transportée au Brésil par les esclaves. Cela explique que la capoeira était au départ un entraînement aux combats violents et une manifestation de révolte, et s'est transformée en une danse rituelle à force de répression. Cette danse a un lourd passé, une valeur de témoignage sur les douleurs et la révolte des esclaves. Le pas de base, la ginga, consiste en une espèce de balancement du corps au niveau du sol, comme celui des esclaves alourdis par le poids de leurs chaînes, un mouvement très proche aussi de la gestuelle de certains animaux. Puis la capoeira s'est développée en Asie où elle est devenue un art martial sur lequel se sont greffées de nombreuses acrobaties.

Vous avez été facilement acceptées par les initiés ?

Ces trois semaines de cours intensifs de capoeira nous ont permis de vivre des expériences hallucinantes. On a tout d'abord séjourné quelques jours à Rio dans un quartier assez chaud, puis on est parties à Salvador de Bahia où l'on a sympathisé avec deux jeunes capoeiristes rencontrés sur la plage. Ils nous ont offert l'hospitalité, et nous ont fait découvrir des endroits surprenants. Un soir, un de leurs copains, un jeune et beau Brésilien qui faisait du foot sur la plage, nous propose de nous emmener dans une sorte de cérémonie secrète interdite aux touristes. Comme ces garçons avaient été jusque-là très corrects, la curiosité l'emporte. Notre envie d'insolite était grande, et notre inconscience aussi ! Dans une maison plongée dans la pénombre, on découvre une assistance silencieuse regroupée en cercle autour d'un feu de bois dont les braises crépitent en lançant des étincelles. Des gens se tiennent par la main en formant une ronde. Nos deux amis nous recommandent de nous tenir impérativement un peu à l'écart, et surtout à l'extérieur du cercle. On voit bientôt arriver notre bel ami footballeur, torse nu, coiffé d'une sorte d'aigrette et portant, en guise de cache-sexe, une minijupette en plumes. On le reconnaît à peine, il ressemble à un sorcier africain sorti de la nuit des temps ! Son déguisement rappelle ceux des danseurs de tribus primitives qui accomplissaient des danses rituelles en arborant des masques symboliques d'une grande beauté. Nous sommes les seules spectatrices aux côtés d'une femme obèse. Très vite, les tambours résonnent à une cadence infernale, le jeune officiant se met à danser, il entre en transe et piétine les braises de ses pieds nus jusqu'à ce qu'elles soient réduites à un tas de cendres. On est très impressionnées. Puis il entonne une sorte de mélopée lancinante. Tous les autres participants se mettent à danser et à chanter et, au fur et à mesure, certains entrent dans un état second. Le jeune sorcier footballeur saisit soudain une personne qu'il fait entrer à l'intérieur du cercle. Il chuchote de mystérieuses formules en apposant doucement ses mains sur ses épaules, puis l'entourant de ses bras avec une force herculéenne, il la soulève en la tenant pendant de longues secondes suspendue en l'air, comme s'il la présentait à un dieu céleste. La personne se met à s'agiter, puis le jeune sorcier la lâche avec brutalité, la laissant s'écrouler sur le sol. On la croit évanouie comme après une crise d'apoplexie. Deux assistants viennent l'évacuer et la raniment à coups de claques sonores dans une pièce adjacente. Tétanisées par ce rituel étrange qui se renouvelle avec d'autres initiés, on se regarde furtivement avec Ouidad. À présent, toute l'assistance est prise de convulsions. Alors le copain sorcier s'avance vers nous et embarque la grosse dame à nos côtés d'un geste brusque. Il la soutient au-dessus du sol malgré son embonpoint, elle doit peser le double de son poids ! Puis il la jette carrément sur le sol et, comme un derviche fou, elle entre dans un mouvement perpétuel sur elle-même, secouée de violents soubresauts. Elle finit par s'écrouler comme une masse sans vie. Toute tremblante, je dis à Ouidad : « Maintenant ça va être notre tour. » Alors on a pris la poudre d'escampette et on a couru dans la nuit comme des dératées ! Le lendemain, notre jeune sorcier aux pouvoirs de désenvoûteur jouait à nouveau au foot sur la plage avec des mômes de son âge. On lui a fait un petit signe de la main… de loin. Quelle folie ! On parcourt des kilomètres, on survole des océans pour aller vers l'autre, et une fois sur place, l'autre nous fait peur, quelque chose en lui demeure irréductiblement différent. C'est étrange…

Votre amitié avec Ouidad s'est enrichie de toutes sortes d'expériences !

Oui, vingt-trois ans d'amitié, ce n'est pas rien, c'est profond, il s'en passe des choses ! Elle était incroyable, Ouidad, en quête d'absolu vis-à-vis des autres et d'elle-même, et excessive en tout.

En quoi ?

Je ne sais pas, avec le sport, par exemple, la nourriture... Comme toutes les ados, on décidait régulièrement de suivre un régime. On faisait du jogging, des abdos, le midi on mangeait quelques courgettes, et le soir on se gavait de tablettes de chocolat ! Je remarquais que Ouidad en faisait toujours plus que moi. Elle avait besoin d'aller à fond dans ses excès. D'ailleurs, en Argentine elle m'a fait un sale coup.

Lequel ?

Sur le tournage de *La Peste*, comme Ouidad n'était pas rémunérée par la production, j'avais décidé de lui donner chaque semaine la moitié de mes défraiements. Le matin on allait prendre des cours de tango, et l'après-midi, pendant mes répétitions, elle avait tout son temps pour visiter la ville. J'avais remarqué qu'elle occupait principalement ses journées à traîner dans des magasins. Un week-end, alors que l'on part ensemble pour un shopping, je découvre mon enveloppe totalement vide. Me voyant furieuse, Ouidad m'avoue immédiatement qu'elle a piqué ma part. Là, elle était allée trop loin ! Il n'y avait jamais eu de problèmes d'argent entre nous. Au cours de la longue explication que nous avons, Ouidad me confie qu'elle a claqué pour 7 000 francs de disques, de fringues et babioles diverses... Je ne comprends pas qu'elle ait pu dépenser toute cette somme. Elle m'explique en pleurs qu'elle ne peut pas s'empêcher d'amasser des objets, d'acheter n'importe quoi, et de répéter ce geste avec frénésie. Elle se sent envahie par ce désir qu'elle ne parvient pas à apaiser.

Quel sens donnait-elle à sa souffrance et comment expliquais-tu son problème de consommation compulsive ?

Je ne l'avais jamais vue agir ainsi. Je ne considérais pas son geste comme un vol, Ouidad n'était pas quelqu'un d'intéressé. Elle semblait déstabilisée au point d'être dépassée par cette situation, mais était-ce pour elle une façon d'exister ? Je n'avais pas la réponse. Sans doute lui était-il plus facile de dilapider ses défraiements. Cet argent en liquide lui semblait virtuel, pour elle il ne représentait pas un salaire en contrepartie d'un travail. C'était de l'argent en plus, en quelque sorte. Au cours de la discussion, Ouidad s'est confondue en excuses. Elle m'a remboursée, et je lui ai pardonné sa maladresse.

À Buenos Aires, Ouidad était loin de chez elle, livrée à elle-même toute la journée, sans véritable statut sur ce tournage, sans rôle précis sur ce film, comme dans sa vie d'ailleurs. Cette fois-ci, être la copine de l'actrice ne lui suffisait plus. En tout cas, peut-être était-ce un appel qu'elle t'envoyait ?

Tu as raison, je ne l'ai pas reçu comme cela dans un premier temps. En fait, son comportement était révélateur d'un profond déséquilibre. Son geste racontait Grigny. Il nous ramenait à nos origines modestes. Nos familles n'avaient pas d'argent, mais chez elle, ce n'était pas grave. Grâce à son tempérament d'artiste, sa mère avait transmis à ses filles sa passion de la musique et de la danse. Elles étaient riches de leur curiosité sur l'art, sur les cultures, sur le monde. « Même si on n'a pas grand-chose, on est heureux », répétait sa mère.

Moi, gamine, j'avais vraiment envie de vivre mieux, de profiter de ce que la vie offre, de m'acheter des fringues… comme si cela allait faire mon bonheur ! Quand j'ai commencé à gagner de l'argent, le fait de devoir subvenir aux besoins de ma famille m'a appris très tôt à gérer un budget. Finalement, j'ai trouvé ce qu'il me manquait en faisant ce métier, l'argent était nécessaire et commode mais, déjà à cette époque, je n'en avais plus besoin pour me sentir exister. Pour Ouidad qui n'en avait jamais beaucoup gagné, l'argent restait un luxe inaccessible.

Cette souffrance s'est manifestée de nouveau ?

Plus tard Ouidad est tombée, à mon sens, dans un excès inverse en se détachant des biens matériels pour s'adonner à la méditation. Elle se dépouillait de tout, elle avait besoin de faire le vide dans sa tête et autour d'elle, m'expliquait-elle, un tapis de prière et une bougie lui suffisaient. Moi, au même moment, je prenais plaisir à agencer ma toute nouvelle maison, à me faire un coin qui me ressemble. Je découvrais l'aisance qui permet de ne plus être obligé de se contenter de l'indispensable. J'accédais à un certain confort, à un art de vivre que je souhaitais partager avec ma meilleure amie, mais à présent nos différences, nos modes de pensée nous éloignaient l'une de l'autre. C'était triste.

Cette quête spirituelle lui a-t-elle apporté un apaisement, une harmonie intérieure ?

Je ne sais pas. J'avais le sentiment que cette vie de renoncement ne lui faisait pas toujours du bien. Pour moi, elle perdait sa fraîcheur à être constamment centrée sur elle-même. Pourtant elle me rassurait : « J'ai trouvé un équilibre avec mon corps, à présent je me sens libre, nettoyée de tous les artifices, les faux désirs. » Ses arguments ressemblaient finalement à de grandes considérations un peu toutes faites sur la vie. J'ai toujours eu du mal avec les introspections à outrance.

Vous vous êtes retrouvées plus tard ?

Pas vraiment. On se revoyait ponctuellement pour faire du sport, mais nous n'avions plus nos longs moments de complicité intense, elle les passaient davantage avec ma sœur Lydie. Nous avons repris doucement un contact intime, nous promettant de ne plus laisser s'installer entre nous de longues absences. Elle m'a rendu visite un après-midi alors que je me remettais avec peine d'une violente agression avec une triple fracture de la mâchoire, huit dents cassées et une ouverture de cinq centimètres sous le menton... J'étais abîmée. Ouidad est restée dîner, nous avons longuement parlé de ce qui m'était arrivé. Avec ma mâchoire brisée et ma bouche équipée d'un appareillage dentaire conséquent qui me faisait ressembler à l'homme au masque de fer, manger était devenu un pensum, un exercice périlleux. Je ne pouvais m'alimenter que de liquides à l'aide d'une paille, mais j'avais commandé spécialement pour elle ces fameuses crevettes de chez Flo qu'elle adorait. Je me souviens de ce moment où, face à moi, avec cet humour très personnel que je lui connaissais bien, Ouidad me narguait en croquant ses crevettes, suçant les carapaces avec délices, s'extasiant sur la saveur du suc, se léchant les babines. Même si pour m'amuser elle en rajoutait sur son appétit et son bonheur de vivre, son plaisir était réel. Et moi, malgré de monstrueuses souffrances pour parler ou sourire, je plaisantais en la traitant de tous les noms. Pourtant je me sentais tellement amaigrie et diminuée, toute blessée, toute meurtrie, j'avais l'impression de ne plus être vivante. En aspirant laborieusement sur ma paille pour essayer d'avaler mon maigre bouillon, je la regardais avec envie. Elle m'avait annoncé qu'elle était amoureuse, et pour la première fois, elle envisageait de s'installer avec un homme, elle se projetait dans l'avenir. Je me disais intérieurement : « Mon Dieu, quelle chance elle a d'être si pleine de vie ! »

Voilà ma dernière image de Ouidad, en pleine santé, euphorique, dévorant à belles dents ! La vie est étrange… Ouidad est morte soudainement quelques jours plus tard.

Soudain, tu n'avais plus de meilleure amie.

La mort m'a pris mon amie. Une mort injuste. Un matin la tante de Ouidad me téléphone pour m'apprendre la nouvelle. Durant la nuit, son fiancé qui la ramenait d'un séjour dans un ashram en Bourgogne s'est assoupi au volant. La voiture s'est retrouvée en biais sur les voies, en sens inverse sur l'autoroute, une automobile est venue la frapper de plein fouet. Ouidad assise à la « place du mort » est décédée sur le coup. Je reste sans voix, vidée de mes forces, je raccroche. Je suis prise d'un vertige, sur le point de m'écrouler, peu à peu je me sens partir… Jeanne, ma petite fille de sept ans qui est à mes côtés, tremble de peur en me voyant livide. Face au visage de cette enfant désarmée, à son angoisse d'être abandonnée, une résistance intérieure se cabre et je me dis : « Je n'ai pas le droit de m'écrouler. » Après quelques minutes de récupération, je vais prendre ma douche. Jeanne, inquiète, me suit pas à pas sans me quitter des yeux. À partir de cet instant-là, je me promets de tenir, malgré ma souffrance physique, la blessure psychique de l'agression et la sensation soudaine d'être orpheline. Passant une sorte de pacte avec moi-même, je décide de mordre dans la vie ! Lorsque nous étions gamines, Ouidad m'avait ouverte au monde, alors quoi qu'il arrive, je poursuis ma route... Toutes ses recherches à travers la méditation, sa quête de plénitude et de spiritualité, je ne sais pas si tout cela existe, mais je fais confiance à Ouidad. Pour elle, la vie ne se résume pas à notre monde matériel, alors, malgré son départ, elle est toujours l'amie qui m'accompagne. Et pour venger sa mort injuste, je vivrai.

Finalement, cette douleur innommable t'a sauvée.

Oui, face à son absurde destin, mes misères devenaient supportables. J'ai appréhendé différemment d'être astreinte à cause de cette agression à faire mes exercices de rééducation devant un miroir trois fois par jour, pendant trois quarts d'heure. J'ai accepté plus facilement de voir ma gueule cassée. On avait voulu me défigurer, eh bien je m'appliquerais à retrouver mon sourire. Personne ne peut me l'enlever. Ouidad était morte, moi j'étais en vie. Douloureusement, mais en vie. C'est tout ce qu'il me restait. Jamais on ne m'enlèvera l'envie de sourire à la vie...

Ouidad a été enterrée au bled.

Oui, quelques jours plus tard Ouidad a été emmenée en Algérie. Nous avions prévu avec ma sœur Lydie, qui était restée sa grande amie, de faire le voyage. Pour le visa, nous avons été obligées d'aller faire des photos d'identité. Ces instants ont été troublants et douloureux. Ce souvenir reste très présent. Le photographe voulait m'imposer de sourire, il ne cessait de me répéter : « Souriez, souriez », alors que je sentais les larmes me monter aux yeux. Ouidad était morte. Le chagrin et cette armature de fer posée sur ma mâchoire me déchiraient la bouche. Pourquoi étais-je encore confrontée à mon sourire qui m'avait doublement été enlevé, par la violence, et maintenant par le deuil de mon amie ? Finalement, je n'ai pas eu la force physique d'accompagner Ouidad à reposer dans sa terre natale. Le jour de son enterrement, un soleil d'Afrique illuminait Paris, je me suis habillée de blanc, j'ai pensé à mon amie et… j'ai souri.

C'était le 1er avril 2001, le jour de son anniversaire.

Avec elle

Avec elle je ris, avec elle je pleure, avec elle je souris, avec elle je suis une chipie, avec elle je suis une gamine. Avec elle j'ai toutes les audaces. Avec elle je me sens reine, avec elle je me sens soleil.
Elle est mon amie. L'amie retrouvée.

M
comme Maurice
ma bonne étoile

Vous alliez souvent au cinéma en famille ?

Jamais, mes parents ne pouvaient pas payer une dizaine de tickets pour toute la smala. 300 francs en moins sur les 7 000 du salaire d'ajusteur de mon père, ça fait un trou dans le budget ! De toute façon, on ne connaissait pas les balades en famille, sans voiture, avec un père harassé par sa semaine de travail et une mère épuisée et agacée par toute sa marmaille, c'était impensable. La seule fois où l'on a fait une sortie au cinéma, c'est avec notre oncle qui, lui, possédait une voiture. Il nous a emmenés au Grand Rex pour voir un dessin animé, *Les Aventures de Bernard et Bianca*. Du haut de mes dix ans, l'histoire de ces deux souriceaux qui volent au secours d'une petite orpheline séquestrée dans les sous-sols des Nations unies à New York m'a enchantée. Alors que toute la famille était en joie, la fête avait failli être gâchée. Au moment de quitter la maison, on avait déjà tous enfilé nos manteaux quand, soudain, on avait entendu notre chat Grisouille miauler à la mort. Personne n'arrivait à distinguer précisément d'où venaient ses cris déchirants. Nous voilà tous lancés à sa recherche, dans l'agitation et l'énervement, ce contretemps allait nous faire rater le début du film. En fait, Sabine avait caché le matou dans le congélateur !

Chez toi, la télévision trônait dans le salon ?

La télé était allumée en permanence. Avec mon père, nous adorions les westerns et nous ne manquions sous aucun prétexte les comédies avec Louis de Funès ou les films avec Lino Ventura. Ah, Lino, mon acteur préféré ! On regardait les classiques du Ciné-Club en noir et blanc. Je me souviens aussi d'un cycle François Truffaut ; *La Femme d'à côté* avec Fanny Ardant et Depardieu m'avait bouleversée. J'étais allée me cacher dans les toilettes pour pleurer.

Pourquoi dissimuler ton émotion ?

J'avais honte… Il était inconcevable pour moi que mon père me voie en larmes à cause d'un film. Sa pudeur immense ne lui permettait jamais de laisser paraître ses émotions, pour lui ç'eût été de la faiblesse.

D'autres actrices ont pu t'influencer ?

La seule actrice dont je rêvais, émue par sa beauté, sa liberté, son côté provocant, c'est Bardot. J'en étais dingue ! J'adorais sa coiffure, la fameuse choucroute ! Je me crêpais les cheveux pendant des heures pour finalement obtenir une coiffure à peine gonflée, genre soufflé retombé. Deux de ses films m'avaient profondément marquée, *En cas de malheur* et *La Vérité*, ses meilleurs rôles. À l'époque, je ne connaissais rien au cinéma, mais j'avais déjà un goût sûr ! Devant ma glace, j'imitais Bardot en reprenant ses chansons. J'en connaissais par cœur toutes les paroles. « J'ai les cheveux dans le vent, le soleil me trace la route… »

Le titre du livre vient de cette chanson composée par Jean-Max Rivière. Elle va bien au côté « solaire de Bonnaire », comme dirait Pialat !

J'adore cette chanson, je la chante encore aujourd'hui à mes filles.

Bardot t'a donné envie d'être actrice ?

Non. Je n'ai jamais eu envie d'être actrice. Je m'imaginais majorette, chanteuse, danseuse, mais actrice… franchement, ça ne me disait rien. Pour moi, les actrices n'étaient pas assez extraverties. Par contre, les Clodettes qui dansaient autour de Cloclo sur un rythme endiablé, belles comme des déesses et tellement sexy dans leurs minishorts à paillettes, voilà ce qui me faisait rêver ! Je ne ratais aucune émission de Maritie et Gilbert Carpentier, la série des « Numéro 1 », etc.

Pourtant tu as fait un peu de figuration dans un film à succès à l'époque ?

Tout à fait par hasard. Une copine de classe dont le père travaillait dans une agence de casting nous a proposé avec Lydie de faire de la figuration sur *La Boum I*. On a surtout retenu le fait que la journée était payée 350 francs, une somme énorme. Engagées pour deux semaines, on a vite déchanté, trop d'attente, à ne rien faire. Les assistants nous traitaient comme du bétail. Une fois empoché nos 950 francs, ce qui pour nous représentait déjà un petit magot, on est parties vaquer à d'autres occupations. C'est amusant de repenser à tout cela avec distance. Dernièrement, j'ai offert le coffret des deux *Boum* à Jeanne. Dans un des bonus, j'ai découvert avec surprise une rubrique intitulée : « Que sont-ils devenus ? » La caméra s'attarde sur deux jeunes comédiennes auxquelles la presse à l'époque promettait un bel avenir, Sheila O'Connor et Alexandra Gonin, toutes deux épatantes dans les rôles de Pénélope, la meilleure amie de Vic, et sa sœur Samantha. Aujourd'hui, l'une et l'autre ont plus ou moins disparu des plateaux. On les revoit dans une séquence tournée dans une cour d'école et, derrière elles, on aperçoit à peine deux petites figurantes. Deux gamines un peu maladroites et terriblement jalouses de ces jeunes actrices sous les feux des caméras. Ces deux petites envieuses, c'était ma sœur et moi. On se disait : « Elles ont de la chance, il n'y en a que pour elles. Nous derrière, on n'existe pas. » Je me souviens d'une autre scène où j'étais persuadée qu'on ne verrait que moi à l'écran car je portais une doudoune rose fuchsia superflashante, et finalement, dans le film, je suis bord cadre, on n'aperçoit qu'un bout de manche ! Mon destin est incroyable, anonyme dans ce film, j'ai eu ensuite la chance d'être propulsée dans la lumière. Il m'arrive de croiser des débutants lors de séances d'essais pour un film, ou comme partenaires sur un tournage. Ils sont toujours pleins d'espoir, certains débordent de talent, et pourtant la plupart disparaissent. Ce métier est parfois injuste.

On t'aperçoit aussi dans Les Sous-Doués en vacances, *tu reviens de loin...*

Oui, et dire qu'on m'a parfois étiquetée comme actrice intello, l'égérie du cinéma d'auteur ! Dans cette comédie de Zidi, j'avais pris du galon, je faisais ce qu'il est convenu d'appeler de la « figuration intelligente », c'est-à-dire que j'avais un texte à dire. En l'occurrence, mes dialogues se limitaient à un mot : « Oui » ! Je joue une jeune groupie en extase devant Guy Marchand tandis qu'il susurre son tube : « Destinée, On était tous les deux destinés, À voir nos chemins se rencontrer, À s'aimer sans demander pourquoi, Toi et moi... » À la fin de sa chanson, Guy Marchand s'adresse au public : « Est-ce qu'il y a quelqu'un qui m'aime dans la salle ? » Zidi fait alors un contrechamp sur les figurants et j'apparais en gros plan en train d'hurler : « Ouiiii ! » Ayant remarqué que la caméra s'attardait sur moi, j'étais rentrée du tournage superfière. Évidemment, je suis tombée raide dingue de Guy Marchand, son côté crooner me rendait folle. Quelque temps plus tard, lors d'une de mes premières rencontres avec Pialat, je lui fais le récit de ma formidable carrière de figurante. D'un petit air moqueur, il me dit : « Et bien sûr tu as craqué sur Guy Marchand ? Tiens, on va l'appeler. » Il compose aussitôt le numéro de téléphone de cet acteur qu'il avait dirigé dans *Loulou*. Sans préambule, il lui dit : « Guy, ne quitte pas, je vais te passer une jeune fille qui est follement amoureuse de toi ! », et il me tend le combiné. Rouge de honte, je ne sais plus quoi dire, je perds tous mes moyens, je bredouille quelques mots insipides : « Non, ce n'est pas vrai, je vous aime bien, c'est tout… mais… je vous aime bien quand même. »

Tu es une des rares comédiennes de ta génération à ne pas avoir fréquenté l'un des cours d'art dramatique qui ont renouvelé, avec plus ou moins de bonheur, le cheptel du cinéma français à l'époque, le cours Florent, l'école des Amandiers à Nanterre où Patrice Chéreau professait, etc.

Oui, avec Sophie Marceau, nous ne sommes pas sorties diplômées de ces institutions ! Nous ne sommes pas non plus des filles de... À la fin des nombreux mois de tournage d'*À nos amours*, voyant que je commençais à changer, à faire un peu attention à mon jeu, Pialat m'a conseillé de ne surtout pas prendre de cours. J'ai appris avec lui, sur le terrain. Cet apprentissage était d'autant plus plaisant que je n'avais pas l'impression de travailler. Pourtant Pialat entrait dans des colères monstres lorsque je n'arrivais pas à « prendre le créneau », comme il disait. C'est-à-dire à bien me placer dans l'axe de la caméra, sans cacher ou être cachée par un partenaire. « Prendre le créneau », je me demandais ce que cela pouvait signifier, moi qui n'avais pas mon permis ! Cette maîtrise de la technique, tout ce langage codé m'étaient totalement étrangers. Je n'avais pas encore assimilé comment rester dans le champ de la caméra durant mes déplacements. Dans le mouvement, je tournais la tête, et la caméra me perdait en plein dialogue. Un jour pendant des essais, alors que nous n'étions plus que deux ou trois filles en lice pour le rôle, Pialat nous a lancé juste avant de dire « action »: « Celle qui prendra le mieux le créneau aura le premier rôle ! » Ça nous a mis une de ces pressions ! Dans les improvisations, il suffit de bien se caler dans ses marques, on bouge peu, c'est assez facile, mais sur le plateau, quel enfer ! Ce que j'ai pu me faire engueuler à cause de ce fameux « créneau » ! Pialat me hurlait dessus, il pouvait être méchant, agressif : « Tu es nulle, pourquoi tu tournes la tête ? » Il envoyait valser son script à l'autre bout de la pièce, on entendait une mouche voler, toute l'équipe était pétrifiée. Puis il allait voir discrètement un assistant pour lui dire : « Elle fait chier cette gamine, elle vient de faire un truc magnifique, mais elle sort du cadre, on ne la voit pas à l'image ! Elle ne sera jamais aussi bien à la prochaine prise. » À partir du moment où je l'ai surpris à faire ce compliment masqué, j'ai pu enchaîner les prises suivantes avec un peu plus de confiance en moi. Et surtout avec l'envie de réussir la scène, pour qu'il soit encore plus fier de moi.

Ta rencontre avec Pialat s'est faite sur un coup de chance. À partir de là, le destin s'est mis en marche.

Oui, c'est incroyable ! Un jour, ma sœur Lydie tombe par hasard sur une petite annonce dans le journal *France-Soir*: « Société de production recherche deux jeunes filles de quinze, seize ans pour les rôles principaux d'un long métrage de fiction. » Pas d'appareil photo à la maison, alors elle fonce à la gare se faire tirer le portrait, et envoie à la production des Photomaton tachés d'encre. Trois jours après, coup de téléphone.

Premier coup de chance, notre ligne n'est pas coupée, ce qui arrive parfois lorsqu'on traverse des périodes de vaches maigres à la maison. Je décroche : « On voudrait auditionner d'urgence Lydie Bonnaire pour le personnage principal d'un film. » Lydie vient juste de fuguer à nouveau vers le Sud pour voir son petit copain. Je suis à la fois heureuse pour elle, et catastrophée car elle est en train de rater un premier rôle ! Puisque la production la convoque, je suis persuadée qu'elle est déjà choisie pour le film. J'en parle à ma sœur Corinne qui ne se démonte pas : « File-moi le numéro, on va aller tenter notre chance, ils ont peut-être besoin de figuration. » Je rechigne un peu, la figu, j'ai déjà donné, ça m'ennuie. Corinne insiste : « Allez, ça nous fera toujours une virée à Paris. » Le rendez-vous est pris. Un assistant nous reçoit et nous explique vaguement le sujet du film. À l'époque, Pialat se remet sur un ancien projet qui avait capoté pour diverses raisons, *Meurtrières*, une histoire inspirée d'un fait divers qui a défrayé la chronique dans les années soixante-dix sur l'assassinat d'un automobiliste par deux jeunes auto-stoppeuses. Pialat qui faisait des mots croisés dans la pièce à côté vient s'installer sur un tabouret et nous scrute avec son petit sourire au coin des lèvres. Ce type a une bonne gueule, je le trouve plutôt sympa. Après nous avoir posé quelques questions banales, il nous demande de faire des essais. On doit improviser sur l'idée suivante : notre sœur aînée doit se marier, et nous avons chacune des avis opposés, l'une est pour, l'autre contre, puis on inverse les rôles. Pialat semble plutôt satisfait. Il souhaite nous revoir lorsque Lydie sera de retour. « Si la troisième sœur est aussi bien que vous deux, j'aurais trouvé mon rôle », dit-il. Tout excitées, on descend avec Corinne prendre un sandwich au café du coin, rue des Sablons près de la Gaumont. Pialat arrive peu de temps après pour déjeuner dans le même troquet, il s'avance vers nous : « Allez les filles, je vous paye les sandwichs ! » Je me dis : « quelle classe ! » Ça tombe à pic, on a à peine de quoi payer l'addition. Quatre jours plus tard, on revient avec Lydie, accompagnées de notre père qui veut savoir où ses trois filles mettent les pieds. D'autres rendez-vous se succèdent pendant trois semaines. Durant les trajets qui nous ramènent à Grigny, on s'envoie des compliments entre sœurs comme pour conjurer le sort : « C'est toi qui vas décrocher le rôle, t'as vu comme il t'a regardée ? », « Non, tu es folle, c'est toi, il n'a pas arrêté de te parler ! » Une semaine passe et on se retrouve avec Corinne à Paris dans le bureau d'une compagnie d'assurances pour régler un problème de fuite et, comme elle a oublié un papier, elle appelle mon oncle. « Ça tombe bien, lui dit-il, je viens de recevoir le coup de fil d'une production qui m'a demandé de passer le message : "Sandrine doit rappeler immédiatement monsieur Pialat, elle est choisie pour le rôle." On a bien fait de laisser le numéro de téléphone du tonton à la production, car cette fois-ci, à la maison, on nous a coupé la ligne ! Lorsque Corinne m'annonce la nouvelle, je ne la crois pas car, entre filles, on n'arrête pas de se chicaner et de se monter des canulars. J'imagine déjà mes sœurs se foutre de moi ! J'ai trop peur que Corinne me joue un tour, alors je ne rappelle pas la production. Elle insiste. Je finis par appeler en fin de journée et, au bout du fil, l'assistant se met à hurler : « On essaie de te joindre depuis ce matin… tu ne veux pas faire le film ? » Je cours vers mon père pour lui annoncer la nouvelle. Je crois pouvoir dire qu'il paraissait assez fier de sa fille. Voilà comment a commencé ma grande et belle histoire avec Pialat.

*La genèse d'*À nos amours *est une grande nébuleuse, tu peux nous la résumer ?*

En 1975, Maurice Pialat avait demandé à Arlette Langmann qui partageait sa vie d'écrire une histoire inspirée de sa jeunesse, mais son scénario, *Les Filles du faubourg*, est laissé de côté, bien qu'il ait obtenu l'avance sur recette à l'écriture. Quand le projet de *Meurtrières* capote à son tour, Pialat reprend avec Arlette Langmann le script des *Filles du faubourg* en recentrant le récit autour du personnage de Suzanne et le nourrit de nos discussions où il m'a demandé de lui raconter ma vie quotidienne, ma relation avec mon père, ma vie sentimentale d'adolescente, etc. Puis Pialat décide de se donner le rôle du père de Suzanne en s'inspirant de sa relation avec moi. Il incorpore aussi la petite histoire que je vivais avec mon amoureux, Tom, un Américain rencontré à Londres lors d'une escapade avec Ouidad pendant un arrêt du tournage. Quand Tom me rejoint à Hyères, Pialat lui confie le rôle du garçon avec qui Suzanne fait l'amour pour la première fois. Voilà, ce film est lié à ma propre histoire, à la propre vie de Pialat, à notre complicité. Cela fait une espèce de pot-pourri qui est loin d'être pourri d'ailleurs ! Un très bon terreau d'amour au contraire... Et puis pendant le tournage, Maurice rencontre Sylvie Danton, une jeune femme d'une vingtaine d'années engagée à la régie. Il l'épousera quelque temps plus tard et aura avec elle son premier enfant.

De quel amour s'agissait-il dans votre relation avec Pialat ?

Peut-être projetait-il sur moi une relation paternelle avec l'enfant qu'il a longtemps désiré... En effet, j'avais parfois l'impression d'être sa fille adoptive, il était très protecteur. Un jour, alors que nous tournions en plein hiver une scène en extérieur, voyant que j'avais juste mon petit manteau sur le dos, Pialat a profité de la pause déjeuner pour m'emmener faire les boutiques. Il m'a offert deux blousons de cuir de chez Chevignon, une paire de bottes de chez Arche, une superbe gabardine rose que je portais sur la première affiche du film qui s'appelait alors *Suzanne*. Il a dépensé pour 20 000 balles de fringues, un cadeau fou pour moi ! Pialat n'était pas toujours d'humeur égale, mais on ne peut pas lui reprocher d'être radin. C'est curieux, il y avait entre nous une relation affective quasi familiale, et à la fois notre lien était plus troublant…

Que veux-tu dire ?

J'ai du mal à définir vraiment notre relation. Dans *À nos amours*, Pialat m'a filmée comme une petite bonne femme, c'est-à-dire à la fois comme une gamine de quinze ans qui sort à peine de l'enfance et en même temps comme une femme. Cela devait être aussi troublant pour lui que pour moi, car à ce moment-là je me sentais adolescente et femme. Je regardais Maurice tantôt comme mon père, et parfois comme un homme. Un homme désirable aussi…

En visionnant À nos amours, *on perçoit le désir de Pialat à te filmer, à filmer ta beauté d'adolescente. Sa caméra ne te quitte pas des yeux.*

Oui, de la même manière que l'on voit si un peintre est amoureux de son modèle. Ce désir est platonique. Ce désir est artistique. La beauté à l'état pur d'une jeune fille peut inspirer un créateur, provoquer une forme d'irrésistible attirance. Chez Picasso, c'est flagrant, il va très vite délaisser Olga, son épouse, pour s'étourdir de la beauté juvénile de Marie-Thérèse qui n'avait pas quinze ans quand il l'a rencontrée. L'important est de ne pas franchir la barrière, de ne pas transgresser le rapport platonique. Pialat a peut-être éprouvé inconsciemment ce désir, mais il a toujours été profondément respectueux. Son désir était clair pour lui, je ne l'aurais pas aimé autant s'il en avait été autrement. En se donnant le rôle de mon père dans le film, son choix ôtait toute ambiguïté. Il avait fait connaissance avec ma famille et gagné la confiance de mon père. J'étais flattée de sentir en permanence le regard admiratif et aimant de cet homme. Autant je devinais le désir des petits mecs de mon âge, mais de quelqu'un de beaucoup plus âgé, c'était impensable.

On sent quand un réalisateur est « amoureux » de son interprète. Cela donne les plus beaux films. Ingrid Bergman n'a jamais été aussi sublimement filmée que par Rossellini, Bardot par Vadim, Gena Rowlands par Cassavetes, Karina par Godard, Binoche par Carax... Rock Hudson par Douglas Sirk.

Rock, quelle belle actrice ! Je pense que chez Maurice, cet « amour » pour son interprète était totalement dédié au film. Le désir chez un réalisateur est indispensable pour filmer son actrice, de même qu'il est essentiel à l'actrice de se sentir désirée. En même temps, pour moi ces idées sont des clichés un peu faciles. Je préfère mettre des frontières, je veux qu'il n'y ait aucune ambiguïté avec le metteur en scène. Si l'on parle en termes de désir, pour moi l'important est que le réalisateur éprouve du désir pour mon talent, et le désir de bien me filmer, c'est-à-dire de façon juste par rapport à la vérité de mon personnage. Moi, en tant qu'actrice, je souhaite avoir le désir d'un rôle. Le désir aussi d'épater le metteur en scène et toute l'équipe. Et avant tout de m'épater moi-même. Dès que l'on sort de ce cadre, le jeu est faussé, je m'en suis rendu compte. Parfois, le regard d'un metteur en scène a pu me gêner.

Avec Pialat ?

Non, bien qu'en revoyant il y a peu de temps *À nos amours*, avec la distance, j'ai pu mieux apprécier la sensibilité avec laquelle Maurice avait filmé ma nudité. Certaines scènes m'ont à nouveau éblouie, et d'autres terriblement dérangée. Il y a par exemple un moment dans le film où il n'est pas indispensable que Suzanne se balade les fesses à l'air. J'ai éprouvé une impression de gêne de façon bien plus violente encore, en visionnant récemment *Le Meilleur de la vie* de Renaud Victor. Le film a des qualités, mais pourquoi toutes ces scènes où l'on me voit nue ? Lorsque Pialat me demandait une scène dénudée pour *À nos amours*, il prenait des précautions, il me disait : « Si tu ne veux pas jouer nue, ne le fais pas. » Avec Renaud Victor, j'étais trop naïve, c'était seulement mon deuxième film. Sottement, je n'ai pas osé refuser, je ne voulais pas faire la fille qui ne veut pas. Je me disais : « Peut-être qu'il faut se mettre à poil tout le temps au cinéma ? » Ce qu'on peut se faire avoir à seize ans ! Il y a quelques scènes que je regrette amèrement d'avoir acceptées ; des erreurs de jeunesse. On a parfois profité de mon innocence. Mon père a été catastrophé en voyant ces scènes. Elles sont pourtant plutôt soft par rapport à ce que l'on peut voir aujourd'hui, mais quand j'y repense, je me dis : « Je lui ai fait un sale coup, au père ! »

Tu avais conscience que Pialat filmait passionnément chez toi l'enfance qui s'échappe ?

Non, pas vraiment. C'est vrai qu'il filme la beauté naturelle d'une jeune fille devenant femme. Le moment où elle découvre en toute innocence l'amour, le désir, où elle est dans l'appétit de l'avenir et veut mordre la vie. Cette vie qui est devant elle et qui ne doit pas lui résister, ni la tromper. Instinctivement, elle fonce. Et à la fois, cette innocence qui s'enfuit, je la sentais bien. À quatorze ans, j'avais déjà ce corps de femme. Pialat adorait aussi filmer mes moments perdus, lorsque mon regard se perdait au loin dans mes pensées. Il croyait me voler mais, au fur et à mesure du tournage, j'avais repéré le signe discret qu'il faisait au cadreur pour lui demander de tourner ces instants-là !

*On se souvient d'une image métaphorique au générique d'*À nos amours. *Sur fond du* Cold Song *tiré du* King Arthur *de Purcell dans la version envoûtante de Klaus Nomi, on te voit de dos campée à la proue d'un bateau qui fend la mer. Tu fonces vers la vie, vers ton avenir...*

Maurice m'a repérée à l'avant du bateau alors que j'étais dans mes pensées, et il a filmé. J'en suis heureuse parce que cette image symbolise très intimement mon histoire avec lui. Cet homme m'a donné la chance de pouvoir me lancer vers un bel horizon. Il m'a ouverte à la vie, il m'a fait découvrir mon métier, et une façon d'exister. Sans vouloir être prétentieuse, je dirais que cette image, c'est la place qu'il me désignait dans le cinéma. Il souhaitait que je sois à l'avant du grand bateau du septième art ! C'était sa façon de me dire : « Va de l'avant, ma fille. Je t'ai donné ta chance, maintenant à toi de jouer ! » *À nos amours* reste le plus beau cadeau de ma vie. Pialat m'a appris à prendre le vent ! Maurice est ma bonne étoile. Si je n'avais pas été guidée par cette bonne étoile, j'aurais peut-être fait naufrage…

La scène de la fossette est l'un des moments du film les plus empreints de tendresse. Une scène emblématique de votre relation passionnelle.

Oui, on ne sait plus s'il s'agit de Sandrine et Maurice ou de Suzanne et son père. On s'est pris au jeu de la situation l'un et l'autre en improvisant. Pialat faisait durer la prise, il m'envoyait une vanne, je répliquais. Je pense pouvoir dire qu'il appréciait la façon dont je rebondissais. Ça se voit dans sa façon de dire : « La fossette, mais tu en avais deux avant ? » Je réponds : « Oui, mais elle en avait marre, elle est partie elle aussi. » Tout ça n'était pas écrit. Oui, c'est une jolie phrase. Je l'ai sortie comme ça… Elle l'avait cueilli. Dans son regard, je voyais qu'il avait tellement de plaisir à faire cette scène avec moi. Je percevais dans cet échange une vraie déclaration d'amour mutuelle, et j'en jouissais beaucoup sur l'instant. Après qu'il a dit « coupez », je me souviens bien de son attitude, il a mis les mains dans les poches de son jean et, avec un grand sourire, campé devant moi, il m'a félicitée. J'étais fière.

Le personnage du père interprété par Pialat exprime une mélancolie, un chagrin. On devine que cette tristesse inquiète assombrit aussi sa vie personnelle.

Sûrement. Pialat trimballait une sorte de mal-être en permanence. Certaines répliques du film traduisent son pessimisme. À la fin, lorsque le père surprend la famille au cours du dîner, c'est le personnage du père, mais c'est aussi Maurice qui s'exprime lorsqu'il dit : « La tristesse durera toujours. » Cette mélancolie faisait partie de son quotidien, Maurice était hanté par elle.

Cette part sombre de Maurice, son côté noir, ses propos lucides et pessimistes ne t'effrayaient-ils pas, toi, l'adolescente au sourire solaire ?

Non, je connaissais… Ma mère est un peu cyclothymique, tantôt fonceuse, capable d'un enthousiasme débordant, puis broyant du noir et très négative, alors la vie devient un désastre. J'accueillais cette noirceur chez Pialat car elle se teintait de poésie. Je l'idéalisais, elle confortait ma vision romantique de l'art. Avec ma jeunesse, j'imaginais que la condition de l'artiste allait de pair avec un état constant d'insatisfaction et de mal-être. En plus, comme Pialat avait tendance à en rajouter sur le côté « personne ne m'aime », ma vision caricaturale de l'artiste maudit tenait bon. Et pour peu que je lui prête une oreille attentive, Maurice se répandait en lamentations…

Il se disait le mal-aimé du cinéma, « cinéaste marginal d'un cinéma marginal ».

Oui, il déployait sa rage contre l'hypocrisie de la profession à son égard : « On se fout de ma gueule. Les producteurs me disent que je suis un grand cinéaste et ils rechignent à me donner trois sous alors qu'ils investissent des sommes faramineuses pour produire des navets. À quoi bon continuer à faire des films quand on voit où en est le cinéma ! De toute façon, j'ai commencé à fairc du cinéma bien trop tard, bien trop vieux. » Là, il revenait à l'image désastreuse qu'il avait de lui, d'un peintre raté et d'un cinéaste maudit. Il enchaînait : « Je suis un raté. J'ai déjà abandonné la peinture parce que j'étais nul… Je ne sais même pas ce que je suis en train de filmer en ce moment. » Et ça repartait en boucle… Son angoisse était très envahissante, il voulait qu'on le rassure en permanence et, à la fois, il ne le supportait pas. De toute façon, à seize ans à peine, j'avais peu de réponses à lui offrir, je me sentais plutôt impuissante à l'aider. Son côté anxieux, hypocondriaque, n'arrangeait pas les choses, régulièrement il se plaignait d'aller mal, de ne plus en avoir pour longtemps.

Il avait peur de la mort ?

Il était hanté par la mort. Souvent il me lançait : « J'espère que je ne vais pas crever aujourd'hui ! » Il le dit dans le film, d'ailleurs, en parlant de Suzanne : « Elle m'aimera surtout mort », et il ajoute : « Les gens qu'on aime beaucoup, on voudrait toujours qu'ils soient morts. » Son besoin d'amour était insatiable. Il ne supportait pas qu'on lui soit infidèle. Lui refuser un film équivalait à être rayé de la liste de ses rares amis. Le refus de tourner dans *Van Gogh* m'a valu quand même plus de dix ans de mise à l'écart.

*En regardant les essais dans les bonus (que Pialat appelait les malus !) du DVD d'*À nos amours*, on est frappé par ton assurance, ton mordant, alors que tes jeunes partenaires perdent pied. Patrick Bruel et Jackie Berroyer par exemple paraissent dépassés, inexistants.*

Le fait de savoir que j'avais été choisie pour le premier rôle confortait mon assurance. Et puis je voulais montrer à Pialat qu'il avait fait le bon choix ! On en revient à ce dont on parlait précédemment sur le désir, sur l'envie d'épater son metteur en scène et toute l'équipe. Les techniciens sont le premier public de l'acteur. Ces essais ont duré des semaines. J'ai vu défiler des débutants qui, depuis, ont fait leur chemin. Par la suite, j'ai tourné avec certains d'entre eux, Vincent Lindon, Jacques Gamblin... Ils m'ont raconté alors leur pétoche à jouer devant Pialat. Il était tellement important pour leur début de carrière de décrocher un bon rôle dans le film de ce réalisateur réputé très exigeant avec les acteurs. Moi, ne sachant pas qui était Pialat puisque son nom m'était inconnu avant de le rencontrer, j'étais libre, aucune pression, je pouvais y aller à fond. D'ailleurs c'était ma nature. Pialat aimait bien mon côté extraverti, rentre-dedans, frondeur, capable de me bastonner à la moindre chicane. J'en rajoutais peut-être un peu, assez fière d'être là. Déjà, je sentais son admiration. Je ne pensais pas faire un travail d'actrice, j'improvisais avec mes mots, réagissant simplement comme je l'aurais fait dans la vie. Pialat adore voir et entendre ses comédiens broder autour d'une situation donnée. Il a même gardé dans le film certaines répliques que j'avais improvisées durant une prise. Lorsque, après avoir fait sans tendresse l'amour avec moi, Tom le jeune marin me dit sur un ton cynique : « Thanks a lot », je lui réponds instinctivement avec une pointe de dégoût : « Y'a pas de quoi, c'est gratuit », cette réaction m'est venue comme ça. Sans doute parce que cette scène faisait référence à mon petit vécu... J'avais connu une expérience de... de rien.

Après avoir fait l'amour pour la première fois avec ce garçon, Suzanne pleure : « Je ne savais pas ce que je faisais... c'est moche ! » dit-elle à sa copine. Et toi, tu nous dis que ta première expérience c'est « rien » ?

Oui, c'était nul. Enfin, on n'a pas pris le temps de se découvrir vraiment... J'avais quatorze ans, cela s'est passé peu de temps avant le tournage d'*À nos amours*. Un matin à Grigny, un garçon d'une vingtaine d'années beau comme un dieu est venu frapper à notre porte, nous demandant si l'on voulait bien répondre à un sondage pour la RATP. Ma mère l'a reçu dans la chambre que nous partagions avec mes sœurs. Nous étions toutes subjuguées par son charme. En partant, il nous a dit : « Je vous laisse mon téléphone, si l'une d'entre vous passe à Paris... » Alors dès le lendemain, je l'ai appelé, « Moi je viendrais bien à Paris... » Je ne sais pas trop ce qui m'a pris, il était sympathique et il vivait à PARIS ! J'allais donc le retrouver en toute innocence. S'il avait flashé sur moi, j'aurais pu m'inquiéter, me dire « ce garçon a peut-être une idée derrière la tête », mais il avait laissé son numéro à toutes les sœurs. Finalement, il se serait tapé n'importe laquelle, ce petit con !

Donc te voilà partie vers la capitale !

Oui, je n'étais encore jamais descendue à Paris toute seule. Il est venu me chercher gare Saint-Michel. Naïvement, je n'ai pas pensé une seconde me retrouver dans son lit, et pourtant… Il a dû s'imaginer qu'une fille qui accepte de venir dans la chambre d'un garçon ne devait pas être farouche. On s'est un peu bécotés, puis tout s'est passé très vite, trop vite… Je me suis laissé faire, c'est aussi bête que ça. Je n'avais pas de désir particulier, sauf l'envie de l'embrasser, il était si beau ! Qu'il me prenne dans ses bras ou me tienne simplement la main aurait suffi à me combler de bonheur, j'étais archi-fleur bleue ! Je crois que je n'avais encore jamais éprouvé de désir sexuel…

C'est émouvant, tu nous racontes tout cela avec une certaine tristesse dans la voix.

En effet, je suis troublée parce que je me revois reprenant mon train de banlieue, assise sur les banquettes orange, croquant une pomme verte que j'avais piquée chez lui, je ressentais une sensation bizarre... Je n'allais pas très bien, finalement.

Ève et sa pomme chassée du paradis !

Oui, c'est drôle ! Mais, à ce moment-là, je me sentais surtout coupable vis-à-vis de mes parents. J'avais l'impression d'avoir trahi leur confiance pour pas grand-chose. Mon corps n'était plus pareil, quelque chose avait changé. Ce garçon ne m'avait pas violée, il avait même été gentil, prévenant, respectueux, mais c'était juste pas bien. On fantasme tellement sur cette fameuse première fois. Je me disais : « Les gens s'aiment pour faire l'amour, ça doit être un sacré truc ! Toutes les copines en parlent. » Et finalement, si ce n'était que ça, je trouvais ça navrant. C'est marrant, j'ai quelquefois pensé à ce garçon…

Soudain tu étais devenue une femme… et c'était triste.

Le fait de ne plus être vierge peut effectivement donner le sentiment de passer dans un autre monde, de ne plus être une gamine. Moi, à l'adolescence, je n'avais pas l'impression d'avoir encore un pied dans l'enfance, mais plutôt des responsabilités d'adulte avec mes frères et sœurs. J'ai parfois pensé à l'audace avec laquelle j'étais allée à la rencontre de ce garçon. Dans une inconscience totale et à la fois déterminée, non pas à perdre ma virginité, oh, là, là, mais à vivre, à être heureuse. J'étais sans doute terrorisée à l'idée de le rejoindre à Paris, à Saint-Germain-des-Prés, dans ce monde qui m'était totalement inconnu. En même temps, j'avais confiance en moi. Je devais y aller, je devais tenter ça. Je me faisais confiance. Et cette intuition, cette force, m'est encore précieuse aujourd'hui.

« Sandrine, elle sait ce qu'elle veut », disait ton père. Mais en amour, c'est plus complexe…

Oui… Évidemment, sur le moment, quelle déception… Il n'y avait pas d'amour, on n'avait pas appris à se connaître, je n'avais pas eu le temps de rêver. Pas suffisamment, car j'aimais rêver. De toute façon, la première fois, au mieux, on tâtonne, non ? On n'apprend pas à faire l'amour, mais avec le temps, c'est bien meilleur… Parfois, il vaudrait mieux en rester au flirt.

*Tu étais en empathie avec la Suzanne d'*À nos amours *? Cette fille semble pourtant assez différente de toi, elle a moins d'exigences.*

Il m'était facile de me projeter dans ce personnage, les souhaits de Suzanne n'étaient pas si lointains de ce que j'éprouvais dans mon quotidien, une fille qui a envie de profiter de la vie, avoir des petits copains. Par contre, ses conflits intérieurs ne m'apparaissaient pas très concrets, pourquoi se refuse-t-elle à celui qu'elle aime, le plus mignon, alors qu'elle couche avec le premier venu ? De toute façon, Pialat ne me donnait aucune explication psychologique sur le personnage, il les fuyait même. Par certains côtés, je me sentais différente de Suzanne, plus mature, plus libre, moins bridée par mes parents. Parfois Arlette Langmann se lançait dans de grandes interprétations psychologiques du personnage, elle se perdait dans des théories analytiques qui me passaient un peu par-dessus la tête. Ces tourments me semblaient trop lourds à porter. J'avais beaucoup moins de problèmes que tous ces gens-là ! Les analyses torturées des personnages me désorientent encore aujourd'hui. Instinctivement, depuis toujours, j'essaie d'entrer physiquement dans la vérité de la situation et du personnage. Dès le début, de façon très pragmatique, j'ai compris cette base essentielle : il faut que j'exécute le rôle, c'est ma fonction. L'acteur est là pour accomplir. Être dans l'action, dans la vie, dans son corps. Le reste…

« La vérité d'un film, c'est l'instant où l'on tourne, il n'y a pas de temps, il n'y a pas le présent, le passé, c'est ici et maintenant », disait Pialat. Dès tes premiers pas devant une caméra, quelles que soient les situations à affronter, les émotions à faire passer, tu incarnes cette notion de naturel, d'immédiateté, d'immanence.

Il suffit d'être soi-même pour être juste, voilà la direction d'acteur de Pialat. Il était ravi quand ses comédiens vivaient la situation de leur personnage. Sur le plateau, il refusait les mises en place, les répétitions pour le texte et les déplacements, il brisait toute concentration, la psychologie était reléguée au second plan. Il nous demandait d'être spontané, de laisser aller notre impulsivité sans nous encombrer de réflexions intellectuelles ou psychologiques. Pour moi, il y avait un côté jeu d'enfants, « on dirait que toi, tu es la princesse… », et aussitôt on y croit, on joue. En plus, les situations dans ce film ne m'étaient pas étrangères, les disputes de famille où tout le monde se déchire, les engueulades et les claques dans la gueule, je connaissais !

Pialat vous poussait à aller franchement dans les scènes de violence, les coups partaient, sans trucage !

Oui, Évelyne Ker, la comédienne qui joue ma mère, s'est réellement blessée lors d'une scène de bagarre avec Dominique Besnehard qui interprète le rôle de mon frère. On peut voir à l'écran sa tête heurter un mur. Dominique, apeuré, a un regard caméra, ne sachant pas s'il doit continuer à jouer ou lui porter secours. On a quand même dû lui faire douze points de suture ! Moi aussi, certains soirs, je rentrais couverte de bleus à la maison. Mes sœurs Lydie et Corinne me disaient : « Si c'est ça le cinéma… On n'a aucun regret de ne pas avoir été choisies ! » Au fil des semaines, j'ai commencé à acquérir un peu mieux la technique, comment se placer devant la caméra en fonction des objectifs, comment prendre le fameux créneau. Il m'a suffi d'intégrer ces préoccupations strictement mécaniques, parce que jouer ne me posait pas vraiment de problème. Le jeu de Maurice dans le rôle du père était si naturel qu'il donnait le ton à tous ses acteurs. À travers cette première expérience de liberté de jeu, je pensais que tout le monde pouvait être actrice. Pourquoi parlait-on de métier ? D'une certaine façon, mon jugement était faussé à cette époque-là. C'est vrai, il m'était plus facile d'incarner Suzanne en étant moi-même que d'entrer dans la peau d'une Clodette dans le hall de l'immeuble !

Maurice, si tu l'entends, pardonne-lui…

Maurice, je te jure, c'était pour rire !

Même si tu n'as jamais rêvé faire ce métier, ton engagement à cet art fait certainement écho à quelque chose d'essentiel ?

Sûrement... Si je fais une analyse rapide, il y a sûrement l'envie de sortir du lot. Dans une famille de onze enfants, il m'était impossible d'avoir une intimité, un moment de liberté avec moi-même. Je n'avais pas de chambre à moi où m'enfermer avec une copine pour échanger des secrets. Il y avait toujours une ou deux frangines dans mes pattes ou un gamin collé à mes basques. Les tribus fonctionnent par groupes. D'ailleurs, les parents parlent en termes de lots : « Allez les filles, débarrassez la table, vous les garçons, rangez les chambres. » On a envie de se démarquer, de leur crier : « Hé, moi je m'appelle Sandrine, regardez-moi juste un instant ! »

Pour sortir du lot dans ce métier, il faut être unique.

Je ne raisonne pas en ces termes, être unique, être la meilleure. Mon ambition serait de mettre en pratique le conseil de mon premier agent, Serge Rousseau : « L'important est de durer. » Je voudrais rester dans les archives, laisser une trace après ma mort. J'ai choisi un métier où je pensais me distinguer, mais finalement un acteur échappe difficilement à une classification, il appartient à une catégorie, à une génération, donc là encore je me retrouve plus ou moins en groupe. En fait, j'ai loupé mon coup en devenant actrice, me voilà à nouveau dans une famille nombreuse car, c'est bien connu, le cinéma est une « grande famille » !

Ton sourire en dit long sur ta lucidité vis-à-vis de ce métier.

N'est-ce pas !

Comme de nombreuses adolescentes, Suzanne est parfois une jeune fille désespérée. Elle confie à son frère : « Des fois, j'ai envie de me tuer », elle veut aller en pension pour que sa famille soit « débarrassée » d'elle. Cette tristesse, cette culpabilité chez Suzanne découlaient-elles de tes confidences à Maurice sur ta vie personnelle ?

Je ne me reconnaissais pas en Suzanne sur cette désespérance. Les pulsions suicidaires des ados, les crises d'angoisse ou la « fièvre werthérienne », tout cela ne m'avait jamais traversé l'esprit. Jamais, absolument jamais. Par contre, ces paroles de dépression faisaient écho chez moi à d'autres tourments. Dans ses grands moments de mélancolie noire, ma mère pouvait se laisser aller à nous dire : « De toute façon, je vais me flinguer, j'en ai marre. » Quelle coïncidence, je me souviens que le jour où j'ai tourné cette scène dont vous parlez, ma mère était présente sur le plateau. Elle était très impressionnée par la caméra, les projos, l'équipe, tout ce monde autour de moi. Sa présence me faisait du bien, je me sentais très inspirée. C'est l'une des premières fois où j'ai pris conscience du plaisir de jouer. J'interprétais un personnage qui n'était pas Sandrine et je n'étais pas cette adolescente désespérée. Dans cette distance avec moi-même qu'offre le jeu, dans cette liberté inédite, je m'adressais intérieurement à ma mère : « Hé maman, regarde ce que je sais faire… Je suis comédienne ! »

Parfois Pialat n'hésitait pas à bousculer ses acteurs pour faire surgir l'émotion. Gérard Depardieu, qui a connu des périodes de bisbille avec lui, écrit dans ses Lettres volées *: « Tu avais l'art de toucher là où ça fait mal, d'inciser les névroses à vif, d'éclairer d'une lumière crue les faiblesses les plus soigneusement cachées. Chapeau ! » As-tu, toi aussi, de douloureux souvenirs ?*

Ah oui ! J'ai un souvenir précis de la manière un peu perverse avec laquelle Pialat a fait surgir mes pleurs afin d'obtenir l'interprétation qu'il souhaitait dans une scène. Le tournage était installé ce jour-là chez Creeks, une boutique branchée de la rue de Rennes, aujourd'hui disparue. Avant de tourner, Pialat me rappelle la situation : tu découvres ta meilleure copine qui flirte avec ton petit ami, manifestement, elle est en train de te le piquer. À la première prise, je fais un peu la gueule, je joue le mécontentement, la tristesse, le dégoût, tous ces sentiments qui nous envahissent lorsque l'on se sent trahi, abandonné. Pialat commence à m'engueuler comme du poisson pourri : « C'est nul ce que tu fais ! Tu es conne, moche, inculte… » Cette salve d'insultes méchantes et injustes m'énerve, je me raidis, touchée dans ma fierté. On refait une prise, j'exprime davantage mon chagrin, mais je veux sauver mon amour-propre. Pialat s'emporte de plus belle, il balance brusquement des propos dégradants sur mon père, des attaques indignes de sa part. Profondément blessée, je me retiens de ne pas l'injurier à mon tour ou de le gifler. Je fonds en larmes. En m'insultant, Pialat a obtenu ce qu'il voulait, on verra à l'écran Suzanne pleurer parce que son petit ami se barre avec une copine. D'ailleurs je l'aperçois faire un signe au cadreur, « vite, moteur, vite ! » Dévastée par sa perfidie, mes pleurs redoublent, je n'ai pas le cran d'arrêter la prise, on tourne. Sitôt la scène en boîte, Pialat change brusquement de ton, et, tout guilleret il lance : « Coupez ! Allez, champagne ! » Il fonce sur moi pour m'embrasser et me souhaiter un « bon anniversaire ! » tonitruant. Toute l'équipe applaudit, on apporte un magnifique gâteau et des coupes en plastique. Pialat a organisé une belle fête pour mon anniversaire. Tout était déjà prêt. Voilà, c'est Maurice, à la fois cruel comme un ogre et doux comme un nounours. Je fête mes seize ans sur le tournage d'*À nos amours*, et je pleure… de joie !

En 1983, À nos amours *connaît un franc succès auprès de la critique et du public. Le film obtient le prix Louis-Delluc et, l'année suivante, le César du meilleur film. Ta performance sera couronnée par le César du meilleur espoir féminin. Te voilà brusquement plongée dans un tourbillon d'honneurs et de récompenses, entourée d'amis soudains. De quoi t'étourdir ?*

Je ne comprenais pas vraiment tout ce qui m'arrivait. Je me souviens de la fierté de mon père à l'issue d'une première projection spécialement organisée pour ma famille dans une des salles privées de la Gaumont à Neuilly. Il ne m'a pas dit un mot, mais ses yeux brillaient, brillaient. Il n'avait jamais été aussi volubile avec les gens, sa réserve et sa pudeur craquaient subitement, il racontait des blagues. À des gens qui lui étaient inconnus, il osait dire sans ostentation : « Oui, c'est ma fille. » Je ne l'avais jamais vu comme ça. D'ailleurs ce film allait nous permettre de nous rapprocher l'un de l'autre.

Et toi, que pensais-tu de cette jeune actrice à ce moment-là ?

Oh là, là, l'horreur ! La dernière image du film fond au noir, la salle s'allume, aussitôt Maurice tout réjoui me demande avec son joli sourire : « Alors ! Tu es contente ? » Et du fond du cœur, sans réfléchir, déjà triste et hargneuse, je lui balance : « Ah non, ce n'est pas possible ! Mais qu'est-ce que je suis moche ! Je suis grosse... Et puis comment je parle, je ne reconnais pas du tout ma voix ! » Le visage de Maurice se fige, se ferme, il ne peut pas cacher sa tristesse, son dépit. J'aperçois bien sa déception, mais je ne peux pas m'empêcher de lui dire que je ne me suis jamais vue aussi laide. Le film n'est pas mal, mais moi ! Évidemment, ce rejet si violent vient de mon sentiment d'angoisse d'avoir été soudain livrée aux autres, à ma famille. D'être confrontée pour la première fois à mon image décuplée sur un écran et assez souvent dénudée. On n'était plus entre nous, cette famille bancale mais affectueuse que forme l'équipe du film. Des inconnus allaient me découvrir à travers cette Suzanne qui ne me ressemblait pas vraiment. Pas une seconde je n'ai pensé que Maurice pouvait être extrêmement peiné de ma réaction, et profondément déçu que je n'apprécie pas son cadeau. Ce film, il me l'avait offert... Déception. Il espérait me faire honneur. Il avait magnifié dans la belle histoire d'*À nos amours* les confidences que je lui avais faites sur ma vie de jeune fille. D'une certaine façon, il avait pris en considération mon petit vécu. Il avait voulu rendre hommage à la beauté de l'adolescence. Or j'étais toute préoccupée de ma petite image. Avec mon inexpérience, je n'évaluais pas les qualités de ce film que j'aime tant à présent. J'ai su plus tard que je l'avais terriblement blessé. Maurice ressentit mon refus du film comme une sorte de dépit amoureux, il ne m'a plus adressé la parole pendant des mois. Son silence dramatisait encore la situation car je n'osais l'appeler. Comment me faire pardonner ? Heureusement d'autres moments forts nous ont réunis. La *standing ovation* lors de la présentation d'*À nos amours* au festival de Berlin m'a procuré une émotion inoubliable. Pour la première fois, je me rendais compte que j'avais participé à une œuvre importante. Ce n'était plus mon image que je voyais, mais un grand film. Notre travail était apprécié par un public de professionnels. Mais avec Maurice, notre relation se teintait déjà d'amertume.

Autre souvenir inoubliable, ta première cérémonie des César.

Oh là, là, cette soirée m'a coûté cher, enfin, aujourd'hui ça me fait rire ! Il faut se replacer dans le contexte de l'époque. Avant le tournage, je ne connaissais absolument pas l'existence des César, de César non plus d'ailleurs ! À la maison, on n'avait jamais regardé la retransmission à la télé, toute l'agitation, les rumeurs autour de la cérémonie ne m'effleuraient pas l'esprit. J'apprends que je suis « nominée ». Cette expression barbare à mes oreilles rend le mystère encore plus épais. Ces César ne représentent rien de concret. Pialat me dit avec son sourire complice : « Tu vas l'avoir, de toute façon tu vas l'avoir ! » Une fois encore, je ne participe pas à son enthousiasme, je réponds avec la perplexité de l'ignorance : « Ah bon, tu crois ? » Le stress enfle parmi les quelques gens de cinéma que je côtoie, et moi, je me laisse guider, je suis curieuse mais détachée de toute cette excitation. Serge Rousseau, mon agent, s'emploie à organiser ma soirée. Il est décidé que je serais vêtue d'une robe de Chantal Thomass qui avait dessiné ma robe de mariée dans *À nos amours*. Je suis fière, c'est incroyable, je rêve, je vais porter une robe haute couture ! Un joaillier de renom me propose le prêt d'un bracelet d'or et de diamants. Enfin les rêves de cinéma que je partageais avec mes sœurs deviennent réalité le temps de cette nuit de fête. Par un coup de baguette magique, me voilà transformée en une jeune femme sophistiquée. Premier accroc dans cette cérémonie d'apparat, il n'est pas prévu qu'une voiture de l'organisation me conduise au Théâtre de l'Empire. Mon oncle s'attribue le rôle du prince charmant pour m'accompagner. Sa BX pourrie fait office de carrosse dans lequel on s'entasse avec mes trois sœurs, plus le vieux chien du tonton qui piétine les fragiles volants de tulle enroulés autour du long fuseau noir de ma robe. Moi qui me prenais pour la sirène d'Iradel ! Autour du théâtre, on passe difficilement les barrages de sécurité, la BX dépare dans le cortège de limousines rutilantes. Je suis débarquée sur le tapis rouge, la robe froissée et couverte de poils de chien ! Dans la salle, impressionnée par l'élégance de l'assistance, par la splendeur des robes longues des femmes autour de moi, j'assiste en spectatrice ravie à la cérémonie présidée par Gene Kelly. Débarquant dans ce métier, je ne reconnais pas la plupart des personnalités de ce parterre prestigieux, ah si, il y a Charles Bronson, le héros des westerns de mon enfance ! J'apprendrai plus tard que je voisinais ce soir-là auprès de Jack Nicholson, Monica Vitti, François Truffaut, Jean Marais, Michèle Morgan, Sergio Leone ou Serge Gainsbourg… qui ignore que j'aime tellement chanter ses chansons composées pour Bardot ! Les distinctions se succèdent.

À l'annonce de mon nom, je me lève dans une totale inconscience. Comment ai-je pu arriver à monter sur scène ? Mystère. Suit un moment de grande angoisse. Que dire face à ce public qui soudain fait silence pour m'écouter ? Moi qui ai passé mon enfance à rêver de danser sur scène comme une Clodette, mes pieds pèsent des tonnes. Sophie Marceau me remet le César du meilleur espoir féminin. Mon cœur bat, je rêve, l'actrice de *La Booooum* ! Le souffle court, je parviens à murmurer : « Je vous remercie beaucoup, je suis très contente », avant de me carapater en coulisses ! Plus tard, à l'arrivée au Fouquet's, on se presse autour de moi dans un tourbillon de sourires, de compliments, on m'embrasse, on me touche, on s'enthousiasme, on se pâme... J'avance sur un petit nuage. Cette excitation survoltée a quelque chose d'irréel. Georges Cravenne m'invite à venir rejoindre Isabelle Adjani, sublimement parée d'un long châle de plumes blanches et de cascades de diamants, pour découper un gigantesque gâteau. Aux alentours de minuit, de retour chez moi dans un état de mélancolie douce et rêveuse, j'ôte ma belle robe de princesse. Dès le lendemain, je devrais la rendre. Déjà, le rêve se fissure… Soudain, je pousse un cri d'horreur, le précieux bracelet d'or et diamants n'est plus à mon poignet ! Je l'avais totalement oublié, celui-là, dans l'euphorie de cette soirée. Franchement, il ne m'avait pas tellement épatée, joli mais bon, ce n'était pas une rivière ! Ça ne m'empêche pas de m'endormir, l'inconscience aide au repos. Morphée me berce dans ses bras, je suis harassée de tant de bruits, de lumières, de paillettes. Le lendemain, j'apprends à Serge Rousseau que j'ai égaré le bracelet pendant la bousculade des félicitations, ou bien on me l'a dérobé. Mon agent est catégorique : « Sachant d'où tu viens, il y aura toujours dans ce métier des gens pour te soupçonner de l'avoir volé. Tu dois le rembourser. » Et il m'annonce la valeur du bijou : 100 000 francs. Une fortune, comment je vais faire ? Je venais de toucher 40 000 francs pour les huit mois de tournage d'*À nos amours*, une manne déjà ! Alors il m'a fallu prendre un crédit pour dédommager le bijoutier qui n'avait pas assuré ce fameux bracelet.

Cyril Collard, l'assistant de Maurice Pialat, qui réalisera dix ans plus tard Les Nuits fauves[1], *joue aussi le garçon que Suzanne épouse dans* À nos amours.

Pialat, qui n'a pourtant pas le compliment facile, appréciait les multiples talents de Cyril Collard, il disait : « Cyril a tourné beaucoup de plans à ma place, et on ne voit pas la différence. » Ils travailleront à nouveau ensemble sur *Police*. Cyril se voulait aussi musicien, compositeur, chanteur. J'ai joué le rôle d'une prostituée dans le clip de l'une de ses chansons, un air qui faisait : « Maria Teresa, j'ai peur de toi quand tu souris… » Il m'a filmée dans les ambiances très olé olé des bars de travelos des quartiers chauds de Barcelone. Cyril faisait partie du voyage quand Pialat m'a proposé de l'accompagner en repérages à Hyères avant le tournage d'*À nos amours*. Cette escapade fut pour moi l'occasion de fêter mon baptême de l'air. J'en ai eu des premières fois avec Maurice ! Il pouvait avoir des attentions extrêmement touchantes. Par exemple, pour mon premier vol, il m'avait apporté une paire de jumelles, et se réjouissait

1. En 1993, *Les Nuits fauves*, dont le thème autour de la bisexualité et la séropositivité déclencha une vive polémique, est le premier film à avoir remporté à la fois le César du meilleur film et du meilleur premier film. Cyril Collard était décédé du sida trois jours avant la cérémonie.

de mon émerveillement à observer la terre vue du ciel, la tête collée contre le hublot. Lorsque quelques années plus tard j'ai offert un voyage à New York à ma sœur Sabine, elle s'était étonnée elle aussi de cette vision du monde en miniature. Tout enthousiasmée, elle me disait : « Regarde les maisons, on dirait des Lego ! » Avec sa générosité, Maurice espérait que j'irais de découverte en découverte au cours de cette virée avec lui. À l'heure du déjeuner, il m'invite dans un restaurant gastronomique avec terrasse en bord de mer, dans l'intention de me faire découvrir une cuisine plus sophistiquée que mon ordinaire à Grigny. Confiant, il me souffle l'idée de choisir une « farandole de langoustines » en me vantant la saveur exquise de ces crustacés dont il se régale. Je goûte à peine et je repousse l'assiette en faisant une grimace abominable, « Oh, c'est infect ! » Quel tact de ma part ! Maurice, beau joueur, me propose de commander un autre plat. Je dévore avec délices un steak haché-frites sous sa mine affligée. Ensuite, on va s'allonger en maillot tous les trois sur les transats de la plage privée, encore une première pour moi ! Au bout d'un moment, Maurice m'invite à venir me baigner, mais je préfère rester au soleil. Mon bronzage réclame une attention toute particulière dans le but de narguer mes copines au retour. Écrasée de chaleur, je décide d'aller nager à l'instant où Maurice sort de l'eau, je le croise sans le remarquer. Furieux, il lance à Cyril Collard : « Tu me ramènes illico à Paris cette sale gamine, je ne veux plus la voir ! » Encore peu familiarisée avec les crises de jalousie de Maurice, je fuis me rafraîchir dans la grande bleue, tandis que Cyril s'emploie à le consoler et à calmer sa fureur. Comme un jeune amoureux éconduit, Maurice se plaint à Cyril : « Mais pourquoi elle ne veut pas se baigner avec moi ? Je suis trop vieux, c'est ça, elle me trouve moche, j'ai un gros bide... » Cyril a su trouver sous le sable des trésors de diplomatie pour arranger une rencontre à l'amiable où je me confonds en compliments auprès de Pialat : « Mais non, Maurice, pas du tout, tu n'es pas gros… » Quel souvenir ! Entre une gamine qui a l'effronterie de la jeunesse et un homme à vif, sensible et maladroit, l'histoire ne pouvait être que mouvementée ! Aujourd'hui, je peux dire que cette petite merdeuse m'aurait moi aussi sacrément foutue en boule ! Finalement, je me demande si le cinéma de Pialat ressemblait à sa vie, ou si dans son vécu il cherchait à expérimenter des situations de cinéma. Maurice aimait le drame, même en maillot de bain sur une plage !

À sa sortie, À nos amours *a touché différents publics.*

Oui, il reste à divers titres une référence pour les cinéphiles, et je croise également un public populaire, des gens de mon âge qui se sont identifiés au personnage de Suzanne. Il y a une génération qui se réfère à *La Boum* et au personnage de Vic, et une autre à la Suzanne d'*À nos amours*. Aujourd'hui le cinéma ne produit plus de films aussi générationnels.

Pialat étonne par la modernité de sa mise en scène, il filme à vif, avec un sens aigu des ellipses et des digressions au sein de la narration. Sa façon de provoquer et de saisir l'émotion fugitive est étourdissante. On retrouve ce côté incisif dans ton film, Elle s'appelle Sabine, *dont nous parlerons plus tard.*

Pialat m'impressionne par sa qualité d'aller à l'essentiel. Il peut longuement hésiter à l'écriture du scénario, sur la profession d'un personnage par exemple, ou s'interroger pendant le tournage sur la place exacte de la caméra. Il cherche de tous les côtés. Je l'ai vu se perdre, abandonner des pistes, revenir sur ses abandons, se contredire. Sur le plateau, on le voit perpétuellement tracassé par le doute :« Je ne le sens pas comme ça. » Et puis je l'entendais souvent dire : « Je ne sens rien aujourd'hui… » Il peut multiplier les *retakes*, et brusquement décider de couper des séquences entières, ou de jeter au montage trente minutes de film dans le chutier. L'économie était différente à l'époque, mais tout de même, il s'accordait cette liberté. Et à l'arrivée ses films sont tranchants, au plus près de l'os, il n'y a pas un gramme de graisse, pas de déchet.

Sa direction d'acteur taille dans le vif elle aussi.

Il y a chez Maurice une dualité complémentaire : une part très analytique et aussi une incroyable énergie intuitive dans l'action. Ses décisions qui paraissent instinctives, spontanées, sont nourries en fait d'un énorme travail de réflexion, de nuits d'angoisse et d'insomnie. Mais, à l'instant de la prise, il rejette le cérébral pour plonger dans la situation, ici et maintenant. Cette immersion dans le réel donne une présence à fleur de peau à son cinéma. Il pointe le sens de la scène, là où ça se passe, là où se disputent les enjeux, les conflits, l'émotion. Sa technique fait fonction de révélateur, comme en photographie, elle laisse apparaître ce qui est caché, voilé, sous la surface des choses et des gens.

Par contre, quel caractère, ce bonhomme !

Ça oui, et la mauvaise foi ne l'étouffe pas. Son injustice m'est insupportable. Sur *Sous le soleil de Satan*, un ensemblier arrive un matin après avoir roulé toute la nuit avec un immense camion rempli de mobiliers et d'accessoires qu'il a chinés pendant des semaines. Pialat soulève la couverture de protection et, à peine le pied d'un meuble découvert, il lance au type : « Je n'en veux pas. Tu me débarrasses tout ça. » Sur le moment, son mépris me donne envie d'être violente. Évidemment, j'ai conscience que ses sautes d'humeur et cette insatisfaction procèdent de son désarroi face à une panne d'inspiration, de ses doutes, de son exigence, mais je me dis tout de même, de quel droit fait-il payer son mal-être à tout le monde ? Maurice avait cette impulsion tourmentée de détruire l'autre pour ne pas se détruire. C'est à lui qu'il aurait voulu infliger tout ce mal, à cause de son impuissance à créer, à être un artiste à la hauteur de son exigence. Il pouvait lui arriver d'être odieux, alors qu'il était aussi tellement généreux.

En tout cas, pas sur Police. *Que s'est-il vraiment passé ? Sophie Marceau obtient le premier rôle et tu dois te contenter d'un personnage secondaire pas vraiment gratifiant.*

Ah, comment expliquer ce rendez-vous raté… Sur le tournage d'*À nos amours*, Pialat me parle d'un vague projet de polar auquel il souhaitait m'associer, son premier désir étant de tourner à nouveau avec Gérard Depardieu qu'il avait dirigé sur *Loulou*. Un beau matin, il m'appelle pour m'indiquer des dates où je devrais rester libre pour son film. Comment lui annoncer mon engagement sur le tournage de *Blanche et Marie* avec Miou-Miou, à la même période, sans provoquer ses foudres ? De toute façon, les dates de tournage prévues ne sont jamais respectées et le scénario de son polar développé par Catherine Breillat est à peine en chantier, mais Pialat se braque. Il ne veut rien entendre et me raccroche au nez, puis me rappelle dans la journée pour me dire gentiment qu'il n'y a pas de souci, on trouvera toujours une disponibilité. Ensuite plus de nouvelles. Quelques mois plus tard, je découvre avec une pointe d'amertume que *Police* est en plein tournage. Le choix de Sophie Marceau me semble judicieux, j'apprécie la comédienne, et sa notoriété, après les succès de *La Boum*, *Fort Saganne* et *Joyeuses Pâques*, devrait enfin permettre à Pialat d'élargir son public. Prise par d'autres projets, ma déception s'estompe lorsque, quelque temps plus tard, Sylvie Danton me téléphone : « Maurice souhaite que tu participes au film, tu lui manques. » Comment refuser un appel de Pialat à venir travailler avec lui ? Pour créer mon personnage, Pialat a condensé plusieurs rôles secondaires qui circulaient çà et là tout au long de l'histoire. Je retrouve un Pialat fidèle à sa réputation de tyran avec les acteurs. Un assistant m'appelle régulièrement vers minuit sous le prétexte d'un changement de planning, ma présence serait devenue indispensable sur le tournage. Bonne pâte, je quitte mon lit et me rhabille, une voiture m'amène sur le plateau, je passe au maquillage et costumes et, finalement, j'attends de longues heures seule dans ma loge jusqu'au petit matin, sans tourner ! Cela se reproduit plusieurs fois. Je le sais, Pialat me fait payer mon premier refus.

Tu n'étais plus sa petite protégée...

Je le sentais monté contre moi. Gérard Depardieu, en grande complicité avec Maurice, se montrait lui aussi odieux. De mèche avec Pialat, Depardieu m'agressait sans cesse et de façon injuste : « Tu ne sais pas ton texte ! Allez, mais bouge ton cul ! » J'ai dû subir leurs réflexions machistes et leurs vannes vicelardes. Ils n'étaient pas beaux à voir tous les deux à se rengorger de qui serait le plus vulgaire ! Je me souviens d'une scène finalement coupée au montage où j'étais censée rencontrer Depardieu dans une boîte à partouze. Déjà, le plateau était glauque, Maurice avait choisi de filmer en décors réels. Il avait engagé des clients comme figurants qui prenaient beaucoup de plaisir à « jouer » avec ardeur et naturel des échanges sexuels à plusieurs partenaires. J'avais dix-huit ans et une autre vision de la sexualité. Je me sentais mal à l'aise dans cette exhibition de sexes et de pratiques sexuelles violentes, d'autant plus qu'il ne me semblait pas évident que ce rendez-vous dans ce lieu sordide soit indispensable à l'histoire de mon personnage. Après le tournage de notre scène, une habilleuse me prévient que Sophie Marceau souhaite me parler. Je la trouve en larmes dans sa loge, écœurée par leur attitude à mon égard. L'humiliation qu'ils m'infligent dans cette ambiance avilissante de boîte d'échangistes la révolte. Sa solidarité m'a réconfortée. Finalement, je ne donnais pas tant d'importance à cette scène, par contre j'étais très déçue de découvrir Maurice et Gérard si minables. Ils n'étaient pas plus tendres avec Sophie Marceau, pires même ! Elle a énormément souffert. Elle refusera d'ailleurs d'assurer la promotion du film.

Richard Anconina, pourtant auréolé de sa récente performance dans Tchao Pantin*, aurait été traité d'« acteur nul » par Pialat qui a fait mine de s'endormir d'ennui pendant une prise.*

Je ne me souviens plus exactement de ce qui s'est passé avec Anconina, mais j'ai encore l'image de Pialat courant autour d'une table après Richard pour lui casser la figure ! Je me suis dit alors, mais qu'est-ce que je fous là ! Anconina a exigé des excuses de Pialat qui furent mentionnées sur la feuille de service distribuée à toute l'équipe technique. Pialat en resta mortifié.

Évictions, prises de bec, paires de baffes, arrêts, l'ambiance était infernale sur ce tournage. Pialat et sa scénariste Catherine Breillat, mise sur la touche, ne se parlaient plus que par l'intermédiaire de leurs avocats respectifs. Comment as-tu supporté cette tension ?

Quel tournage hystérique, un vrai cauchemar ! Parmi tous mes films, *Police* est l'un des rares que j'ai du mal à visionner, encore aujourd'hui. Il y a eu trop d'engueulades, trop d'humiliations. Je pense à un plan en particulier que je ne pourrai jamais accepter, il me fait beaucoup de peine. Dans une scène où je suis nue, après avoir pris une douche, je m'approche de Depardieu assis dans un fauteuil. Il a un verre de whisky à la main et, au moment où il me balance son texte, Pialat cadre mon pubis en premier plan à hauteur du visage de Gérard. Je suis choquée par cette image insultante qui n'a aucun sens dans l'histoire. Là, c'est le voyeurisme du metteur en scène.

Tu as pu en parler avec Pialat ?

Oui, plus tard, mais sans entrer dans les détails. Je lui ai dit combien il m'avait déçue sur ce tournage. Pialat savait botter en touche quand ça l'arrangeait, il m'a dit : « Oh, tu ne vas pas jouer les chochottes et les pleureuses comme Sophie Marceau ! De toute façon, *Police* est un film complètement raté, à quoi bon revenir là-dessus ? »

Dessin offert à S.B., par Wolinski

Sous le soleil exactement

Deux ans plus tard, en 1987, tu retrouves ton mentor que tu adores détester pour tourner Sous le soleil de Satan. *Bernanos, Pialat, Depardieu, Bonnaire. Le producteur Daniel Toscan du Plantier, grand défenseur de « l'exception culturelle », ne pouvait espérer meilleure affiche ! Là tu te présentes face à Pialat avec un sérieux bagage de comédienne, bardée du César de la meilleure actrice dans* Sans toit ni loi *d'Agnès Varda, Lion d'or au festival de Venise, et du succès d'estime de* La Puritaine *tourné avec Jacques Doillon.*

Effectivement, cette fois Pialat vient me chercher. Et à nouveau j'hésite à accepter sa proposition : « Ah, si c'est avec Depardieu, laisse tomber ! » Pialat me rassure, cette fois il sera à mes côtés. Sur ce film, Depardieu essuie quelques colères de Pialat, et pour de bonnes raisons, il est parfois ingérable… enfin, on connaît le Depardieu des mauvais jours ! Comme il bute sur son texte, une armada de techniciens déplacent des banderoles ou de grands tableaux noirs afin qu'il puisse lire ses répliques pendant les prises. Eh oui, Bernanos, ça ne tient pas sur des Post-it ! Comme Maurice enchaîne les plans-séquences, ça devient impossible entre eux. Maurice s'énerve contre Gérard. Depardieu se tient à carreau quand Pialat le bouscule. Il y a une sorte de défi autodestructeur entre eux, chacun a besoin de provoquer, de voir jusqu'où ils peuvent mépriser ou déprécier l'autre. Si l'on pose des limites, si on refuse leur jeu tyrannique, alors ils commencent à nous respecter. Comme des adolescents qui testent l'autorité. Évidemment, on peut concevoir que ces bras de fer sont de grandes demandes d'amour de leur part, mais au quotidien, c'est épuisant.

Vous allez bientôt vous retrouver avec Depardieu.

Oui, je dis ça mais j'ai beaucoup d'admiration pour l'acteur et aussi pour l'homme. J'ai beaucoup de tendresse pour lui. C'est vraiment quelqu'un qui m'émeut et il est bouleversant dans *Sous le soleil*. Je me réjouis de tourner avec lui dans le film de Chantal Picault sur Monet. Ça va être touchant de le retrouver après plus de vingt ans, on va raviver les couleurs !

Quelles sont les clés qui t'ont permis d'accéder à l'intériorité du personnage de Mouchette dans Sous le soleil de Satan *?*

Quelques précisions de Pialat m'avaient éclairée sur mon personnage de façon sensible. « Mouchette est une petite arriviste », m'avait-il dit. J'ai imaginé une jeune fille pas forcément aimable. Son goût de l'argent la pousse vers des hommes plus âgés et fortunés, elle est calculatrice, aguicheuse, vénale. Pour la scène où je me retrouve chez l'un de mes amants, le Dr Gallet, Pialat m'a donné cette indication : « Tu le manipules en lui demandant de prendre ta main de façon amoureuse, tu insistes, puis tu précises : "Tu vois, c'est cette main qui a tué." Tu jubiles de le voir pris entre le désir de t'étreindre et la peur que soudain surgisse sa bonne femme logée à l'étage au-dessus. Elle vous entend peut-être... »

Mouchette met les gens face à leur conscience, comme si elle représentait le bien, ou la morale, elle prend la place de Dieu.

Oui, Mouchette place les gens au cœur de leurs paradoxes, face à leurs bassesses. Elle les fait chanter, les hommes sont terrorisés par sa menace de dévoiler leurs actes, leur abjection. À son amant le marquis, elle fait croire qu'elle va révéler à son père qu'il fricote avec elle. En fait, elle charme les hommes et les pousse à la faute. C'est une tentatrice. Pialat souhaitait que Mouchette paraisse honnête, elle incarne l'innocence même. La conscience de sa jeunesse et son apparente naïveté l'aident dans ses manipulations, elle s'en sert. À la fois, je ne devais jamais charger les traits de son caractère pour garder cette légèreté de l'innocence. Ça le faisait sourire qu'on puisse donner le bon Dieu sans confession à cette Mouchette ! Maurice avait pensé à moi pour le rôle parce que j'avais tout juste vingt ans, et une inculture totale de Bernanos. Il voulait des acteurs terriens, physiques, charnels. Il nous demandait de rendre incarnés les propos métaphysiques de Bernanos. Dans le livre, Donissan est un petit curé fluet qui doit peser quarante kilos avec sa soutane, et Pialat choisit ce colosse de Depardieu, ça l'amusait !

Dans la scène où Mouchette rend visite à son amant, le marquis de Cadignan, tu passes du désir au dégoût, de la tendresse à la rage, du dépit amoureux à l'envie de mourir puis à l'envie de tuer, de la sensualité à la démence... Une traversée d'émotions impressionnante. Cette séquence d'anthologie devrait être visionnée par les apprentis comédiens dans les cours d'art dramatique.

Oh, il y a surtout une absence de jeu ! Maurice voulait que j'adopte un ton quotidien pour dire le texte de Bernanos le plus naturellement possible, de façon à le rendre intemporel dans ce film se référant tout de même à une époque. Je devais veiller à ne souligner aucun mot, à ne pas trop appuyer une intention, mais simplement à faire entendre le texte afin qu'il soit reçu par les spectateurs. Mes vêtements de chez Sonia Rykiel confortaient aussi l'idée d'être au présent. Merci pour les compliments, mais j'étais encore dans l'impudeur, l'innocence et l'audace insouciante de la jeunesse, je me lançais dans une scène carrément, à l'instinct. Il y a un âge où l'on n'a peur de rien. Aujourd'hui, je jouerais un rôle comme Mouchette avec une approche plus littéraire. Et, contre toute attente, je trahirais Pialat pour aller davantage vers Bernanos ! Retrouver l'innocence, c'est le travail de toute une vie. Picasso a dit : « Toute ma vie j'ai travaillé à savoir dessiner comme un enfant. »

À un moment, tu pousses un cri déchirant. Presque inhumain. Où as-tu été chercher une telle douleur, tu te souviens ?

C'est un cri de folie. Un cri est souvent juste. Ça part du ventre. Au moment où on le pousse, il n'y a pas d'analyse possible, on ne peut rien contrôler, on projette tellement que tout échappe. Le cri est guidé par tout ce qu'on a joué avant. Dans cette scène, Mouchette manipule son amant, elle le menace, elle lui fait baiser sa main qui a tué. Cette fille a quand même donné la mort. On la sait capable de tout. Il y a une part d'inhumanité en elle. Elle a gardé secret son crime depuis longtemps, ce cri est une explosion. Il a quelque chose de libérateur. Elle qui manipule, qui contrôle tout, brusquement elle perd pied, elle n'en peut plus, elle appelle au secours ! Franchement, ce cri est venu comme ça. Je ne voudrais pas à présent faire semblant d'avoir fait tout un travail. Maintenant mon approche des rôles est différente, plus élaborée, est-ce mieux ? De toute façon, je ne peux plus jouer autrement. Et puis, vous savez, je suis une spécialiste des cris, j'en ai poussé dans tant de films !

En fait, le paradoxe du comédien serait d'apprendre à désapprendre.

Oui, mille fois oui, en tout cas certainement en ce qui me concerne. Certains acteurs ont besoin de graduer leur approche d'une situation par de longues réflexions, on les voit affiner leur jeu au fil des prises, pour finalement se lâcher formidablement à la quinzième. Moi, passé dix prises, c'est une catastrophe, parce que je ne sais plus du tout ce que je fais. Avec le temps, l'expérience acquise m'oblige presque malgré moi à devenir plus cérébrale, plus analytique. J'ai davantage de difficulté à être dans la spontanéité, dans l'instinct du moment. Aujourd'hui, un travail m'est nécessaire pour parvenir à cet état d'innocence, de virginité. Et ce n'est pas évident de redevenir pucelle à quarante-deux ans !

Pialat nous avait fait part de son souhait de te diriger au théâtre, encore une attention généreuse et gratifiante de sa part. « Avec son naturel, Sandrine pourrait leur montrer comme il est possible de faire passer des émotions sans se mettre à hurler ou à se rouler par terre. »

Et vlan, là il s'en prend aux acteurs de théâtre qui en font des caisses ! C'est vrai, il avait été épaté par la manière dont je disais les textes de Bernanos. Il répétait : « Cette fille, on pourrait lui filer le Bottin, elle égalerait Maria Casarès ! » Il exagérait un peu. Il s'était plongé à nouveau dans Dostoïevski et m'avait conseillé de lire *Le Sous-Sol.* Dans un tout autre registre, il souhaitait monter du Anouilh, *La Sauvage* ou *Colombe*, mais ces personnages interviennent de façon irrégulière dans la pièce, et je préférais un rôle en évolution permanente. Quitte à oser affronter les planches, autant ne pas rester à tricoter en coulisses ! Je n'avais pas envie de retrouver ces longs moments d'inaction si pénibles au cinéma quand il faut brusquement s'arrêter en plein jeu pour attendre l'arrivée d'une éclaircie. Le personnage de Thérèse dans *La Sauvage* me tentait par son côté rebelle, son ennui et son ras-le-bol d'être confinée auprès d'un mari bourgeois. Pialat appréciait Anouilh, mais il doutait que son théâtre puisse avoir des vibrations contemporaines.

Pourquoi Pialat était-il autant attaché à ce roman de Bernanos ?

Ce ne sont pas les oscillations autour de la foi ou de la religion qui l'intéressaient. Ses interrogations se portaient davantage sur le sens de l'interdit et du mensonge, les thèmes dont traite le film. Une multitude de lois et de convenances nous obligent à être dans le droit chemin, mais que se passe-t-il si l'on va au-delà des limites permises ? Quelles seront les punitions ? Dans ses rapports avec les gens, Pialat cherchait toujours à aller un peu plus loin, là où ça n'est pas permis. C'était sa nature, Maurice transgressait les règles tout le temps. Par provocation, pour voir s'il pouvait être puni. Par exemple, sur *Police*, il obtient treize semaines de tournage, un budget colossal, et finalement il ne respecte rien. Pourquoi ? Il a besoin d'aller plus loin, d'aller jusqu'à se faire taper sur les doigts. C'est aussi le sujet du film.

C'est ce qui t'intéressait dans sa recherche ?

La confrontation avec le mal chez Pialat passe par l'humain, ça c'est très parlant pour moi. Il rend de la façon la plus concrète la dimension philosophique de Bernanos. Si le diable existe, il est en nous. Il a l'apparence d'un homme ordinaire. Il est nous aussi. La rencontre entre le bien et le mal est concrétisée dans le film avec un grand souci de réalisme. Cette séquence de l'apparition de Satan à travers le personnage du maquignon qui croise la route de l'abbé Donissan aurait pu se prêter à des effets cinématographiques tirant vers le fantastique, comme le texte de Bernanos le suggère. Or, je crois que ce qui intéresse avant tout Pialat dans sa recherche de l'âme humaine et sa conscience inquiète, c'est ce que ressent l'homme, ce qu'il éprouve à travers ses doutes, ses tourments métaphysiques. Le diable est dans l'homme. Dans cette question de l'humanité divisée, ce mélange d'humain et d'inhumain en nous, Pialat montre que tout homme est attiré par le mal. On est tiraillé entre les plaisirs du corps et l'exigence de l'esprit… ou de la religion. Donissan a envie d'être un peu plus humain, et dès qu'il est envahi par ses sensations, par le désir, il se flagelle, il se punit de s'être laissé aller à la chair, de s'être abandonné. Il veut retrouver son idéal de pureté et de bonté. Il se dit : « Je suis trop humain. » Trop dans la vie, trop dans mon corps, dans le désir, dans l'excès. Le vivant tend vers ce qui est non maîtrisé, vers l'indomptable. Encore l'idée de limites.

La vie ne faisait pas peur à Pialat, quel était son rapport à la foi ?

J'ignore comment Pialat s'accommodait de son athéisme, mais je sais qu'il avait foi dans la vie, dans l'homme. Dans ce film, il questionnait aussi la notion d'existence. Pourquoi est-on là ? Que fait-on dans ce monde ? Est-ce qu'on sait être utile ? Ce sentiment d'utilité était capital pour lui. Il ne cessait de dire : « J'ai fait tous ces films, mais à quoi ça sert un film ? » Il s'interrogeait sur sa vocation ratée de peintre aussi. D'ailleurs, le suicide de Mouchette est effrayant, se couper la carotide, ce n'est pas rien. Comment peut-on en arriver à se dire : « je suis très jeune, mais je me tue » ? La part sombre de Pialat, sa force de démolition le pousse à être dans un double discours. Il reconnaît le talent et le succès d'un Truffaut qu'il désirait pour lui-même, et à la fois il ne parvenait pas à rentrer dans le moule du metteur en scène reconnu, il se cognait aux limites. Il cherchait sa place, sans cesse. Même s'il se savait respecté, il était envieux de la reconnaissance des autres, et en même temps il détestait faire l'unanimité. Trop d'admiration, trop d'amour, trop de popularité, c'est suspect. Je me souviens, après *À nos amours*, il me conseillait d'apprendre l'anglais pour aller travailler aux États-Unis. Il me disait : « Mais pourquoi tu fais ces petits films français médiocres alors que tu pourrais faire une carrière ! » Et en même temps il détestait tout le système de starification qui dénature le cinéma. Pour lui, ce n'était pas bon signe d'être reconnu.

En 1987, Sous le soleil de Satan *est présenté en sélection officielle au festival de Cannes. Tu devais être folle de joie.*

Je me souviens d'avoir été très émue et fière d'accompagner ce si beau film et de sentir Maurice et Gérard à mes côtés. *Sous le soleil de Satan* méritait cette sélection. Je voyais dans les yeux et le sourire désarmant de Maurice son bonheur d'être là. Quant à moi, mes jambes tremblaient, j'espérais ne pas tomber dans les pommes au milieu des marches. Cannes, c'est quand même un sacré truc ! On a beau y être allé plusieurs fois, l'émotion est toujours aussi forte. Toute cette foule, ces meutes de photographes… Même si la montée des marches ne dure que quelques secondes – car pour peu que derrière vous arrivent Clint Eastwood ou Sharon Stone, vous êtes tout de suite évincé –, ça vaut le coup. Ces brefs instants de bonheur sont inoubliables !

Quels ont été les autres moments forts de la soirée ?

Ce soir-là, une invitée surprise a failli me gâcher la fête. Avant de me rendre au Palais des festivals pour la projection, alors que je donne une dernière touche à mon maquillage, la réception du Majestic me prévient qu'une dame souhaite me voir. Avec les précautions d'usage, le réceptionniste ajoute : « Cette personne prétend être votre mère. » Oh putain, ma mère ! Effectivement, la voilà qui déboule à l'improviste fardée de son sourire des grands soirs. Elle est déjà tout excitée car elle a pris l'avion pour la première fois. Connaissant trop bien la part fantasque de ma mère, j'imagine le pire ! Il me faut obtenir rapidement une invitation pour qu'elle soit présente à la projection puis au dîner de gala. Dénicher au dernier moment ces bouts de carton aussi rares qu'une pépite d'or, voilà qui n'est pas simple ! Je prends aussi conscience qu'il me faudra veiller sur elle pendant toute la soirée. Dans l'euphorie de la cérémonie, elle risque de déraper, sa trop grande franchise et sa candeur dénotent dans le monde du cinéma. Pour l'instant, ma mère m'aide à enfiler ma robe. L'émerveillement de maman devant sa fille déguisée en princesse m'attendrit. La voilà au milieu de ma suite, agenouillée, en train de coudre à la hâte mon jupon trop long. On partage un moment de douce émotion avant le vent de panique de la montée des marches où, avec appréhension, je me retourne constamment pour scruter sa silhouette à quelques mètres de moi. Elle déambule comme sur un nuage, enchantée d'être au cœur de cette fête, et très impressionnée, tout de même, de voir sa fille acclamée. Au dîner, nous sommes placées à des tables différentes, je l'aperçois à côté de Gérard Depardieu. Ah, ils ne sont pas tristes ces deux-là ensemble ! Je passe ma soirée à venir la surveiller discrètement, « Ça va maman ? » Elle m'ignore totalement, trop occupée à couvrir Depardieu de déclarations d'amour enflammées ! Gérard s'amuse de la naïveté de maman et, à la fois, je le sais respectueux d'un milieu qu'il connaît bien.

Comment as-tu vécu la fin de cette projection et le désaveu d'une partie des festivaliers pour un film sur lequel toute une équipe avait porté tant d'attention, de travail et d'espoir pendant plusieurs mois ?

Oui, ce soir-là l'accueil fut mitigé. Dans la froideur de ce nouveau Palais justement baptisé « Bunker » par Serge Daney[1], les sifflets ont le tranchant d'un coup de couteau ! On se retrouve avec un goût amer dans la gorge alors que tout devrait porter à la fête. Mais ce qui me peine plus encore aujourd'hui, ce n'est pas que certains festivaliers n'aient pas aimé le film lors de sa présentation à Cannes en 1987, mais d'avoir vu quelques années plus tard, dans ce même Palais des festivals, la *standing ovation* réservée au film lors de l'hommage à Pialat après sa mort. Les siffleurs d'hier étaient alors debout, la larme à l'œil ; c'est un peu navrant ! J'étais heureuse que le film soit enfin reconnu mais, avec une boule dans la gorge, je me sentais orpheline.

Quelques jours plus tard, la Palme d'or attribuée à Sous le soleil de Satan *déclenchait une bronca à faire trembler les murs du Bunker. Nous avons vu et entendu*

1. Alors rédacteur en chef des pages « Culture » de *Libération*.

ce soir-là Pialat, poing levé en signe de rage ou de victoire, lancer son fameux : « Sachez que si vous ne m'aimez pas, je ne vous aime pas non plus. » Pourquoi n'étais-tu pas présente pour la remise de cette Palme contestée ?

Je ne sais plus… partie en balade avec un amoureux peut-être. J'étais descendue une semaine auparavant uniquement pour la présentation du film et la conférence de presse le lendemain. En fait, j'étais très décalée par rapport au monde du cinéma à l'époque. Je m'y sentais mal à l'aise. Je n'y trouvais pas ma place par rapport à mes origines, à ma méconnaissance de ce milieu. Et puis à vingt ans, on a envie de s'amuser avec ses copines. Après les mois de tournage et la promotion des films où je ne côtoyais que des adultes, un peu de légèreté me faisait du bien. Pour en revenir à Pialat et sa fameuse déclaration que j'ai vue plus tard à la télé, je le trouve plutôt mignon avec sa façon un peu enfantine de narguer les siffleurs : « Tu ne m'aimes pas, eh ben moi non plus, na, na, nère… » Et dans son poing dressé vers le ciel, il y a à la fois le signe du vainqueur et le bras d'honneur d'un être piqué au vif. Face à ce parterre d'invités un peu guindés, lors de cette cérémonie figée dans un bon ton de convenance, Pialat se montre une fois de plus égal à lui-même en jouant l'enfant mal élevé, l'insoumis qui fait exploser les règles de la bonne société de la grande famille du cinéma. Forcément, Maurice m'a touchée une fois de plus. Sa réaction m'a aussi rendue un peu triste. Pialat serrait les dents, il y avait de la souffrance dans ce geste. Et cette violence du poing levé pouvait conforter ses détracteurs. D'une certaine manière, il avait la reconnaissance du rebelle, celle qu'il recherchait. L'unanimité lui aurait semblé suspecte, et à la fois il aurait aimé un tout-plein d'amour. Jean-Claude Bourlat, son directeur de production durant des années, m'a offert plus tard un gadget qui faisait fureur ces années-là, une sorte de carré en Plexiglas rempli de petites billes d'acier dans lesquelles se sculpte en creux la forme de l'objet que l'on enfonce dans les billes. Bourlat y avait imprimé son poing !

La presse était unanime sur ton travail, tu pouvais prétendre à un prix d'interprétation cette année-là.

Ah, oui ? Je ne sais même pas qui l'a eu…

Barbara Hershey pour Le Bayou *d'Andrei Konchalovsky. Tu vois, tout est possible !*

Oui, comme vous le disiez à propos de la Palme contestée de *Sous le soleil*, un palmarès tient parfois de la loterie. Un membre du jury du festival de Venise de 1995 m'a avoué que nous avions reçu avec Isabelle Huppert pour *La Cérémonie* de Claude Chabrol le prix d'interprétation féminine suite à un compromis diplomatique au sein d'un jury dans lequel chaque juré voulait placer son favori. En fait, c'était un prix pour calmer le jeu ! Il faut savoir prendre de la distance avec ce genre de médailles.

Vous ne vous êtes plus revus pendant onze ans avec Pialat. Ton aventure avec Maurice a le goût d'une histoire d'amour inachevée, d'un rendez-vous raté…

Non, notre relation fut bien mieux que cela… C'est vrai, nos orgueils respectifs nous ont fait rater les belles aventures que l'on aurait dû vivre après *À nos amours*.

Onze ans de mise à l'écart pour avoir refusé à Maurice de tourner dans *Van Gogh*, la sanction est aussi injuste que sévère. Il m'en a voulu, et moi, j'en avais ras le bol qu'il m'envoie bouler en permanence. Je ne lui appartenais pas, c'était décidé. Du coup, personne n'a essayé de joindre l'autre. Chacun est resté campé sur sa position… Quel dommage !

Qui a fait le premier pas ?

Le hasard. En mars 2001, le succès du film *Mademoiselle* me vaut d'être l'invitée d'honneur de l'émission « Vivement Dimanche » sur France 2. Michel Drucker me demande la liste des personnalités que je souhaite convier. Évidemment, il y a Pialat, j'aimerais beaucoup le revoir, mais il est au-dessus de mes forces de l'appeler, Michel Drucker me promet de le faire. Maurice accepte avec joie. Sylvie, son épouse, me téléphone, chargée de me dire que Maurice, extrêmement touché, souhaite que nous dînions ensemble avant l'émission. Je me rends chez lui le soir convenu. Onze ans après, à quoi ressemble Maurice ? En passant le pas de la porte, je l'aperçois qui descend maladroitement les quelques marches de l'escalier de leur duplex, s'aidant d'une canne pour ne pas tomber. Il relève la tête et, jetant son regard droit et cynique dans mes yeux, il peste : « Tu vois l'espèce de vieux schnock que je suis devenu maintenant ! » Sa gêne à se présenter devant moi dans cet état diminué m'oppresse. Je ressens sa honte à dévoiler qu'il n'est plus l'homme séduisant et séducteur que j'ai connu. Le choc est brutal, mais je le trouve encore très, très beau. Au cours du dîner, on parle beaucoup de réparation. Réparation physique, réparation psychologique, et aussi réparation de notre silence commun. Je lui explique

que moi aussi je me présente en petite forme. Je porte encore les traces de l'agression que j'ai subie récemment, et à présent je suis en phase de rééducation après plusieurs fractures de la mâchoire et diverses contusions. « Maurice, je suis un peu cassée moi aussi. Tu vois, on est tous les deux un peu de bric et de broc... T'inquiète pas, on va s'en sortir ! » Et là, je reconnais son petit sourire tendre. On a parlé longuement de nos problèmes de santé, de ce qu'il en coûte d'être dépossédé. Lui, sa maladie lui volait son énergie, et moi, alors privée de mon sourire, je me sentais volée d'une partie de moi-même. Et bien sûr on a causé boutique. Il a fait le bilan de ses films. « J'aimerais les brûler ! En tout cas, je veux en détruire au moins deux, *À nos amours* et *Le Garçu*. » Je trouve bizarre qu'il choisisse deux films qui ont trait à l'adolescence et à l'enfance. *Le Garçu* est un film entièrement dédié à son fils. Quant à *À nos amours*, ce film m'a formée, il a fait de moi celle que je suis. « Ce serait terrible que tu les brûles. Comment peux-tu dire cela, à moi qui ai le sentiment d'être ta fille adoptive ? » Il est resté vague, émettant quelques onomatopées coutumières, « Bof, pof... C'est nul tout ça... » On a évoqué aussi nos enfants, je rencontrais son fils pour la première fois, et il regrettait de n'avoir jamais vu Jeanne. Il supportait mal l'inaction, s'en plaignait : « Je passe des heures à regarder la télé comme un vieux con, ou à lire des magazines féminins ! » Je le presse : « Pourquoi ne pas refaire un film ? » Déjà son visage fatigué se détend : « Bof, mouais, mais alors il faudrait que je tourne avec des petits moyens, avec les nouvelles caméras DV, et en bas de chez moi, parce que je ne peux plus marcher, et puis il faudrait... » Je joue le jeu, acquiesçant à chacune de ses injonctions. « Mais pourquoi pas, on peut trouver un sujet qui se passerait dans ta rue… Moi, Maurice, j'aimerais bien refaire un film avec toi. » En tout cas, je lui fais comprendre qu'il aurait meilleur moral s'il ne restait pas à déprimer, vautré sur son canapé. J'avais l'impression qu'il ne détestait pas que je le houspille un peu, il répondit : « Oui peut-être, je vais essayer d'y penser, mais si tu as une idée… » Il était aux petits soins avec moi, bousculant Sylvie : « Allez, va nous chercher une bonne bouteille ! », ou s'excusant que le gratin ne soit pas aussi délicieux que d'habitude. Les heures défilaient, je voulais le laisser se reposer, il me retenait. On a passé des instants merveilleux, l'émotion de ces retrouvailles nous fragilisait, et en même temps renforçait notre lien. Vers 3 heures du matin, j'ai décidé de rentrer alors qu'il voulait prolonger la nuit. Maurice était inquiet et épaté que je puisse conduire une Renault Espace. « Mais ce gros camion, ce n'est pas un truc de fille ! » Alors à cette petite heure du matin, on a parlé voitures… « Et pour les créneaux, comment tu fais ? » J'étais émue lorsque je lui ai dit : « Tu sais, maintenant, Maurice, je sais prendre les créneaux ! » Il souriait, lui qui m'avait tellement hurlé dessus au moment de mes premiers essais où je ne savais pas prendre ce fameux créneau face à la caméra. Il voulait me regarder partir, malgré des marches à monter pour arriver jusqu'à sa fenêtre. On s'est embrassés comme du bon pain, se promettant de ne pas laisser autant de temps passer. « Revoyons-nous vite ! » me dit-il. En bas dans ma voiture, une fois mon petit créneau réussi, j'ai fait signe à Maurice qui se penchait avec effort pour voir la voiture s'éloigner et disparaître. On était comme ces amoureux qui agitent leurs mouchoirs sur un quai de gare !

Et vous vous êtes dit « vivement dimanche ! »

Eh oui, on s'est retrouvés sur l'émission de Drucker. Je suis allée dans sa loge pour l'accueillir et l'embrasser. Dès qu'il m'aperçut, ses premiers mots furent : « Oh, là, là, ce que tu es belle ! » J'ai saisi un sentiment de fierté sur son visage. Je me souviens de m'être bien pomponnée et d'avoir choisi une très jolie robe achetée à Rome. Maurice était impressionné que l'on dédie toute une émission à son actrice. Son passage sur le plateau fut très chaleureux. Ensuite, comme promis, j'ai cherché à provoquer de nouveaux rendez-vous. Chaque fois, Sylvie m'encourageait à rappeler plus tard, Maurice était trop fatigué, ou il était déprimé, ou alors il ne voulait voir personne, etc. Un matin, je reçois un appel de Sylvie : « Viens, Maurice n'en a plus pour longtemps. » J'arrive aussitôt. Sylvie me propose de voir Maurice qui se repose dans sa chambre. Au bout d'un long couloir après l'escalier, la porte est entrouverte et je l'aperçois allongé en pyjama en travers de son lit. Sylvie, d'un ton presque enjoué, s'écrie : « C'est ta Sandrine qui est là », et elle sort illico de la pièce en fermant la porte. Maurice ne bouge pas, il est dans un état semi-comateux. Seule face à lui surgit aussitôt l'image de mon père sur son lit d'hôpital à ses derniers instants. « Maurice, c'est moi, c'est Sandrine. » Il ne réagit pas. J'esquisse une caresse sur sa main, et tout d'un coup il me repousse avec une violence inouïe, « Dégage, j'ai mal ! J'ai mal ! J'ai mal ! » Son cri devient peu à peu une longue plainte rauque. Son visage se fige en un masque de souffrance. Prise de panique, je m'enfuis de la chambre en courant, et j'arrive toute tremblante et en larmes devant Sylvie. « J'ai peur ! Va le voir, il a mal. » Elle monte aussitôt. Je reste un long moment prostrée. Impossible de partir, il faut que je lui dise au revoir une dernière fois, mais je n'ai pas la force de retourner le voir. Jacques Dutronc vient d'arriver. Sylvie nous rassure : « Tout va bien, il avait simplement besoin que je le change. » Je demande à Jacques de m'accompagner pour voir une nouvelle fois Maurice. On monte tous les deux, la porte est ouverte, Maurice est assis au bord du lit, droit comme un I, ses jambes en partie nues pendent dans le vide. À peine aperçoit-il Maurice que Jacques s'arrête : « Non, je ne peux pas, je ne veux pas le voir comme ça », et il s'enfuit à son tour. Je rentre dans la chambre, Maurice ne remarque pas ma présence, il parle tout seul. Je souhaiterais tellement comprendre les tourments qu'il essaie d'exprimer dans ce baragouin d'angoisse. À nouveau, je lui prends la main doucement, il ne me voit pas, il est tout à son épouvante, loin de nous. Je répète en posant mes mots : « C'est Sandrine, Maurice… » Il tourne alors son visage vers ma voix et, me regardant sans me voir, il murmure mon prénom tout en quémandant un baiser. Je l'embrasse délicatement. Soudain, il a une sorte de malaise, une grande douleur lui étreint la poitrine. Je lui propose de s'allonger. Je soulève ses jambes maigres et l'étends sur son lit. Là, il semble reposé, je le caresse. Longtemps, délicatement, je le caresse. Le spectre de mon père ne nous quitte pas, mais il est à présent un ami. Je répète : « C'est Sandrine. Je t'aime, tu sais, je t'aime. Maurice, je t'aime. » Il sourit. Ses yeux dans un brouillard aveugle me fixent sans me voir. « Maurice, tu as transformé ma vie, et celle de ma famille aussi. Tu as changé mon destin… Merci Maurice. Je ne l'oublierai jamais. Merci… Maurice. » Il m'a entendue. Il semblait apaisé. Moi aussi…

Ensuite, il a perdu à nouveau connaissance...

Excusez-moi… chaque fois que j'évoque ces moments… Vous voyez, je pleure encore comme si…

Tu veux faire une pause ?

Non, finalement ça me fait du bien de parler de lui. Pialat nous a quittés cinq jours plus tard. De toute façon, je ne crois pas à toutes ces histoires de faire le deuil. Je n'ai pas envie de faire le deuil de Maurice. Ce n'est pas morbide. Il y a de la joie, une joie immense à le garder proche.

Malgré ta peur, tu as osé retourner vers lui. Il aimait ça chez toi, ta bravoure. Cette dernière rencontre, cette déclaration d'amour que tu as enfin pu lui faire te permet à présent d'être en paix avec lui, et avec toi.

Oui, sans doute. Maurice aurait eu encore une jolie pensée pour moi avant la fin, m'a raconté Sylvie. Lors d'un moment de conscience, il aurait associé mon nom au soleil. Quelque chose de ce genre… « Bonnaire solaire »…

Et ensuite ?

Oh ensuite, c'est plus dur. Enfin... C'est comme cela que je l'ai ressenti.

Pourquoi était-ce encore plus difficile à vivre ?

Parce que là on entrait dans le show du cérémonial, le cocktail mondain, tout ce que détestait Maurice. Enfin, il me semble... Pour la levée du corps, tout le cinéma français a envahi l'appartement de Maurice, des acteurs, des producteurs, des journalistes, toutes sortes de gens... Il me semble que la foule accompagnant Maurice pour l'enterrement et son recueillement devant le cercueil aurait suffi à lui rendre hommage. À mon sentiment, le moment de la mise en bière impose une certaine intimité à la personne décédée. Cette dernière image très physique de Maurice, ne valait-il pas mieux que le monde du cinéma se souvienne de lui vivant, plutôt qu'allongé les pieds devant ?

À l'enterrement, tu n'as pas tenu à lui rendre un hommage personnel.

Non, j'étais incapable de rendre ma douleur publique. Déjà, j'étais malade comme un chien, sans doute par réaction. Évidemment, je suis arrivée en retard à l'église, mais j'ai pu me glisser juste derrière mon agent, Serge Rousseau. Maurice m'avait présentée à Serge vingt ans auparavant. J'éprouvais une immense peine à assembler dans mon regard pour une dernière fois les deux figures paternelles qui avaient guidé mes premiers pas. Je perdais Maurice mais Serge était toujours là à mes côtés. Lui aussi partira trop tôt…

Ensuite, votre dernier rendez-vous intime, c'est la rose que tu laisses tomber sur son cercueil.

Oui. Voilà, ça aussi, c'est bizarre… À la sortie de l'église, il y avait beaucoup de photographes. Les gens descendaient par l'escalier central. Accompagnée de mon mari, de Jean-Pierre Améris et Caroline Bottaro, nous nous sommes éclipsés par la porte de côté. En attendant que le cercueil soit conduit au cimetière, nous sommes allés dans un café. Nous pensions que la sortie de cette foule allait prendre un certain temps. Quand je reviens ensuite en courant au cimetière, la tombe est déserte, les terrassiers commencent à remplir la fosse de terre. Alors ce dernier geste pour Maurice, cette rose, que j'ai pu déposer juste avant le scellement de la pierre tombale, c'est encore une chance inouïe. À quelques secondes près, il aurait été trop tard ! Voilà qui console un peu de tout ce temps perdu par notre silence… Tout a été fait à l'arraché entre nous ! Onze ans d'absence, puis ce dîner que l'on n'espérait plus, ces retrouvailles de deux éclopés. Puis, *in extremis*, dans sa chambre, mon témoignage d'affection et de reconnaissance pour tout ce qu'il m'a donné… On a failli, mais non, on s'est dit au revoir au vol ! Jusqu'à cette rose symbolique abandonnée au dernier instant.

« Une des plus belles qualités d'actrice de Sandrine, c'est sa générosité, elle ne joue pas pour elle mais pour les autres. Elle ne susurre pas, sa voix porte, elle envoie la voix ! Avec Sandrine, ça part, même du Musset, elle l'envoie comme ça.

Le danger pour Sandrine serait de tomber un jour dans cette espèce d'académisme général où les acteurs les plus doués finissent par prendre des tics. Sandrine était prodigieusement douée dès le départ. On a mis du temps à la reconnaître parce qu'elle n'est pas venue au cinéma de façon habituelle comme les petites-bourgeoises du cours Florent.

Pour l'instant, elle s'en sort très bien. On peut même considérer qu'il y a progrès, donc elle a une réflexion sur le métier. Elle fait ce métier à sa façon. Pour les acteurs ou actrices qui commencent à avoir du succès et à être très demandés, comme ça va être le cas pour Sandrine, le grand danger est de ne tourner que des mauvais films. On n'en sort pas. On gagne du fric, mais on est cuit !

On ne peut pas donner à Sandrine n'importe quel rôle. Non pas qu'elle ne puisse pas jouer des personnages différents, mais cette fille de milieu populaire n'est pas faite du tout pour jouer les petites bonnes femmes.

Sandrine a du bon sens et de l'autorité, elle filtre très bien. C'est pas du tout dire du mal, mais c'est quelqu'un qui "se croit" beaucoup, Sandrine ! Comme tous les gens qui ont une valeur. Ça ne veut pas dire qu'elle a la grosse tête. Elle a une grande estime pour elle-même, et elle est exigeante, ce qui la met à l'abri de beaucoup de choses.

Le plus grave pour une comédienne de la "fleur du pavée" comme Sandrine, ce serait que la culture lui dégringole dessus.

Je n'ai pas voulu faire avec Sandrine ce que beaucoup d'autres auraient fait, lui faire signer un contrat après son premier film pour l'empêcher de tourner avec un autre. Je ne suis pas un bourreau ! Je me doutais bien de ce qui allait lui arriver. Dans le couple metteur en scène-comédien, c'est toujours le comédien qui découche. Les comédiens sont des gens de passage...

Avec Sandrine, je n'ai pas encore fait le film que l'on doit faire ensemble.

Un film où elle serait tout le temps là ! »

Maurice Pialat
(Entretien réalisé en janvier 1988
par Gaillac-Morgue)

Les ongles en deuil

« Avec Bonnaire, tout s'est décidé en cinq minutes. Elle avait fait quatre films avant le mien dans lesquels, si bonne soit-elle, ses personnages étaient toujours racontés à travers des histoires de liberté sexuelle, des histoires de fesses… C'est devenu un must maintenant, paraît-il, de montrer des actrices à poil ! Moi, je lui proposais de jouer habillée, un rôle fort. Avant le tournage, je lui ai dit : "Tu vas exister violemment et pas sexuellement. Sois violente à chaque instant." J'avais une vision précise du personnage, mais Sandrine en a décuplé la présence et l'intensité. Elle a projeté à chaque instant son personnage dans une violence inouïe. Comme Mona, Sandrine est dure au mal.»

Agnès Varda
(Entretien réalisé en 1985 par Gaillac-Morgue)

Après À nos amours, *un autre film important cimente ta jeune carrière,* Sans toit ni loi *d'Agnès Varda, l'histoire de Mona, une jeune routarde retrouvée sans vie un matin d'hiver dans un fossé sur une route du Languedoc. Qu'est-ce qui t'avait intéressée dans ce « fait d'hiver » ?*

À notre premier rendez-vous, Agnès Varda m'a dit : « Voilà, il n'y a pas de scénario. Et il n'y en aura probablement pas. Votre personnage s'appelle Mona, c'est une fille qui pue, qui dit merde à tout le monde, et ne dit jamais merci. » Étant à l'époque moi-même un peu rebelle, cette fille me plaisait déjà !

Avec Sans toit ni loi, *tourné en 1984, le cinéma français prend enfin le train du « road movie » en marche. Depuis le début des seventies, le cinéma américain esquisse en creux le portrait de la société à travers des personnages en marge, à la dérive, des « routards », avec des films de référence*[1].

Le fait que le cinéma français ait peu abordé ce genre de personnages attisait mon intérêt. On ne parlait pas encore de SDF, et les filles qui prenaient la route, les rôdeuses, les stoppeuses, n'étaient pas nombreuses. Sans doute que ce sujet inédit explique aussi en partie le succès du film. Mona marche dans l'impulsion d'un besoin de liberté partagé par les antihéros de ce genre de films. Le road movie expose le récit d'une errance initiatique, et la mort met parfois un point final au voyage.

1. *Easy Rider* de Dennis Hopper, *La Ballade sauvage* de Terrence Malick, *Wanda* de Barbara Loden, *L'Épouvantail* de Jerry Schatzberg… En Allemagne, Wim Wenders, le cinéaste européen le plus influencé par la contre-culture américaine, réalise *Alice dans les villes*, *Au fil du temps* et *Paris, Texas*.

Mona a les ongles en deuil, elle campe dans les cimetières et finit par crever de froid dans un fossé... Tu pouvais vraiment te reconnaître dans ce personnage ?

Ah non, je ne partage absolument pas son côté autodestructeur, voire suicidaire. Mona a choisi d'être libre, là je me reconnais, par contre son choix reflète une grande naïveté car elle est forcément dépendante. Elle veut n'avoir aucun compte à rendre à personne, mais à partir du moment où l'on n'accepte pas les autres, où l'on refuse tout échange, toute aide matérielle ou affective, on ne peut pas continuer de vivre. Dire non à tout, c'est dire non à la vie. Mona rencontre des gens qui ne la supportent pas, et elle ne supporte pas les gens qu'elle rencontre. J'ai grandi dans le respect de certains codes ; même si j'apprécie son audace, je ne suis pas aussi marginale. D'ailleurs le cinéma impose ses propres règles, le travail en équipe oblige à respecter l'autre.

Le personnage de Mona s'inspire en partie d'une jeune routarde que Varda avait un jour prise en stop.

Oui, Setina, on l'aperçoit dans la scène de la gare. J'ai eu du mal à sympathiser avec cette fille méfiante et sauvage. Un matin nous sommes parties toutes les deux nous perdre dans la nature, Varda voulait que Setina m'apprenne à allumer un feu, à monter une tente. J'avais de l'herbe, elle adorait ça, du coup elle s'est un peu mise à parler. En rentrant de notre journée de camping, Setina est venue passer un moment dans ma chambre. À Nîmes, toute l'équipe logeait dans une ancienne maison de retraite désaffectée. Je couchais sur un matelas par terre au milieu de mes cassettes et de petits tas de tabac qui me servaient à m'entraîner à rouler des clopes, car Varda m'engueulait sous prétexte que je n'étais pas assez rapide. Je sentais Setina un peu ouverte, était-ce l'effet des pétards ? J'ai voulu alors lui offrir une robe algérienne, un cadeau de Ouidad. Elle m'a aussitôt rembarrée. A-t-elle cru que je voulais acheter son amitié ? S'est-elle sentie insultée par mon cadeau, croyant que je ne la trouvais pas assez jolie ou pas assez féminine ? Je n'ai pas vraiment compris sa réaction. De toute façon, elle rejetait systématiquement tout ce que les autres lui proposaient. Pour la dépanner, comme elle était sténodactylo, Varda lui avait confié un poste de secrétaire de production. Elle a provisoirement accepté, puis un matin elle a accroché un mot sur la porte de son bureau : « Frapper fort, je dors ! » Au bout de quelques jours, elle avait à nouveau disparu. Mona est calquée sur Setina, elle aurait pu avoir ce comportement qui faisait dire aux gens : « Il n'y a pas grand-chose à tirer de cette fille. » Je n'ai pas eu plus de liens que ça avec elle. Je n'ai jamais cherché à m'inspirer d'elle pour nourrir mon personnage, je ne travaille pas comme ça.

Voici ce qu'écrivait notre bon passeur Serge Daney à la sortie du film : « Voici Mona 85, qui parle peu, ne revendique rien, prend peu et ne donne rien, n'accuse personne et meurt dehors. Ce qui saute, c'est l'opposition commode entre l'individu libre même si malheureux, et la société pourrie même si confortable. L'honnêteté de Varda consiste à dire, même avec trop de mots ou des mots datés, qu'une Mona, on ne sait pas encore de quoi c'est fait. »

Oui, cette fille est insaisissable. Elle ne s'analyse pas, elle avance portée par une sorte d'élan romantique adolescent, un rêve de liberté qui ne lui permet pas de mesurer les conséquences de ses choix. Le regard de Varda dans ce film a la qualité de ne porter aucun jugement sur cette fille, et donc de laisser au spectateur une liberté d'appréciation et d'émotions sur ce personnage.

Oui, cette latitude permet au spectateur de s'identifier à Mona, d'entrer profondément en empathie avec elle. En privilégiant l'émotion, sans avoir recours au discours social ou politique, Varda invente son propre style dans le cinéma d'auteur français de l'époque. Comment appréciais-tu son cinéma ?

Je ne connaissais pas ses films, mais mon agent Serge Rousseau et d'autres personnes du métier me présentaient Varda comme une cinéaste d'expérience et une femme intéressante. Je n'avais jamais été dirigée par une femme. Il y avait un potentiel dans ce projet, et tout ça était plutôt très rassurant. Varda est à la fois cérébrale et spontanée. Elle conçoit son film en construisant d'abord par écrit une structure précise, puis sur le tournage elle se donne la liberté de s'attacher aux personnages. En fait, c'est le principe de beaucoup de metteurs en scène, je veux dire de bons metteurs en scène. En même temps, sur ce film, le scénario se réduisait à une ébauche d'une cinquantaine de pages ! Varda est à la fois analytique et fascinée par les gens, elle prend, elle ressent. Elle ne fait pas une analyse psychologique de Mona dans son film, on ne sait pas pourquoi cette fille ne se raccroche à rien. On ne connaît pas son passé, on peut seulement imaginer que son parcours familial a été dur. Sous son allure baba cool, Varda a aussi un petit côté rock and roll ! Elle défie les codes elle aussi, elle suit sa fantaisie, son intuition.

Des témoins qui ont croisé la route de Mona reconstituent le puzzle de son errance. Varda a choisi des intervenants qui jouent leur propre rôle et témoignent un peu sur eux-mêmes aussi. Quel a été ton rapport avec ces personnages non acteurs ?

Massoud, l'ouvrier de la vigne, me touchait beaucoup. Cet homme irradiait de bonté. Je me souviens de son regard dans sa très belle scène, lorsque après la mort de Mona il exprime sa douleur muette, simplement en respirant son odeur sur l'écharpe qu'elle portait. Massoud avait une réelle facilité à jouer. Sans poser de questions, il faisait ce qu'on lui demandait, et ça existait. Il était tellement entier, tellement imprégné de sa vie, de son passé, que Varda pouvait le prendre tel quel, et il était juste. Varda avait choisi de le filmer dans sa cuisine avec sa vieille gazinière sur son vrai lieu d'habitation. Je ne fais pas de différence parmi mes partenaires entre acteurs ou non-acteurs. Avec Massoud, tout paraissait naturel, il me suffisait de me laisser aller. Avec d'autres, on sent tout de suite que jouer ensemble va être plus périlleux.

Tu parviens à te donner à fond dans ce personnage si éloigné de ton appétit à mordre dans la vie, comment fais-tu ?

Plus le rôle est loin de moi, plus il m'est facile de l'incarner. C'est amusant, j'ai toujours eu beaucoup de recul par rapport à ce que je fais. Je joue comme les enfants le font en se disant « on dirait que… » ou « si j'étais… ». Ma fille Adèle peut se transformer en une seconde en Fée Clochette et y croire dur comme fer.

Mona, ça serait plutôt une Cosette trash ! J'ai enduré des conditions de tournage rustiques, un froid de gueux et le caractère revêche de Varda, mais psychologiquement je n'ai pas du tout souffert du rôle. Cela m'amuse parfois d'entendre : « Quelle comédienne, quel travail elle a dû faire pour aller aussi loin ! Ah, elle mérite bien son César… » Très honnêtement, avant de commencer ce film, j'avais compris que tout était une histoire de présence. Tu as ton sac sur le dos et tu marches, tu t'assieds, tu roules ta clope, tu bouffes des sardines à même la boîte avec les doigts, l'huile dégouline, tu t'essuies sur ton jean… Franchement, ce n'est pas difficile à faire, il suffit juste d'accepter l'idée d'être là, seule dans un champ à se peler de froid. Moins tu penses, mieux ce sera. Voilà, c'est simple, Mona est une fille qui a choisi, comment dire…

D'habiter dehors.

Voilà, exactement, d'habiter dehors. D'ailleurs le titre du film résume le personnage. Il suffit d'accepter cette idée et d'y aller vraiment. Peut-être qu'aujourd'hui j'aurais plus de résistance à faire ce genre de film, quoique, sur *Un cœur simple* de Marion Laine je sois allée à fond physiquement dans la dureté du vécu du personnage. Sur le Varda, j'avais vingt ans, à cet âge-là, ce n'est pas gênant de ne pas paraître jolie à l'écran !

Oui mais les cheveux sales, le visage maculé de lie de vin, ce n'était pas du maquillage, et à la fois tu nous dis que tu « joues à »...

C'était compliqué sur ce film. Varda tenait absolument à ce que j'aie des ampoules dans la paume de mes mains, la maquilleuse aurait pu en faire de fausses, mais elle a tellement insisté que j'ai bêché pendant des heures des tonnes de terre ! Pareil pour les cheveux. Elle m'expliquait que la crasse ne se voit pas à l'écran. Avec le temps, les cheveux deviennent très secs et emmêlés, et non pas gras au bout de trois jours comme on le croit. Alors, en bon petit soldat, je lui ai dit : « Écoute, le mieux c'est peut-être que je ne me lave pas du tout la tête pendant douze semaines ! » Et voilà, seuls les shampoings secs bien astringents m'étaient permis, je n'avais même pas le droit de me servir d'un peigne ! Pourtant, je ne ressens pas l'utilité d'être totalement et réellement dans le vécu du personnage, chacun sa méthode. Je conçois qu'il soit nécessaire pour certains acteurs de s'immerger au plus profond de leur rôle, et d'expérimenter pendant la préparation ou le temps du tournage des situations similaires à celles éprouvées par leur personnage. Dans la journée, j'enfile ma blouse de travail, je n'ai pas peur de me tacher, mais ensuite je l'accroche sur le portemanteau et, comme une commerçante, je ferme boutique. Je m'investis à fond dans mes personnages, mais si j'avais vécu leurs vies réelles, je serais en HP ! Comme ils me sont pour la plupart étrangers, je les considère avec une certaine distance. En spectatrice. D'ailleurs je parle généralement de mon personnage en disant « elle ». Je choisis mes films en me posant cette question : est-ce que j'aimerais aller au cinéma voir cette histoire, et comment la vit cette fille ?

Varda nous racontait qu'elle t'avait présenté ton personnage en te disant : « Dans mon film, tu vas exister violemment et pas sexuellement. » Et elle ajoutait : « Sandrine était tellement contente de cette vision du personnage que quand on a tourné la scène du viol, dont je montre le début de l'agression mais pas le passage à l'acte, Sandrine me disait : "J'aimerais mieux que Mona se foute complètement de la sexualité." Alors j'ai dit à Sandrine : "Non, là tu fantasmes, tu as une espèce de rêve de repos, ça n'existe pas cela. À dix-huit, dix-neuf ans, la sexualité est là, tu es désirée de toute façon, tu es vue par des voyeurs, des refoulés, des censeurs. Tu es tout le temps une proie au désir. Elle a ce rapport d'elle-même avec son corps, c'est-à-dire un corps caché, un corps combattant." » Pourquoi défendais-tu cette idée que Mona était dans le déni de sa sexualité ?

Deux scènes exposent la sexualité de Mona, celle où le garagiste sort de la tente en refermant sa braguette après qu'elle s'est laissé prendre, et l'autre, le viol, où on lui vole son corps. Sur le moment, il me semblait illogique qu'elle accepte le mec de la tente et pas celui qui la viole. Au point où elle en est, elle se fout de tout ! Le mec de la tente, elle l'accepte simplement parce qu'il est là, en se disant, pourquoi pas ! C'est de l'autodestruction chez Mona. Une autopunition.

Mais on la voit pourtant tenter une espèce d'histoire avec un routard...

Elle reste avec lui pour la fumette ! Mais les deux autres types, pourquoi ? Je ne comprenais pas. Mona n'est pas désirable. Elle est trop sale, elle pue, comment un homme peut-il avoir envie d'elle ? Et puis pas une seconde je pouvais imaginer que Varda puisse avoir le souci de me rendre désirable. Varda pour moi, c'est une féministe, mais pas une grande féminine.

Agnès Varda trouvait intéressant de montrer Mona comme une proie. Et toi, avais-tu conscience à l'époque que tu pouvais être désirable, ou représenter un objet de désir à l'écran ?

Non, je n'avais pas tellement cette notion d'être désirable, en tout cas à l'écran, et pourtant j'avais tourné *Tir à vue* et même *Le Meilleur de la vie* où je suis souvent nue. Dans ce film, *Le Meilleur de la vie*, il ne s'agissait pas pour moi de m'exposer comme un objet de désir, j'interprétais une jeune mère en conflit avec son mari, les bagarres commençaient dès le matin à la sortie du lit, c'était normal qu'elle soit à poil ! Je dirais que la situation le demandait. Enfin, j'étais naïve, et un peu complexée. Je ne me trouvais pas superbelle au point d'éveiller le désir, certaines actrices faisaient cela bien mieux que moi ! Je n'ai jamais voulu jouer une forme de séduction pour que les mecs se masturbent devant mon poster. Je veux bien provoquer le désir, mais pas la branlette ! Pas être dans la provocation sexuelle. Pour qu'il y ait sensualité, il faut que l'homme regarde la femme, pas un calendrier !

Il y a dans Sans toit ni loi *une scène où tu es terrorisée, poursuivie par des hommes aux allures d'épouvantails qui cherchent à te coincer pour te barbouiller de lie de vin.*

Varda voulait profiter d'une fête de village reproduisant des scènes traditionnelles de la mythologie où se manifestent les instincts humains les plus sauvages. Des bandes de garçons appelés « paillasses » attrapent les passants pour les plonger dans des cuves de lie de vin dans lesquelles ils pissent leur trop-plein de beuverie. On a tourné en caméra cachée mais ils ont très vite découvert notre petite combine. Les paillasses m'ont attrapée et m'ont jetée dans un grand baquet. Ils étaient effrayants. Ensuite ils ont salopé la caméra et nous n'avons pas pu tourner la scène. Il a fallu la reconstituer plus tard. Dans la scène de la cabine téléphonique où je m'enferme pour leur échapper, on voit clairement que je suis paniquée. Je ne joue pas. Cet événement m'avait tellement traumatisée qu'il m'a été très dur de refaire cette scène.

Mona est une fille à contre-courant. D'ailleurs Varda la filme avec des travellings latéraux droite gauche.

Ah oui, tout à fait, mais à l'époque, le concept de mise en scène, la perception du symbolisme d'un plan, franchement, ça me passait par-dessus la tête. Je ne connaissais rien à cette grammaire cinématographique, et je m'en fichais complètement. C'est peut-être grâce à cela que j'ai réussi à être naturelle ! Moi, je vous l'ai dit, mon seul travail dans ce film était d'apprendre à rouler des clopes !

Tu nous fais penser à Marcello Mastroianni qui relativisait son « travail » d'acteur. Lorsque nous le félicitions, il souriait en repoussant le compliment : « Ce métier est un jeu avant tout. Je ne supporte pas ces acteurs qui disent avoir souffert pour rentrer dans la peau de leur personnage. Mais quelle souffrance ? Sur un tournage, l'acteur est chouchouté en permanence. Déjà tu as l'impression de partir avec des amis en vacances visiter des lieux magnifiques. On vient te chercher à l'hôtel en Mercedes, à peine arrivé sur le plateau, on te sert un café, on te coiffe, on te maquille, on te demande si tu ne veux pas faire popo, si tu ne veux pas te reposer un peu, mais de quoi ? Dès que tu dis trois mots à la caméra, tout le monde te complimente. Le soir tu vas dîner dans les meilleurs restaurants, tout est payé, et tu finis la soirée en compagnie de jolies femmes, parfois même avec la femme du producteur... Ma ! »

Ça, c'est tout Marcello ! Nous partagions le même point de vue, j'ai eu la chance de tourner avec lui dans *Dans la soirée* de Francesca Archibugi.

Quoi que tu en dises, on observe de ta part un travail plus affirmé dans ce film. Ta performance te vaudra d'ailleurs le César de la meilleure actrice.

Sur *Sans toit ni loi*, j'ai davantage pris conscience de mon travail, en particulier sur deux scènes que je ne voulais pas rater, la scène d'ivresse dans la gare, et la dernière, la mort de Mona. Jouer l'ivresse, c'est difficile. Évidemment, on titube, on a l'œil un peu hagard, mais surtout il faut éviter le cliché. J'ai fait un travail sur le corps. À ce moment-là, Mona est au bout du rouleau, elle va crever dans très peu de temps. En plus de son état d'ébriété avancé, j'ai essayé d'exprimer sa lassitude physique et morale. J'avais imaginé qu'elle frappe le sol désespérément avec son blouson, son dernier signe d'une violence fatiguée. Puis elle se laisse aller à une nonchalance, la démarche tangue un peu, quelque chose se défait, son corps ne la tient plus. Je me suis servie de mes bottes de plus en plus déglinguées pour traîner les pieds, le zip ouvert, elles dégringolaient et entravaient ma démarche. Avec Agnès, on voulait que l'on sente son corps sur le point de chuter. Et puis elle a ce rire étrange, Mona frôle la folie à ce moment-là. Dans cette solitude où elle s'est enfermée, elle se paume, elle délire, elle ressasse, elle perd la tête.

La scène de ta mort est impressionnante. On te voit avancer dans un champ de terre raboteuse lorsque, brusquement, tu trébuches et chutes de toute ta hauteur dans un fossé, face contre terre, le nez dans la boue.

La première prise s'est faite sans trop de dégâts. Varda a voulu la doubler, et là j'ai réalisé que je pouvais réellement me faire mal en tombant avec cette violence. Une fois à terre, Mona est à demi inconsciente. La prise choisie par Varda est forte, je suis en pleurs, un fondu arrive au moment pile où j'ouvre grands les yeux. C'est la dernière image de Mona. Ce dernier regard, c'est le dernier souffle que nous évoquions précédemment, cette terreur juste avant le trépas parce que l'on voit peut-être sa vie défiler. On adresse un dernier au revoir aux êtres chers, mais Mona n'a personne à qui penser à cet instant-là. Personne à part elle-même. Elle crève seule. Cette fille est là, au fond d'un trou, le visage et les vêtements souillés par cette lie de vin rougeâtre qu'une bande de paillards a déversée sur elle à la fête du village. On peut imaginer qu'elle est arrivée à cet état de déchéance pour se flageller, se punir d'avoir raté sa vie. Cette scène était bouleversante à jouer. Jusqu'à maintenant j'avais été cette fille qui pue et dit merde à tout le monde, mais là, je ne sais pas… Dans ce fossé boueux, baignant dans cette saleté, je me sentais aussi un peu punie d'être autant malmenée dans mon corps. Une fois morte, mon corps rigide allongé dans le sac, le gendarme remonte d'un coup sec la fermeture Éclair sur mon visage, c'était terrible ! Gelée par le froid du matin dans mon costume puant la lie de vin et raide de boue séchée, j'étais touchée dans mon intimité. J'ai joué ce rôle sans aucune forme d'identification, mais à cet instant-là j'ai pensé à ma propre mort. Ah, ce sac, cette fermeture Éclair, j'en frissonne encore. De toute façon, quand je mourrai, je crois que je ne supporterai pas d'avoir une pierre tombale sur moi, je suis trop claustrophobe !

Fais-toi incinérer ! Revenons à nos moutons, il y a dans le film un portrait à charge d'un ex-prof de philo reconverti en berger, un soixante-huitard radical, voire sectaire.

Quelle tristesse ce type perdu dans ses montagnes avec son petit gamin maigrichon et sa pauvre femme qui s'exténue à la tâche dans la puanteur de leur fermette, si c'est ça la liberté, au secours ! Ce bobo berger se prétend un esprit libre et il condamne Mona en lui disant, « Ce n'est pas l'errance, c'est l'erreur. » Ce jeu de mots facile en dit long sur son intolérance. Finalement, Mona et ce berger sont deux personnes si enfermées dans leur discours qu'elles ne pourront jamais se rencontrer.

Pourtant Mona n'est pas très différente de lui puisqu'elle refuse de jouer le jeu de la société.

Absolument, et il est le seul à la juger, alors que l'on pourrait s'attendre qu'il soit sensible à sa quête de liberté. Son mode de vie solitaire, en autarcie, ça aussi c'est l'« erreur » ! Lui aussi se programme une mort à petit feu. J'ai du mal à concevoir qu'aujourd'hui, en Europe, on puisse faire des choix de vie aussi rudimentaires comme de renoncer à un certain progrès en matière de qualité de vie ou de soins médicaux par exemple. J'ai vu récemment un documentaire sur des accouchements aux quatre coins du monde où des femmes sont condamnées à donner naissance à leur bébé dans des conditions quasi primitives à cause de leurs traditions et de la rudesse de leur environnement. Elles n'ont pas la chance de pouvoir disposer du confort et de la sécurité qu'apporte toute la technique médicale moderne en cas de problème. Une femme masaï donne naissance à son septième enfant dans sa hutte entre deux transhumances, une nomade touarègue accouche sous la tente à même le sable du désert nigérien. À l'opposé, une Canadienne appartenant à une collectivité néo-hippie du Maine décide d'accoucher sans assistance médicale, en communion avec la nature. Cette utopie du retour à la terre me terrifie. J'ai beaucoup de mal à accepter cette idée que la souffrance est nécessaire à la connaissance des vraies valeurs.

Tu nous disais avoir vécu avec tes parents et tes frères et sœurs dans des conditions spartiates à Linas dans l'Essonne.

Oui, les communautés hippies des années soixante-dix avec ce genre de berger, pour moi, c'est du folklore. D'abord ce n'est pas ma génération, j'étais à peine née, et j'ai vite compris que, finalement, cette notion idéaliste du retour à la nature est souvent défendue par des gens suffisamment bien lotis pour profiter de tous les avantages de la société actuelle s'ils en ont envie. Je vous assure que ma mère rêvait d'une vie plus commode et moins fatigante quand elle était contrainte à faire sa lessive, l'hiver, dans la rivière glacée près de notre chalet sans eau ni électricité. Malheureusement elle n'avait pas le choix. Arrivée à Grigny après ces deux ans de logement sans confort, une ampoule nue au plafond et un robinet qui coule, c'était grandiose, c'était Versailles ! Loin de moi l'idée de défendre une société de consommation à outrance dans laquelle l'argent et la futilité seraient les valeurs essentielles ! De toute façon, les extrêmes sont dangereux. L'« antisocial », comme dirait Trust, c'est déjà se déconnecter du monde.

Comment s'est passée ta relation avec Varda ?

On a essuyé quelques orages. Le côté paternel de Pialat, protecteur, compréhensif, avait compensé certains manques dans ma relation avec mon père. Inconsciemment, j'espérais sans doute un rapport maternel avec Varda, un peu plus de douceur... Ah, ça c'est sûr, elle ne m'a pas maternée la Varda, bien au contraire ! Je lui reconnais volontiers son sens de la « famille », sa fidélité, sa générosité et son côté cheftaine. L'équipe était formidable sur le film, très soudée, peut-être aussi face à l'adversité des conditions de tournage. Mais il m'est arrivé d'avoir un vrai rejet physique de cette femme, en particulier lorsqu'elle me touchait. C'est un besoin chez elle, il faut qu'elle te touche, qu'elle te prenne, un peu comme un objet. Je ressentais ses gestes comme une intrusion. Varda m'a mené la vie dure, mais elle est capable d'attentions. À la fête qui a suivi la présentation de *Sans toit ni loi* à la Mostra de Venise où le film a reçu le Lion d'or, Varda a fait servir un petit vin rosé provenant des vignes que j'avais taillées dans le film. C'est joli… Je crois que je l'ai connue trop tôt, la Varda. Sautet aussi d'ailleurs.

Vingt-quatre ans plus tard, en 2009, vous vous retrouvez en lice pour le César du meilleur documentaire. Varda avec Les Plages d'Agnès*, toi avec* Elle s'appelle Sabine.

Varda m'avait appelée pour me complimenter sur mon film, son attention m'a touchée. En apprenant plus tard la nomination de son film aux César, je lui envoie un mail à mon tour : « Bravo Agnès pour ta nomination.

Je suis très flattée de marcher sur tes plates-bandes ! » Cette année-là, Depardon qui m'a dirigée dans *La Captive du désert* fait aussi partie des nominés avec *La Vie moderne*. Comment aurais-je pu imaginer il y a vingt ans qu'un jour je me retrouverais en compétition avec ces deux grands cinéastes ! Après la cérémonie, Varda me tombe dans les bras au Fouquet's, et, apparemment sincère, me déclare en me pressant les mains : « J'étais persuadée que tu aurais le César, tu sais, on me l'a filé parce que j'ai quatre-vingts balais. Peu de gens dans la salle ont vu mon film, alors que toi, ton beau film connaît un vrai succès public… » Je m'apprête à la remercier à nouveau quand elle ajoute : « Enfin, même s'il a énormément de maladresses. » Et vlan, elle n'a pas pu s'empêcher de me faire un croche-pied !

Lydie et Corinne

Sabine et Sandrine

Céline et Jocelyne

L'appart des frangines

Tu l'as trouvée comment Sabine, ce week-end ?
Je l'ai trouvée plutôt en forme, elle a encore maigri. Elle était jolie comme un cœur. Heureuse d'avoir ses cinq sœurs avec elle. Je vous ai dit qu'on a pris un petit appart près du centre ?

Alors, ça y est ! Il est sympa ?
Oui, ce n'est pas très grand mais je suis vraiment contente, ça nous permet de vivre un peu avec elle, de se retrouver entre frangines dans un chez-nous. D'ailleurs je l'ai baptisé l'« appart des frangines ». On peut avoir Sabine la nuit avec nous, on mange ensemble. D'ailleurs à midi c'était folklo, comme on n'est pas très équipées pour l'instant, tu nous aurais vues, les Bonnaire Sisters, dans la petite cuisine en train de préparer des burgers, le plat préféré de Sabine, on en a fait quinze ! Et elle nous a épluché un kilo de frites de six centimètres d'épaisseur ! Comme ma mère avec les

crêpes... C'est drôle, ce matin en faisant les courses, une passante l'a reconnue et l'a félicitée. Sabine ravie lui dit : « Ah oui, tu l'as vu MON film, tu l'aimes ? » La personne lui répond : « Oui, d'ailleurs j'ai le DVD. » Tout à coup Sabine s'inquiète. Elle me donne des coups de pied dans les tibias. Je vois qu'elle a une montée d'angoisse. Je la questionne. Elle pense qu'on lui a piqué le DVD que je lui ai donné. Je lui explique qu'il peut y en avoir plusieurs et que le sien est à la maison. Elle affectionne tellement « son » film qu'elle pensait que cette femme le lui avait volé.

1985/1995

Dix ans de Bonnaire !

De 1985 à 1995, tu tournes une vingtaine de films. Parlons de cette décennie pendant laquelle tu deviens l'égérie d'un cinéma d'auteur français. Après Pialat et Varda, tu inspires Téchiné, Doillon, Depardon, Rivette, Chabrol. Pourquoi, selon toi, une adolescente qui n'a jamais pris un cours d'art dramatique, jamais fréquenté la Cinémathèque, intéresse et fascine ces réalisateurs nourris de références cinéphiliques ?

J'ai bénéficié de la carte Pialat, ce qui est plutôt prestigieux. Il est très difficile de savoir pourquoi on est choisi et je me vois mal demander à un metteur en scène les raisons de son intérêt pour moi. Je préfère lui exprimer mon envie de travailler avec lui.

Sais-tu ce qu'un metteur en scène attend de toi ?

Certains m'en parlent sans que j'aie à les interroger. Jacques Rivette dit m'avoir choisie pour *Jeanne la Pucelle* parce qu'il appréciait ma démarche, ma façon de me tenir droite dans la vie, comme si je portais un étendard ! Pour mon côté terrien aussi, il trouvait que j'avais un « corps », et les pieds bien plantés dans le sol. Pour *Secret défense*, Rivette a pensé à moi après m'avoir vue dans *La Cérémonie*, j'étais parfaite en meurtrière, m'a-t-il avoué. C'est réjouissant !

Jouer une meurtrière, c'est aussi une responsabilité pour l'actrice.

Ah oui, je veux bien accepter un personnage de tueuse si le film explore les causes pour lesquelles cette personne est amenée à tuer et les répercussions qui en résultent. Ce n'est pas le meurtre qui est intéressant à jouer, mais tous les désordres dans lesquels le personnage se trouve pris à tel point que la seule issue à ses conflits soit de donner la mort. Ses sentiments avant et après son acte sont plus importants que le geste de tuer. D'ailleurs, pendant qu'il exécute son crime, le meurtrier est souvent absent de lui-même. J'avais dit à Rivette que ce rôle ne me poserait pas de problème à condition que soient clairement exposées chez mon personnage, d'une façon ou d'une autre, les raisons de son crime et son sentiment de culpabilité. J'avais fait référence aux conséquences morales et émotionnelles éprouvées par Raskolnikov dans *Crime et Châtiment* de Dostoïevski.

Et pour La Cérémonie *de Claude Chabrol, comment avais-tu appréhendé ton personnage de domestique analphabète qui trucide ses patrons ?*

À cause de leur handicap, certaines personnes éprouvent une honte immense. Un jour, elles ne supportent plus leur faiblesse, alors elles explosent. On voit dans ce film ce qui peut parfois pousser certaines personnes à déraper. Mon personnage et celui de la postière interprété par Isabelle Huppert ont été confrontés à des injustices. Pendant le tournage, on s'est dit avec Chabrol que ces deux filles n'étaient pas seulement des criminelles, mais aussi des victimes. Cette notion de « victime » était pour moi essentielle car, à la lecture du scénario, je culpabilisais à propos de la violence de nos personnages dans les scènes finales. Je n'aurais pas accepté un tel rôle si aucun argument n'expliquait cette violence. Il peut être extrêmement dangereux de se servir de façon spectaculaire et gratuite de la violence, certaines images peuvent avoir une influence néfaste sur le spectateur.

Ta performance dans ce film avait été unanimement saluée, la presse a toujours reconnu ton talent.

C'est vrai. J'ai toujours eu une bonne cote auprès des journalistes, même avec les plus rudes. Pourvu que ça dure ! Ils ont eu cette élégance de ne pas parler de moi quand il m'est arrivé d'apparaître dans certains films moins réussis. En même temps, du fait d'avoir tourné avec les réalisateurs que vous venez de citer, on m'a collé l'étiquette d'« actrice intello », qui équivaut à « comédienne un peu austère ». Or, combien de fois on me dit, après avoir sympathisé avec moi : « Tu es beaucoup plus rigolote dans la vie ! »

Parle-nous de ta rencontre avec André Téchiné.

On m'avait beaucoup parlé de son travail avec les acteurs. À l'époque, c'était plutôt honorifique d'avoir un « Téchiné » dans sa filmographie, il était soutenu par une certaine presse, il avait fait tourner des actrices intéressantes. Malheureusement, *Les Innocents* n'est pas son meilleur film.

Oui, ce n'est pas faute de convoquer pour cette histoire l'Antigone de Sophocle, l'amour fraternel, les ratonnades, le désir homosexuel, et le destin des jeunes hommes issus du nord de l'Afrique...

Je me souviens de m'être surtout accrochée à l'attachement de mon personnage pour son petit frère qui souffrait d'un handicap. La qualité humaine de leur relation me touchait particulièrement dans cette histoire assez confuse sur fond de racisme. Ce rapport d'attention fraternelle faisait sans doute écho à ma relation avec ma sœur Sabine.

Qu'as-tu retenu de ton travail avec Téchiné et Doillon ?

En général, lorsque je répète trop longtemps un texte, ou que le réalisateur demande de trop nombreuses prises, j'ai tendance à ne plus savoir ce que je fais, mais André Téchiné m'a amenée à tirer bénéfice de ces répétitions successives. Jacques Doillon aussi, lui qui peut tourner jusqu'à quarante prises ! Ces deux réalisateurs ont en commun une certaine forme de perversité. Ils parviennent à manipuler l'acteur, mais l'air de rien, tout en douceur. Pialat souhaitait que l'on joue dans une énergie, la vérité de l'émotion devait sortir en jet, s'expulser hors de tout contrôle. Téchiné et Doillon visent le même résultat de vérité mais en bridant la spontanéité, en épuisant l'acteur jusqu'à ce qu'il devienne fébrile et fragile, et alors une autre forme d'émotion prend le dessus, hors contrôle elle aussi. C'est une technique presque purement physiologique, la fatigue accroît l'émotionnel. Dans la vie aussi, on est plus sensible après une nuit blanche. Doillon et Téchiné vont à fond dans la psychologie du personnage. Ils immergent l'acteur dans l'analyse de ses comportements en venant constamment lui chuchoter une indication à l'oreille, d'une manière agréable mais très présente. Comme s'ils décortiquaient un crabe !

Ou un crâne ! Comment parviens-tu à retrouver ton énergie de jeu, toutes ces indications morcellent ton intuition du personnage ?

Leurs indications ne sont pas purement techniques. Il y a quelque chose d'un rapport intime autour du personnage dans leur façon de me livrer ses secrets à l'oreille. C'est cette sensibilité que je retiens comme intention de jeu, et que je dois faire passer dans mon personnage. J'ai tendance à m'adapter à toute forme de travail, cela dit, je pense qu'il ne faut jamais complètement écouter un metteur en scène. Par contre, un acteur doit s'adapter à l'univers de son metteur en scène. Doillon, c'est amusant, a besoin de passer par cette analyse pointilleuse, cérébrale. Il a une curieuse façon de montrer les jeunes femmes qui souffrent accroupies dans un coin de porte ou contre un mur. On retrouve cette représentation des femmes dans les photos de Bettina Rheims. Finalement je préfère ses films assez simples sur les rapports entre adolescents comme *La Drôlesse*, *La Fille de quinze ans*, *Le Jeune Werther*... J'ai beaucoup aimé travailler avec Doillon.

Tu vas bientôt passer à nouveau derrière la caméra pour diriger des acteurs dans ton premier long métrage, quelle sera ta méthode ?

Je demanderai à mes comédiens d'être dans l'émotion immédiate car mon film s'y prête et je travaille moi-même dans ce même élan. Comme je le disais, un acteur doit rentrer dans la tête de son metteur en scène, dans son processus de création. Il y a les pointilleux qui décortiquent les crabes, et les bons vivants qui bouffent du pied de cochon ! C'est le plat qu'avait choisi Chabrol à notre premier rendez-vous, ça m'avait dégoûtée, je m'étais dit alors : « Oh, je ne sais pas si je pourrai tourner avec quelqu'un qui avale des trucs pareils ! » Et finalement, son bon appétit m'a convaincue. Mais les metteurs en scène doivent aussi s'adapter au jeu de leurs comédiens, ce n'est pas toujours évident. Dans *L'Empreinte de l'ange* où j'avais Catherine Frot pour partenaire, le réalisateur Safy Nebbou a dû faire face à deux actrices aux méthodes opposées, et à deux femmes qui avaient des personnalités et des caractères différents et bien trempés ! L'une a tendance à décortiquer les crabes, et l'autre adore mordre à pleines dents dans le pilon ! En fait, je pense que ces adaptations nécessaires peuvent devenir un stimulant intéressant et bénéfique. Avec Rivette, au début du tournage de *Jeanne la Pucelle*, j'étais totalement déboussolée car sa direction consiste à obliger l'acteur à dissocier ses mouvements de sa parole. D'abord je donne ma réplique, puis je fais les gestes nécessaires, ou inversement. Par exemple naturellement je dirais : « Vous venez, on va se balader ? » tout en me levant et en ramassant mes affaires. Avec Rivette, je dois dire le texte et, une fois ma phrase terminée, je ramasse mes affaires et me lève pour partir. Moi qui suis impulsive, j'avais du mal à tenir ce tempo. Je me retrouvais dans les mêmes difficultés que sur *Quelques jours avec toi*. Claude Sautet exigeait que l'acteur soit très précisément dans les marques, c'est-à-dire que chaque mot corresponde exactement à un geste. Il faut être en mesure, comme en musique. J'ai fini par prendre beaucoup de plaisir à me plier à la contrainte imposée par Rivette. J'éprouvais une certaine délectation à composer une musique avec mon corps. Il devient un instrument : chaque mot doit être prononcé suivant un certain rythme, avec des inflexions précises. Chaque geste produit une note, chaque réplique, une ligne musicale. J'avais l'impression d'être un premier violon dirigé par un chef d'orchestre : « Là, joue *pianissimo*, maintenant *allegro vivace* ! » Je me souviens, les scènes de la prison de Jeanne avant le bûcher furent un régal pour moi. J'ai même vu Rivette pleurer après une prise, quelle plus belle récompense pour une actrice ?

Dans les mises en scène de Bob Wilson, chaque geste, chaque déplacement est réglé avec une précision d'horloger pour s'insérer dans un ensemble d'une rare beauté graphique. Lorsque nous l'avions filmée à l'Odéon où elle jouait Orlando, *Isabelle Huppert nous avait dit que plus elle avait de contraintes, plus elle se sentait libre.*

Si la mise en scène est cohérente avec le projet, l'actrice peut se laisser facilement entraîner dans l'univers du metteur en scène. Chez Rivette, sa conception de séparer le texte de l'action étire le temps et donne une présence à la durée. Il paraît alors logique que ses films soient particulièrement longs, deux, trois heures... De même qu'il y a une cohérence dans les mises en scène rigoureuses de Bob Wilson. Je suis d'accord avec Isabelle, lorsque l'on saisit le « style » du metteur en scène, son savoir-faire, sa mise en scène et sa manière de filmer, trouver sa liberté à l'intérieur de cet espace devient vraiment agréable et intéressant pour une actrice. Les formes les plus extravagantes comme les plus sages peuvent avoir un intérêt si elles sont au service du sujet, si elles font sens avec lui. Si une actrice sent cette cohérence chez le metteur en scène, elle a alors le sentiment qu'il va bien la filmer.

Tu trouves que Téchiné t'a bien filmée ?

Mmmm… Téchiné, qui voue pourtant une profonde admiration à Ingmar Bergman, n'embellit pas toujours les femmes. Il ne sublime pas comme le réalisateur de *Persona* cette magie de la présence féminine. Dans *Les Innocents*, j'apparais au début de l'histoire comme une pauvre chose dans un vieux pull et une jupe volée à Cosette !

Et affublée d'une perruque pire que la coiffure de Desireless !

Oh oui, immonde ! Il y a aussi une scène où Jeanne, mon personnage, se fait dépuceler par un beau garçon interprété par Simon de La Brosse. Pour montrer la perte de la virginité, Téchiné voulait filmer en gros plan des taches de sang sur le sol. Je l'en ai dissuadé car je trouvais cet insert un peu cliché, et ce thème de la première fois chez une jeune fille n'était pas traité dans le film. Je n'avais pas envie que la perte de la virginité de la femme soit réduite à une image de tache.

Tu n'as plus jamais tourné avec André Téchiné.

Non, nous étions pourtant très liés, on se voyait souvent, on partageait une belle complicité. André m'avait fait l'honneur de m'accompagner jusqu'à Jakarta pour la présentation du film, c'était une attention touchante de la part d'André car il avait surmonté son angoisse de voyager en avion pour venir soutenir le film auprès de moi. Nous avions ensuite passé quelques jours agréables en vacances à Bali. Notre relation amicale s'est malheureusement délitée.

En quelles circonstances ?

En fait, Téchiné m'a proposé le rôle d'une prostituée brésilienne pour un film, *Le Bruit de la terre qui tremble*, avec Catherine Deneuve pour partenaire. André m'avait demandé de me familiariser avec la langue portugaise, et de prendre des cours de samba, ce que je m'étais appliquée à faire assidûment. Sa proposition m'avait surprise, pourquoi n'engageait-il pas une jeune Brésilienne ? En même temps, j'avais été touchée par son choix de me donner un rôle et son envie de travailler à nouveau avec moi. Plusieurs rendez-vous avaient déjà eu lieu avec Deneuve, et Téchiné multipliait les allers-retours au Brésil pour les repérages, tout était parfait. J'étais heureuse d'être embarquée dans ce projet, à tel point que j'ai insisté pour aménager les dates d'une autre proposition de tournage. Le temps passait, je ne parvenais plus à joindre André, mais je continuais à me préparer sérieusement pour ce rôle. Un jour Michel Béna, son premier assistant avec qui j'avais sympathisé sur *Les Innocents*, me dit : « Il faut que je te parle. André n'ose pas te l'avouer mais, pour des raisons de production, il a choisi une Brésilienne. » J'étais furieuse qu'André n'ose pas me l'annoncer en face ! Nous nous sommes parlé, il a bredouillé des prétextes confus et inexacts, j'ai été très blessée par son comportement et sa lâcheté.

Tu n'as rien à regretter parce que, finalement, le film ne s'est pas fait. Ta déception sera compensée par le plaisir de tourner dans le beau premier film de Michel Béna, Le Ciel de Paris. *Un imbroglio sentimental entre une fille, Suzanne, et deux garçons, un homo et un hétéro. Une histoire sombre et attachante, et surtout singulière dans la façon dont Michel Béna en fait le récit.*

Notre amitié qui a vu le jour sur le tournage de Téchiné s'est fortifiée durant la longue période pendant laquelle Michel s'est démené comme un diable pour faire son film. Michel était séropositif et il en a courageusement fait état, ce qui a déstabilisé plusieurs producteurs. Je tire d'ailleurs mon chapeau à Alain Sarde qui a eu l'audace de le produire. On dînait souvent ensemble avec Michel, j'admirais sa détermination. Conscient de sa santé fragile, il voulait s'entourer de collaborateurs à qui il pouvait faire toute confiance et qui s'investiraient dans l'aventure sans regarder les heures supplémentaires. Michel me demandait mon avis sur les diverses versions du scénario. Il ne souhaitait pas prendre des acteurs connus pour jouer les deux principaux rôles masculins. Il voulait que son compagnon Marc Fourastier, architecte d'intérieur, tienne l'un des deux rôles.

La force de ce film est d'aborder le thème de l'homosexualité avec une approche d'une grande modernité.

Michel voulait raconter l'« Amour », et il a réussi. Michel Béna ne cherchait pas à montrer des rapports pervers. Le film raconte qu'il n'y a pas de différence entre le genre masculin et féminin dans l'amour, pas de différence entre l'amour hétérosexuel ou homosexuel. Quand on aime, on aime ! Il souhaitait que le rapport homosexuel entre les deux garçons ne soit pas trop affiché, et qu'une vraie relation existe entre eux, au-delà d'une histoire de cul. J'ignorais avant de tourner ce film qu'autant de jeunes à la recherche de contacts physiques rapides et anonymes fréquentaient ces lieux de drague masculine où l'« amour » se deale. Qu'un jeune aille acheter son plaisir me troublait, pour moi c'était le privilège de la jeunesse d'éprouver du désir et de le partager. Pas besoin de partir en chasse pour faire son « marché ». Michel exprimait avec beaucoup de pudeur ses peurs, ses humiliations ou ses joies intimes. Il avait une douceur, une écoute, et beaucoup de respect pour les gens. Cet homme d'une grande pureté me racontait ses histoires de fesses à la gare d'Austerlitz dont il a repris les situations dans le film. J'ai questionné certains homosexuels sur leur plaisir dans ce genre de rapports rapides avec des inconnus. Ils me disaient être en quête de quelque chose de sauvage et de fantasmatique. D'autres amis homos vivent un rapport harmonieux dans leur couple sans être à la recherche de ces expériences. Et, même si l'un des deux garçons paraît parfois plus efféminé que l'autre, ils ne font pas ce genre de distinction entre « qui fait l'homme et qui fait la femme ».

Il y a dans Le Ciel de Paris *un regard cru et à la fois très romantique.*

Le film est à l'image de son réalisateur. Quand il aimait, Michel Béna devenait fleur bleue comme un jeune adolescent amoureux. Il lui arrivait de pleurer à l'écoute d'une chanson d'amour. Ah, l'Amour avec un grand A, ça c'était son truc à Michel ! On adorait voir ensemble des films sur des histoires d'amours impossibles. À la sortie, on était en larmes : « Mais pourquoi ils ne peuvent pas rester ensemble ces deux-là, c'est dégueulasse ! » Je me souviens, après une projection de *La Fièvre dans le sang* d'Elia Kazan, on est allés boire un pot, le cœur brisé par cette passion amoureuse contrariée entre Natalie Wood et Warren Betty. On se lamentait : « Aimer, c'est dur à en pleurer… mais qu'est-ce que c'est bon ! Qu'est-ce que j'ai envie d'être amoureux ! »

C'est toi qui as eu l'idée de faire appel à Léo Ferré pour la bande-son de la scène de danse ?

Non, mais je savais que Michel aimait beaucoup *C'est extra*, alors j'ai gribouillé une lettre, en m'y reprenant à dix fois pour demander l'autorisation à Léo Ferré d'utiliser sa chanson dans le film. Il nous a gentiment accordé les droits.

Tu as une scène d'amour particulièrement émouvante dans ce film.

Une très belle scène d'amour en effet, où l'on ne voit rien et on voit tout ! Michel Béna n'a pas de fausse pudeur. Il y a quelque chose de très animal dans cette façon de s'aimer. La relation de Marc Fourastier avec mon personnage rend cette scène particulièrement émouvante pour moi. Dans sa vie personnelle, Marc avait des relations amoureuses avec des femmes, et un jour il est tombé amoureux d'un homme. Sa relation avec les hommes et les femmes n'était pas claire, il se cherchait. Je pense que Michel tenait absolument à ce qu'il fasse ce rôle pour ces raisons-là. Marc était lui aussi séropositif. Juste avant de tourner notre scène d'amour, il s'est gentiment soûlé et m'a incitée à boire de la vodka. Tout emprunté, il a fini par me dire en bredouillant : « Je sais qu'on va faire semblant de s'embrasser et que le sida ne se transmet pas par la salive mais… Enfin voilà, c'est symbolique, mais je préférerais qu'on boive de l'alcool… » Il avait l'impression de me mettre en danger, il voulait me protéger, son attention était belle.

Ce tournage avec un metteur en scène qui se savait condamné a dû être particulièrement éprouvant ?

Non, le tournage s'est déroulé dans une ambiance exceptionnellement harmonieuse. Chacun se dépassait pour aider Michel dans sa souffrance un peu plus forte de jour en jour, accentuée par la fatigue de son traitement intensif. Pris de vertiges, il devait s'asseoir ou s'allonger plusieurs fois dans la journée, mais il restait joyeux. Il ne s'est jamais menti. Sans jamais se laisser aller, il gérait les drames et riait tout le temps. On se disait, pourvu qu'il tienne jusqu'à la fin, pourvu qu'il voie son film ! Michel est mort pendant le montage. Ce fut terrible pour Marc, qui a assisté au déclin de son ami. J'étais en vacances dans le Sud chez les parents de Marc quand nous avons appris la mort de Michel. Marc m'a alors dit : « Le prochain c'est moi. » Il est parti quelque temps plus tard.

Jean-Yves

« Il est parti trop tôt, sûr qu'à saint Pierre il proposerait une nouvelle façon d'éclairer le paradis. Et que, par curiosité, il irait mesurer le diaph de l'enfer[1]. »

1. Pascal Rabaud son ancien assistant a écrit cette jolie phrase sur Jean-Yves.

À la fin des années quatre-vingt, tu vis une belle histoire avec Jean-Yves Escoffier[1]*, un de nos plus grands chefs opérateurs, hélas disparu.*

Nous nous sommes rencontrés sur le tournage de *Jaune revolver*, le premier film d'Olivier Langlois. Notre relation s'est affinée au fil des jours. Dites, ce n'est pas l'heure de l'apéro ?

Pile ! Mademoiselle a besoin d'un petit cordial pour évoquer ses souvenirs amoureux... Remplissons nos verres et trinquons donc à tes amours anciennes ! Vous formiez un beau couple, Jean-Yves Escoffier et toi.

C'est vrai que nous allions très bien ensemble. Je nous trouvais beaux, c'est important dans un couple. Et pourtant, physiquement, Jean-Yves n'était pas mon genre, pas plus grand qu'un jockey, il devait mesurer un mètre trente les bras levés, et peser cinquante kilos tout habillé ! J'exagère un peu, mais une femme ne se sent pas toujours protégée avec un mec comme ça, surtout quand on se risque dans des endroits chauds, comme il nous arrivait de le faire au cours de nos voyages. Pourtant Jean-Yves s'est montré tellement protecteur et attentionné à mon égard ! Si j'ai acquis

1. Après avoir travaillé avec Marie-Claude Treilhou (*Simone Barbès ou la Vertu*), Varda (*Ulysse*), Jean-François Stévenin (*Le Passe-Montagne*), Coline Serreau (*Trois hommes et un couffin*), Jean-Yves Escoffier se lie d'amitié avec Leos Carax et signe la photo de *Boy Meets Girl*, *Mauvais Sang* et *Les Amants du Pont-Neuf*. Il poursuit ensuite une carrière aux États-Unis, où il signe, entre autres, la lumière de *The Crow, la cité des Anges*, *Will Hunting*, *15 minutes*, *The Human Stain*. Jean-Yves Escoffier est mort d'une crise cardiaque à cinquante-deux ans, alors qu'il s'apprêtait à travailler avec Wong Kar-wai et David Lynch.

une confiance en moi et une sérénité, c'est aussi à lui que je les dois. L'amour est farceur…

Tiens, quel était ton genre d'homme ?

À vingt ans, j'avais envie d'un grand costaud aux yeux bleus, avec une distinction un peu british, Jude Law en moins minet. Steve McQueen, si l'on s'amuse à aller dans la caricature du fantasme… Enfin ce sont des trucs de gamine. Jean-Yves, lui, était unique dans son genre. Je n'ai jamais rencontré un être capable d'une telle générosité, d'une telle qualité de regard sur les autres. Tout ce qu'il entreprenait était délicat. Avec les femmes, il faisait preuve d'une rare attention. Il avait aimé une autre femme avant moi, Élise, d'origine vietnamienne. Ce que j'ai pu être jalouse de cette fille, jalouse de leur histoire… Mon Dieu ! Il me cuisinait des soupes vietnamiennes délicieuses dont je me régalais, et en même temps j'enrageais en me disant, elle est encore là celle-là ! Quelle prétention de ma part, je n'avais pas assez d'expérience pour savoir que garder vivante une belle relation passée n'enlève rien aux sentiments présents. D'autant que Jean-Yves était très clair, ils n'étaient plus ensemble. Il parlait d'Élise avec un profond respect, il avait raison, c'est une femme superbe.

Tu étais très jeune. À partir d'un certain âge, le couple apprend à composer avec le passé de chacun, riche de belles et moins belles histoires. Toi, tu n'avais pas encore assez vécu…

Oui, c'est ça. Jean-Yves avait dix-sept ans de plus que moi.

Tu parais encore si joliment émue à l'évocation de cet homme. Mais à vingt ans, crois-tu que tu aimais vraiment ? N'est-on pas leurré par l'envie d'avoir envie d'aimer ?

Peut-être est-ce totalement illusoire ! J'avais vingt ans, et le romantisme de me dire : « Ah je n'ai jamais aimé comme ça ! » Et pourtant non, ma relation avec Jean-Yves reste unique. Ensuite, je l'ai longtemps recherché, souhaitant même inconsciemment le retrouver à travers d'autres. Quand j'ai quitté Jean-Yves, je me suis installée boulevard Barbès, pas très loin de chez lui, alors que Bill vivait avec moi lorsqu'il venait en France. J'avais quitté Jean-Yves, mais je n'arrivais pas à m'en détacher.

Il représentait ton mètre étalon sentimental.

Oui, exactement, je me demandais si les hommes qui entraient dans ma vie étaient aussi bien que lui. S'il y avait au moins une part de Jean-Yves en eux. En fait je n'avais pas fait le deuil de cet homme.

Vous avez vécu plusieurs années ensemble.

Quatre ans. J'étais extrêmement admirative de sa personne, de son intelligence de cœur, de son talent. Il savait se montrer attentif aux autres et, à la fois, il vivait dans son propre monde. Il pouvait aller très loin dans la rêverie. J'ai découvert la poésie à travers lui. Chaque soir avant de m'endormir, il me berçait en me lisant des poèmes. Je venais de perdre mon père. Jean-Yves m'a beaucoup accompagnée dans cette épreuve.

Je faisais des rêves qui me perturbaient. Le matin au réveil, je les lui racontais, il les enregistrait et l'on partait dans des discussions sans fin. Même si on passait nos journées ensemble, on aimait s'écrire longuement et cette correspondance favorisait un dialogue original entre nous. L'attention que l'on porte aux mots change notre façon de nous exprimer. À l'écriture, on est plus exigeant, plus libre, ou plus lyrique. Jean-Yves notait un mot ou une phrase sur une feuille qu'il masquait en la repliant, et j'écrivais à la suite ce qui me passait par la tête, puis je repliais la feuille et il écrivait à son tour, et ainsi de suite. Lorsqu'on déroulait ce petit accordéon, on découvrait des textes insolites, poétiques, cocasses, c'était très amusant.

C'était le passe-temps favori des surréalistes, ils appelaient ce jeu « le cadavre exquis », car l'un de leurs premiers textes avait donné ceci : « Le cadavre-exquis-boira-le vin-nouveau. » Jean-Yves Escoffier avait une passion pour les surréalistes et les dadaïstes, nous avions longuement parlé avec lui de Breton, de Duchamp, et de leur méthode pour libérer l'expression inconsciente et les associations de toute censure à travers l'écriture automatique. Qu'il t'ait entraînée à raconter tes rêves participait de cette recherche, ça devait être passionnant !

Oui, il s'intéressait au processus d'imagination et de création du surréalisme qui a révolutionné les formes de l'art. Il ne recherchait pas du côté de l'analyse psychologique. Il m'a fait aussi découvrir Dalí, Magritte. À travers ses connaissances en peinture, en littérature, en musique, Jean-Yves m'ouvrait un univers tout aussi fascinant que celui du cinéma. Il m'a emmenée très loin, à tout point de vue…

Vous avez beaucoup voyagé ensemble.

Oui, en Inde et en Indonésie. À Bali où il m'a initiée aux champignons hallucinogènes. Quand je vous dis qu'il m'a emmenée très loin !

Dans quel esprit avez-vous entrepris cette expérience assez risquée ?

Elle peut être carrément dangereuse, donc à déconseiller, les mauvais trips peuvent être catastrophiques. Jean-Yves avait déjà goûté à ce genre d'expérience et, à ce moment-là, il souhaitait qu'on la vive ensemble. Cette tentative expérimentale de convoquer l'inconscient et de le stimuler à travers les effets de cette drogue sur le psychisme faisait partie de cette recherche artistique qui accompagnait, plus ou moins, toute sa vie. Jean-Yves a veillé au moindre détail et il a pris toutes les précautions. Le conditionnement psychique est très important, l'environnement aussi. Il n'en prenait pas à Paris, il pensait que l'atmosphère balinaise convenait mieux à ces voyages initiatiques. À Bali, tout est harmonie.

Jean-Yves voulait se confronter aux récits d'Antonin Artaud lorsqu'il a fait l'expérience du peyotl dans la Sierra Tarahumara. Ou d'Henri Michaux qui a pratiqué la prise d'hallucinogènes en présence de plusieurs médecins. Michaux se défendait d'être un drogué, il affirmait être plutôt en curiosité intellectuelle, il disait : « Les drogues nous ennuient avec leur paradis.

Qu'elles nous donnent plutôt un peu de savoir. Nous ne sommes pas un siècle à paradis. » Cette littérature vous accompagnait dans votre périple aventureux dans l'imaginaire ?

Oui bien sûr, mais nous restions tout à fait modestes par rapport à ces grands témoignages, même si j'avais embarqué avec moi les œuvres complètes de Castaneda ! En fait, ce qui nous plaisait, c'était surtout de partir à l'aventure de notre ressenti et de nos émotions. Les provoquer, et goûter autrement la réalité qui nous entourait. Nous séjournions à Ubud. Dans la journée, je prenais des cours de danses balinaises et Jean-Yves s'initiait à la peinture naïve auprès d'artistes peintres. Pour me faire partager les sensations éprouvées avec les champignons, il avait choisi un lieu isolé au cœur d'une végétation luxuriante, nous étions bercés par le chant des oiseaux, les pieds bien dans la terre. On avait installé une caméra pour nous filmer sous les effets de la substance. J'ai aperçu des formes incroyables, de superbes animaux qui se transformaient en fleurs géométriques, des formes harmonieuses, colorées… C'était un vrai voyage expérimental, notre histoire !

Finalement, tu as vécu une expérience existentielle, dans l'esprit des années soixante, à la recherche du plaisir et des sensations fortes, et pas dans la défonce, ou la fuite de la réalité. Après, il faut pouvoir s'arrêter. Michaux en parle aussi : « Prendre et s'abstenir. Surtout s'abstenir. »

Exactement, la défonce n'était pas ce que l'on cherchait. Je dirais qu'on ne consommait pas de la drogue avec un problème d'addiction. Cette drogue, on la goûtait, un peu comme tout ce que nous proposait la vie. D'abord, le désir de cette expérience était relié à l'idée de la vivre ensemble, pour l'échange. Qu'allait nous révéler notre relation sous hallucinations ? Disons que j'ai vécu mes années soixante-huit à ma façon !

Et alors ?

Ben, c'était super !

Vous étiez dans une relation très fusionnelle.

Oui, au tout début sans doute… Et à la fois Jean-Yves me laissait toujours le sentiment d'être en totale liberté. Je ne me suis jamais sentie accrochée à lui. C'est vrai que l'on partageait beaucoup de choses ensemble, mais je vivais aussi de mon côté, sans que jamais il ne se sente exclu ou privé de mes plaisirs sans lui. Il n'y a jamais eu ce genre de problème entre nous. Son amour pour moi s'adressait à toute ma personne. Il aimait que je sois moi, que je sois heureuse, et non pas que je sois à lui. D'ailleurs, lorsque je l'ai quitté, il m'a dit : « Suis ta bonne étoile. Va vers ton bonheur. » Quelle classe ! Peu d'hommes, dans le chagrin de voir une femme partir, ont une si belle pensée pour elle… et l'accompagnent d'un si beau talisman !

Vous aviez réédité les voyages vers les contrées au bord du gouffre ou du paradis ?

L'histoire des champignons hallucinogènes est anecdotique, nos voyages étaient avant tout des expériences culturelles. Aux Indes, on s'aménageait des temps de repos pour lire, on emportait des tonnes de bouquins pour nous immerger dans la culture du pays.

On faisait des centaines de Polaroïd sur lesquels on s'amusait à dessiner des compositions graphiques. On se filmait mutuellement. Avec son talent de directeur photo, il ne m'a jamais imposé ses connaissances techniques lors de mes premières tentatives avec une caméra. Au contraire, il me disait toujours : « C'est ton œil qui compte. Filme comme tu regardes », rien de plus. On était constamment dans cet élan d'explorer notre sensibilité de manière concrète. J'étais fascinée par sa façon de prendre la vie. Il connaissait le mal, la douleur, la précarité de la vie, et les regardait en face sans s'aventurer vers les bords du gouffre. Il savait vivre avec peu, et à la fois son univers était foisonnant. La moindre image nourrissait son imaginaire, il pouvait s'échapper très loin de la réalité, aller se perdre dans les régions de la rêverie, du merveilleux, ou de l'abstraction, en partant toujours d'un élément extrêmement concret. « Il y a tant de belles choses sur lesquelles on peut s'accrocher, disait-il, il faut juste prendre le temps de les observer, les ressentir, les recevoir. » Cette disponibilité était très rassurante. Il portait un regard libre et apaisé sur la vie et sur le monde. Avec lui, j'avais confiance. Il était aussi extrêmement inventif. Une espèce de savant intuitif. En tant que chef opérateur, il avait mis au point de nouveaux procédés d'éclairage qui ont été copiés par la suite.

Il avait été gravement malade dans son enfance.

Oui, il avait subi une opération du cœur. Le fait d'avoir frôlé la mort très jeune lui avait donné cet appétit pour la vie. Et cette confiance, paradoxalement. Il s'était installé à Los Angeles depuis quelques années, et je l'ai eu au téléphone peu de temps avant sa mort. Il sortait de l'hôpital, son cœur venait à nouveau de lui jouer un tour. Après s'être brusquement arrêté, il avait repris un rythme normal. « Tu vois, m'avait-il dit, il ne faut pas t'inquiéter, je suis encore là, j'aime la vie et la vie me le rend bien. » Et pourtant, ses jours étaient comptés désormais. C'est étrange, j'ai appris sa mort le jour de la Sainte-Sandrine, trois jours après mon mariage.

Et tu nous parles de ta relation amoureuse avec lui, aujourd'hui, le jour de la Saint-Yves !

Ah, c'est incroyable, c'est un signe !

Les membres de sa famille t'ont conviée à te joindre à eux pour disperser ses cendres dans les calanques de Marseille.

J'accomplissais cet étrange cérémonial pour la première fois. C'est extrêmement troublant de tenir dans sa main la personne aimée réduite à une poignée de poussière. Ce corps avec lequel j'ai eu une intimité, dont je connaissais chaque détail, reposait à présent dans une urne, et j'allais le confier à la mer… Lorsque j'ai lancé les cendres dans l'air marin, le vent soudain les a rabattues sur moi. Elles sont venues se répandre sur ma poitrine.

On aurait pu s'entendre à merveille…

En tournant Quelques jours avec moi, *sous la direction de Claude Sautet, tu te confrontais à un cinéma plus classique.*

Oui, et d'ailleurs j'ai eu beaucoup de mal à rentrer dans le film. Dans un premier temps, j'avais refusé la proposition de Claude Sautet après la lecture du scénario, peu motivée à l'idée de jouer à nouveau un personnage que je croyais à tort réduit à une petite nana un peu prolo, sans grande éducation, employée comme bonniche chez de grands bourgeois. Très gentiment, Sautet m'avait invitée dans un restaurant thaïlandais, et quand je lui ai appris que je ne souhaitais pas faire le film, il s'est mis à pleurer. J'étais surprise et ennuyée de lui faire autant de peine. Il m'a alors parlé plus en détail de mon personnage. Touchée par ses larmes, j'ai accepté de réfléchir à sa proposition. Mon agent Serge Rousseau me pressait : « Tu ne vas quand même pas rater un film de Claude Sautet, c'est un grand monsieur ! » Je suis revenue sur ma décision, tout en restant moyennement emballée par ce projet. Je venais à peine de terminer le tournage des *Innocents* avec Téchiné, et une semaine plus tard je me trouvais confrontée à un travail radicalement différent.

Quelles étaient les exigences de Claude Sautet ?

On a commencé à tourner en studio par la scène où Auteuil m'invite à dîner. Je devais me caler dans des marques précises, par exemple lever ma fourchette à tel début de phrase, la reposer sur tel mot, relâcher mes cheveux puis tourner légèrement la tête en fonction d'un mouvement de caméra réglé au millimètre près. Sautet découpe énormément. Dans les champs contrechamps, il utilise de nombreuses valeurs de plans, et la barrière de projecteurs disposés entre Daniel Auteuil et moi m'enlevait toute spontanéité dans mes répliques. Cette méthode me pompait toute mon énergie et il m'a fallu du temps pour assimiler ses règles. Sautet avait adopté pour ce film une rigueur dans sa mise en scène à mon avis en contradiction avec la fluidité de la narration que l'on peut apprécier dans *César et Rosalie*, ou *Vincent, François, Paul et les autres*, où il utilisait de longues focales. La caméra se trouvant placée loin de l'action, les acteurs bénéficient d'une plus grande liberté de jeu, plus d'espace de mouvement. On sent moins la présence de l'objectif braqué sur soi. Pour *Quelques jours avec moi*, Sautet avait décidé de travailler avec de courtes focales. On m'avait tellement vanté la qualité de sa direction d'acteur que j'éprouvais une énorme déception à le voir plus préoccupé de technique que de rapports humains.

Depuis la tragique disparition de Romy Schneider, Claude Sautet cherchait une actrice qui puisse lui être tout aussi inspirante.

Il me parlait en effet souvent de Romy, en fait il cherchait systématiquement à la retrouver à travers les nouvelles comédiennes avec lesquelles il travaillait. J'ai eu droit au chignon façon Romy, et après moi Emmanuelle Béart en héritera dans *Un cœur en hiver* et *Nelly et Mr Arnaud.* Claude était en quête d'une actrice, d'une muse qui corresponde à son fantasme féminin. Il m'avait exprimé son souhait que l'on refasse des films ensemble, mais il a senti que je n'étais pas très à l'aise avec lui. J'acceptais difficilement certaines de ses attitudes, son côté colérique pour des broutilles par exemple. Alors que je supportais les colères foudroyantes de Pialat, les coups de gueule de Sautet prenaient l'apparence de caprices d'enfant gâté. Vincent Lindon qui débutait était devenu sa tête de Turc, et j'ai vu un jour Sautet rentrer dans une rage folle et faire perdre un temps précieux au tournage parce qu'il manquait une écharpe, alors qu'il aurait suffi de trente secondes pour la récupérer dans une loge ! Sans doute que si je tournais avec Sautet aujourd'hui, je serais plus indulgente… mais à l'époque, tout cela ne m'aidait pas à m'initier à sa direction d'acteur.

Que représente Romy Schneider pour une comédienne de ta génération ?

Toute mon enfance. On adorait regarder ses films à la télé avec mon père. On l'aimait, Romy, elle avait quelque chose de fort, d'attachant, de populaire, on se sentait en proximité avec elle. Je crois l'avoir découverte dans un Sautet justement, *Max et les ferrailleurs*, tellement séduisante et moderne dans son ciré noir ! Je la revois aussi en larmes, dégoulinante de Rimmel, dans cette séquence poignante en ouverture du film de Zulawski, *L'Important c'est d'aimer*. Sa dignité m'impressionnait. Elle associait, chose rare, la perfection physique et une gravité, une blessure intérieure.

Sautet avait dirigé ton idole, Lino Ventura !

Ah, Lino, si j'avais pu le rencontrer… J'ai commencé le métier trop tard ! Sautet m'en parlait souvent, il souffrait encore de sa disparition, cet homme lui manquait réellement. Il me racontait comment cet ancien catcheur pouvait se montrer d'une pudeur extrême. Dans une scène où Ventura accompagne sa femme à la gare, il doit lui donner un long et tendre baiser car le couple restera longtemps séparé. Lino était si paralysé à l'idée d'embrasser sa partenaire que Sautet n'a pas réussi à mettre la scène en boîte ! Je trouve ça tellement touchant, ce gros caïd rose de confusion !

Que retiendras-tu de ton travail avec Claude Sautet ?

Le goût amer de ne pas avoir pu donner le maximum. Mon plaisir d'actrice consistait à prendre la liberté d'exprimer mes émotions à travers mes propres attitudes, alors qu'il me donnait par avance des indications tellement rigoureuses sur chaque geste et chaque dialogue que j'avais l'impression d'être une marionnette. Il faut prendre en compte le fait que je réagissais encore avec l'inexpérience d'une jeune actrice qui avait tourné principalement avec des metteurs en scène très ouverts aux initiatives de jeu. À l'époque, j'avais besoin de m'oublier pendant la prise afin d'être la plus naturelle possible, j'aimais me jeter dans la situation sans avoir constamment à l'esprit des contraintes techniques qui sapaient mon énergie. Sautet se montrait si pointilleux ! Avec Daniel Auteuil, on a recommencé des dizaines de fois une prise où il devait faire sauter le bouchon d'une bouteille de champagne. Il était convenu qu'au même moment, dans l'euphorie de la soirée, j'éclate de rire. Partir à froid dans un éclat de rire m'angoissait encore à l'époque. « T'en fais pas ma cocotte », me disait Daniel juste avant la prise et il me balançait des âneries qui me faisaient exploser de rire naturellement. Mais Sautet nous interrompait dans notre jeu. Le jet de mousse n'était pas assez visible, il s'en prenait alors à l'accessoiriste qui n'avait pas mis la dose suffisante d'Alka-Seltzer dans la bouteille de champagne. Je ne comprenais pas sa façon de nous diriger. Pour moi, il était plus important qu'un vrai rapport s'installe entre nos deux personnages plutôt que de voir un bouchon de champagne sauter au plafond. Finalement on s'épuisait à se forcer à rire, tout le monde était agacé par ce détail, et lorsque la mousse a enfin coulé à flots, les acteurs eux étaient émoussés ! Je n'avais plus du tout envie de rigoler. Sautet était aussi très scrupuleux sur les faux raccords. Mes précédents metteurs en scène n'étaient pas habitués à respecter tant de discipline. Dans *À nos amours*, il m'est arrivé de commencer une scène avec des mocassins noirs et de la finir avec des bottes rouges, qui l'a vu ? Si le spectateur remarque ces erreurs, c'est qu'il n'est plus avec les personnages, donc la scène est mauvaise.

Tu devais être d'autant plus déçue que tu rêvais de comédies et de rôles plus légers.

Ce film de Claude Sautet n'était pas une comédie comme je les aimais à l'époque, c'est-à-dire les films de Gérard Oury, Georges Lautner ou Patrice Leconte avec la série des *Bronzés*. Mais, à cette période, ce genre de films ne faisait pas partie de mon univers de travail. J'avais un côté pur et dur, et même rebelle parce que initiée à ce métier par le cinéma d'auteur. Les difficultés que j'ai rencontrées avec Claude Sautet viennent aussi du fait que je ne parvenais pas à entrer dans cette forme de jeu qui me semblait trop caricatural et qui m'effrayait. J'appréciais les films de comédie en tant que spectatrice, je n'avais pas compris qu'il y avait un « savoir-faire-rire » qui devait être travaillé au tournage. Je n'avais pas encore assimilé que ce genre nécessite de l'acteur un jeu particulier, plus expressif et extériorisé, une mécanique rigoureuse. Cette technique me semblait à tort déshumaniser mon jeu et ôter une vérité, une sincérité à mon personnage. Ah, j'étais un peu trop radicale dans ma jeunesse !

C'est le propre de la jeunesse... Dans quel esprit es-tu sortie de ce tournage ?

Avec une grande perplexité quant à cette nouvelle expérience. Je sentais qu'il me faudrait vite oublier cette technique de précision pour tourner mon prochain film avec Doillon. Et à la fois j'avais accepté de tourner avec Claude Sautet dans le but de me confronter à cette direction d'acteur inédite pour moi. Et avec l'intérêt de m'ouvrir à d'autres types de films, d'être prête à affronter des mises en scène plus traditionnelles, plus lourdes, avec des budgets plus conséquents.

À vingt ans, tu avais déjà une grande lucidité sur ton métier.

J'ai compris assez vite qu'il m'était indispensable de ne pas rester confinée dans un cinéma d'auteur pur et dur, ces films intimistes pouvaient devenir un gouffre pour une actrice. Faire un film avec Sautet donnerait d'autres couleurs à ma palette. De même que j'avais envie de goûter sans trop tarder au théâtre et à la comédie, ce que j'ai fait par la suite.

Aujourd'hui tu arrives à retrouver cette part d'insouciance qui autorise toutes les audaces ?

Difficilement. Avec l'expérience et la maturité, on perd forcément la fraîcheur d'une néophyte, une perte heureusement compensée par des connaissances techniques. À présent, les scriptes n'ont aucun problème avec moi, je repère les faux raccords ! J'ai conscience des impératifs de montage, il est préférable de refaire une prise en donnant précisément le même geste pour éviter que la scène soit mise au panier. Avec des réalisateurs comme Philippe Lioret qui cadre au millimètre près, si je n'avais pas acquis cette technique, ç'aurait pu se terminer mal !

Tu as goûté au drame et à la comédie, il y a un rôle dont tu rêves encore ?

Une héroïne de western ! Mais attention, pas une pépée qui parade en crinoline montée en amazone sur une belle jument blanche, non, une vraie flingueuse, une *outlaw*. On avait eu l'idée avec Patricia Mazuy, avec qui j'avais tourné *Peaux de vaches*, de réaliser une version bien musclée de Calamity Jane. Malheureusement le projet a fait long feu. Le cinéma français manque d'héroïnes physiques. Qu'on me donne le rôle d'un John Wayne !

En attendant, on va donner la parole à Claude Sautet pour clore ce chapitre :

« Sandrine sera une grande comédienne. Cette jeune femme a quelque chose de plus solide et de plus profond qu'une mode. Ses origines sociales et sociologiques la constituent au-delà de ce qu'on peut inventer pour elle. Moi aussi je suis né en banlieue. Son origine populaire fait partie de son bagage, de sa nature, un atout majeur. C'est ce genre d'actrice que je guettais, depuis longtemps, sans la trouver. J'avais eu ça avec Romy dans Max et les ferrailleurs. *Mais pour Romy, c'était une vraie composition, elle trouvait du bonheur à s'encanailler. Sandrine n'a pas le goût canaille. Le naturel de sa présence est au-delà du jouer juste ou jouer faux. Elle est absolument vierge de toute ambiguïté, au sens de perversité du personnage. Je retrouve chez Sandrine, comme chez Romy, une forte intégrité sentimentale en ce qui concerne les rapports sociaux. Ce sont toutes deux des actrices très exigeantes, et plus on est exigeant avec elles, plus elles donnent. Elles aiment les prises*

de risques, les situations difficiles. Dans Quelques jours avec moi, *Sandrine Bonnaire est obligée de rentrer dans des situations de comédie, ce qu'elle n'a jamais fait, cela demande un effort d'impulsion, une façon de se tenir, de s'exprimer, de s'habiller. Elle découvre des codes et doit s'adapter à une mécanique de précision.*

« Elle devrait faire du théâtre pour affermir sa technique. Le théâtre manie des textes difficiles, ce serait un merveilleux tremplin pour le futur.

« Sandrine Bonnaire se distingue totalement des comédiennes de sa génération. Elle est unique, un prototype éblouissant. Elle n'est pas du tout exhibitionniste. Par exemple, lorsque Béatrice Dalle apparaît, quel que soit son personnage, avec son background, *on sait d'emblée que son partenaire a envie de la sauter. Dans le cas de Sandrine, ce n'est pas du tout ce qui se dégage, la sensualité passe par une idée plus élevée, moins immédiate. Bizarrement Sandrine me fait penser à la merveilleuse Jeanne Moreau. Dans ses premiers films où elle incarne des rôles populaires, Jeanne a ce côté fier, bandant, le côté écuyère. »*

Voilà ce que Claude Sautet disait sur toi lorsque nous l'avions rencontré sur le tournage de Quelques jours avec moi.

Merci, c'est joliment dit, Claude. Finalement, on aurait pu s'entendre à merveille tous les deux !

« Parler du désert, ne serait-ce pas, d'abord, se taire, comme lui, et lui rendre hommage non de nos vains bavardages mais de notre silence ? »

Théodore Monod

Le bruit du silence

En 1989, Raymond Depardon te propose une aventure passionnante, trois mois de tournage dans l'immensité du désert saharien.

Oui, vous vous souvenez, nous en avions parlé ensemble la veille de mon départ. On avait fêté ça tous les trois autour d'un château-haut-marbuzet au Louis-XIV, le restaurant préféré de Pialat. Aujourd'hui, c'est un Hippopotamus… Les temps changent !

Tu étais tout excitée à l'idée de participer à ce projet.

Je connaissais le travail de photographe de Depardon, j'avais vu ses documentaires. *Urgences*, son reportage sur le service des urgences psychiatriques de l'Hôtel-Dieu à Paris, avait particulièrement retenu mon attention. Aussi, lorsque le producteur Jean-Luc Ormières, que j'avais rencontré sur le tournage de *Peaux de vaches* et dont j'apprécie le travail, m'apprend qu'il va accompagner le prochain film de Raymond Depardon, et que celui-ci pense à moi, je lui demande de nous organiser un rendez-vous. En fait, Raymond hésite encore entre Miou-Miou, Binoche et moi. Son histoire s'inspire de l'affaire Claustre[1], mais il est partagé entre deux points de vue, soit coller à la réalité et à sa dimension politique, soit s'éloigner du fait divers et filmer uniquement le quotidien de la captivité d'une Européenne en plein désert. Lors de notre première rencontre, Raymond, qui avait tranché pour une version fictionnelle, me confie : « Je vous propose un projet qui s'apparente davantage à une expérience qu'à un film. Je ne suis pas metteur en scène, je ne sais pas diriger les actrices, donc ma question se résume à “est-ce que vous avez envie de faire un voyage dans le désert avec moi ?” » Je suis frappée par la timidité de ce grand bourlingueur. Cet homme, qui ose affronter toutes sortes de gens dans la douleur et pointer sa caméra ou son appareil photo sur l'intime au plus haut point, me parle

1. En avril 1974, à Bardaï, dans le Tibesti, dans le nord du Tchad, l'archéologue Françoise Claustre, un médecin allemand et un coopérant français sont enlevés par des rebelles nomades toubous en lutte armée contre le gouvernement tchadien. Hissène Habré et Goukouni Oueddei, à la tête des troupes rebelles, entament une négociation, réclamant à la France et à l'Allemagne une rançon, des armes et un accès aux médias. Cette prise d'otages ne devait trouver son épilogue que trois ans plus tard, en février 1977.

avec passion de son projet, mais en cherchant ses mots, en bafouillant, la tête baissée, sans jamais me regarder en face. Nous nous sommes revus, et au fil des rendez-vous Raymond se montrait plus à l'aise. Il dépliait des cartes du désert et devenait intarissable sur ses voyages au Tchad, sa rencontre avec Françoise Claustre lors de sa captivité, ou avec les Toubous. Cette entreprise exceptionnelle me tentait, j'avais besoin aussi de me changer les idées après une série de coups durs, une promesse de film non tenue, des conflits familiaux… Coupée de tout dans le désert et livrée à moi-même, j'espérais faire un peu le point et me ressourcer en vivant des expériences humaines essentielles pour retrouver mes forces. Alors, va pour l'aventure !

Tu parles d'une « série de coups durs ». Qu'est-ce qui avait pu autant te blesser ?

La trahison de Téchiné m'avait énormément peinée. Je découvrais aussi à quel point l'argent peut dégrader des relations au sein même de sa propre famille. C'est toujours compliqué quand il y en a un qui sort du lot, pour les autres ça fait bizarre, c'est tellement incroyable, tout le monde s'y perd. Ça déstabilise, ça déséquilibre, on en veut presque à l'autre d'avoir de la chance. Être la seule personne à avoir des revenus confortables peut provoquer d'énormes dégâts, surtout lorsqu'on est très jeune. En quelque sorte, on alimente soi-même une situation désastreuse, et à la fois on est pris en otage. Comme on culpabilise d'être l'heureuse élue, alors on donne, on donne… On n'a de cesse de confirmer : « Je vous aime, ne vous inquiétez pas, je vais vous aider », et on se précipite sur les factures : « Laissez, c'est moi qui règle » ! Le pli est pris et certains bénéficiaires ne cherchent même plus à se donner les moyens d'améliorer leur situation.

Tous les rapports sont faussés, comment reconnaître les siens !

Ah oui, quand j'ai commencé à être un peu connue, j'ai découvert des photos personnelles épinglées chez des commerçants, j'avais honte ! Pour faire le malin, un proche se vantait de me connaître et vendait ces photos... c'est pathétique !

On rencontre tous des difficultés dans nos rapports familiaux, mais la notoriété impose des rapports différents dans tous les domaines.

Oui, la notoriété crée une réelle distinction. Lorsque j'allais prendre un repas chez ma mère, elle se croyait obligée de mettre les petits plats dans les grands, de sortir les belles serviettes de table, comme si elle recevait un ministre ! Je lui disais : « Je suis ta fille, laisse tomber les chichis. » Son attention me touchait et, à la fois, c'est violent de se sentir étrangère dans sa propre famille ! Tu sors du lot non seulement par rapport aux proches, mais aussi par rapport au métier. Souvent les gens se disent : « Elle, c'est l'actrice, elle ne sait pas ce que c'est que se lever tôt pour aller travailler, elle s'amuse, elle porte des belles robes, on lui fait des cadeaux... » C'est très éprouvant de devoir constamment se justifier, même si on a la conscience tranquille. On me la fait payer cher, ma réussite !

De plus en plus, l'argent lié à la célébrité fausse la donne. Une part de la jeune génération aspire à avoir son « quart d'heure de gloire », comme dirait Warhol, non pas pour le plaisir d'affirmer la singularité d'un talent, mais pour être connu et avoir de l'argent.

Ça l'a toujours été, et maintenant plus que jamais. Regardez comment on promotionne un film actuellement, on ne vante plus ses qualités artistiques, on parle avant tout de son énorme budget et des recettes colossales qu'il a déjà rapportées.

Tu as toujours été raisonnable vis-à-vis de l'argent.

Je pense ne pas être inutilement dépensière. Je n'ai pas le fantasme d'ancrer un yacht dans les marinas de la jet-set. Je ne viens pas de ce monde.

Et si tu avais été moins raisonnable, quelle folie aurais-tu commise ?

J'ai toujours rêvé d'une maison de vacances au bord de la mer. Ce rêve, je l'ai offert à ma mère, une petite maison les pieds dans l'eau sur la côte normande. Comme elle n'a pas voulu garder les meubles de l'appartement où elle avait vécu avec mon père, à part son lit et une armoire, j'ai tout acheté, jusqu'aux petites cuillères. Je voulais que ma mère n'ait qu'à pousser la porte pour s'installer. Pour les travaux, le déménagement et la décoration, tous les frères et sœurs ont mis la main à la pâte. Pendant trois jours, nous étions tous excités de lui faire cette surprise. Chacun avait à cœur de « construire la maison de maman » ! C'était pour nous un moment fort et symbolique. Le jour J, sur le perron, j'ai tendu à ma mère les clés en lui disant : « Voilà ta maison, ouvre, tu es chez toi. » Ma mère pleurait, « pleurait de joie », dirait Sabine. Elle s'est mise à genoux et elle a embrassé le sol de « sa » maison. On aurait dit la gagnante d'un jeu télévisé ! Fidèle à ses croyances, elle m'a dit : « Je suis sûre que ton père voit ce que tu as fait, il est fier de toi. » J'ai vraiment savouré ce moment de satisfaction légitime pour ma mère. La vie ne lui a pas fait de cadeaux, je m'étais promis de lui offrir dès que je le pourrais un havre de paix. J'avais filmé ces instants merveilleux, mais un cambrioleur a piqué ma caméra avec la cassette. Récompense au cas où…

Bon, retournons prendre un thé au Sahara, et parlons à nouveau de La Captive du désert. *Comment as-tu vécu ta solitude dans les dunes du Tibesti, coupée de tout repère ?*

La sensation de dépaysement commence sitôt l'atterrissage à Niamey. Après la découverte d'Agadès, où le sentiment d'avoir quitté la civilisation est encore plus fort, on fait des kilomètres et des kilomètres de traversée en Jeep dans le Ténéré, « le désert des déserts », et enfin nous voilà rendus sur les lieux de tournage, à l'oasis de Chirfa. En posant le pied sur le sable, j'ai regardé autour de moi et je me suis dit : « Ouh là, je vais devoir rester pendant trois mois dans cet endroit désert en plein désert ! » Trois mois à endurer des conditions de vie spartiates, privée de tout confort, sans téléphone, ravitaillée uniquement tous les quinze jours par avion. Les premiers temps, j'ai éprouvé une sensation à la fois enivrante et oppressante, très justement restituée par Depardon dans son film. Au cœur d'un espace infini, dans ce lieu où rien ne fait obstacle, on a la désagréable impression d'être détenu dans une prison sans barreaux. Aucune échappatoire possible. Au zénith du soleil, l'horizon disparaît, toute forme s'efface, on se retrouve en suspension dans une atmosphère immatérielle, un peu comme lorsqu'en avion on est perdu dans les nuages. L'ambiance suffocante influe sur le moral, les gens deviennent plus tendus, agressifs. Par contre, le coucher du soleil colore le sable de nuances rosées et apporte une féerie au paysage que l'on savoure avec le privilège de contempler un lieu magique. De toute façon, on ne sait plus vraiment où l'on est.

Il y a eu des moments difficiles, des montées d'angoisse ?

Il faut que je vous parle du silence parce que lui aussi peut devenir une prison sans barreaux. Le silence rend fou. J'ai le souvenir de moments interminables où il ne se passait rien. Au début, je contemplais le sable, les rochers, les dunes au loin, rien ne bouge. Et une demi-heure après, même absence de bruit, rien n'a bougé. Après plusieurs jours identiques, on devient hystérique. Le silence peut aussi être extrêmement bruyant, et le bruit du silence, c'est pire ! Quelle angoisse d'entendre mon cœur battre, de sentir les bouillonnements de mon sang, comme l'écho de ma propre personne ! J'avais l'impression que mon corps résonnait. Par instants, je me disais, quelle expérience fabuleuse d'être totalement centrée sur moi-même pour me retrouver et penser à ma vie ! Mais très vite cette introspection devient angoissante parce que l'on sait que rien ne viendra l'interrompre. On en arrive à souhaiter une tempête de sable. Enfin un événement, qu'il se passe quelque chose !

Comment t'es-tu accommodée de cette sensation d'isolement ?

C'est étrange, dans ma vie quotidienne, je suis rarement seule, pourtant je sais m'isoler au milieu d'un groupe de personnes. Depuis mon enfance, combien de fois on m'a posé cette question : « Mais à quoi tu penses ? » J'ai cette capacité à faire le vide, et à laisser aller ma pensée. Cette disposition m'est parfois utile au cinéma. Il arrive qu'on me félicite sur l'expressivité de mon visage dans une scène, alors qu'en fait je pensais au kilo de courgettes que j'allais préparer pour le dîner ! Je ne devrais pas dévoiler ces petits secrets qui risquent de désenchanter la vision d'un film. Dans le désert, j'étais dans cet état de vacance, tout à l'écoute de ce que je ressentais. Dans ce lieu de vacuité, j'avais envie de prendre soin de moi, de me faire plaisir pour retrouver ou découvrir des émotions essentielles. Cette solitude m'angoisserait terriblement aujourd'hui, même si elle est bénéfique. Il faut dire aussi que je m'étais préparée à cet éloignement.

Tu avais apporté tes petites affaires, ton petit monde ?

Oui, des malles de bouquins, des cassettes de musique, des dizaines et des dizaines de pellicules de Polaroïd, du papier à dessin et du papier à lettres. C'était important de reconstituer mon petit univers dans ma hutte, d'avoir mes propres repères. N'ayant pratiquement aucun texte à apprendre pour le film, j'avais décidé de consacrer mon temps à faire des photos, à écrire, à dessiner. J'ai aussi beaucoup filmé. Toujours heureuse dans ma bulle amoureuse avec Jean-Yves, je lui faisais partager mes émotions en les enregistrant sur des cassettes qui s'envolaient vers Paris tous les quinze jours. Le soir, dans ma solitude, le silence et l'immensité du désert m'accompagnaient à entrer davantage en complicité avec les chants d'Oum Kalsoum. Je découvrais aussi les textes de Léo Ferré, particulièrement son album *Verlaine et Rimbaud.*

Mon affection profonde pour Léo Ferré est venue de ces instants de solitude que nous avons partagés.

Il y a dans cet album « Les chercheuses de poux », ce poème de Rimbaud d'une rare sensualité, admirable par ses jeux d'assonances et d'allitérations : « Voilà que monte en lui le vin de la Paresse, Soupir d'harmonica qui pourrait délirer ; L'enfant se sent, selon la lenteur des caresses, Sourdre et mourir sans cesse un désir de pleurer. »
Tu as pu entrer en contact avec les tribus nomades qui figurent dans le film ?

Difficilement. Je me suis d'abord rapprochée des femmes, mais les premiers contacts ont été assez violents. J'avais prévu, tout au long du séjour, de faire une photo de chacune d'entre elles avec mon Polaroïd pour les leur offrir. Les premiers jours, une trentaine de femmes s'asseyaient autour de ma hutte dans l'attente que je me réveille. Émue de les voir là, j'en photographie une, mais aussitôt les autres se précipitent sur moi, bataillent pour être au plus près. Il a fallu que je cache rapidement l'appareil pour les séparer. Plus tard, alors que je rangeais mes petites affaires devant ma hutte, elles ont commencé à s'en emparer, à tourner les pages de mon carnet intime, de mes livres, elles se sont ruées sur tout ce qui constituait mon intimité dans ce lieu désert. Moi qui étais prête à partager, j'ai ressenti leur réaction comme une intrusion. Déjà il y avait un passif d'incompréhension entre nous, des codes que je n'avais pas encore intégrés. Leur avidité à prendre mes affaires révélait leur état d'esprit : « Tu possèdes des choses que je n'ai pas, donc j'ai le droit de les prendre. » Ensuite, Depardon m'a expliqué que, dans leur société, les biens personnels n'existent pas, tout ce qui est sur le tapis appartient à la communauté. Moi j'étais évidemment dans l'automatisme de l'Occidentale qui défend son droit à la propriété ! Ensuite notre relation est devenue plus conviviale. Finalement, les portraits que j'ai faits d'elles avec mon Polaroïd ont déclenché des crises de fous rires, elles s'imitaient, se parodiaient en brandissant la photo. Il faut imaginer que la plupart n'avaient jamais vu d'image d'elles-mêmes.

Tu as pu parler avec elles de leur situation de femmes mariées, de leur rôle de mère, de leur vie amoureuse ?

Oui, elles sont mariées très jeunes, à treize ou quatorze ans, et évidemment ne choisissent pas l'homme qui les épouse. Elles s'étonnaient que je sois encore célibataire et sans enfants à vingt-deux ans. Au même âge, elles en ont déjà plusieurs dont le plus âgé a près d'une dizaine d'années. Nos échanges restaient limités, elles discutaient la plupart du temps entre copines en m'observant, et riaient sous cape pour masquer leur timidité. Plusieurs fois par jour, elles me posaient toutes les mêmes questions : « Comment ça va avec la chaleur ? Comment ça va avec la fatigue ? Comment ça va avec les moustiques ? » Leur extrême dénuement n'empêche pas une générosité touchante, elles m'offraient des petits colliers de perles ou des paniers qu'elles fabriquaient pour les vendre. Sur leurs relations amoureuses et leurs sentiments, elles restaient muettes. Mais que représente l'amour pour ces femmes mariées sans leur assentiment ? Elles adorent danser entre elles, et je voyais ces jeunes femmes sauter et frapper le sol avec leurs gamins qui dormaient à poings fermés accrochés dans leur dos. Les soubresauts et le son du tam-tam semblaient les bercer. Et ici on nous recommande de ne jamais secouer un bébé ! Ces femmes entretiennent un contact naturel avec l'enfant, une dévotion permanente à ses besoins, même si certains de leurs comportements nous paraissent un peu rudes. Par contre, avec les hommes, les rapports sont extrêmement contraignants. J'ai apprécié la joie de l'une d'entre elles quand son mari a fêté son divorce. Elle aussi rayonnait, heureuse d'être enfin libérée de l'emprise de cet homme qu'on lui avait imposé.

Et comment étais-tu acceptée par les hommes ?

Bien. Il y a de toute façon une barrière naturelle faite du respect de l'autre et de ses traditions. La ferveur de leur foi et leur dignité dans la pratique de leur religion me fascinaient. Je les apercevais prier au loin dans les dunes cinq fois par jour. Il m'est arrivé, alors que je filmais, de surprendre un homme en prière. J'ai eu l'impression de lui prendre son intimité sans son consentement. Forcément, on a tous commis quelques maladresses par méconnaissance de leurs rites et de leurs codes, et parfois par égoïsme, voire indifférence ou mépris de leur culture. Jusque-là, les repas pour l'équipe française étaient servis à la mode locale sur un tapis à même le sable. Certains techniciens se sont plaints de l'absence de confort, et la production a décidé de faire construire des tables et des bancs. Alors de temps en temps je préférais rejoindre le groupe des Touaregs qui faisaient aussi partie de notre équipe. Quel plaisir de m'immerger dans cette nouvelle vie, malgré ses inconvénients, c'est comme cela que je conçois les voyages ! Par contre, il y avait un problème, la coutume veut que les femmes ne prennent pas leur repas avec les hommes.

Les Touaregs ont été surpris par ma demande, mais aussitôt ils ont accepté d'agrandir le cercle, à condition que je n'aie pas mes règles, m'ont-ils dit franchement. Grâce à la cordialité qu'entraîne le partage de la bonne nourriture, les langues se sont déliées, ils se sont découverts et ont même osé affronter avec moi des sujets tabous. Les Toubous ne sont pas polygames, il leur est interdit de convoiter la femme d'un autre. Les Touaregs, eux, possèdent plusieurs femmes. Ils ont eu l'humilité d'aborder le sujet de la sexualité jusqu'à m'avouer qu'ils étaient en manque d'amour, en manque du désir de la femme. Les femmes africaines auraient peu de passion et de désir sexuel pour leur mari puisqu'elles sont mariées d'office par les familles. Derrière le récit des exploits, souvent fantasmés de ses hommes, je sentais une tristesse et aussi un sentiment d'impuissance, presque de résignation par l'absence d'amour et d'accomplissement sexuel.

À travers leurs confidences, on s'aperçoit que cette coutume du mariage imposé aux femmes nuit aussi au bonheur des hommes. Ne pas se sentir aimé et désiré par leurs femmes les atteint dans leurs sentiments amoureux et dans leur virilité.

Oui, j'ai été touchée par leur dignité à m'en parler.

Dans ce film, tu interprètes une captive condamnée à l'attente, privée de toute action. Tu passes tes journées seule, sans but, assise devant ta hutte ou sous un arbre, sous la surveillance de ton geôlier. Cela signifie des répétitions de scènes identiques. Et pourtant, dans ce travail minimaliste, on voit s'inscrire sur ton visage l'ennui, la lassitude, l'abattement, une ténacité et une rage rentrée, et tout cela sans un mot.

Ce défi de ne rien faire m'a amusée. Rester sans bouger sous un arbre, ça raconte quelque chose. On ne sait plus cela, nous qui nous agitons fébrilement. J'avais l'intuition qu'en assumant cette vacuité et ce rythme particulier du désert où le temps prend son temps, comme on dit, mon personnage existerait. Pour nous faire entrer dans ce voyage, Depardon ouvre le film par une séquence magistrale. La caméra posée sur le sol filme le passage d'une caravane de nomades. Par la durée de ses plans à hauteur du sable, on ressent la lenteur de l'avancée de ces bergers nomades, la chaleur du désert, son immensité. On est aussitôt immergé dans la réalité du lieu.

Depardon t'avait dit : « Je ne saurai pas te diriger, tu es comédienne, à toi de jouer. »

J'ai considéré son immense confiance comme un compliment, comme s'il m'encourageait simplement à être là. C'est vrai, parfois j'avais l'impression que je n'avais pas grand-chose à quoi me raccrocher pour « jouer ». Les trucs du métier, la situation et l'action de la scène, le jeu des autres interprètes sur lequel on rebondit, les petites tricheries que l'on s'accorde sur certains films, tout ce matériel bien concret, il fallait l'oublier. Cela aurait été une erreur que je me rassure en exprimant un état de solitude comme dans *Sans toit ni loi*, les situations des personnages sont radicalement différentes. Au milieu de ce désert, face à ces gens aux conditions de vie difficiles, je devais être rigoureuse et sincère. Surtout ne pas tricher. Le désert ne le permet pas. Alors quoi jouer ? Je me suis dit : « Joue avec ce que tu as, le conditionnement physique, le temps, trouve des rythmes dans cette immobilité, par rapport à ton personnage et à son évolution. »

Tu as pensé à ce qu'avait enduré Françoise Claustre ?

Oui, j'ai pensé à cette femme, aux images rapportées par Depardon quand il est allé la filmer pendant sa détention. J'ai ressenti qu'après trois mois passés sous un arbre, au bout de tout ce temps où l'on a épuisé tout sentiment de tristesse, de peur, de rage, finalement il n'y a plus qu'à exprimer le temps qui passe et broie les émotions, les met à distance, en sourdine... Le temps s'étire. Chaque jour la même énigme : « Mais enfin, quand est-ce qu'on va venir me délivrer ? » Et en même temps, à force de se poser constamment la même interrogation, on finit par être hors du temps, hors de soi. À ressasser cette question sans réponse, elle n'exprime plus rien de concret, pas même un espoir, et pourtant il faut s'y accrocher. Dans cet état forcé de quarantaine, sans aucun contact avec les autres, on perd le contact avec sa propre personne, sa propre vie.

Dans l'interview filmée par Raymond Depardon durant sa captivité, Françoise Claustre fait passer par instants une rage terrible contre le gouvernement français qu'elle traite de lâche parce qu'il l'oublie. Depardon, en évacuant le contexte politique de la captivité, ne t'a pas donné à exprimer cette violence.

C'était son choix. Françoise Claustre parle de son attachement aux femmes, comment elle a pu créer un peu de contact et de complicité. Elle avoue même une certaine affection pour son gardien. On la voit sous son arbre, complètement abattue. C'est une même attente qui se répète chaque jour. Effectivement, j'ai le souvenir de sa rage contre le gouvernement. Elle parle d'un moment important dont Raymond s'est inspiré pour le film, lorsqu'elle apprend par hasard à la radio qu'elle va être exécutée. Je me faisais une joie de tourner cette séquence où enfin je pourrais exprimer des émotions concrètes. Je l'ai pensée et repensée, c'était ma petite cerise sur le gâteau dans cette aventure. Enfin ne plus jouer l'attente ! Je pensais me délecter tranquillement à jouer la surprise, la peur, l'angoisse...

Dans ce passage, Françoise Claustre avoue s'être dit : « Ça y est, je vais y passer, c'est fini. » Un instant, elle a préféré même rester captive. Elle a cette phrase poignante pour décrire physiquement son désespoir : « Je sais ce que c'est que d'avoir les jambes molles. »

Oui, quelle surprise, elle n'allait pas trop mal ce jour-là et, brusquement, son monde immobile bascule ! À un moment elle se tourne vers Dieu. J'étais tellement dans l'« attente » de cette scène que j'ai le souvenir d'avoir joué faux. J'ai « joué », ce que je n'avais jamais fait sur ce tournage. J'étais décalée par rapport à la vérité de l'instant. Je m'entendais jouer, c'était affreux, il m'était impossible de me sortir de cette prison-là ! Raymond a eu la bonne idée de ne pas monter cette séquence.

D'ailleurs Raymond Depardon a dit qu'il aurait voulu prendre encore davantage de distance par rapport à l'affaire Claustre. Quel était ton rapport avec ton garde armé ?

Au début j'étais terrifiée par ce gardien constamment à mes côtés avec son arme. Le pire, c'est qu'il avait une allure nonchalante et tout le temps l'air d'être entre deux sommes. Et comme il louchait, j'avais l'impression qu'un geste maladroit de sa part serait toujours possible. Moi qui ai peur des armes et qui n'ai jamais pu me tenir à côté d'un chasseur ! En tout cas, sa présence me signifiait qu'un danger était présent à tout moment. Même si sa mitraillette Kalachnikov n'était pas chargée, j'éprouvais cette sensation de proximité de la mort. Heureusement, nous n'avons pas été approchés par des factions armées.

Comment donner une évolution à ton personnage dans cette situation où le temps semble figé ?

Lorsqu'on se retrouve captive au début, je suppose qu'on panique, on s'agite, on n'a plus de repères. On est enfermée dans un autre monde, une autre culture, un autre décor. D'abord on a des réactions violentes dans le but de réagir parce qu'on ne supporte pas cette violence faite à sa personne, à sa liberté. Puis s'ensuit une forme de dépression, on se dit que ce n'est pas la peine, de toute façon nos geôliers sont obstinés, donc il faut essayer de se calmer pour que la captivité soit moins insupportable. Cette accalmie, c'est aussi le silence, et ne rien faire. Mais comment ne rien faire ? On ne sait pas. On panique à nouveau. On se sent totalement perdu, orphelin des relations proches, des choses matérielles. Là on commence à se dire : « Attendons puisque c'est comme ça ! » Le film ne raconte que ça, l'attente. Cette inertie est invivable, et à la fois il faut tenir. Avoir cette énergie-là. En même temps, on se surprend, on s'aperçoit avec le temps qu'on arrive à tenir. À survivre comme cela.

Dans cette attente, on voit ton personnage se distraire par de menues occupations qui prennent tout une l'ampleur.

J'ai pensé que dans cette attente interminable, les jours où le courage est là, on essaie concrètement de tuer le temps. Alors je me suis souvenue de mon fil rouge : jouer avec ce que j'ai. Sous ma hutte, j'ouvre à nouveau mon petit sac dans lequel chaque objet fait surgir des souvenirs. Je ne les garde pas en main trop longtemps parce qu'ils me rendent triste. Je parcours pour la cinquantième fois mon agenda en récitant les numéros de téléphone. Je dessine sur le coin d'une page si j'ai la chance d'avoir encore un crayon. Juste un petit dessin, parce qu'il faut garder du papier pour plus tard. Oui, chaque geste prend des proportions énormes.

Il y a aussi tous les gestes quotidiens que tu dois réapprendre en fonction des contraintes de l'environnement. Il y a une très belle scène où tu fais ta toilette au milieu du désert avec une petite bouteille d'eau. Qu'est-ce qui était le plus dur à supporter sur le tournage ?

Le sable brûlant. Tu crois enfoncer tes pieds dans un four ! Au bout de quelque temps, on a triché, j'ai décidé de mettre des socquettes, j'en pouvais plus de me cramer les orteils. Et la marche aussi. Ça demande un effort épuisant de soulever ses pieds qui s'enfoncent dans ce sable mou. La hantise était de ne pas laisser de traces dans le sable avant la prise. Dans les plans larges, j'étais obligée de faire des kilomètres pour contourner le champ de vision de la caméra. À la fin des prises, je m'affalais d'épuisement sur mon sac et je levais les jambes en l'air en criant : « Venez me chercher ! » J'avais aussi des petites copines dans ma hutte le soir, des souris, des araignées. C'est amusant parce que ici, je hurle si j'aperçois l'ombre d'une souris, alors que là-bas ces bestioles faisaient partie de la nature, je n'en avais pas peur.

À part ta victoire sur la peur des souris, qu'est-ce que cette aventure t'a apporté ?

La prise de conscience que la moindre chose devient précieuse. Comme mon personnage, j'ai découvert que l'on peut vivre avec le strict minimum. Il y a aussi l'attente d'un plaisir, la belle attente celle-là. C'est reposant de ne plus être dans le vouloir « tout de suite et maintenant ». Une impatience que l'on apprend à maîtriser, à déguster, comme des enfants à Noël ! L'attente du courrier par exemple, les enveloppes en papier extrafin avec une bordure bleu-blanc-rouge font rêver ! Cette correspondance depuis ce lieu exilé aussi a changé ma relation aux autres et leurs rapports avec moi. Mes amis ne m'auraient pas écrit les mêmes lettres si j'avais été en tournage dans un Novotel à Melun ! Dans ces échanges, on va à l'utile. On est dans la vérité de la relation tout de suite. Les amis deviennent un soutien moral. On ose déclarer ses sentiments : « J'ai besoin de toi, tu me manques. » J'ai l'impression qu'on avait établi une correspondance un peu comme au XVIIIe siècle, sans avoir peur d'être long, on se laisse aller à décrire le moindre détail, pour faire découvrir à l'ami tout ce qui nous émerveille dans ce pays lointain pour lui inconnu. Je décrivais mes trouvailles, ces flèches en silex par exemple que je ramassais dans le sable et que je caressais comme des grigris.

Il y a un côté retour aux grandes joies de l'enfance.

Comme une gamine en colonie de vacances, on attend une lettre de sa mère ou un colis de bonbons, quel plaisir ! Le jour du passage de l'avion, toute l'équipe devenait dingue. Il fallait nous voir sauter en l'air, on criait dès que l'on entendait au loin le ronronnement du moteur. Pourtant il ne livrait que des cageots de tomates fraîches et du savon... Ces petites choses nous rendaient hystériques !

Tu avais laissé ton amoureux à Paris. Cette aventure a-t-elle changé votre relation ?

Notre relation s'est densifiée. J'ai bien mieux ressenti son univers très personnel à la fois lunaire et minimaliste. J'étais fascinée par sa façon de transformer des petits riens en grandes choses, et avec cette expérience, j'étais en train de vivre ces métamorphoses. Ensuite, on pouvait vraiment tout partager.

Comment on reprend le contact avec la civilisation après trois mois de désert ?

À l'aller, en arrivant à Niamey, je m'étais dit : « Oh, c'est un peu pauvre ici, il n'y a pas grand-chose. » Puis, une fois à Agadès : « Oh c'est encore pire que Niamey ! » Sur le chemin du retour, la surprise est inverse, dès Agadès on retrouve des bouteilles de Coca. Retour à la civilisation. Je me suis dit : « Ça y est, le paradis, c'est terminé ! Quel dommage ! » Pendant ce séjour, on avait l'impression d'être Christophe Colomb ! J'étais prête à rester encore un peu plus longtemps là-bas. Je suis repartie le cœur serré de laisser tous ces gens que je ne reverrais sans doute jamais. Je quittais une famille. Toute notre équipe s'était installée dans la vie de ces gens, dans leur village où il n'y a pas grand-chose. Forcément, notre départ allait créer un vide énorme. Il y a cette tristesse-là et, en même temps, j'étais contente de retrouver ce qui m'attendait, les gens que j'aime, mon petit univers. Donc le retour à Paris, c'est New York ! Tout est trop, trop propre, trop de lumière artificielle, trop de voitures qui brillent. Voilà ce qui m'a frappée, ce contraste entre le mat du désert et le clinquant des villes. On quittait cette atmosphère de poussière mate que l'on trouve dans les pays les plus pauvres ou les quartiers déshérités des grandes villes pour rentrer dans ce monde rutilant. Le lendemain de mon arrivée, j'accompagnais Jean-Yves qui filmait pour *Les Amants du Pont-Neuf* de Leos Carax le feu d'artifice lancé depuis le Trocadéro. On a passé la nuit sur la tour Eiffel !

Que de contrastes, brusquement la foule, le bruit, Paris à tes pieds !

Cette reprise de contact avec la « civilisation » a été vraiment traumatisante. Le changement de climat et de nourriture m'avait rendue malade. En plus, avec mon amoureux, une panne nous a retenus coincé dans l'ascenseur de la tour Eiffel pendant des heures. Après avoir été captive dans l'immensité du désert, je me retrouvais captive dans une cabine d'ascenseur ! Je me demandais ce que je foutais là, loin des dunes. Par la suite, j'ai pu me rendre compte à quel point cette expérience du désert m'avait marquée. Moi qui adore passer des heures sous la douche, je me sentais coupable de la moindre goutte d'eau gaspillée. Je n'ai pas réduit ma vie au strict nécessaire, ce serait une attitude superficielle, mais j'ai essayé de casser certaines de mes mauvaises habitudes. Ah, j'ai oublié de vous dire, j'ai eu le bonheur d'apprendre à mon retour en France que les Toubous avaient donné mon nom à un nouveau puits.

Ces mêmes Toubous avaient donné le nom de « Claustre » à leurs mitraillettes Kalachnikovs obtenues suite aux tractations sur sa libération.

Tout à fait. Mais un puits, c'est plus paisible… Quel beau cadeau !

Tu as revu Raymond Depardon ?

Notre dernière rencontre date d'un dîner au ministère de l'Intérieur auquel nous avions été invités par Dominique de Villepin alors en fonction. En 2003, Raymond Depardon avait réalisé un documentaire sur le fonctionnement de la machine judiciaire, *10e chambre, instants d'audiences.* On assistait au travail d'un juge au féminin à travers les diverses audiences de la 10e chambre correctionnelle de Paris. Dans l'un des cas présentés dans son film, on voit cette juge condamner une femme pour ivresse. La coupable en pleurs se met à bredouiller : « Je n'ai pris que deux verres, je n'aurais pas dû, croyez-moi, je ne recommencerai plus. » La juge en rajoute dans ses commentaires pour bien culpabiliser la fautive et lui faire vertement la morale : « Madame, vous savez que vous représentez un danger pour la société après avoir consommé deux verres de vin ? » Lors de cette soirée au ministère, je rencontre cette juge, une femme plutôt attachante qui accompagne Raymond Depardon. En buvant une coupe de champagne, on parle un peu du film que j'avais vu trois jours auparavant. Tous les invités prennent une seconde coupe avant de passer à table dans la grande salle à manger où l'on nous sert du vin blanc avec l'entrée, du vin rouge avec le plat de viande et du champagne à nouveau au dessert. Puis on passe au salon pour le café suivi d'un petit armagnac ! Et, alors que la soirée prenait fin, Mme la juge dit à Depardon : « Raymond, je suis en voiture, je vous raccompagne ? » Et je vois cette magistrate prendre le volant. Marrant, non ?

Tu ferais volontiers un retour au désert ?

Je ne sais pas. À vingt-deux ans, j'éprouvais un désir ludique mêlé d'une excitation pour l'inconnu. À présent, les motivations seraient différentes. Nous en avons reparlé avec mon amie Sylvie, baptisée Tabarat (qui veut dire « jeune fille » en touareg). Elle s'occupait de la logistique sur le film et nous préparait les repas. Ayant été guide pour touristes pendant plusieurs années dans le désert, Tabarat connaît très bien ces pays-là. Depuis le tournage, nous sommes restées très proches. Oui, je serais peut-être repartie avec elle. Mais ça ne s'est jamais fait.

L'important c'est de durer

« Il m'est arrivé une seule fois d'être en désaccord avec Sandrine sur un projet, trouvant le scénario qui lui était proposé vraiment médiocre. Son père, un homme de bon sens qui ne connaissait rien de ce métier, me soutenait. Le film contenait en outre des scènes de nu qui n'étaient pas indispensables... Sandrine, mineure à l'époque, ne nous a pas écoutés. À l'arrivée, le film s'est avéré aussi raté que je l'avais prévu. Sandrine a alors compris pourquoi je n'avais pas souhaité qu'elle le fasse. Mais ce qui est formidable, c'est qu'elle n'a jamais regretté, elle m'a dit : "Cette expérience me servira, elle me permettra d'être plus vigilante à l'avenir."

Depuis elle s'est rarement trompée, sa lucidité m'a toujours ébloui. Je l'ai vue se réjouir en apprenant que tel ou tel metteur en scène important souhaitait la faire tourner dans son prochain film, et pourtant elle aura la force de refuser la proposition après la lecture d'un scénario si l'histoire véhicule de mauvaises idées. Elle ne se laissera pas épater uniquement par la renommée d'un metteur en scène ou le succès potentiel d'un film. Sandrine a connu de vrais succès, elle a remporté des prix honorifiques, mais je ne lui ai jamais vu une once de grosse tête. Au contraire, elle sait se protéger, et se tenir à l'écart de toute médiatisation inutile. Il y a quelque chose de paysan en elle. Elle m'épate dans son rapport simple et naturel avec la profession, et c'est dur de s'imposer en restant intègre dans ce métier. Surtout à vingt ans ! Sandrine a toujours cette même simplicité et cette même pertinence de jugement sur les gens. Sur les plateaux, tout le monde l'adore. Comme ses qualités humaines s'additionnent d'un talent tout aussi exceptionnel, elle devrait aller loin... »

Serge Rousseau
(Extrait d'un entretien réalisé par Gaillac-Morgue)

J'ai eu la chance et l'honneur que l'un des meilleurs agents accepte de veiller sur mes débuts de comédienne. Assez naïve à l'époque, solide dans ma petite vie mais totalement ignorante des risques du métier, sans ses conseils avisés, j'aurais pu faire tout et n'importe quoi. Dans votre entretien, Serge Rousseau[1] fait allusion à notre désaccord concernant *Tir à vue*. Une erreur de

1. En 1968, Serge Rousseau abandonne le métier de comédien pour fonder avec ses amis Gérard Lebovici et Michèle Meritz l'agence Artmédia où il se spécialise dans la recherche de jeunes talents, puis il crée Cinéart. Il sera l'agent de Coluche, Miou-Miou, Gérard Depardieu, Patrick Dewaere, Isabelle Adjani, Fanny Ardant, Sandrine Bonnaire, Nathalie Baye, Jacques Villeret, André Dussollier, Francis Huster, Patrick Chesnais, Niels Arestrup, Jacques Weber, Jean-François

jeunesse en effet, mais comment aurais-je pu refuser de tourner ce film dans lequel Laurent Malet me tenait dans ses bras, ce beau garçon dont les photos couvraient les murs de ma chambre d'ado ? Avec Laurent, on joue deux jeunes voyous en blouson de cuir qui vivent à cent à l'heure, de quoi tourner la tête de la gamine que j'étais ! Sans l'aide protectrice de Serge, j'aurais pu enchaîner quatre ou cinq films de ce genre. Je n'avais jamais mis les pieds à la Cinémathèque, j'ignorais tout de la notion de cinéma d'auteur. Je pensais qu'il suffisait de faire un premier film à succès pour s'installer dans le métier. Je n'imaginais pas qu'on puisse ne plus apparaître en haut de l'affiche après de mauvais choix.

*Fière de ton César, et après le succès d'*À nos amours*, tu pensais que c'était gagné ?*

À partir du moment où j'ai été un peu connue avec ce premier film, je me suis dit, bingo ! C'est sympa de faire du cinéma, on rigole, on est joliment payé, et l'on croise des beaux mecs, alors vas-y ma fille !

Serge Rousseau t'a ouvert les yeux.

Dès notre première rencontre, il m'a mise en garde : « L'important, c'est de durer. » J'ai fait de ce précieux conseil une règle de conduite, et je lui dois d'être encore là aujourd'hui. Serge m'avait été présenté par Pialat. Le pauvre, notre collaboration débuta avec *Tir à vue* ! Je me souviens de son coup de téléphone, le dernier avant la signature du contrat, où il me suppliait : « Ne le fais

---

Balmer… Marié à l'actrice Marie Dubois, Serge Rousseau est décédé le 3 novembre 2007 à l'âge de soixante-dix-sept ans.

pas ! » Et moi, ado tenace, je lui répondais : « Je m'en fous, j'ai envie de le faire, je le fais. » À l'exception de notre désaccord sur mon choix de tourner ce film, et il n'avait pas tort de m'en dissuader et de me laisser aller au bout de mon erreur, nous avons toujours été sur une même longueur d'onde. Outre sa parfaite connaissance du cinéma français, Serge Rousseau avait cette qualité de posséder à la fois un extrême raffinement et un bon sens populaire.

Curieusement, Serge Rousseau ne t'a jamais conseillé de prendre des cours d'art dramatique, alors qu'il avait recommandé à Gérard Depardieu et Fabrice Luchini, dont il était également l'agent, de suivre les classes de Jean-Laurent Cochet, un des meilleurs professeurs dans ce domaine.

Serge pensait, comme Pialat d'ailleurs, qu'une formation traditionnelle à l'art dramatique risquait de m'orienter dans de mauvaises directions et ruiner mon potentiel. Il craignait que je ne perde mon authenticité, ma vraie nature, alors il me recommandait sans cesse : « Reste pure, reste toi-même. » Il parlait de certains acteurs, Gabin et Ventura par exemple, qui ont ce don d'imprimer naturellement la pellicule : « Pour eux, le métier d'acteur ne s'apprend pas, c'est un don qu'ils cultivent. Ils existent. Ils sont là. Ils brillent de leur seule présence. Les autres doivent travailler, polir la matière. »

Toi tu fais partie comme Jeannot et Lino de ces diamants bruts ! Ça te fait rire que je dise cela ?

Oui ça me fait rire ! Je ne sais pas si c'est vrai, mais je suis flattée !

Mais ce diamant brut, pour filer la métaphore, le rôle de Rousseau était de lui donner forme, de le tailler ?

Non, Serge s'était donné mission, non pas de me diriger dans le métier, mais de me protéger, surtout après la disparition de mon père. Il me conviait à déjeuner plusieurs fois par semaine malgré un agenda débordant de rendez-vous. Il savait prendre un temps pour tout, et pour tous. Bien qu'en charge d'une pléiade d'acteurs, il me donnait l'impression d'être unique. Dans l'ambiance conviviale des bureaux de Cinéart, je retrouvais des amis, et parfois des petites fêtes s'improvisaient. Serge, qui avait été artiste de cabaret, chantait du Trenet, et Danielle Gain, associée à l'agence, nous serrait le cœur avec son interprétation poignante des chansons de Piaf…

Oui, on a passé quelques bonnes soirées avec elle.

Ah ! Danielle, je l'adore, quelle sacrée bonne femme ! Elle compte beaucoup pour moi. J'ai souvent travaillé avec elle quand elle était encore attachée de presse. Son regard juste sur le métier m'a plus d'une fois éclairée. Danielle et Serge sont des personnes qui deviennent de plus en plus rares dans le métier.

Serge Rousseau avait été acteur.

Oui, et il avait eu le courage d'avouer les limites de son talent. Il était très lucide et franc : « Quand ça n'a pas réussi à un certain âge, il faut savoir arrêter », disait-il.

Concernant ses comédiens, Serge était en accord avec Lee Strasberg. Le directeur du célèbre Actors Studio disait à ses élèves : « Nous ne pouvons vous donner du talent, mais nous pouvons vous forcer à être dignes de celui que vous avez. »

Voilà, Serge m'a appris à être reconnue et non pas connue. Après le film d'Agnès Varda, plusieurs metteurs en scène confirmés m'ayant fait l'honneur de me diriger comme actrice, Serge se montrait confiant sur l'avancée de ma carrière. Il me recommandait le choix de tel ou tel metteur en scène dont je ne connaissais pas le travail, et m'initiait à toute une culture cinématographique. L'argent n'a jamais primé dans ses négociations, il se souciait avant tout de la qualité d'un projet. On se comprenait avec Serge, son père était ouvrier, nous partagions les mêmes origines.

Serge a bien connu ton père.

Ils avaient une très belle relation ensemble, fondée sur le sens des valeurs essentielles. Mon père était hyperfier de venir dans les bureaux de l'agence dans le quartier des Champs-Élysées, et après on se buvait tous les deux un panaché dans un café à côté.

Dans son livre, Comédiens : du rêve à la réalité, *Serge Rousseau livre ce conseil : « Les comédiens devraient rester mystérieux. Ils ne pourront jamais être aussi magiques qu'à l'écran, parce qu'ils y sont mis en valeur, parce que là ils sont vraiment heureux d'exister, heureux de travailler. »*

Pour Serge, plus les comédiens sont célèbres, plus ils doivent se faire désirer. Sa force était d'avoir un certain recul par rapport à ce métier. Il m'a encouragée à faire des pauses pour sauvegarder ma vie personnelle, mes jardins secrets. Le week-end, il partait se ressourcer dans sa maison en Normandie, un coin de terre auquel il restait très attaché. « Voir fleurir mes rosiers, c'est vital », me disait-il. Il avait le goût de la vie, profiter des bonnes choses, bien manger, prendre le temps de parler aux gens… Il était disponible. Il m'a initiée à mon outil de travail, l'observation. Serge n'était pas un homme pressé.

Oui, mais le métier va vite.

Oui, le métier changeait… Serge me recommandait de choisir précisément les médias avec lesquels travailler lors de la promotion d'un film, et d'éviter les émissions fantaisistes qui, de toute façon, ne font pas venir les gens dans les salles. Aujourd'hui les critères sont différents, on est dans un système de matraquage, dans la surenchère, dans l'excès. Tous les jours on annonce un « film événement » !

Les campagnes de publicité des films américains atteignent des chiffres astronomiques, à hauteur du financement de certains films français. À présent, le teasing d'un film se fait avant tout sur son budget colossal et ses millions d'entrées.

Oui, alors que, pour un certain cinéma français, la priorité est de faire savoir que le film existe. Les médias porteurs se raréfient, et que de films en concurrence ! Les émissions sur le cinéma à la télévision, comme les bons magazines de cinéma, ont disparu. Donc il faut cibler différemment, fournir plus de travail, plus d'énergie, plus de présence au niveau médiatique. À la sortie d'un film, on est convié dans des émissions de talk-show avec plusieurs invités, des chroniqueurs et des humoristes où chacun y va de son bon mot et de sa petite phrase acerbe.

D'ailleurs les invités sont catalogués « bons clients » par les chaînes en fonction de leur drôlerie, de leur tendance à faire scandale ou à étaler leur vie privée. Le mauvais client étant l'artiste qui parle simplement de son métier.

Oui, le sujet du film est à peine abordé que l'on est aussitôt coupé par la météo ou la pub. On doit parfois participer à des jeux idiots. Récemment, au festival de Cannes, j'étais sidérée de l'indigence des propos échangés sur un plateau télé par des commentateurs avec Francis Ford Coppola. Pourtant, cet homme de cinéma a tellement d'histoires intéressantes à raconter ! Le rapport à l'image a aussi énormément changé. Il ne nous suffit plus d'être actrice, il faut être mannequin. C'est devenu presque impossible de rester soi-même devant un appareil photo. Lorsque les journaux nous proposent une séance photo, ils veulent que l'on soit drôle, sexy, à moitié à poil de préférence, en prenant des poses alanguies. La styliste préside la séance, on devient des portemanteaux au service de la pub du journal. Malheureusement, toutes ces clowneries portent un sale coup à l'image mystérieuse du comédien.

Pour Serge Rousseau, le travail d'un bon agent consiste souvent à conseiller de refuser un projet plutôt que de l'accepter.

Je suis en accord avec ce raisonnement. Certains acteurs font parfois de mauvais choix pour des raisons strictement financières, des problèmes d'ego, ou encore par crainte de sombrer dans les oubliettes. D'autres sont boulimiques et rongés d'angoisse s'ils ne tournent pas trois films dans l'année. Heureusement, je ne connais pas cette anxiété devant un téléphone muet. On me dit parfois : « On ne vous voit plus en ce moment ? », alors que je tourne au minimum un film par an. C'est sans doute parce que l'on me voit peu à la télé.

Tu ne fais pas partie de ces acteurs que l'on voit plus souvent dans les pages people ou dans les émissions de variétés que sur un écran !

Effectivement, la télévision ou les couvertures de magazines créent, ou confortent temporairement, un semblant de notoriété. Pour une partie du public, plus on passe à la télé, plus on a de succès. C'est souvent faux, mais ça rassure les chaînes. Le nombre d'actrices présentes sur les couvertures de magazines qui ne font pas d'entrées en salles ! J'ai pour principe d'accepter de paraître dans les médias si j'ai un projet ou un film à présenter au public pour faire partager mon plaisir et pour parler vraiment de mon travail.

L'autosatisfaction d'une équipe de film en promotion où tout le monde est « content d'être content d'avoir fait un film formidable » devient lassante. Les qualités du film sont résumées par des slogans publicitaires : « Super », « Énorme », « Film événement »... À propos de publicité, tu t'affiches rarement pour vanter une marque.

À l'époque où j'ai débuté, faire de la pub était encore mal vu, surtout dans le cinéma d'auteur. Certains réalisateurs refusaient de faire travailler un comédien trop exposé dans des spots. D'ailleurs je n'avais pas souhaité apparaître dans une campagne de pub pour un nouveau rouge à lèvres. Aujourd'hui, le processus s'est inversé, devenir l'égérie d'une grande marque de cosmétiques ou vanter les mérites d'une crème antirides est un gage de notoriété. En plus, les suites de zéro alignées sur les contrats sont des appâts irrésistibles. Par expérience, je peux dire que quand on raccroche son téléphone après avoir repoussé un million d'euros pour une journée de tournage, on a la gorge sèche ! Après c'est une question de choix, je n'aurais pas de honte à prêter mon visage pour vanter les mérites de certaines marques qui magnifient la femme.

Avec un parcours étalé sur bientôt trente ans, tu es un témoin privilégié de l'évolution rapide de l'audiovisuel. Alors comment va le cinéma, peut-on encore le qualifier de septième art ?

L'économie des œuvres culturelles, du cinéma en particulier, a vraiment changé. Des réalisateurs confirmés comme Claude Pinoteau ou Alain Resnais m'ont proposé des projets pour lesquels ils ne sont jamais parvenus à trouver le financement. Resnais voulait adapter *Le Tsar se laisse photographier*, un opéra de Kurt Weill et Georg Kaiser, c'est incroyable que l'un de nos plus grands cinéastes ne puisse réaliser un si beau projet !

Ta décision de te séparer de Serge Rousseau est-elle liée à cette transformation du movie business *?*

Nous partagions avec Serge une relation idyllique, faite de respect et d'amour, mais avec le temps nous commencions à fonctionner un peu comme un vieux couple. On se connaissait par cœur ! Quand on travaille toujours avec la même maquilleuse ou le même coiffeur, l'énergie s'essouffle et peu d'idées nouvelles surgissent. En effet, le métier connaissait de grandes évolutions, et Serge restait fidèle à sa ligne de conduite, il n'avait pas toujours envie de voir ou de cautionner ces bouleversements qui bousculaient des règles du jeu plus soucieuses d'une certaine idée du cinéma. Je comprenais sa conception du métier, mais il me semblait nécessaire, à cette étape de mon parcours, d'évoluer moi aussi pour trouver une nouvelle dynamique. Serge très humblement m'a rassurée, mes envies d'autres horizons lui semblaient plausibles. Alors je me suis dit, quitte à changer, autant choisir un agent converti à des méthodes de travail radicalement différentes ! Voilà pourquoi j'ai fait le choix de François Samuelson.

À l'époque, cette décision a surpris.

Oui, je sais… En fait, il y a eu un concours de circonstances. Samuelson, au courant de ma décision de changer d'agent – tout se sait dans ce métier –, m'a contactée. Nous avions été présentés par l'intermédiaire de Juliette Binoche dont il est l'agent. Son parcours d'agent littéraire aux États-Unis lui avait permis d'acquérir une lecture intéressante des scénarios et une ouverture sur le milieu de l'édition et du cinéma. Ces raisons influencèrent mon choix, auxquelles s'ajoute la personnalité de François qui entretient des rapports professionnels directs, carrés, voire virulents dans les négociations pour faire avancer les projets. Autant Serge avait une élégance désuète, autant Samuelson est brut de pomme !

Cet agent a pour réputation d'être un habile négociateur.

Certains insinuent que sa manière un peu radicale de mener les négociations « c'est ça ou rien » a fait capoter certains projets. En tout cas, cela n'a pas eu lieu avec moi, son rôle ne se limitait pas à la seule gestion de mes contrats. Sinon, un avocat aurait pu assurer ce travail, et j'ai l'habitude de faire confiance à mon instinct pour la lecture des projets. Une belle relation s'est établie entre nous, riche d'échanges et de réflexions à propos de films où l'importance des budgets n'entrait pas en ligne de compte.

Serge Rousseau était de cette époque où l'on ne « parlait » pas d'argent. Comme au siècle dernier, au cours des négociations, la somme exigée était inscrite sur un morceau de papier. Pratiques d'un autre âge, par rapport à la marchandisation de la culture que l'on connaît aujourd'hui...

Parfois Serge procédait en effet de cette manière élégante que j'appréciais. Mais il ne faut pas être hypocrite, les acteurs et les actrices sont un peu comme des putes, des putes de luxe mais des putes malgré tout. On a un prix. J'ai la notion de combien je vaux. En général, cette somme varie en fonction des entrées des derniers films, un succès fait grimper notre prix, un échec et c'est la dégringolade. Dans mon cas, ce chiffre se maintient plus ou moins. Il faut savoir exiger cette somme pour rester crédible et ne pas être déconsidéré, sinon ça va vite, quelques contrats sous-payés et l'on se retrouve avec la réputation de ne plus valoir grand-chose. Avec

Samuelson, on convenait d'un cachet en fonction de l'économie du film. Je sais adapter mes exigences et ne pas réclamer des sommes astronomiques sur un film à petit budget. Je n'ai pas eu de souci particulier avec lui par rapport à ce type de négociations. De toute façon, le patron, ce n'est pas l'agent, c'est l'acteur. À moins d'être une petite chose fragile, c'est lui qui décide. Et Samuelson savait que j'étais solide.

Pourtant, tu changes à nouveau d'agent.

J'avais très envie de travailler avec une femme. Claire Blondel m'a toujours plu, pour sa personnalité, sa discrétion. Samuelson m'a avoué être malheureux et blessé. C'est amusant, une relation de couple se crée entre une actrice et un agent. En quittant une vie commune de cinéma avec un partenaire, un compagnon, on laisse un bout de sa propre histoire, alors forcément on a le cœur serré… Serge, lui, était triste, mais pas blessé, il comprenait que l'histoire devait aller de l'avant, il savait que notre lien affectif serait indéfectible.

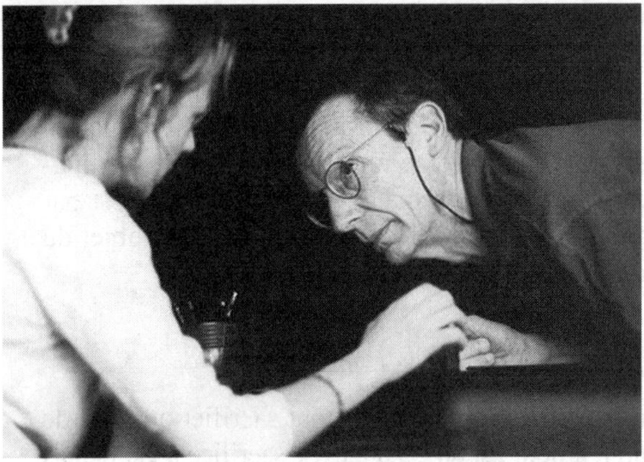

Manipuler à deux les fils d'une marionnette

Nous avons revu récemment Monsieur Hire *et* Confidences trop intimes *de Patrice Leconte. Ce réalisateur t'a offert la possibilité d'aborder un registre inédit à travers deux personnages de femmes troubles et troublantes qui font fantasmer les hommes. Des femmes égarées elles aussi par leurs propres fantasmes. Des rôles à l'opposé de ta vraie nature terrienne.*

Oui, dans *Monsieur Hire*, mon personnage est victime d'un voyeur au passé peu reluisant interprété par Michel Blanc. On peut la croire diabolique, en fait sa vraie nature est d'avoir un grand cœur et une générosité débordante. Alice a un bon fond, elle accomplit ces actes malgré elle. Elle va jusqu'à faire un faux témoignage pour tenter de sauver le garçon dont elle est follement éprise. Plus je donnais de la douceur à Alice au début de l'histoire, plus on est surpris par sa détermination à pousser un homme à se tuer. Si elle devient manipulatrice, si elle se laisse mater par ce pervers, c'est par amour. Enfin, le croit-elle… En fait, elle est l'objet du désir de l'autre.

Elle est dans l'illusion de l'amour ?

Oui, c'est mal aimer que de tout sacrifier au nom de l'amour. L'amour est un échange. Le sacrifice n'est jamais bénéfique pour soi. En plus, le jeune copain d'Alice n'est pas la septième merveille du monde, loin de là ! J'avoue que je ne comprends pas vraiment cette fille…

Tu n'as rien sacrifié par amour ?

Si, une fois, avec Bill. J'ai suivi cet homme jusqu'au bout du monde… Cela a engendré certains sacrifices. Évidemment, il y avait diverses raisons : d'abord la double nationalité du couple. Nous avions établi un pacte, j'irais le retrouver aux États-Unis quand il serait retenu par un tournage et il viendrait me rejoindre en France lorsque je serais engagée sur un film. Bill tournait plus que moi, j'ai été enceinte, toujours est-il que j'ai multiplié les allers-retours en avion avec la petite Jeanne dans un couffin et le sac à biberons ! Finalement, je me suis installée aux États-Unis, la mort dans l'âme, je n'aimais pas ce pays. À part le plaisir d'être avec Bill, je n'avais aucune attache, aucune amie, aucune affinité pour la culture et le mode de vie des Américains. J'avais avant tout envie de privilégier le bien-être de Bill. Nous avions fait un enfant ensemble, ce qui représente pour moi un lien plus fort que le mariage. Pour la première fois, je construisais vraiment une relation sérieuse, je m'engageais pleinement avec un homme, pour le meilleur et pour le pire.

Tu cédais sur ton désir pour être avec lui.

Oui, inconsciemment, je me résignais à ces sacrifices, mais je sentais que cette attitude ne me ressemblait pas. Je sais que je n'en serais plus capable et c'est mieux ainsi. C'est bien d'être soi-même.

Oui, le sacrifice de l'un ne rend pas le couple plus fort, au contraire.

Finalement, je suis assez égoïste, je pense beaucoup à moi, je n'ai aucune envie de me déposséder.

Pourtant le scénario de ton prochain film tourne autour d'une dépossession par la passion amoureuse.

Un amour qui rend fou, tu veux dire ! Un homme va se perdre pour l'amour d'une femme et le manque d'un enfant. J'adore les histoires d'amour impossible au cinéma. Le thème du sacrifice amoureux me fait fantasmer. J'ai versé des tonneaux de larmes à *Breaking the Waves* de Lars von Trier...

Dans ton scénario, et c'est ce qui en fait sa singularité et sa force, c'est l'homme qui se dépossède pour l'amour d'une femme. La littérature et le cinéma nous ont habitués à raconter le sacrifice amoureux au féminin.

Ah oui, là on est vraiment au fondement de mon sujet. Je m'intéresse au regard de l'homme. Évidemment, la normalité veut encore aujourd'hui que les hommes aient une existence d'abord sociale et qu'ils se réalisent à travers le mécanisme de l'ascension professionnelle, tandis que la femme se consacre à l'amour pour son mari et à l'éducation de leurs enfants. Le sacrifice de ses talents particuliers ou de ses aptitudes professionnelles est passé sous silence. Et si l'homme se sacrifie, qu'advient-il de tout cela ?

Tu es encore en période d'écriture du scénario. Ça avance ?

Oui, plutôt pas mal… L'histoire de l'homme et de l'enfant est en place. Maintenant il faut préciser celle du couple, cet homme et cette femme, qu'est-ce qui fait qu'ils sont séparés mais inséparables. Qu'est-ce qu'ils ont encore à vivre ensemble ? L'écriture du scénario est un travail nouveau pour moi, et passionnant, mais on en reparlera quand le projet sera plus avancé...

Dans Monsieur Hire*, tu as pour partenaire Michel Blanc, un comédien formé à l'école du café-théâtre, une autre école que le cinéma d'auteur ?*

Ah, Michel Blanc était mon chouchou dans la bande du Splendid mais là, il interprétait pour la première fois un personnage dramatique bien loin de la liberté de jeu du café-théâtre. Il m'impressionne par son audace et son talent à composer une aussi étonnante variété d'individus. Capable d'une force comique délirante quand il joue les couillons de service comme Jean-Claude Dusse, le dragueur maladroit et irascible des *Bronzés*, il peut devenir terriblement énigmatique dans *Monsieur Hire*. Michel m'avait adressé une lettre touchante où il me faisait part de son envie de travailler avec moi.

Monsieur Hire *traite de la fascination, du voyeurisme. As-tu déjà été confrontée à des dérapages de fans un peu détraqués avec les déviances que cela peut parfois entraîner, comme ce fut le cas pour Jodie Foster par exemple ?*

Non, heureusement, bien qu'il soit impossible pour les acteurs de maîtriser les fantasmes que provoque leur image. J'ai quand même vécu une frayeur horrible pendant plusieurs mois, suite à une série d'appels anonymes. La personne au bout du fil restait muette, j'entendais seulement sa respiration. Puis ce harcèlement téléphonique s'est poursuivi dans la nuit vers 2 ou 3 heures du matin sur la ligne privée que je recevais dans ma chambre. J'ai aussi été inondée de cartes postales anonymes. Cette personne savait donc où me trouver, j'avais vraiment la trouille. Une nuit, il a enfin prononcé quelques mots au téléphone, alors je l'ai engueulé et il a fini par m'avouer qu'il avait trouvé par hasard un carnet d'adresses contenant les coordonnées de plusieurs personnalités. Il s'amusait à les appeler, m'avoua-t-il, pas par méchanceté, mais par désœuvrement. Il m'a promis de me laisser tranquille, et il a tenu parole.

Tu dois aussi recevoir dans ton courrier de jolis témoignages d'affection.

La plupart des lettres me vont droit au cœur. Certains fans révèlent leur talent de poètes, d'autres ajoutent une photo. D'autres n'ont peur de rien, comme ce garçon bedonnant affublé d'un puissant strabisme qui pose fier comme Artaban en slip kangourou ! Par contre j'apprécie particulièrement les lettres d'un universitaire américain, David Wilson, un cinéphile averti qui a fait une thèse sur mon travail. Depuis des années, il décortique quasiment chaque plan des films où j'apparais, c'est impressionnant. Ah, tiens, j'ai aussi une merveilleuse histoire à vous raconter ! Quelques jours avant de tourner *Police*, je reçois un coup de téléphone de Bernardo Bertolucci. Je n'avais jamais rencontré ce grand metteur en scène, mais je connaissais sa renommée. Il souhaite faire ma connaissance pour me proposer un premier rôle dans son prochain film. Son accent fleurait bon l'Italie, on prend rendez-vous. Je demande à mon oncle, chez qui je logeais, de mettre une bouteille de champagne au frais pour l'occasion. Le jour convenu, je découvre un bel homme en pleine jeunesse coiffé d'une crinière à la Léo Ferré qui me parle de ce cher « Papa Pialat », un ami à lui, me dit-il. Il attaque la dernière écriture de son scénario, et me convie à Rome pour une séance photo avec un grand photographe, et pourquoi pas avec ma sœur Lydie, que je viens de lui présenter et qu'il trouve superbe. Nous nous revoyons brièvement deux ou trois fois, le scénario n'est toujours pas terminé… Quelques jours plus tard, sur le tournage de *Police*, Depardieu m'interroge sur mes futurs projets. Je lui annonce fièrement que je vais bientôt tourner à Rome le prochain Bertolucci. Gérard, très surpris, me dit : « Bertolucci est en Chine où il tourne *Le Dernier Empereur*. Il en a encore pour plusieurs mois... » Le lendemain, confuse, je mets Serge Rousseau au courant de cette histoire, et il me montre aussitôt une photo de Bertolucci. Surprise totale, rien à voir avec le sosie de Léo Ferré ! J'ai rencontré à nouveau cet homme qui me poursuivait de petits mots signés « À ma chérie, ton

Bernardo », pour lui dire ses quatre vérités. Démasqué, il est alors entré dans une fureur diabolique, déversant des tombereaux d'insultes salaces sur mon nom. Puis il s'est barré, je ne l'ai plus jamais revu. Quelques années plus tard, alors que je raconte cette histoire à Chabrol à la cafétéria des studios de Bry-sur-Marne où l'on termine la synchro de *La Cérémonie*, un bel homme s'approche de notre table. En le voyant, Chacha, secoué d'un fou rire à en avaler sa pipe, me dit : « Je te présente Bertolucci. » Ce pauvre Bernardo n'a jamais dû comprendre pourquoi son apparition avait déclenché une telle hilarité !

Dans Confidences trop intimes, *Patrice Leconte te propose à nouveau un rôle de femme trouble, mystérieuse. Pourquoi ce réalisateur t'imagine-t-il dans ce genre de personnages que l'on croise rarement dans ses films ?*

Je crois que Patrice avait tout simplement l'envie de m'offrir un cadeau en m'emmenant vers des personnages très différents de moi. Il m'a proposé cette comédie raffinée en me disant : « Ce rôle va t'amuser, c'est l'histoire racontée sur un ton léger d'une femme qui souffre à cause de son mari ! »

Cette notion de plaisir dans le travail n'est-elle pas la dynamique de Patrice Leconte ? Où se situe ton plaisir dans votre collaboration ?

Une image me vient aussitôt pour parler de notre travail, on tire à deux les fils d'une marionnette, et encore plus particulièrement pour ce film-là, sur la manipulation. Patrice est au cadre, il bouge sa caméra avec aisance, il virevolte, et malgré cela il voit chaque nuance de mon jeu à travers son objectif. Patrice sait être audacieux, c'est gonflé d'avoir construit un film quasiment sur la répétition de la même scène jusqu'à la fin : Anna vient voir un psychanalyste, William, joué par Fabrice Luchini. Elle lui raconte ses problèmes de couple jusqu'au jour où elle découvre sa méprise, cet homme est en fait conseiller fiscal. Le film développe une suite de rendez-vous à travers une trame qui évolue par petites articulations. Patrice est extrêmement précis dans sa direction. Le tournage va vite. Tout est plaisant, stimulant, jouissif.

On peut supposer qu'Anna, ton personnage, est à la fois une mythomane, une manipulatrice et la victime d'un mari voyeur. Et William, ce conseiller fiscal peu épanoui à l'amour et à la sexualité, fantasme peut-être sa relation avec cette femme. Quel tournis ! Le spectateur est pris de vertige comme les protagonistes en proie à leurs tourments amoureux.

Oui, on peut tout imaginer sur ces deux-là...

Ce n'est pas une nécessité pour toi de savoir exactement ce que vit, pense et imagine le personnage pour l'interpréter ?

En fait, Leconte met en scène les sentiments des personnages comme des actions, et il en parle de cette manière-là aussi. Leconte, un peu comme Chabrol d'ailleurs, considère que l'acteur est responsable. On lit le scénario, on accepte le rôle parce qu'on l'aime, et après c'est à nous de gérer, de jouer l'action. Avec quelques directives par-ci, par-là bien sûr, mais d'abord on joue le scénario. Patrice est très rassurant.

Pourquoi rassurant ?

Parce que je sens que le réalisateur sait ce qu'il fait. Il n'encombre pas l'acteur d'analyses psychologiques sur son personnage, ni d'indications qui se révèlent le plus souvent être les tâtonnements et les égarements d'un metteur en scène peu sûr de lui. Comme s'il cherchait tout haut en se parlant à lui-même !

Fabrice Luchini a-t-il eu la même satisfaction à jouer ce personnage de William ? On le sent tellement bridé par Leconte, même si c'est pour notre plaisir.

En effet, les débuts du tournage ont été un peu difficiles, mais à la fin tout allait beaucoup mieux. Fabrice avait tendance à jouer comme à son habitude, on va dire très expressif, voire excité, c'est-à-dire à l'opposé du personnage. Or Patrice lui avait proposé ce challenge de ne rien faire, donc un registre totalement différent de son jeu, comme il l'avait fait avec Michel Blanc dans *Monsieur Hire*. Fabrice avait accepté le défi et, en même temps, Luchini est un grand angoissé.

Luchini « acte » d'autant plus qu'il se sent perdu...

Fabrice avait besoin effectivement de plus d'explications. Il aime aller loin dans la réflexion et triturer les mots, or Patrice sentait le piège. Il n'avait pas du tout envie d'aller dans ce genre de discussions. Luchini se braquait, il croyait les remarques dirigées contre lui... Bref, au début j'ai eu très peur qu'il soit épuisant. Mais une confiance mutuelle s'est installée entre eux et ce tournage a été vraiment très agréable. Avec Fabrice, on s'était souvent croisés sur des films où ma sœur Lydie s'occupait des costumes, j'avais un peu cerné le bonhomme. Finalement on a été très complices. On parlait énormément ensemble. Enfin, lui plus que moi bien sûr ! Je crois que nos conversations le détendaient. J'aime beaucoup Fabrice.

Sais-tu que Luchini a au moins vingt-cinq ans d'analyse derrière lui ! Tu as peut-être débloqué la situation en le maternant...

Pas du tout, le deuxième jour du tournage, Fabrice m'interroge : « Dis-moi ce que tu pensais de moi avant qu'on travaille ensemble, tu m'aimais bien ? Mais franchement, hein... » Je lui réponds : « Tu veux vraiment le savoir ? En fait, je ne te supportais pas. J'avais peur que tu parles trop, que tu sois constamment en représentation. » Bref je lui balance tout ce que je pensais de lui. Il ne s'est pas démonté, il a enchaîné : « Je suis très touché que tu me dises tout ça, c'est franc... Tu as des couilles... chapeau ! Moi aussi, je pensais que tu allais être très marginale, revendicatrice, en train de balancer constamment des messages lourdingues. En fait, tu es une déconneuse, toi ! » Voilà comment s'est installée notre complicité. Fabrice est un type assez frontal, il aime bien qu'on soit direct, et il dit ce qu'il pense sur les gens.

Oui, de façon brillante et argumentée. On l'a vu remettre certaines personnes en place dans des émissions de télévision.

Et souvent il tape juste ! Suite à cette épreuve de vérité, on a fait un pacte : si l'un était en panne d'inspiration, l'autre lui donnerait des conseils.

Sur quoi ont porté vos échanges ?

Je lui disais que pour être ce type timide, mal dans sa peau, très introverti, il n'avait rien à faire, juste un regard, un seul suffisait. S'accrocher à un accessoire était inutile aussi. En plus, il était terrorisé de se retrouver dans presque toutes ses scènes assis à son bureau sans bouger, tétanisé devant cette fille. Les acteurs cérébraux ont l'impression de ne pas travailler ou de rater une prise s'ils n'expriment pas de sentiment ou d'intention précise à grands renforts de mots ou de gestes. Je pense l'avoir guidé en le rassurant, en lui avouant que j'étais émue par ce côté petit garçon que lui donnait cette réserve inédite chez lui. Ce quelque chose d'enfantin qui s'échappait de lui le rendait touchant.

Il ne se fait pas confiance, juste en étant là, au cœur de la scène, comme toi. La présence, c'est ton domaine ! Et sur quoi Luchini t'a-t-il aidée ?

Les mots, évidemment ! Je pataugeais dans le texte de la scène où je me mets en colère lorsque je découvre que je me suis trompée de porte et qu'il n'est pas psychanalyste. J'allais un peu loin, un peu à fond dans la colère, comme je sais le faire, moi aussi. Il m'a donné quelques clés pour articuler ce texte, ne pas me précipiter, mettre des virgules, laisser le temps des respirations, reprendre mon souffle.

La relation entre ces deux personnages reste fantasmatique. Cette femme fait la cour à cet homme en lui racontant sa vie intime, elle n'est plus un objet de désir pour son mari. Et lui, bien qu'épris d'elle, ne se déclare pas.

Le film creuse le désir et le non-désir, et effectivement s'installe progressivement une forme de déclaration d'amour détournée. Puisque le conseiller fiscal ne lui a pas révélé la supercherie, elle le défie de continuer à tenir jusqu'au bout un rôle de psy qu'il a usurpé. Cette situation lui permet d'être libre de lui confier son intimité, comme elle l'aurait fait à un thérapeute, elle lui parle de son mari, comment il l'a caressée... De toute façon, cette femme assez naïve est sexuellement étriquée. Pour lui raconter son orgasme après s'être masturbée, elle emploie cette expression alambiquée d'« arriver en haut en se caressant » ! Finalement cet homme lui fait du bien comme un psy, et aussi comme un homme.

Oui, ils se font du bien tous les deux... Grâce à ses récits sur elle-même, ils parviennent l'un et l'autre à se libérer, elle quitte son mari et il quitte son cabinet de conseil en gestion qu'il avait repris à la suite de son père. Au passage, le film égratigne un peu la pratique de la psychanalyse, non ?

L'interprétation du « vrai » psy joué par Michel Duchaussoy est une caricature de la psychanalyse avec ses discours tout faits, et ses diagnostics à l'emporte-pièce. J'aime bien ces pointes d'ironie dans les dialogues fidèles à l'esprit pince-sans-rire de Jérôme Tonnerre, le scénariste de cette histoire. Ces « hum, hum », « où elle habite » insinuant « où est la bite », « ça fera 150 euros, il faut payer en cash »… Un psy comme ça, eh oui, il en existe !

Tu as déjà passé la porte d'un cabinet d'analyste ?

Oui, et j'ai commencé par l'hypnothérapie, très peu de temps, pendant un mois ou deux, c'est très intéressant.

Il y avait un souci précis ?

Au moment de notre rupture avec Bill, je n'arrivais plus à avaler quoi que ce soit. J'étais devenue vraiment maigre et, à un moment, j'ai eu peur de mon corps. Moi qui suis assez sportive, je sentais que je me négligeais. C'était un début de dépression. J'étais devenue une toute petite merde.

Pourquoi aller consulter une hypnothérapeute ?

Parce que le principe du travail d'hypnothérapie engage le corps. En position allongée, je devais me relâcher, ne plus penser et laisser venir les images en fixant uniquement un point au plafond. Très vite, j'ai eu la sensation que mes jambes raccourcissaient, devenaient des moignons. J'étais une naine. J'ai aussi eu la vision d'un amas de poubelles. Mon ressenti était très physique. L'hypnothérapeute m'a donné son interprétation que je résumerais par : « Vous êtes en rupture, vous vous sentez diminuée, moins que rien, petite par rapport à tout ce que vous vivez... » Des choses très simples mais ces éléments clés m'ont débloquée. Mes symptômes ont pris un sens, je n'étais pas malade, je devais faire attention à moi, mieux me considérer. J'ai pris conscience de ce que mon corps exprimait. La séparation produit une coupure dans une relation de couple où, avec la venue d'un enfant, il y a une espèce de fusion en un. C'était une partie de moi qui s'en allait, une partie de mon histoire qui s'arrêtait avec la personne. En comprenant tout ça, j'ai pu recouvrer la santé.

Ça fera bien dans les salons

En 1990, Sandrine ose enfin monter sur les planches. Elle choisit de travailler avec l'austère Bernard Sobel, militant communiste et directeur du Théâtre de Gennevilliers, qui lui propose les deux rôles principaux de La Bonne Âme du Setchouan *de Bertold Brecht. Dans cette pièce en forme de fable, trois dieux, descendus en Chine pour mesurer si la bonté humaine existe encore en ce bas monde, sont recueillis par Chen Té, une jeune prostituée. Ils la récompensent afin qu'elle puisse louer un débit de tabac et continuer à faire le bien. Mais la générosité de Chen Té attise les vilenies d'une population de miséreux envieux et jaloux. Lassée de se faire exploiter, Chen Té opte pour une solution schizophrénique en décidant d'incarner un cousin imaginaire, Shui Ta, un commerçant implacable qui ne connaît que la loi du profit. Le drame s'achève sur un appel au secours et une interrogation faite au public : « Dans un monde mauvais où les dieux sont impuissants, où les hommes doivent prendre leur destin en main, la bonté n'est-elle pas un leurre ? »*

Après le tournage de La Captive du désert, *tu nous disais que, malgré cette expérience particulière, tes remises en question sur ton jeu et sur la pratique de ton métier restaient présentes.*

Le travail minimaliste exigé par le film de Depardon m'avait confrontée à nouveau aux bases essentielles du jeu. Après avoir enchaîné plusieurs films, j'avais des tics et la peur d'oser être simplement naturelle, la peur de surjouer, de paraître ridicule. Je commençais à connaître les ficelles du métier. C'est bien de les posséder, mais encore faut-il ensuite les oublier et dépasser ses peurs. J'avais l'impression que cet acquis me faisait perdre mon audace.

Avec l'expérience, tu perdais l'innocence et l'inconscience aussi.

Voilà, mon enfance dans mon métier s'éloignait, et avec elle une part d'insouciance. En raisonnant, je devenais plus raisonnable, or ce qui me fascine chez les mômes, c'est justement leur culot et leur faculté d'oubli. Et moi, je devenais timide, doutant de moi, et des autres.

Et dans cet état d'incertitude et de fragilité, tu décides de te confronter pour la première fois au théâtre.

Oui, parce que le théâtre m'oblige à être audacieuse face au public. Je dois m'affirmer, avoir de l'aplomb en prenant l'espace, en lançant ma voix… Un travail avec le corps devient indispensable. Sur scène, j'ai appris à avoir une certaine confiance en moi, à m'imposer comme j'avais pu le faire dans *À nos Amours*. En fait, ce sont deux premières fois ! Mon image au théâtre était vierge, pour le public et pour moi-même, quelle liberté !

Tu ne te retrouvais plus dans ton image au cinéma avec ton fameux sourire ?

L'image, c'est le code-barres, ça enferme. Mon image, c'est le sourire. Je me suis rendu compte que ce sourire était devenu un tic, je m'étais enfermée dans ce code-barres. J'ai compris que c'était trop facile. Je le savais mais je me suis prise en flagrant délit sur des images vidéo tournées par l'équipe sur le plateau du film de Depardon. J'ai été frappée par ce sourire systématique alors que la situation ne s'y prêtait pas forcément.

À l'époque, tu nous avais dit : « Je me crois obligée de sourire, d'être aimable avec les gens, pour être intégrée, protégée. »

Je me suis aperçue que mon sourire me servait de protection dans le sens où en souriant, j'affichais une bonne image : j'étais polie, affable, les gens me trouvaient sympathique. Mon sourire était devenu mon image, je ne devais pas les décevoir. Un personnage public appartient aux gens. J'ai l'impression d'avoir une dette envers eux. Si quelqu'un vient à ma rencontre, me parle, je lui dois une politesse, une attention. Face à eux, je ne me sens pas le droit d'avoir des états d'âme. Je me souviens d'un jour où j'étais en pleurs dans une cabine téléphonique, je venais de perdre mon père, et à peine j'avais raccroché, des larmes encore plein les yeux, une personne s'est précipitée pour me demander un autographe. Je crois avoir souri, j'ai été polie et gentille alors que je jugeais la situation pathétique. À d'autres périodes où j'étais angoissée, mal dans ma peau, dès que je sortais, je m'efforçais de faire bonne figure, de ne rien montrer et sourire. C'est intéressant à observer. Finalement ce n'était pas grave tout ça. À cette époque-là, je me cherchais, j'étais sans repartie, sans défense. Aujourd'hui la problématique reste la même sauf que j'ai posé des limites. Si je fais mes courses au supermarché avec ma gamine et des packs d'eau plein le Caddie, et qu'une personne me demande un autographe, je réponds : « Non, la boutique est fermée »… en souriant bien sûr !

Difficile de définir des limites, de savoir dire non, avec la pression des codes sociaux.

Oui, on est tous confrontés à cela. Sauf les autistes ! J'ai une petite histoire sur Sabine à ce propos. Lors d'une fête de célébration pour la journée du patrimoine, le directeur du centre où séjourne Sabine nous présente à divers représentants importants de la Région. La femme d'un élu nous salue et serre la main de Sabine qui aussitôt se tourne vers moi et dit : « C'est pas poli de dire grosse pute, hein Sandrine ? » Je lui réponds illico : « Non, Sabine, c'est pas poli. » Par la suite, je lui explique : « Il y a des codes à respecter. Tu n'as pas le droit de le dire, par contre tu as le droit de le penser. » Et j'ajoute : « Je suis d'accord avec toi, elle avait l'air d'une grosse pute ! » Parfois, je rêve d'être autiste !

Tu as connu des moments où la pression de la notoriété était trop forte pour ton âge, tu nous as parlé d'une période où tu éprouvais des angoisses.

Non, la notoriété n'entrait pas en ligne de compte, c'était lié à la mort de mon père. J'avais très peur. Je me souviens, j'étais même épouvantée d'aller aux toilettes, heureusement ça n'a pas duré longtemps. J'éprouvais de très fortes angoisses. Descendre au Franprix du coin pour faire des courses était devenu un calvaire. J'avais l'impression d'être regardée à la loupe et que l'on m'aspirait, on me pompait, je croyais être devenue le centre d'attention de tout le monde. Voilà, simplement une petite paranoïa… j'étais en train de faire mon deuil. Mais de toute façon, dans un lieu public, les gens scrutent un acteur à la loupe.

En venant au théâtre, tu oses t'exposer sur une scène.

Déjà j'ose me confronter au monde du théâtre ! Certaines personnes de la troupe m'ont bien fait sentir que je n'appartenais pas à la même famille. Au tout début des répétitions, quelqu'un m'a dit : « Je te préviens, ici ce n'est pas le cinéma. Au théâtre, on bosse ! » Ça m'a mise bien à l'aise ! Il y avait aussi l'appréhension de dire des grands textes, de me mesurer à la culture des gens de théâtre. C'était terrible, alors que j'avais lu péniblement quelques livres dans toute ma vie, on m'associait à des metteurs en scène brillants, à un cinéma intellectuel, on me parlait comme si je possédais moi aussi une vaste culture. Comment avouer que je n'avais pas les mêmes références ? Au début, je faisais semblant de connaître, je disais « Hum hum… Ah oui je vois ! » en prenant un air inspiré. Je mentais.

On l'a tous fait un jour.

Absolument. En même temps, je me faisais confiance. Je me disais : « Effectivement, ces textes me sont inconnus, je suis incapable de les analyser, mais je saurai les jouer. » Oui, j'ai toujours été convaincue de cela. Sobel avait aussi la conviction que ces textes devaient être dits comme au cinéma.

Il faut des années à certains acteurs de théâtre pour acquérir un ton naturellement juste.

D'ailleurs Antoine Vitez est venu me féliciter dans ma loge après la première, pas mal comme référence, non ?

Tu étais adoubée par un homme qui a marqué d'une empreinte profonde le théâtre populaire ! Sur les planches, il te fallait apprivoiser l'espace, maîtriser ta voix, comment assimiler cette technique sans perdre de la présence ?

Il y avait la peur de perdre la mémoire du texte, la gêne de me déplacer dans un espace devant une foule, et arriver à parler fort. Crier, je l'avais assez fait avec Pialat, mais dans la colère. J'ai travaillé la diction avec deux professeurs. L'une avait entraîné Johnny Hallyday, elle m'initiait à forcer ma voix jusqu'à sa puissance maximale. Ce travail assez agressif devait m'aider à trouver la tonalité plus masculine de Shui Ta. L'autre professeur m'enseignait les manières d'obtenir des nuances entre le chant et la voix parlée, puisque j'entamais plusieurs chansons *a cappella* au beau milieu d'un dialogue. J'ai fait aussi beaucoup de danse classique pour acquérir avec mon corps une liberté dans l'espace. J'ai intégré les premiers rudiments de ces techniques assez rapidement, grâce à Sobel. Cet homme est vraiment formidable, il m'a tout appris. C'est mon Pialat du théâtre. Il m'a bichonnée, trois mois de répétitions pour quarante-deux représentations, c'est confortable ! Il m'a prise sous son aile et m'a fait découvrir un peu de cette fameuse culture qui me faisait défaut. Il m'emmenait voir des représentations théâtrales, *Le Discours aux animaux* de Novarina, *Hécube* avec Maria Casarès... Il me conseillait la lecture de Brecht, de Spinoza… J'absorbais soudain cette culture très naturellement.

Il suscitait chez toi le goût d'accéder aux œuvres à travers les émotions sans être effrayée par le poids de la « Culture ».

Tout à fait, Sobel était super quand il me disait avec un sourire d'une bonté pleine de charme : « Tu n'as pas lu ça ? Eh bien, tu as de la chance, c'est vraiment à découvrir. Je regrette de ne plus pouvoir éprouver ce plaisir-là. » Il me rassurait. Comme ces profs qui font aimer les maths. Alors qu'on a toujours été nul, on devient doué pour leur faire plaisir.

Parce qu'ils savent transmettre leur passion.

Oui, et avec humour ! Cette blague était devenue un code entre nous, on se disait : « Ça fera bien dans les salons. » Il est la première personne du métier à laquelle j'ai osé avouer mes lacunes, j'en avais terminé enfin de cette exigence de faire semblant de savoir. Que je prenne du plaisir à lire Spinoza, franchement, ce n'était pas gagné ! À l'origine de cette évolution, il y avait Jean-Yves, qui m'encourageait à faire du théâtre depuis pas mal de temps et m'avait présenté Sobel.

Qu'est-ce qui t'avait touchée dans cette pièce de Brecht ?

Son actualité. La pauvreté et le malheur des classes sociales défavorisées, le chômage, l'argent, le pouvoir, Dieu, la bonté, la générosité, rien de tout cela n'était démodé. Et aujourd'hui, n'en parlons pas !

Mais toi, intimement, qu'est-ce qui te touchait dans cette pièce ?

Je me reconnais à la fois dans Chen Té et Shui Ta. Cette pièce synthétise ce que j'ai pu vivre au sein de ma famille, donc ce rôle me parlait. La bonté est un leurre, et à la fois je suis persuadée qu'il faut rester bon. On doit donner un coup de pouce aux gens, les guider et contribuer à faire en sorte qu'ils puissent voler de leurs propres ailes. Il faut le faire, et je continuerai à le faire jusqu'à ma mort. En même temps, je pense que les gens ont besoin de se responsabiliser. Être trop bon entraîne ceux que l'on aide à devenir des assistés. En quelque sorte, ils perdent leur dignité, leur responsabilité. Seuls les enfants doivent être complètement pris en charge. À chacun d'assumer sa vie et son destin. Chen Té s'invente un double masculin pour pouvoir, comment dire...

Se durcir malgré elle ?

Voilà, elle-même n'y arriverait pas. D'ailleurs les autres ne comprendraient pas son refus de donner davantage. Mais ils l'accepteront de quelqu'un d'intransigeant, sans état d'âme. Cette histoire résume bien le monde dans lequel on est, et les familles en général.

Oui, mais dans la vraie vie, il ne suffit pas de se travestir en homme pour avoir de l'autorité !

Il faut savoir dire non. Avec la conscience tranquille d'avoir fait tout ce que l'on pouvait. À présent, à toi de jouer…

Jouer le double personnage de Chen Té et son cousin Shui Ta a peut-être aidé à réguler ta générosité vis-à-vis de ta famille ? Tu ne pouvais que te reconnaître dans ce dialogue de Chen Té : « D'être bonne et de vivre à la fois m'a déchirée comme un éclair en deux moitiés[...].Il est difficile, votre monde ! Trop de misère ! Trop de désespoir ! La main que tu tends au malheureux, il te l'arrache aussitôt ! »

Oui, c'est incroyable ! Curieusement, c'est ma famille qui m'a aidée. À un moment, donner trop, c'est trop. Tout ce que je faisais était vain. J'ai pris conscience des comportements de certaines personnes, il y a chez eux une complaisance à leur propre malheur… D'ailleurs, est-ce vraiment du malheur ? Non, je ne le crois pas.

Tu n'es jamais allée au théâtre, tu ne regardais même pas « Au théâtre ce soir » à la télévision, l'émission préférée de ta mère, et pour tes premiers pas sur les planches tu choisis de te confronter à la maïeutique brechtienne !

Au sujet de Brecht, il est de bon ton dans les salons de parler du quatrième mur, du texte au public, de la distanciation… Pour moi, cette pièce n'avait rien d'intellectuel. De même que Pialat est un cérébral alors que ses films sont bourrés d'humanité, Brecht montre dans ses œuvres des gens très ancrés dans le réel. *La Bonne Âme*, c'est l'histoire d'une petite gonzesse prostituée qui reçoit de l'argent, le distribue généreusement et se fait bouffer par les autres. Ken Loach ferait un film formidable de cette histoire.

Sobel, metteur en scène communiste et militant dans la pratique de son art, a-t-il favorisé une prise de conscience politique ?

Non, mais j'étais en accord avec sa conception du « être ensemble », alors est-ce que cela représente l'idéal communiste ? J'ai le souvenir d'un tournage dans les pays de l'Est : malgré tout ce qu'ils avaient enduré, les gens regrettaient le communisme ! Dans cette société devenue totalement individualiste, la jeune génération arrivait à rebondir, mais les anciens restaient sur le carreau. Sobel parlait souvent de solidarité entre les gens, évoquant par exemple l'époque du marché noir. Évidemment, il n'approuvait pas la suppression de la liberté de voyager, la délation, la suspicion, le contrôle des personnes, la surveillance, les écoutes téléphoniques, et toute l'oppression que ces peuples ont subie. En théorie, les idées sont louables, mais les actions des dirigeants des divers régimes politiques se révélèrent terribles. Les promesses, beaucoup s'y sont fait piéger. Comme les promesses de Staline aux Russes blancs pour leur retour au pays après la guerre. En France, certains éminents intellectuels y ont cru eux aussi pendant trop longtemps. Mais Sobel ne prônait pas un discours doctrinal. Voilà un homme populaire au vrai sens du terme. Et intègre avec ses convictions.

Sobel a fondé le Théâtre de Gennevilliers en 1963 dont il est resté directeur jusqu'en 2006.

Oui, d'autres auraient essayé de suivre un parcours plus « mondain » ! Je me souviens d'une anecdote qu'il racontait. Tous les matins, Sobel, qui habitait Gennevilliers, achetait son journal à une marchande de journaux, une électrice de Le Pen avec qui il discutait avec intérêt. Puis un Chinois a repris la boutique. Soudain adieu les discussions sans fin ! Le nouveau kiosquier est pressé, il ne dit pas un mot, son but est de faire du chiffre. Sobel me disait regretter ces débats avec une personne qui défendait son opinion, même si elle était opposée à la sienne. De la confrontation peut surgir un accord, une avancée.

Tu n'as jamais fait état de tes choix politiques.

Je n'appartiens à aucun camp. La manière dont les hommes s'emparent de la politique, et de la religion aussi d'ailleurs, me gêne. Cette guerre entre la droite et la gauche, où chacun y va de son règlement de comptes, bloque les réformes même les plus indispensables. Aujourd'hui je le constate dans mon combat sur l'autisme pour lequel je rencontre des gens de gauche et des gens de droite. Pour résumer, les hommes politiques vraiment sensibles aux problèmes sur l'autisme ont été Lionel Jospin et Xavier Bertrand, on ne peut pas faire plus radicalement opposé. Si des hommes de cette trempe collaboraient, de nombreux problèmes seraient sans doute plus intelligemment résolus.

Tu avais déjà sollicité l'aide de personnalités politiques ?

J'avais accepté de soutenir Véronique Colucci suite à sa décision de continuer l'action des Restos du Cœur après la mort de Coluche. Nous avions rencontré François Mitterrand afin de solliciter une aide de l'Élysée. Lors de la préparation de *Jeanne la Pucelle* de Rivette, j'avais envoyé une lettre à Jack Lang alors ministre de la Culture, car nous avions des soucis de financement et j'estimais que ce film mettait en valeur une héroïne nationale.

Et comment ta demande a-t-elle été reçue ?

À la Jack Lang… J'ai donc écrit au Président Mitterrand dans l'espoir de faire avancer le projet. Deux jours plus tard, un secrétaire de l'Élysée me confirme la bonne réception de mon courrier et me recommande d'appeler le numéro qu'il m'indique, ce que je fais aussitôt. Et là, surprise, on me dit : « Veuillez ne pas quitter, je vous passe le Président. » C'est stupide, mais je me retrouve totalement décontenancée. Rencontrer le Président à l'Élysée, c'est autre chose, on se pomponne, on choisit une belle robe, des huissiers vérifient votre identité, puis on traverse une enfilade de salons, tout ce protocole et les ors de la République nous préparent psychologiquement à rencontrer le Président en personne. Là, le premier homme de l'État me parle au téléphone comme n'importe quel copain ! Nous sommes au mois d'août, la chaleur est suffocante. Mitterrand s'adresse à moi très simplement : « Il fait chaud, je suis en nage, pas vous ? » On entame une conversation familière : « Où habitez-vous ? – Barbès, monsieur le Président. – Ah ! Moi heureusement, je pars à Latche, je vais y retrouver mes chiens... » Bref, on a bavardé ainsi de choses et d'autres comme si on s'appelait toutes les semaines.

Il t'a assurée de son soutien ?

Oui, et le film a pu se faire.

On se souvient de toi travestie en garçon dans le rôle de Shui Ta, tu étais drôle en mec avec ton chapeau et ta petite moustache. Qu'est-ce qu'il y a de masculin en toi ?

Déjà, je suis supercontente d'être une fille, ça tombe bien ! Ma part masculine, je dirais que c'est l'autorité, et ça, c'est le symbole du père. Avec mes enfants, je donne des ordres qui doivent être suivis, je ne suis pas dans le discours ni l'explication, la supplication. On en revient toujours à la perte de mon père à dix-neuf ans, avec mes frères en pleine révolte adolescente. Non seulement j'ai dû jouer le rôle de la maman, mais du père aussi. Je devais fixer les limites. Et m'y tenir, parce que, en plus, c'étaient des garçons ! Avec ma fille Jeanne, son père n'ayant pas été toujours présent, j'ai à nouveau pourvu aux deux rôles. Moi, j'ai été élevée dans le schéma classique de la famille avec le partage des rôles, et à la fois, à la maison, ma mère avait l'autorité. Elle me vient d'elle.

Tu étais en souffrance de ce manque chez ton père ?

Peut-être pas de la souffrance... mais oui, ça m'a manqué par moments. Ne serait-ce que pour dire aux copains d'école : « Mon père va venir te casser la figure si tu m'embêtes. » Aujourd'hui, je souhaite briser les codes et à la fois les appliquer. Il ne s'agit pas d'inverser les rôles, je n'imagine pas une femme avec une perceuse et un homme avec un fer à repasser. On définit clairement les deux rôles concernant les enfants. Le reste, la répartition des tâches ménagères, les obligations sociales ou administratives, c'est de l'ordre du dialogue et de l'échange à l'intérieur du couple en fonction des aptitudes de chacun.

Parfois les hommes adorent cette autorité chez la femme, elle leur inspire un grand respect, voire une admiration.

Je ne suis pas une femme docile. Je ne laisse à personne le soin de décider de mes actes, même si je me trompe. Les hommes n'ont pas d'emprise sur moi. Je peux être par moments aveuglée, l'important est d'en prendre conscience et d'imposer ce qui me convient. Sans doute ne suis-je pas dans le schéma habituel de la femme !

Cette autorité doit sans doute te permettre des relations d'amitié, voire de camaraderie, avec les hommes, même les plus misogynes ?

C'est très intéressant de mettre au jour le versant féminin de ces hommes qui dénigrent les « gonzesses » entre copains. Par expérience, je peux dire que les plus machos sont de grands sentimentaux. Ils retournent facilement leur veste. Tiens, j'ai une petite pensée pour Jacques...

« ... Non jamais je ne conteste
Ni revendique ni ne proteste
Je ne sais faire qu'un seul geste
Celui de retourner ma veste, de retourner ma veste...
La, la, la, la, la... »

DUTRONC
PRÉPARE
LE ZÉNITH
12 AU 16
VIER 2010
702 603
www.fnac.com
www.ticketnet.fr

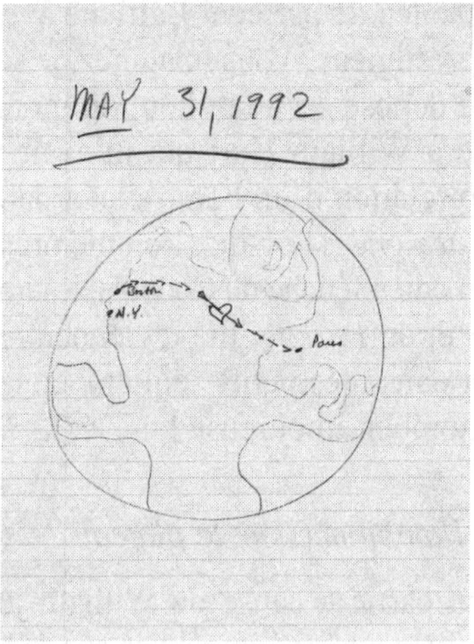

Un mal de vivre sitôt que l'autre s'éloigne

Buenos Aires, capitale du tango et de la milonga, une musique qui incite à la passion... Ton histoire d'amour avec William Hurt a commencé en Argentine sur le tournage de La Peste, *une libre adaptation du roman de Camus réalisée par Luis Puenzo. Toi qui préfères éviter les rapports de séduction sur un tournage, te serais-tu laissé surprendre par un coup de foudre ?*

Ah non, pas vraiment ! Je suis arrivée sur ce tournage anxieuse à l'idée de jouer en anglais dans une superproduction alors que je ne possédais pas la langue, et à la fois tout excitée de partager l'affiche avec des partenaires aussi prestigieux. Vous imaginez, je saute dans un avion qui me dépose à l'autre bout du monde, et je me retrouve face à William Hurt qui m'avait bouleversée par son interprétation d'un homosexuel dans *Le Baiser de la femme araignée*. Lorsque l'on me présente Robert Duvall, le comédien fétiche de Coppola, les images d'*Apocalypse Now* et du *Parrain* me reviennent en mémoire. J'étais plutôt dans mes petits souliers, et à mille lieues de penser à tomber amoureuse !

Quelle était l'ambiance sur le plateau ?

Tendue, en partie à cause de William justement. Je m'attendais à rencontrer un comédien sûr de lui, conscient de son talent et fort de son expérience, confiant dans son travail – il a quand même reçu un Oscar et un prix d'interprétation à Cannes ! – et je découvre un être inquiet, complexe, plongé dans un doute permanent, questionnant le réalisateur sur d'infimes détails. Bill avait obtenu trois semaines de répétitions avant le tournage, mais, pendant toute cette période, ses interrogations sans fin et sa façon de décortiquer les situations nous empêchaient de nous lancer réellement dans notre travail. La puissance de sa présence à l'écran est tellement évidente que je n'imaginais pas que ce comédien soit si peu sûr de lui, si tatillon, si en demande de précisions sur la psychologie des personnages. Ce travail d'introspection m'est tellement étranger que « l'immense acteur » commençait vraiment à m'agacer !

Robert Duvall n'est pas un acteur du genre cérébral.

Non, pas vraiment. Nous avons immédiatement sympathisé. J'ai découvert un passionné de tango et un excellent danseur, d'ailleurs il a réalisé plus tard un thriller à Buenos Aires, *Assassination Tango*. Volontiers rieur, Robert Duvall adorait que je lui chante le répertoire de Boby Lapointe ! Dans ce film où il interprétait un vieil homme à l'article de la mort, il devait rester allongé sur son lit d'hôpital pendant que les techniciens réglaient les prises, alors, pour le faire patienter, je lui chantais « Avanie et Framboise sont les mamelles du Destin » ! Il partait dans un fou rire sonore, mais dès qu'il entendait « moteur », en une fraction de seconde il se composait le visage d'un mourant. Incroyable ! Heureusement que les spectateurs émus jusqu'aux larmes par le visage d'un acteur ne savent pas tout ce qui se passe sur un tournage !

William Hurt apprécie la culture européenne, sa littérature, ses auteurs, peut-être souhaitait-il respecter au plus près la pensée de Camus, sa portée historique et aussi métaphysique. Sans doute que cette adaptation de La Peste *ne lui convenait pas parfaitement.*

Évidemment, mais ça je l'ai compris plus tard. L'adaptation de Luis Puenzo s'éloignait du roman, l'action ne se passait plus à Oran, dans ta ville natale mon cher Jean-Yves, mais à Buenos Aires, et s'attachait principalement à raconter l'histoire politique de l'Argentine.

Oui, Luis Puenzo a transposé la métaphore de la peste en une dénonciation de la réalité du pouvoir répressif argentin pendant la loi martiale, l'action se situe dans une ville sous pression d'une junte militaire.

Cette distance que s'autorisait Puenzo n'était pas claire pour Bill. Il s'engageait pour près de quatre mois de tournage à tenir le rôle principal dans un film dont il doutait chaque jour davantage du résultat. Plus les jours passaient, plus Bill devenait exigeant dans ses observations, moins il obtenait de réponses sur lesquelles il lui semblait possible de construire la cohérence de son personnage. Moi, je commençais à en avoir assez de tout ce temps perdu, leurs polémiques en anglais me passaient au-dessus la tête. Jean-Marc Barr qui faisait partie de la distribution m'en faisait la traduction simultanée, quel cirque… Bref, c'était très mal barré !

Il paraît que les couples antinomiques s'aiment d'autant mieux par la suite.

Je confirme ! On s'est rapprochés doucement, Bill a senti une écoute de ma part. On se retrouvait parfois dans sa loge pour parler de nos divergences avec le metteur en scène, ou du métier en général. Sa façon d'être dans la contradiction devenait presque systématique, bloquait la situation et m'apparaissait surtout vaine. Mon jeu l'intriguait : « Comment peux-tu être si naturellement simple, si instinctive ! Moi, me disait-il, je dois passer par toutes les affres du doute pour essayer d'être le plus honnête possible dans mon travail et parvenir à une simplicité de jeu. » Mon indépendance vis-à-vis de mes personnages, ma liberté par rapport à mon métier lui étaient tellement étrangères. Je subissais beaucoup moins de pression, je ne m'étais jamais projetée comme actrice, je n'imaginais pas la charge des responsabilités imposées par une renommée internationale. Bill était sidéré de me voir partir danser le tango avec Ouidad le soir dans les clubs de Buenos Aires, pendant qu'il ressassait ses problèmes exacerbés par la tension d'une journée de répétitions. Au fil des semaines, mon jugement évoluait, je commençais à mieux comprendre les raisons de ses angoisses. Je trouvais que

Bill ressemblait de plus en plus à Pialat, avec son côté d'éternel insatisfait. En plus, il traversait une période difficile dans son couple et il avait des difficultés à voir ses enfants autant qu'il le souhaitait pendant le tournage. Tout ce désarroi le rendait très touchant.

Le temps était venu aux confidences intimes...

Oui, enfin non... Simplement, un soir dans sa loge, il me demande s'il peut poser sa tête sur mes genoux. Je vois ce regard si beau, si doux et si puissant à la fois, sans aucune trace de séduction, il exprimait une étrange émotion. Bref, je tombe raide amoureuse !

Vraiment, si vite ?

Oh... j'ai ressenti un trouble, quelque chose de très profond. En fait ce fameux soir, je n'imaginais rien. Je me trouvais en terre inconnue au bout du monde, éloignée des miens, angoissée moi aussi par mon travail, mon inexpérience à jouer en anglais, et tout d'un coup, je sympathise avec un célèbre acteur américain de dix-sept ans plus âgé que moi, un homme marié, père de famille... Tout cela était loin, bien loin de moi...

Dix-sept ans, c'est la même différence d'âge qu'entre Jean-Yves Escoffier et toi !

Oui, c'est vrai... Et puis voilà, tu es émue, et tu n'analyses pas pourquoi tu te retrouves dans les bras de cet homme... Non, tu ne sais pas et tu y vas. Très vite nous avons éprouvé un attachement réciproque, une complicité. Ma clairvoyance, mon aplomb, ma sérénité le réconfortaient, me disait-il. Auprès de moi,

Bill semblait apaisé. Il n'avait plus à entrer dans la cage aux lions. On se connaissait à peine, mais de jour en jour, à travers ces petits moments clandestins qui nous étaient accordés, un sentiment prenait forme. Je découvrais un homme totalement différent, amateur de plaisirs simples.

Finalement tu découvrais l'homme que tu avais imaginé, et non pas l'être torturé qui se prend la tête sur un plateau de cinéma.

Oui, je découvrais un homme aux passions de solitaire. Bill passe des heures à dessiner, il est aussi grand amateur de pêche à la truite. Après le tournage, nous sommes partis dans une région isolée du sud de l'Argentine, dans le cadre idyllique du Parc national Nahuel Huapi, parmi des lacs, des forêts et des montagnes de toute beauté. J'ai pu partager son plaisir à exercer ce sport, il m'a initiée à la technique du lancer avec « lâcher de soie », un geste qui nécessite une extrême précision du mouvement et une grande délicatesse. Il semblait comblé dans cette quiétude et ce silence. Nous avons vécu une semaine inoubliable en pleine nature, logés dans un petit chalet et menant une vie un peu sauvage. Mais la réalité nous a rattrapés, avec mon retour en France. Sa promesse de venir me voir un jour à Paris, je n'y croyais pas, ou je ne voulais pas y croire… Bill m'a accompagnée à l'aéroport. On a demandé à un passant de nous prendre en photo. On avait le cœur serré.

Comme deux ados !

Absolument. Avec ce côté de fin de colo, tu dis au revoir au garçon que tu as embrassé pour la première fois, il promet de t'écrire, et on immortalise l'instant de la séparation avec une photo…

On immortalise plutôt l'instant de la promesse, non ?

Oui, oui… Tiens, c'est marrant, cette photo est dans la chambre de Jeanne aujourd'hui.

Vous n'aviez pas envisagé alors la possibilité de vivre ensemble ?

Non, nous n'avions rien évoqué de tout ça, en plus, sachant que Bill avait une vie de famille, je ne tirais aucun plan sur la comète. Mais à Paris je pensais à lui du matin au soir, je trépignais jusqu'au moment de lui téléphoner en fonction du décalage horaire. Un beau jour, Bill est arrivé. Je venais d'acheter mon appartement à Barbès où il a passé deux semaines avant de repartir. Je suis allée le rejoindre à mon tour aux États-Unis, puis, quand Bill est revenu un peu plus tard à Paris, il a laissé quelques affaires personnelles. Là, j'ai commencé à croire à notre histoire.

Qu'est-ce qui te donnait cette assurance ?

Ah… on sent quand on est amoureux. Au plumard déjà ! En tout cas, si l'on ressent un vrai bonheur d'être ensemble et un mal de vivre sitôt que l'autre s'éloigne, eh bien voilà, il y a de l'amour. C'est simple, ça ne s'explique pas avec des mots.

Tu avais mis récemment un terme à ta première histoire d'amour avec un compagnon plus âgé par peur de voir votre relation s'installer dans un ronronnement alors que tu avais encore devant toi de belles années de jeunesse... Et là, tu t'engages à nouveau...

Non, car Bill vivant et travaillant aux États-Unis, on restait parfois plusieurs mois sans se voir, j'avais l'impression d'avoir plus d'indépendance. Notre relation était plus passionnelle qu'avec Jean-Yves, plus chahutée aussi. Bill est déjà en soi un chahut permanent ! Toujours en proie à de grandes interrogations, animé du désir d'aller plus loin, il se cherche sans se ménager et bouscule les autres également. Ah, avec Bill, aucune chance que le couple ronronne ! Déjà, il y a le rythme incessant des allers et retours entre l'Amérique et la France. Son exigence vis-à-vis de tout ce qui compose la vie provoquait de bonnes engueulades entre nous, et puis hop, on retombait dans les bras l'un de l'autre.

Vous éprouvez très vite le désir d'avoir un enfant.

Oui, on en a eu envie très vite. J'avais le désir de faire un enfant avec cet homme que j'aime profondément, cette idée me paraissait absolument simple et naturelle au sein de notre relation. J'arrivais aussi à un âge où la femme envisage très sereinement d'être mère. Lorsque deux de ses jeunes garçons étaient venus vivre un temps avec nous à Paris, j'avais pu apprécier son attachement à ses enfants et ses qualités de père de famille. Sur ce plan-là, la différence d'âge jouait en sa faveur, je le savais mature, responsable.

Sinon, votre différence d'âge te posait-elle à nouveau problème ?

Aucunement en ce qui me concerne. Bill par contre s'en inquiétait, il me répétait sans cesse : « De toute façon, tu me quitteras pour un plus jeune. » J'avais droit parfois à des crises de jalousie, de vraies gamineries ! Je lui disais en rigolant : « Arrête, ou ça va t'arriver ! »

Car toi bien sûr, tu n'es pas du tout jalouse...

Non... enfin, différemment. J'ai toujours été jalouse du passé de mes amoureux. S'il a déjà vécu une passion intense, j'ai l'impression d'arriver en retard, de ne pas être celle de la « première fois ». J'avais déjà eu cette sensation avec les douze ans de vie commune partagés entre Jean-Yves et Élise. Je savais que pour être à la hauteur, pour réussir une histoire aussi forte, il y a intérêt à s'accrocher !

Tu te souviens du jour où tu as annoncé à William que tu attendais un enfant ?

En fin de tournage de *Jeanne la Pucelle*, Dominique, une assistante qui peinait à fermer mon pourpoint, me dit en riant : « Oh ta poitrine a grossi, tu ne serais pas enceinte, toi ? » Quinze jours plus tard, je rejoins Bill au pays de Galles sur le tournage d'un film de Chris Menges où, ironie du sort, il joue le rôle d'un père. Sur place, avec les résultats des tests, le laboratoire me confirme la bonne nouvelle. Je vais aussitôt sur le plateau annoncer à Bill l'heureux événement. Dans ce film, pour incarner un campagnard solitaire un peu rustre qui adopte un jeune garçon, Bill s'est composé un look de péquenot gallois avec une perruque de cheveux bouclés, d'épaisses lunettes en écaille, des joues striées de couperose... une tronche immonde, pas très loin de l'idiot du village ! Je savais très bien que son apparence de benêt couperosé n'était qu'un effet de maquillage, mais je me souviendrai toujours de son expression à ce moment-là. Bill, très touché par la nouvelle, avait les larmes aux yeux et moi, je ne pouvais pas m'empêcher de penser : « Oh là, là, j'espère que mon petit gamin ne va pas lui ressembler, il a vraiment trop une tête de con ! »

Tu as vécu une grossesse heureuse ?

Les premiers mois furent merveilleux. Bill a enchaîné avec un tournage à Toronto, nous logions dans une magnifique villa avec piscine où j'ai goûté de doux moments de plénitude, passant mon temps à faire du sport ou de belles balades au grand air pour entretenir mon corps et préparer la venue de la petite pépette. D'ailleurs, nous n'avions pas voulu savoir le sexe du bébé, mais j'ai toujours été persuadée que ce serait une fille. Ensuite, ce fut moins drôle, j'avais pris vingt-trois kilos ! À la fin, ce poids lourd pour marcher, pour dormir, quelle horreur ! Ça demande toute une organisation : debout je perdais l'équilibre, lorsque je restais allongée, un petit coussin devait soutenir mon ventre, et j'étais obligée de rouler sur le côté pour me lever... bref, toutes ces petites gênes que les futures mamans connaissent. Par contre, j'ai découvert les sensations incroyables de porter un être dans mon corps. C'est magique de sentir dans son ventre un petit bébé s'agiter pour affirmer son existence. Une petite boule apparaît, on essaie de discerner si c'est sa main, son genou. On fait connaissance avec son enfant. On peut deviner son caractère selon la vitalité des coups, j'ai pu le vérifier avec Jeanne, puis avec Adèle, qui ont des tempéraments différents. C'était vraiment du bonheur, à part quelques courts instants où j'avais l'angoisse de ne pas pouvoir tenir jusqu'à l'accouchement. Je me souvenais de ce que disait ma mère : « Si tu veux poser ta bosse, tu ne peux pas. Il faut attendre que ça sorte ! »

Mais ta mère a connu cette expérience onze fois !

Évidemment, à ces moments-là je pensais à elle avec plus de compassion.

Est-ce que cette naissance vous a rapprochées toutes les deux ?

Non, pas vraiment. Je savais déjà langer des bébés et préparer des biberons. Avec tous les neveux et nièces dont j'avais pris soin pendant mon adolescence en prenant exemple sur mes sœurs aînées Jocelyne et Corinne, je n'avais pas besoin des conseils de ma mère. De toute façon, la venue d'un enfant provoque un effet miroir avec notre propre enfance et avec nos parents. À l'adolescence, je m'étais promis de ne jamais agir comme ma mère quand j'aurais un enfant, de ne pas commettre les mêmes erreurs, et lui donner une éducation totalement différente. Depuis, je me suis surprise à reproduire des règles que je lui avais tellement reprochées. Qu'est-ce qu'elle pouvait m'agacer quand elle nous envoyait dormir en criant : « Allez au lit maintenant ! », alors que j'avais envie de rester collée devant la télé ! J'ai pris conscience qu'une forme d'autorité est nécessaire à l'équilibre d'un enfant pour qu'il puisse poser des limites entre ce qui est autorisé ou interdit. D'autant plus que notre société vouant un culte à l'enfant-roi, les gamins savent parfaitement user des caprices pour obtenir ce qu'ils veulent. Je me suis fait un peu avoir avec Jeanne, c'était la petite première, mais avec Adèle, j'ai pris de la distance… Enfin, j'essaie.

Aujourd'hui le père est associé à l'accouchement, souvent éprouvant pour la mère. William était-il auprès de toi à la naissance de Jeanne ?

Oui, j'ai eu beaucoup de chance, lors des mes deux accouchements Bill et Guillaume m'ont vraiment accompagnée. C'est amusant, hier nous dînions ensemble avec Bill, il a raconté justement à Jeanne une anecdote à ce sujet. La veille de sa naissance, il s'était sérieusement brûlé le petit doigt en me préparant un bon dîner. Au bloc le lendemain, au moment des contractions, je lui ai pris la main et, avec la douleur qui s'accentuait, je la serrais de plus en plus fort en broyant sans m'en rendre compte son petit doigt meurtri. Lui n'osait pas dire qu'il avait mal, il poussait seulement des petits « hum, hum » ! C'est comme cela qu'à 7 heures du matin un beau bébé de quatre kilos a enfin fait son entrée dans le monde sous le regard ébahi et apaisé de ses parents. À la toute fin de l'accouchement, je me sentais m'évanouir peu à peu. Le docteur a demandé à Bill de me maintenir en éveil. Et soudain, le staff médical stupéfait a vu un grand gaillard grimper sur la table d'accouchement et se mettre à califourchon pour me tapoter les joues en m'encourageant comme un entraîneur d'une équipe de base-ball ! Il est comme ça, Bill, quand il faut y aller, il ne s'épargne pas, il y va à fond.

Une relation entre deux célébrités subit inévitablement les désagréments des amours clandestines.

Malgré notre discrétion, nous avons en effet enduré plus d'une fois la goujaterie des paparazzi. Au début de notre relation, nous avons dû agir prudemment.

À Buenos Aires, Bill était traqué, on rusait pour se retrouver dans nos appartements respectifs. En manque de matière à sensation, la presse à scandale invente des *news people* aux scénarios les plus tordus. Plus tard, Bill a clarifié sa situation familiale. Nous avons toujours mené une vie discrète, non pas par obligation, mais simplement parce que cette réserve nous correspond.

Tu brilles en effet par ton absence dans la presse « people ». Les indiscrets n'ont qu'à bien se tenir, ils savent que tu sais te défendre ! Tu as fait déverser une tonne de fumier devant le siège d'un magazine après la publication de photos volées sur lesquelles Jeanne apparaissait.

Oui, j'étais furieuse de voir une photo de ma fille dans ce torchon ! Et comme les cochons aiment le fumier, alors voilà…

Bill souhaitait-il que tu approches le movie business *lors de tes fréquents séjours aux États-Unis ?*

On n'en a jamais vraiment parlé. De toute façon, Bill n'aurait pas trouvé d'argument convaincant pour m'encourager dans cette voie, il apprécie tellement la culture française ! Non, l'idée d'essayer de faire carrière là-bas, ou de prendre un agent sur place ne m'a jamais effleuré l'esprit. Et puis je n'aurais pas aimé vivre dans ce pays.

Pourtant tu menais une vie agréable aux États-Unis.

Oui, grâce à William, et à son mode de vie décalé par rapport au show-biz. Il adore vivre à la campagne, et j'appréciais beaucoup les séjours où nous nous réfugions dans une simple caravane parquée sur une immense étendue de terre qu'il possédait autour d'un lac dans l'Oregon où il s'adonnait à la pêche avec passion. Pilote émérite, Bill m'emmenait souvent faire des balades aériennes hallucinantes. Avec Jeanne dans son couffin qui gazouillait à l'arrière de l'avion, on partait survoler Manhattan, ou bien on poussait jusqu'aux Caraïbes. On en a fait des voyages dans ce petit avion !

Vous êtes restés intimement liés, William et toi.

Nous sommes liés par une réelle affection. Lorsqu'il est à Paris, nous dînons ensemble à la maison ou chez lui, comme n'importe quelle famille, nous allons au cinéma... Il me remercie souvent pour la qualité de notre relation, la simplicité de nos échanges, le temps que je lui accorde ainsi qu'à ses trois fils. Pour moi, il n'y a rien de plus normal entre personnes d'une même famille. Bill me considère comme quelqu'un d'« anormalement généreux », comme il dit. Il a peu l'habitude de ce genre de rapports dans un pays où tout se deale. Surtout avec les femmes, redevenir un homme libre lui a été coûteux, dans tous les sens du terme.

Comment analyses-tu ta séparation d'avec Bill ?

Bien qu'ayant fait la démarche d'être citoyen français, Bill était souvent aux États-Unis. À vivre entre deux pays, à un moment donné, j'ai senti que j'étais en train de me perdre. Avoir à partager deux cultures différentes ne facilite pas une relation. Et puis des contingences extérieures, dues en partie à notre métier, ont compliqué la situation. On peut tenter de recoller les morceaux, mais un jour on s'aperçoit que la vie en couple n'est plus vivable. L'important alors est de trouver une autre forme d'harmonie.

C'est rare une relation qui perdure aussi sereinement.

Nous avons partagé des moments inoubliables… et quelques bonnes engueulades, surtout au moment de la séparation, c'est inévitable. Et, oui, il arrive que des couples s'entendent mieux lorsqu'ils ne vivent plus ensemble.

Je la rêvais comme ça

Lorsque l'on porte un petit être en soi, on se demande qui il est. On le sent, on le devine et on le rêve. Ce petit être, je le rêvais fille ! Mon corps la sentait fille. Lorsqu'elle est apparue, elle me comblait déjà. C'était une fille. Une petite fille aux joues dodues que j'embrassais avec ferveur. De ce regard innocent j'étais maman. Je la rêvais douce et câline. Rieuse et taquine. Subtile et tranquille. De ses jolies boucles blondes à ses seize ans, je la regarde grandir. Dans ce corps de jeune femme, complices, elle est ma fille. Elle est ma Jeanne.

Cette nuit était étrange.

Quand j'ai raccroché le téléphone, j'ai eu froid, très froid. Je me suis habillée et j'avais toujours froid. Finalement, je me suis endormie. J'ai aimé notre conversation au téléphone, c'était riche, on a parlé de beaucoup de choses.

Je tourne la tête sur ma droite et j'aperçois un énorme nuage gris. Il est seul, il est beau.

Quand j'ai fermé les yeux, j'ai trouvé l'endroit de notre rendez-vous. Je l'ai trouvé immédiatement. Cet endroit se trouve en Auvergne. J'y suis allée deux fois. La première était avec mon père, on est allés pêcher là. C'est un lieu très fermé et compliqué à atteindre. Je me souviens qu'il fallait traverser beaucoup de chemins de terre. Ensuite on arrive sur un lac, en fait je ne suis pas sûre que ce soit un lac, mais je me souviens que l'eau était très calme. Sans courant, complètement plate. C'est pour cela que je pense à un lac. Dans cet endroit il y a beaucoup d'arbres, ils sont beaux.

On s'était assis près du bord, ce n'était pas très confortable car il y avait des cailloux.

Des fruits ou un jouet

Par pure coïncidence, quelques mois avant de devenir mère, tu interprétais dans Prague, *un film de Ian Sellar, le rôle d'une jeune femme désireuse d'avoir un enfant. Tu as connu d'autres tournages dans les pays de l'Est où tu as certainement vécu des expériences intéressantes ?*

À des degrés divers… Je n'ai jamais autant plongé dans le mal-être que durant le tournage de ce film de Ian Sellar en Tchécoslovaquie. Sur le plateau, malgré la présence d'un coach pour remédier à mon handicap de ne pas maîtriser l'anglais, – je n'avais pas encore tourné *La Peste* ni rencontré William –, je ne comprenais pas totalement le sens des dialogues échangés avec mes partenaires. Je ne savais pas ce que je jouais ! En fin de journée, encore terrorisée par cette barrière de la langue et ma solitude face à un metteur en scène défaillant, je tentais de me détendre en déambulant dans Prague, mais c'est une ville déserte, sinistre, qui s'offrait à moi. Malgré la révolution de velours toute récente, les gens fuyaient le contact, ils vivaient encore comme sous la menace de la botte de Moscou. Le centre historique, avec ses coupoles dorées et ses maisons de styles divers, ressemblait à ces décors de cinéma où des façades de carton-pâte cachent une réalité bien moins accueillante, la décrépitude, la misère, mais surtout l'absence de vie. Je commençais à déprimer. Avec Ouidad, nous nous perdions dans cette ville morte à la recherche d'un restaurant qui accepte de nous servir. La plupart étant encore sous le contrôle de l'État, ils ouvraient selon les horaires des administrations ou refusaient les étrangers. Finalement, le soir après le tournage, je me morfondais dans ma chambre d'hôtel et me gavais de pain beurré. J'ai ingurgité des kilomètres de tartines ! Résultat, des kilos vite gagnés qui n'arrangent pas mon moral. Un soir, en visionnant les rushes, et malgré la présence à l'image de Darius Khondji et Agnès Godard, je me suis fait de la peine…

Tu tournais avec Bruno Ganz, un des meilleurs comédiens de sa génération.

L'acteur me fascinait, malheureusement j'ai croisé un être taciturne, replié sur lui-même, comme perdu dans son monde. Je n'ai pas vraiment eu de complicité avec cet homme qui semblait traverser une période difficile sur le plan personnel. Il paraissait en proie à une profonde détresse.

As-tu réussi à rencontrer des Tchèques ?

Non, aucun contact n'était possible, même avec les techniciens locaux. Il y a souvent un malaise sur les tournages délocalisés, les rémunérations des techniciens du pays étant plus basses que celles de l'équipe française, ils nous considèrent comme d'affreux privilégiés. De toute façon, ces gens hésitaient encore à se livrer après avoir vécu dans la peur et l'obligation de se taire pendant des années. J'ai ressenti une atmosphère analogue dans ce film magnifique, *La Vie des autres.*

Oui, dans ce film de Florian Henckel von Donnersmarck, on découvre, à travers les agissements de la Stasi en RDA, le machiavélisme du pouvoir qui fit régner une suspicion généralisée.

J'ai retrouvé ce même sentiment d'angoisse à Saint-Pétersbourg, sur le tournage de *Confidences à un inconnu* de Georges Bardawil, mais cette année-là Bill, qui jouait avec moi dans le film, m'accompagnait avec notre petite fille. Grâce à ma traductrice, nous avons pu lier sympathie avec des comédiens russes. Lorsque ces gens merveilleux nous ont reçus à dîner, j'ai découvert cette ambiance si particulière des appartements communautaires où la promiscuité peut engendrer l'entraide mais aussi la méfiance et la haine. Ils avaient préparé une kyrielle de plats, la vodka coulait à flots, et la nuit se terminait entre rires et larmes dans les chants et les danses. Pourtant ces comédiens ne disposaient que d'une seule grande pièce pour vivre. Ils avaient peu et ils offraient tout. Je me souviens d'une réflexion de ma traductrice. Avec sa paie de la semaine, elle hésitait à acheter à son petit garçon des fruits ou un jouet. Finalement elle a opté pour le jouet, « parce que son bonheur durera plus longtemps », m'a-t-elle dit. Ça fait froid dans le dos. Évidemment, je lui avais tout de suite proposé de l'aider, mais elle a décliné mon offre. Avec dignité, elle m'a expliqué qu'il ne fallait pas que son fils s'habitue à une vie aisée car, le tournage terminé, la réalité lui paraîtrait bien plus sombre. C'est vrai que la ville de Saint-Pétersbourg dégageait une impression de tristesse malgré les façades colorées de ses monuments, et son architecture grandiose. Là aussi, si l'on poussait une porte cochère, on découvrait des immeubles sur cour délabrés. Cette sensation d'être entourée d'une pauvreté cachée et cette ambiance de secret m'angoissaient. Nous vivions dans un hôtel au modernisme glacial. Le dimanche, j'allais promener Jeanne au bord de la Neva où elle a fait ses premiers pas. Sur les quais, des jeunes filles en maillot de bain se faisaient bronzer allongées au milieu des détritus. Par bonheur, fini les tartines de beurre ! Comme les rares supérettes autour de l'hôtel proposaient des rayons à moitié vides, Bill qui faisait de fréquents allers-retours entre Moscou et Londres nous ramenait d'énormes steaks. Lydie est venue me voir chargée de boîtes de sushis que j'ai dévorés entre deux plans dans la loge de maquillage. J'avais conscience qu'on était ridicules. Qu'est-ce qu'on aurait fait pendant la guerre ? Parfois, le dépaysement est difficile à supporter le temps d'un tournage, on ne parvient pas à trouver sa place, la ville ne nous séduit pas. Il paraît que la vie à Saint-Pétersbourg a changé, tant mieux.

Ce sentiment d'être séduit ou même choisi par un lieu, par une ville, est très juste, il nous est arrivé de le ressentir aussi. Quelques années plus tard, tu interprètes dans Est-Ouest *de Régis Wargnier une jeune femme qui vit dans un appartement communautaire à Kiev. Une nouvelle rencontre avec l'Est.*

Je retrouvais dans la fiction un réel que j'avais approché, je connaissais un peu la misère de ces gens. À nouveau, malgré les efforts de Régis qui avait confié des postes importants à des techniciens russes et bulgares, nous éprouvions les mêmes difficultés de communication. Pourtant on était en 1998 ! Le tournage à Kiev s'est déroulé presque agréablement, mais les dix semaines en Bulgarie m'ont paru interminables. On m'avait tant vanté la beauté de Plovdiv, mais à part le charme de quelques maisons typiques en bois peint et les vestiges d'un théâtre romain, le reste du panorama est plutôt tristounet. Quant à la Maritza qui coule aux alentours, désolée Sylvie, mais pas de quoi en faire une chanson !

Catherine Deneuve avec qui tu partages quelques jolies scènes dans ce film apprécie, dit-elle, ton rayonnement et ton caractère solaire, alors qu'elle-même se voit plutôt lunaire et mélancolique.

Moi, je la trouve solaire aussi, Catherine. Elle a un appétit de la vie et un sens de l'humour formidables. J'ai découvert une femme délicieuse, franche, directe, conviviale, pas du tout chochotte, à l'opposé de l'image d'une star froide et distante. J'apprécie sa grande générosité sur le plateau. Je me souviendrai toujours du premier jour de son arrivée sur le tournage. J'étais dans la loge maquillage avec Jeanne alors âgée de cinq ans. Catherine vient me saluer. Elle portait un somptueux manteau de fourrure. Jeanne lui dit de sa petite voix innocente : « Oh, il est beau ton manteau, c'est quoi, des poils de chien ? » Catherine a éclaté de rire. J'aime beaucoup cette femme. Lors de la disparition de Marcello Mastroianni, Catherine m'a touchée en m'adressant ce message : « Marcello vous aimait beaucoup, cela me ferait plaisir que vous soyez présente à son enterrement. »

Parle-nous de ta rencontre et de ton travail avec le grand Marcello, ton partenaire dans le film de Francesca Archibugi, Dans la soirée.

Ah, j'étais partie le cœur léger rejoindre ce tournage en Italie, ravie de jouer avec « Marcello » ! Pourtant, la veille de nos premières scènes, la seule pensée de me retrouver face à cet immense acteur me coupait les pattes. Cette réaction était inédite chez moi, comment pouvais-je m'en sortir ? Je n'ai jamais été fascinée par un acteur ; même si le travail de mes partenaires peut m'inspirer un profond respect, je ne suis pas du tout groupie, mais là… Par bonheur, Marcello Mastroianni a déployé des trésors de tendresse et de générosité.

Nous avions rencontré Marcello à cette période, il nous avait confié qu'il était également très sensible à tes attentions. Ce jour-là, tu étais venue dans sa loge pour lui offrir une rose rouge. Une belle déclaration d'amour !

Oui, je m'en souviens. Nous allions jouer une scène où je devais lui demander crûment : « Tu baiserais avec moi ? » Simplement à l'imaginer, le rouge me montait aux joues. Marcello jouait le rôle d'un professeur d'université très rigide sur la morale, alors que Stella, mon personnage, représentait l'image d'une jeune fille libre avec son corps. Mais, face à Marcello sur le plateau, je perdais toute ma spontanéité. Il m'a alors semblé que, pour briser cette peur irrationnelle qui me tétanisait depuis plusieurs semaines, je pouvais tout simplement lui avouer mon admiration et mon amour. Oui, j'aimais cet homme, j'aimais sa façon d'être, sa simplicité, sa délicatesse, son élégance. D'où la rose rouge. Et ça a marché ! Ému par ce geste, il a bredouillé : « Mais moi je n'ai rien pour toi », alors il m'a offert la petite pizza qu'il s'apprêtait à déguster. Et, me serrant dans ses bras, il m'a dit en plaisantant : « Ah, si j'avais vingt ans de moins ! » Ce rôle de professeur d'un autre âge figé dans les certitudes de son savoir l'agaçait : « Quel casse-couilles ce professeur ! Je ne comprends pas, il paraît que je représente l'image parfaite du *latin lover*, et on ne me donne que des rôles de pédé ou de vieux con aux moustaches grisonnantes ! » Une colère feinte car il partait d'un grand rire. J'adorais le son de sa voix un peu cassée.

Comme toi, Marcello Mastroianni ne s'embarrasse pas de grandes théories sur le métier d'acteur, il se moque de la méthode stanisvlaskienne : « Les comédiens qui se torturent l'esprit pour entrer dans la peau d'un personnage sont ridicules. Il m'arrive de tourner trois films en même temps, alors si je devais me faire du mal... Ce métier est un jeu avant tout, nous sommes des bouffons ! » disait-il.

Avec Mastroianni, on laisse toutes les théories sur l'acteur au vestiaire. Marcello était toujours dans le concret de la scène, pas dans la psychologie du personnage. Il avait toujours beaucoup de recul et d'ironie sur son travail. Parfois il me racontait des anecdotes sur Fellini et me parlait aussi de son attachement pour Catherine Deneuve, de son admiration pour sa rigueur professionnelle, sa détermination, alors que lui se trouvait trop nonchalant. Il me disait : « On est le jour et la nuit ! » Marcello était aussi extrêmement fier que leur fille Chiara ait hérité de la beauté de sa mère.

D'autant qu'il s'en voulait de n'avoir pas été aussi présent qu'il l'aurait souhaité auprès de sa première fille Barbara. Il racontait une anecdote à ce sujet. Pour se faire pardonner de l'avoir un peu délaissée, il invite un soir sa fille à dîner en tête à tête dans un des meilleurs restaurants de Rome. Très simplement, il se laisse aller à raconter son enfance, sa jeunesse pendant la guerre, ses débuts de comédien. Il la quitte, fou de joie après ces moments de confidences intimes avec sa fille. Quelque temps plus tard, il tombe par hasard sur l'agenda de Barbara, où il découvre à la date de ce fameux dîner ces quelques mots : « Ce soir j'ai bouffé avec mon père qui n'a pas arrêté de parler de lui. Quel chieur ! »

Ah, c'est trop drôle ! Cette histoire reflète précisément sa personnalité, non seulement il a conscience d'avoir raté certaines choses avec ses enfants, et en plus il a le courage et l'humour d'avouer qu'il n'a pas été un père exemplaire. Quelle merveille, quelle classe, ce Marcello !

Comme Marcello, tu as une technique totalement singulière et intuitive du jeu. À la fin d'une prise, lorsque tu entends « couper », comment sais-tu si tu as été bonne ? Est-ce que tu guettes le regard du metteur en scène pour deviner son appréciation ?

Non, je ne recherche pas forcément l'approbation du metteur en scène. Un film est une aventure collective, parfois je regarde simplement une personne de l'équipe avec qui je me sens en complicité. On dit souvent que les techniciens sont le premier public, c'est vrai. Il y a des émotions dans le regard des gens qui ne trompent pas. Je me souviens d'une scène extrêmement importante dans *Est-Ouest* de Régis Wargnier, un long plan-séquence où je suis des yeux un jeune nageur en train de disputer une compétition dont dépend sa fuite à l'Ouest. Dans cette scène bourrée d'enjeux, je dois exprimer sans un mot une grande tension, passer de l'angoisse à la joie à l'instant de sa victoire. Immédiatement après la prise, il m'a suffi de croiser l'émotion dans le regard d'un machino pour savoir que c'était gagné.

Mais le metteur en scène est celui qui décide si tu as réussi la scène.

Évidemment, c'est au réalisateur qu'appartient la décision finale de refaire une prise, et heureusement ! Je ne veux pas être prétentieuse, mais pour répondre vraiment à la question précédente, je sais quand j'ai réussi une scène. Un acteur sent s'il a été bon. Je ne peux pas expliquer pourquoi. Cette certitude est, je dirais, physiologique chez moi. Je peux avoir pensé à de bonnes idées de jeu, mais, au moment de la prise, il faut que le corps y aille. Si ton corps est vide, insensible, toutes les bonnes intentions vont à la poubelle. À la première lecture du scénario, je repère les grandes scènes, comme des figures imposées en patinage artistique, je note où il faudra faire un triple axel ! Le reste, les scènes de narration qui font avancer l'histoire, sont plus difficiles à rater. Ensuite, pour s'aider à être bonne, il y a le costume. Le tutu à paillettes ! Et bien sûr le maquillage.

Trois maquilleuses te suivent depuis de longues années et font partie de ton premier cercle, tu les invites à tes anniversaires par exemple. Il s'agit entre vous d'une collaboration intime et primordiale puisqu'elles sont responsables de ta « beauté » à l'écran, de tes qualités cinégéniques. Un mauvais maquillage peut détruire la plastique d'un visage et son expression.

Tout à fait, c'est pour ça qu'une fidélité s'installe entre nous. Elles doivent connaître autant mes défauts que mes qualités. Le talent d'une bonne maquilleuse ne consiste pas uniquement à rendre un visage joli en le mettant en valeur, mais à souligner sa mobilité expressive. La maquilleuse est au service d'un rôle, comme l'actrice. Certains maquillages effacent ou brouillent le regard. Si mes yeux sont trop maquillés, ils se durcissent et perdent de l'éclat. Par contre, avec l'âge… eh oui, sans maquillage, je manque de peps. Tina a veillé sur mes débuts alors que je ne prêtais aucune attention à ce genre d'artifices. Grâce à son expérience, j'ai appris à choisir un fard à paupières ou un fond de teint en fonction de ma carnation de peau et des dominantes de couleurs de mes costumes et des décors. Tina a un côté petite maman protectrice et rassurante. J'ai toujours admiré le courage de cette femme qui a traversé des moments difficiles depuis qu'elle a décidé de quitter très jeune la Tchécoslovaquie. Malgré cette vie rude, elle a le cœur sur la main et une énergie incroyable, toujours joyeuse, elle aime tant rire ! Tina, c'est la famille.

Il y a Jocelyne aussi, la discrète, calme et sereine.

Ah oui, zen ! Elle m'a immédiatement conquise en me disant qu'elle maquillait Annie Girardot, l'une de mes actrices préférées, puis nous avons travaillé ensemble pendant plus de dix ans. On éprouve un sentiment fraternel l'une pour l'autre ; comme moi, elle vient de la campagne et a douze frères et sœurs. Sa rapidité à maquiller m'est très précieuse. Je prends mon mal en patience par respect pour son travail, sinon je ne tiens pas en place. Se faire masser, triturer, tapoter le visage peut détendre et servir de préparation avant de jouer, moi, ça me rend dingue ! Jocelyne possède aussi deux vertus indispensables : être d'une grande discrétion et d'un calme olympien. Elle s'investit dans mes recherches pour la préparation d'un rôle. Par exemple pour la jeune analphabète que j'interprète dans *La Cérémonie* de Chabrol, il fallait un maquillage invisible. Cette fille murée dans son monde, qui vit son handicap comme une humiliation, est rétive aux artifices de séduction. Jocelyne a eu l'idée de m'appliquer des petits faux cils tout au coin de l'œil pour donner une étrangeté à mon regard. Le choix d'une frange coupée court sur le front et de vêtements aux lignes strictes et démodés ont ajouté une sévérité inquiétante à ce personnage.

Fabienne, l'excentrique est fantasque, inventive. Elle collabore à présent avec toi.

Oui, Fabienne a une personnalité très singulière, un look incroyable baba cool-rock. Elle tente des effets audacieux dans son travail. Son maquillage est travaillé par petites touches et non pas sur l'ensemble du visage, pour éviter un effet de masque qui fige l'expression. Fabienne ne cherche pas à cacher mes défauts, elle les utilise pour laisser toute sa mobilité au visage. Sur *Un cœur simple*, Fabienne a fait un boulot formidable.

Dans cette nouvelle de Flaubert, adaptée par Marion Laine, tu incarnes Félicité, une fille au cœur simple, candide et mystique. Sans doute un de tes plus beaux rôles.

C'est vrai, il y avait longtemps que je n'avais pas eu un rôle de cette force-là, j'ai d'ailleurs dit à Marion que ce film me rappelait *Sans toit ni loi*. Comme vingt ans en arrière, je me suis lancée dans ce personnage qui exigeait que je fasse abstraction de mon image, et même que je m'abîme, car cette femme est belle dans sa brisure. La force qui l'habite, et sa volonté à aimer la vie malgré les coups durs m'attiraient. Je me reconnaissais dans son optimisme sans faille. Continuer à se battre et à avancer, quoi qu'il arrive, ce pourrait être ma devise. Comme nous suivons Félicité depuis ses vingt-cinq ans jusqu'à sa mort, un subtil travail de maquillage marque le cours du temps qui passe de manière progressive et discrète. À l'époque, les domestiques ne connaissaient pas les crèmes antirides ! Au lieu d'augmenter simplement les rides, Fabienne a choisi d'aggraver la sécheresse de la peau qui se casse, et se parchemine à cause de la rudesse de la vie à la campagne. En fait, plus que son vieillissement, on s'est attaché à montrer l'abîme de ce personnage épuisé par sa folie. Pour marquer le temps, Fabienne rajoutait des petites couches de latex sous mes yeux en laissant à découvert les légères imperfections naturelles, les taches de pigmentation par exemple.

Certains comédiens ne se déplacent pas sans leur staff, secrétaire, photographe personnel, coach, prof de gym, garde du corps et cortège de courtisans. Toi, c'est tout juste si tu oses porter des lunettes noires, et encore, quand le soleil tape fort !

Les personnes dont je m'entoure ont toutes des fonctions précises. Je ne pourrais pas demander à ma maquilleuse de devenir ma domestique, la nounou de mes filles ou ma psy de service dans mes moments de vague à l'âme. Cette relation de servitude est contraire à mon besoin de rapports respectueux, simples et normaux. En plus, ce doit être étouffant à la longue d'avoir toute cette ruche autour de soi !

Hé, j'ai un scoop !

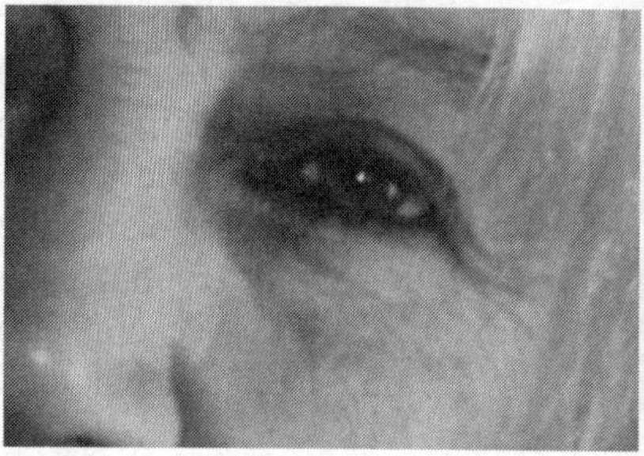

– Alors ma Nénette, je suis contente de te voir. Ça fait un petit moment.

– Moi aussi maman, je suis contente, ça fait depuis quand, depuis juin qu'on s'est pas vues ? Dis donc, c'est ton anniversaire demain ?

– Alors qu'est-ce que tu fais de beau, ma petite Counou ?

– Ben, je suis toujours sur mon livre.

– Tu parles de moi j'espère !

– Ah oui, je parle de toi.

– Et qu'est-ce que tu dis sur moi, tu l'as pas là ton livre ?

– Non, il n'est pas fini mais j'ai mon manuscrit. Tu veux que je t'en lise un passage ?

– Oh oui alors !

– Écoute... « Alors voilà, de mon père j'ai hérité un sens du concret, un côté terrien. À présent si je peux dire à qui que ce soit : "C'est comme ça, et si ça ne vous plaît pas, tant pis, je vous emm...", cette liberté à laquelle je tiens par-dessus tout, je la dois à ma mère. »

– En fait, t'es comme moi, ma Nénette... Eh bien, je vais te dire un truc. Moi maintenant, les Témoins de Jéhovah, je les emmerde. Demain, je fête mon anniversaire !

– Ça c'est un scoop ! Alors j'achète un gâteau demain ?

– Souviens-toi de ce que je t'ai toujours dit, l'impossible est possible.

« Je t'entends, sainte Catherine,
t'inquiète pas, j'y go ! »

Un beau jour, une voix mystérieuse t'interpelle : « Veux-tu être Jeanne d'Arc ? » Bigre !

Heureusement, c'était la voix douce de Jacques Rivette… Mais tout de même, ça file les jetons, je me demandais si je n'avais pas rêvé ! Je n'osais pas y croire jusqu'à ce premier rendez-vous où Jacques a posé sur la table les livres de Régine Pernoud sur Jeanne d'Arc en me disant : « Lisez et dites-moi ce qui vous intéresse dans la vie de Jeanne, on construira le scénario ensemble. » Immédiatement, j'ai pensé au chef-d'œuvre de Dreyer, à la grande Falconetti qui a sublimé ce rôle, et aux autres interprètes qui se sont illustrées dans ce personnage, Ingrid Bergman, Jean Seberg… Serais-je à la hauteur ? À la fois, cette proposition ne se refuse pas. Alors je me suis dit : « Essayons… Je ferai ma Falconetti ! »

Quel âge as-tu à ce moment-là, vingt-quatre ans ?

Oui, le tournage s'est passé à cheval sur deux années, de septembre 1991 à février 1992. Justement, aussitôt passé la petite fierté d'être choisie, je suis retombée dans le concret et là, c'était l'horreur : « Ah, il va falloir faire du cheval ! » Ça me rappelait de mauvais souvenirs, j'avais déjà tenté à trois reprises de m'initier à l'équitation, et chaque fois je m'étais retrouvée à mordre la poussière ! Depuis, j'avais une peur bleue des chevaux, ce qui posait un gros souci pour jouer Jeanne d'Arc. En même temps, sur *À nos amours*, alors que je ne savais pas nager, j'avais dû plonger en pleine mer d'un bateau. Bon, après avoir bu quelques tasses, j'étais toujours vivante ! Il y a des peurs que l'on dépasse grâce à un rôle, il sert à nous booster, à dire oui à des audaces pour « être » un personnage devant une caméra. Là, on n'allait pas réécrire l'histoire, Jeanne d'Arc ne roulait pas en Vélib !

Jeanne d'Arc, elle aussi, a d'abord reculé devant l'ampleur de sa tâche, elle aurait dit au roi : « Messire, je ne suis qu'une pauvre fille, je ne saurai chevaucher ni conduire les hommes d'armes. » Toi, rien ne peut t'arrêter à présent face à une caméra ?

En tout cas je ferai tout pour surmonter mes appréhensions. Sauf voler dans un hélicoptère… ça m'est impossible. J'ai même refusé la proposition de Maroun Bagdadi de jouer le personnage de Nadine Vaujour dans *La Fille de l'air* ! Je ne me voyais absolument pas, comme l'a fait cette femme, détourner un hélicoptère et survoler la prison de la Santé pour aider son mari à s'évader.

L'autre défi, au moins aussi important, c'est d'interpréter une sainte ! Comment as-tu approché un personnage aussi emblématique que Jeanne d'Arc ?

Une sainte… mais une femme d'abord. Tout le monde connaît Jeanne d'Arc, cette figure légendaire de l'histoire de France a dépassé nos frontières, mais personne ne sait vraiment qui était cette héroïne. Donc tout est possible. A-t-elle réellement existé d'ailleurs ? Il n'y a aucune image la représentant, sauf un vague croquis esquissé par un greffier sur le registre du Conseil du parlement de Paris. On peut voir cette « bienheureuse » de mille façons, comme une sainte, une « anarchiste de Dieu », ou bien comme une hérétique, ou encore comme une sorcière, une « lectrice de sorts » disait-on, voire comme une cinglée totale. J'aurais bien voulu d'ailleurs interpréter ces différentes approches à travers d'autres films ; trop tard, je n'ai plus l'âge du rôle. Avec Rivette, nous avons préféré nous intéresser à la femme libre et courageuse. Une fois posée cette proposition, comment ne pas trahir cette figure emblématique ? On ne peut pas avoir la prétention de se référer à ses propres réactions et Dieu merci, je n'ai jamais été brûlée vive en place publique ! J'ai pensé simplement que Jeanne d'Arc est avant tout un être humain, elle a eu peur de souffrir et de brûler par le feu. Grâce à sa foi, je peux imaginer que la mort ne lui faisait pas peur, par contre la douleur l'effrayait. D'ailleurs certains catholiques prétendent que sa croyance en Dieu lui a apporté une force surhumaine pour endurer le bûcher. Mes références vont toujours vers l'humain, que l'on soit actrice, spectateur ou même Jeanne d'Arc, nous partageons tous les mêmes sensations primaires, comme la peur de souffrir et de mourir.

Peut-on percer le mystère de sa foi ? Comment exprimer la dimension mystique de ce personnage alors que tu avoues ne pas croire en Dieu ni à ses saints ?

Ma conception de la foi est simple : aime ton prochain, respecte tout individu et évite de faire le mal. Le respect commence par soi-même. Je ne crois pas à la notion de culpabilité ni de péché. Quant au mystère des voix, je me suis représenté les commandements qu'elle reçoit comme l'écho de sa conviction absolue de la justice et du bien. Conviction très exacerbée par sa pratique religieuse intense et par ses prières au quotidien. En ces temps-là, dans une France coupée en deux, des hommes s'entretuent, les troupes anglaises pillent et massacrent à tour de bras. Jeanne se croit désignée pour aller se battre pour défendre la paix et rétablir le droit des Français contre les Anglais. Elle n'est pas si éloignée d'une militante politique d'aujourd'hui, de ces femmes prix Nobel de la paix qui défendent la démocratie dans leur pays.

Comme Shirin Ebadi, la première femme à devenir juge en Iran, en 2003. Et qui, aujourd'hui, apporte une aide juridique aux femmes et aux enfants persécutés dans son pays.

Oui, mais Jeanne, elle, met ses propres convictions sur le compte de la parole divine.

Dans le contexte de la France religieuse du XVe siècle, une injonction de Dieu est un argument plus fort pour faire admettre qu'une femme prenne les armes.

Je ne démens pas le fait que cette jeune paysanne soit profondément croyante, et sans doute priait-elle Dieu pour que cessent ces batailles sanglantes. Mais, pour les gens de l'époque, l'audace de cette fille à commander des armées est beaucoup plus incroyable que de recevoir un appel de Dieu. Cette direction vers la « politique », de privilégier la femme libératrice, nous semblait plus essentielle que sa dimension mystique. À dix-sept ans, la Pucelle remise sa quenouille, quitte sa famille et, animée d'un courage exceptionnel, entraîne des troupes sous sa bannière. Elle surprend les plus aguerris par son autorité, sa détermination et ses talents de stratège. Il paraît aussi que la bande de soudards qui lui obéissaient au doigt et à l'œil ne demeuraient pas insensibles à ses charmes. Le soir en bivouaquant dans les granges, les gars qui la suivaient de Vaucouleurs à Chinon brûlaient d'envie d'avoir une relation sexuelle avec elle. Ils vantent sa forte poitrine, car Jeanne ne portait pas encore de vêtements masculins. Dans le film, je fais cette mise en garde à mes soldats : « Vous voulez vaincre, alors soyez purs. » C'est vrai qu'ils lui prêtaient un immense pouvoir comme celui d'entendre toutes leurs paroles et leurs pensées, puisqu'elle était en communication avec Dieu. Forcément, ça impose…

Toutes ces manifestations semblaient « possibles » dans le cadre de la foi, elles n'étaient pas identifiées « pathologiques » comme à présent par la psychiatrie. Selon toi, les voix célestes qui résonnaient aux oreilles de la petite bergère de Domrémy sont l'écho de ses convictions personnelles. Ne t'arrive-t-il pas d'éprouver ce genre d'intuition ou de « voix intérieure » à laquelle tu fais confiance ?

C'est difficile de parler de ces phénomènes de voix sans passer pour dérangé ! Évidemment, je n'entends pas une voix incarnée me dire : « Ne t'inquiète pas, ça va aller », mais, au plus profond de certaines épreuves, il m'arrive de ressentir une sérénité qui m'encourage à garder confiance en moi. Je me sens protégée par une bonne étoile. Quelque chose en moi me conforte dans ma décision d'agir de telle manière, et pas autrement.

Hors de toute considération rationnelle, c'est ça ? En lisant récemment un texte de la romancière Chantal Thomas, j'ai retenu ce passage, dis-moi ce que tu en penses : « À dix ans une petite fille a le sentiment d'une force extraordinaire en elle, d'une résolution inflexible et sauvage. Puis à l'adolescence, les choses changent, la jeune fille se tourne vers le garçon, se soumet à son regard, à son jugement. Je me souviens parfaitement que j'avais envie d'ouvrir le monde, qu'il s'offre à moi. »

Je me reconnais dans cette petite fille de dix ans… même à quarante-deux balais ! Dans son envie de s'ouvrir au monde. Comment dit-elle, dans sa « résolution inflexible ».

Et « sauvage » !

Oui, c'est tout à fait ça, comme un fil conducteur que l'on suit.

Un ange gardien, pour rester dans la métaphore religieuse.

Je ne me sens pas en danger. C'est plutôt le sentiment de pouvoir arriver à ce que je désire, pourvu que ce désir soit juste pour moi. Je ne parle pas de possession matérielle, d'obstination pour obtenir de l'inutile, mais d'être sincère avec moi-même, de ne pas me perdre de vue. Comme si rien n'était tout à fait insurmontable si je me fais confiance.

Cette confiance en toi, ce respect de toi-même – je ne dis pas « amour » parce qu'on pense tout de suite à un ego démesuré, surtout chez les acteurs ! –, ce respect donc, cette responsabilité vis-à-vis de toi-même, cette droiture t'apportent une grande lucidité, et à la fois te permettent toutes les audaces. C'est une leçon de vie que tu nous offres. Je sais que cette déclaration peut être gênante dans ce livre, mais il est tellement rare de rencontrer quelqu'un d'aussi profondément serein, surtout dans ce métier. Pourtant ta vie n'a pas été un long fleuve tranquille, elle t'a éprouvée, et tu n'as jamais perdu cette confiance. Tu as déjà évoqué le fait que cette sérénité t'avait été transmise par ta mère.

C'est intéressant le temps qui passe. On est fixé sur papa, et plus tard on se met à regarder maman… Ma mère a eu très tôt ce goût de l'audace, ce côté : « Quoi qu'il arrive, j'aurai ce que je veux, nous nous en sortirons. » Et en plus, elle arrivait à ce qu'elle voulait ! Tout le monde n'a pas hérité de sa détermination dans la famille, pour certains c'est même carrément le contraire, ils sont dans la plainte, le sentiment d'être dépassés par la vie : « Oh je ne pourrai jamais faire ça, c'est trop compliqué… » Ma mère a une revanche à prendre depuis son enfance. Elle a été mise à l'écart et dénigrée par une belle-mère qui n'avait de louanges et d'amour que pour sa propre fille. Elle l'a encouragée à poursuivre ses études, alors qu'elle a obligé ma mère à bosser à l'usine dès l'adolescence. Elle lui répétait constamment : « Ma fille est intelligente. Toi, de toute façon, tu n'arriveras jamais à rien. » Ces jugements peuvent briser ou forger un enfant, selon le caractère. Ma mère s'est réfugiée dans ses rêves, parfois dans ses affabulations, elle en rajoute un peu. Elle a toujours plein de rêves, ma mère ! Des projets pour quand elle aura du temps, quand elle sera moins fatiguée... Son plaisir, c'est d'écrire des poèmes, assez bien tournés d'ailleurs, un peu à l'eau de rose, mais il y a de belles petites lueurs. Tiens, je vais en parler à Jean-Marc Roberts, je pense que ça va l'amuser !

Si toute la famille Bonnaire écrit, une nouvelle collection s'impose ! Sabine avait aussi cette résistance, cette force.

Elle l'a encore. On la lui avait retirée, et à présent elle la retrouve. Je veux dire que les mauvais traitements, les médicaments lui ont fait perdre toute confiance en elle pendant longtemps, et l'ont même empêchée d'aller mieux, de pouvoir s'améliorer. Depuis qu'elle vit dans ce centre, Sabine m'a dit : « Je ne taperai plus. » Elle s'est lancé ce défi de ne plus être agressive. Et aujourd'hui, elle tape de moins en moins. Et elle ajoute : « Si je tape, je serais très déçue par moi-même, vraiment, ça me ferait une trop grosse peine. » On est quelques-uns dans la famille à se dire : « Je tracerai ma route quoi qu'il arrive. » On n'est pas guidés par une voix, mais une volonté farouche, oui.

Au point d'ambitionner un grand destin ?

Je me contenterai de quelques beaux films. Ils ne changeront pas la face du monde, mais j'ose espérer que certains laisseront des traces dans l'esprit et le cœur des gens. L'impact de mon film sur Sabine m'a confortée de ce point de vue-là.

Le psychanalyste Ralph Greenson disait à Marilyn Monroe qu'elle avait choisi le métier d'actrice pour être quelqu'un d'autre, parce qu'elle ne s'aimait pas. Toi, ce métier t'as permis d'être toi-même.

Sans doute. Si je devais analyser les raisons qui m'ont poussée ou simplement confortée dans ce choix, il y aurait déjà le désir d'être regardée, d'être considérée. J'ai eu envie de sortir du nombre, non pas pour rejeter ma famille, mais juste pour avoir ma propre identité. Pour affirmer ma personnalité, j'en avais assez d'entendre ma mère égrener tous les prénoms de mes frères et sœurs avant de trouver le mien ! Le jour où j'ai accompagné Lydie pour faire le casting du Pialat, je ne me suis pas dit tiens je vais aller chercher une identité ! Mais il est évident que ce métier me convient, il m'a rendue sereine. C'est tellement important d'exister un tant soit peu dans le regard des autres. Certains personnages que j'ai interprétés, dans *Joueuse* par exemple, parlent de ces gens qu'on ne regarde pas. Le film sur Sabine également. On est en perdition lorsqu'on ne se sent plus utile. Et être utile, ça passe d'abord par le regard ; si on te regarde, on te considère. Je parle du vrai regard que l'on porte sur toi. On peut aussi te regarder pour savoir si tu es bien roulée… quoique ça ne me déplaise pas non plus !

Tu as raison, c'est important ! Mais le métier t'a prise en considération pour ton talent, ta présence, ta personnalité, pas seulement parce que tu es bien roulée. Les gens marquent une attention bienveillante envers toi, une reconnaissance pour ton talent et un respect pour ta personne. Ils apprécient ta sincérité. Ton éthique, ton audace ont valeur d'exemple. On observe rarement ce sentiment de gratitude envers des acteurs.

Les gens sont naturellement respectueux à mon égard, et ça fait beaucoup de bien, pourtant je ne fais pas de gringue à qui que ce soit. Ce métier est vraiment génial pour moi, il m'a apaisée. J'ai été regardée, reconnue. Mais rien n'est jamais totalement acquis dans cette profession, je suis toujours en progression, en apprentissage, sans cesse, je me remets à l'ouvrage.

Ta modestie t'honore, mais puisque nous faisons à travers nos conversations un arrêt sur image sur ton parcours, il est évident que tu as joliment œuvré. La gamine de Grigny qui balbutiait devant la caméra de Pialat s'apprête à présent, après un premier coup d'essai très remarqué, à réaliser son premier long métrage de fiction !

Rien de tel qu'une bonne éducation pour acquérir des bases solides. J'ai eu la chance d'avoir de bons éducateurs. Mes parents tout d'abord, même si ma mère est parfois un peu fantasque, la rigueur de mon père rééquilibrait les écarts dus à sa fantaisie. C'est amusant, je suis Gémeaux ascendant Vierge. J'ai en moi ce côté un peu dans les nuages des Gémeaux, signe d'air, et la sagesse du signe de la Vierge avec son côté ordonné et pragmatique, qui ne prive pas d'une témérité à toute épreuve.

Tu es Gémeaux, signe double, et pourtant on dit souvent de toi : « Cette fille est entière. »

Même si je me dédouble, je ne suis pas double. Ensuite, j'ai eu la chance de rencontrer des superprofs au cinéma, des gens qui m'ont ouverte à leurs univers, à leurs passions. Des maîtres qui m'ont appris les bonnes manières. J'entends encore Serge Rousseau me conseiller : « Ne fais surtout pas ça, ce n'est pas bien. »

Et si tu n'étais plus regardée ?

J'y pense parfois... Si un jour ça ne marche plus pour moi, si je devais moins travailler, si l'on ne me propose plus que des rôles inintéressants qui émousseraient mon envie d'être actrice, alors je pense que oui, ça me ferait de la peine. En même temps, je ne finirais pas en dépression pour autant ! À présent, puisque j'ai été bien regardée, j'ai envie de regarder les autres à mon tour, de les considérer, et d'inscrire ce regard en passant de l'autre côté de la caméra. Ce plaisir que l'on éprouve à être dans le regard de quelqu'un, je veux maintenant l'offrir à d'autres.

Revenons à notre Pucelle. Jeanne d'Arc fait figure d'icône nationale. Tu es sensible aux symboles patriotiques, au drapeau tricolore, à l'hymne national ?

Les persifleurs de l'hymne national sur un terrain de foot exhibent une arrogance qui est finalement satisfaite et attisée par toute la médiatisation et les petites phrases autour, alors n'en parlons pas trop ! Est-ce que ça veut dire que l'on doit s'interdire l'émotion d'entendre l'hymne français lors d'une victoire d'un joueur de tennis ou d'une équipe, ah non ! Je suis sensible à la culture de mon pays, à ses traditions, et à son histoire dont Jeanne d'Arc fait partie. La notion de patriotisme, c'est autre chose. En France, des symboles comme Jeanne d'Arc sont détournés à des fins politiques. Aux

États-Unis, tout ce déploiement de drapeaux aussi bien sur les monuments nationaux que sur les T-shirts ou les frisbee exprime un côté ultranationaliste qui me choque. C'est l'exhibitionnisme de la grande puissance. La toute-puissance économique. Par contre, je reconnais la valeur symbolique du drapeau pour chaque État, de son unité historique et de l'identité de son peuple. Mais a-t-on le droit de priver un peuple de sa terre et de son drapeau, et de se constituer en État ? Non, je ne le crois pas.

Tu te sens fière d'être française donc ?

Oui, je me sens très française, et assez fière de l'être. Fière d'être bourbonnaise ! Ce sentiment n'exclut en aucune façon ma soif de connaître d'autres cultures, mon désir d'aller au contact des autres, de comprendre et de partager leur mode de vie, leurs coutumes, leur langue, leur cuisine. La nécessité de construire une Europe puissante me paraît évidente, mais pourquoi ne pourrais-je pas rester attachée à mes racines françaises ? L'euro, c'est pratique pour tout le monde et il facilite certainement les échanges commerciaux entre les pays membres de l'Union européenne, mais j'aimais bien nos billets de 100 balles, les « Delacroix » avec la reproduction de la Liberté guidant le peuple, le petit Gavroche sur la barricade, ou la pièce de 5 francs avec la belle semeuse !

Ils racontaient des histoires qui faisaient partie de la grande Histoire de la France, et ces petits symboles entretiennent un sentiment d'appartenance, de cohésion, c'est ça ?

Tout à fait. Je pense que l'école reste le seul lieu de transmission des valeurs de la République et de certains repères nécessaires aux enfants. Un ado parisien ou américain vêtu d'un pantalon de treillis pour aller au lycée sait-il qu'il représente l'armée ? Qu'il porte le vêtement de combattants qui tuent des êtres humains ? La mondialisation entraîne une uniformatisation du monde et, dans le même coup, une perte des symboles d'identité. Les villes modernes se ressemblent avec leurs tours de bureaux, leurs centres commerciaux, on retrouve les mêmes boutiques de sapes ou les mêmes fast-foods sur la Ve Avenue, place de l'Étoile ou place Tian'anmen, c'est consternant. On perd le goût de l'étrangeté, de la curiosité, de la découverte et de la différence ! Bientôt on n'aura plus le goût de voyager.

Aujourd'hui, on voyage par Internet tout en vivant cloîtré dans sa bulle. Nous, on a pas mal voyagé au cours de cette conversation au sujet de la Pucelle ! On n'a pas parlé de ta collaboration sur le scénario avec Jacques Rivette.

Jacques Rivette sollicite la participation de ses principaux comédiens dès l'écriture du scénario. Il avait déjà l'idée pour ce film de scinder l'histoire en deux parties, « Les batailles » et « Les prisons », d'une durée de près de trois heures chacune.

Six heures, mais c'est un court métrage pour Rivette qui avait réalisé Out 1 : Noli me tangere*, un film d'une durée de douze heures quarante !*

Ah, Jacques a sa propre notion du temps ! Je lui ai fait part de mon attachement à la première partie, toute la chevauchée de Vaucouleurs à Chinon, car on assiste vraiment à la naissance de la personnalité de Jeanne d'Arc. La petite bergère se métamorphose en foudre de guerre, même si elle recommandait à ses soldats de ne pas verser le sang et pleurait à la vue d'un cadavre. Je tenais beaucoup à la représentation du procès de Poitiers qui n'avait jamais été montré à l'écran. J'ai suivi l'avancée des différentes moutures du scénario, bien qu'ensuite tout cela évolue, se transforme ; avec Rivette un tournage se passe toujours un peu au jour le jour. Il souhaitait aussi ma présence pendant le montage, mais finalement il ne tient pas forcément compte de notre avis. Il est tellement drôle, lorsque je lui proposais de réduire un peu une séquence, il me répondait avec un air outré : « Ah mais tu ne te rends pas compte, regarde, ce plan est formidable, on dirait du Nicholas Ray ! »

Tu as fière allure sur ton destrier, finalement tu as réussi à surmonter ta peur des chevaux.

Ah oui, j'ai pris un plaisir inouï à chevaucher au galop !

Pas de blessures pendant les batailles ?

Non. À part une coïncidence amusante, comme souvent le corps joue sa propre partition. J'ai été obligée de passer une nuit à l'hôpital pour me faire retirer un énorme bouchon de cérumen qui m'avait rendue sourde. Pour une fille qui entend des voix, c'est cocasse ! Évidemment, l'équipe se moquait de moi : « Alors t'es bouchée, Jeanne ! » Souvent, lorsque entre les prises, une voix d'outre-tombe se manifestait : « Jeanne, Jeanne, tu m'entends ? » Je cherchais... personne autour de moi. Finalement, j'ai découvert que

Dominique, l'assistante, m'interpellait par le biais d'un talkie-walkie planqué dans un coin du décor : « Jeanne tu dois aller bouter l'Anglais hors du royaume. » C'était devenu un jeu. Je lui répondais : « Je t'entends, sainte Catherine, t'inquiète pas, j'y go ! »

Après le cinéma d'auteur, pour te rapprocher du grand public, tu fais un choix radicalement différent.

Votre proposition de faire de la télévision m'a tout d'abord surprise. J'étais un peu frileuse, mais vous m'avez confortée et cette série, *Une femme en blanc*, que vous aviez coécrite, me plaisait beaucoup. J'étais sensible à l'histoire de cette chirurgienne issue d'un milieu paysan car elle menait deux combats importants, la lutte contre la douleur et la sauvegarde des hôpitaux de proximité. Les gens s'identifiaient à cette femme qui élevait un enfant toute seule, à sa relation tourmentée avec son père resté à la ferme, et à ses problèmes de cœur. J'aimais bien aussi l'idée de donner rendez-vous aux spectateurs une fois par semaine, cela me rappelait mon enfance quand on dînait en vitesse pour ne pas rater notre feuilleton favori. D'un épisode à l'autre, on en parle entre nous, on imagine la suite, une complicité se crée avec l'héroïne. La série a connu un vrai succès populaire et j'ai gagné la sympathie d'un public qui me connaissait mal ou pas du tout.

Pour ta préparation à ce rôle, coachée par un chirurgien, tu avais assisté à des opérations au bloc.

J'ai découvert un monde fascinant. Des chirurgiens ont accepté ma présence lors d'interventions délicates comme une ablation de l'utérus ou une opération des yeux. Ils m'ont aidée à me familiariser avec le maniement du matériel médical. Sur leurs conseils, je m'entraînais le dimanche à recoudre des plaies… sur une éponge ! On parlait du pouvoir désinhibant de la caméra, c'est merveilleux ; moi qui m'évanouissais à la vue d'une goutte de sang, ou qui étais terrifiée à l'idée de subir une opération, à présent je rentre plus facilement dans un bloc opératoire. Finalement, la chirurgie du « mou », la chirurgie digestive, c'est de la mécanique, on ouvre le moteur, on change le carbu, on répare la culasse… Là, on incise, on clampe, on pose un cathéter, on sort des mètres d'intestin, c'est incroyable ce qu'on a dans le ventre ! Ces grands patrons qui n'ont pas droit à l'erreur m'ont impressionnée par leur sang-froid, leur calme olympien et la maîtrise de leurs gestes. Et par leur décontraction parfois. J'ai vu un chirurgien les mains plongées dans le ventre de sa patiente, tirant d'un côté avec une pince, et allant chercher au fond sous les côtes, tout en chantonnant du Eddy Mitchell : « Elle était maquillée, comme une star de ciné, elle était bien dans sa peau, la fille couleur menthe à l'eau ! » Durant l'ablation de l'utérus, l'équipe chirurgicale faisait preuve d'une grande concentration. Montée sur un petit tabouret, j'ai pu suivre l'intervention de près. Je voyais le corps endormi de cette femme, ce ventre normalement fait pour donner la vie était ouvert et me donnait à voir son intimité. Je me demandais si elle avait eu des enfants. L'hystérectomie qu'elle subissait suffirait-elle à enrayer son cancer ? Je ne connaissais pas cette femme, mais elle m'était proche. En même temps, j'éprouvais la sensation surprenante d'une distance entre nous que l'aspect mécanique de l'intervention installe malgré tout. Elle était devenue un corps qu'il faut réparer pour qu'il fonctionne.

Tu nous disais à l'époque que ta famille était fière de regarder le soir sa Sandrine à la télévision. Ils n'allaient pas forcément voir tous tes films au cinéma.

Ah oui, une partie de ma famille passe son temps devant la télé. Pour ma mère, allongée sur son canapé, ça lui faisait vraiment plaisir de voir sa fifille ! Elle aimait bien. Pour une fois elle ne m'a pas dit : « Oh, ça traîne en longueur », son expression favorite quand elle se barbe devant l'un de mes films.

Tu as eu des échanges intéressants avec les spectateurs de cette série.

Oui, parfois de façon amusante, et il y a eu aussi quelques maladresses plutôt touchantes. J'ai découvert une autre approche du public. C'est très étrange parce que les gens ne font pas la différence entre l'actrice et l'héroïne. Dans la rue, ils ne parlaient pas à Sandrine Bonnaire mais à Margaux Dampierre, l'héroïne. Ils me saluaient en disant : « Ah, bonjour madame la femme en blanc. » Lorsque je faisais mes courses dans une grande surface, j'avais droit à des saluts affables : « On vous a vue hier soir, on a passé un bon moment. On a vite envie de savoir ce qui va lui arriver, à cette infirmière. » Et moi qui étais si fière d'incarner un chirurgien ! Une femme d'un milieu modeste qui se battait dans un milieu d'hommes. Ah, ça rend humble. Malgré le danger d'être assimilée à la personnalité de l'héroïne, cette expérience s'est avérée très intéressante. Je n'avais jamais reçu autant de courrier. Comme je venais jouer à domicile, les gens avaient l'impression que je partageais leur intimité. Ils finissent de dîner, la fille appelle sa mère en train de faire la vaisselle dans la cuisine : « Viens vite maman, ça y est, ça commence ! Elle est là notre Margaux ! Dépêche… » J'ai connu ça.

Ce regain de popularité auprès du grand public suite au succès de la série Une femme en blanc, *et à des films comme* La Cérémonie *et* Mademoiselle, *a entraîné une plus large exposition médiatique. Comment t'accommodes-tu de ce phénomène nouveau de « pipolisation » à outrance qui voudrait faire croire qu'à ne pas paraître, on risque de disparaître ?*

Il faut savoir ce que l'on veut et quel public on souhaite atteindre. Mon public sera peut-être moins large, mais ce sera mon public. Je suis assez sereine avec tout ça, je ne vais pas déroger à mon mode de vie. Je ne souhaite pas séduire pour être un fantasme sexuel. Je ne cherche pas à être connue, je préfère être reconnue.

Tu es particulièrement attentive à ton image publique ?

Je ne voudrais pas paraître prétentieuse, mais il me semble que l'on me perçoit telle que je suis. Depuis mes débuts, je peux m'en rendre compte à travers les témoignages de sympathie et d'affection extrêmement touchants des personnes qui me reconnaissent dans la rue. Il y a un rapport de bonne proximité, on ose venir me parler, mais on ne me tutoie pas. Les gens ne sont pas dans un rapport de copinage avec moi comme certains jeunes journalistes qui m'adressent pour la première fois la parole en me disant : « Salut Sandrine, tiens, assieds-toi là, on va te mettre un HF… » En m'asseyant, je leur réponds avec un large sourire : « Voilà, ça vous convient comme ça ? », et ils changent leur formulation d'eux-mêmes : « Oui, merci, vous êtes gentille. »

Les gens se confient davantage dans leur courrier.

Oui, des jeunes de vingt ans ou des mamies octogénaires m'envoient des lettres émouvantes. Il y a bien sûr les ados collectionneurs d'autographes qui inondent les agences de leurs demandes de photos dédicacées, mais le plus souvent je reçois des petits mots dans lesquels on s'adresse à moi avec familiarité et tendresse. Des mots simples qui viennent du cœur : « J'aime votre exigence, restez comme vous êtes », des compliments sur le choix de mes films, de mes personnages. Après mon film sur Sabine, je n'ai jamais reçu autant de lettres de ma vie ! On me félicite d'avoir dénoncé certaines défaillances autour de la prise en charge des autistes. Des malades d'Alzheimer, des dépressifs, des handicapés physiques me confient leur douleur. Certaines personnes envoient des chèques pour les associations ou proposent de mettre à leur disposition des locaux. Des médecins aussi offrent leurs services. Les témoignages de compassion envers Sabine sont nombreux.

Après Une femme en blanc *et sa suite,* La Maison des enfants, *on te voit à nouveau à la télévision dans un téléfilm inspiré du procès de Bobigny*[1].

L'intérêt du sujet a emporté mon adhésion. Pour ma génération, « née avec la pilule » comme on dit

1. *Le Procès de Bobigny*, téléfilm historique de François Luciani, avec Sandrine Bonnaire, Anouk Grinberg, Marie Bunel. En 1972, à Bobigny, Martine, une modeste employée de la RATP, aide sa fille

– quelle drôle d'expression ! –, je trouvais important de faire une piqûre de rappel sur le traumatisme et la souffrance endurés à l'époque par les femmes qui étaient obligées d'avorter clandestinement dans des conditions dangereuses pour leur santé. Et pour saluer aussi le courage de toutes les militantes dans leur combat pour obtenir la légalisation de l'avortement. Ce film est un hommage à Gisèle Halimi, aux « 343 salopes » qui ont signé le manifeste où elles affirmaient avoir avorté au risque d'encourir des poursuites pénales, et bien sûr à Simone Veil qui, en 1974 sous la présidence de Giscard d'Estaing, a fait voter la loi Veil sur l'interruption volontaire de grossesse.

Pour Gisèle Halimi, « aucune femme ne recourt de gaieté de cœur à l'avortement, c'est toujours un drame ». Elle dit avoir vécu l'horreur quand à dix-huit ans, en arrivant de Tunisie à Paris, seule, sans aucune relation, elle a dû subir un avortement clandestin avec un curetage à vif.

Oui, nous avons discuté ensemble de son combat. Gisèle Halimi m'a donné des précisions sur l'histoire vécue de mon personnage, cette mère de famille a risqué trois ans de prison et une grosse amende pour avoir autorisé sa fille mineure à avorter. Elle m'a parlé de la responsabilité que l'on faisait peser sur les « faiseuses d'anges », ces femmes qui pratiquaient des interruptions de grossesse et que l'on considérait comme des criminelles.

Léa à interrompre sa grossesse issue d'un viol. Dénoncées, elles sont inculpées et arrêtées. Martine s'adresse à la seule avocate dont elle connaisse le nom, Gisèle Halimi. L'avocate se propose, avec l'accord de Martine, de faire de ce procès une affaire exemplaire pour dénoncer cette injustice faite aux femmes. L'affaire se transforme en événement national. Deux ans plus tard, la loi Veil, dépénalisant l'interruption volontaire de grossesse (IVG), est votée.

Tu as déjà eu recours à l'avortement ?

Oui. Mais ça ne s'est pas passé dans le drame, et sans dépression après.

C'était une décision prise en toute responsabilité ?

Oui, et sans remords. Garder cet enfant n'avait aucun sens pour moi. À l'époque et dans les conditions dans lesquelles cet avortement a été pratiqué, je savais que je ne mettais pas ma vie en danger. Comme dit le Pr Paul Milliez dans le film, à deux mois le fœtus n'est pas encore un être humain. Par contre, je pense que cela peut devenir dangereux, physiquement et psychologiquement, à vingt-quatre semaines de grossesse comme il est permis en Angleterre. Je le sais pour avoir porté deux enfants.

As-tu assumé seule cette décision ?

Non.

Le partenaire était présent à tes côtés ?

Oui, pourquoi ne pas solliciter l'autre, on était deux ! Il est vrai que la femme se retrouve souvent seule dans ces moments-là. Il y a toujours eu un respect mutuel dans mes histoires sentimentales, je n'ai jamais été mal accompagnée, à une ou deux exceptions près. Une interruption de grossesse est toujours difficile à vivre. On sort de l'hosto assez mal en point alors j'imagine le désespoir et la douleur de ces femmes dans une totale solitude qui sont contraintes à se charcuter elles-mêmes. Aujourd'hui, les méthodes de contraception sont enseignées à l'école comme les maths ou l'histoire. La délivrance de la pilule contraceptive est autorisée même aux mineures sans l'autorisation de leurs parents, et il existe régulièrement des campagnes de prévention pour les préservatifs, alors je m'interroge sur le degré de responsabilité des personnes qui ont recours à l'interruption volontaire de grossesse. Je ne parle pas d'interruption pour raisons médicales concernant le fœtus, ou la femme, ou en cas de viol, évidemment. En ce qui me concerne, je reconnais une part de négligence, j'étais jeune. À présent, mon rôle de mère est de mettre en garde mes filles. La plupart des jeunes filles sont, il me semble, moins vigilantes avec la pilule qu'avec le préservatif. Sauf qu'un jour, on sait ce qui peut arriver…

Selon des enquêtes, la pilule du lendemain deviendrait quasiment un moyen de contraception pour les jeunes filles qui ont peu de rapports.

Oui, nous devons leur faire comprendre les risques d'un tel raisonnement. Dans l'esprit de certains jeunes, l'avortement est presque devenu une solution commode.

Ça participe du rapport de clientélisme que l'on entretient avec la société. On attend d'elle qu'elle nous permette d'accéder à nos désirs et prenne en charge les risques et les conséquences.

Oui, justement, il faut essayer de donner des repères. Heureusement, dès l'adolescence, les jeunes filles peuvent facilement prendre contact avec une conseillère du planning familial ou un gynécologue pour obtenir un moyen de contraception. Jeanne arrive à un âge où l'on ne se contente plus de se tenir la main en échangeant quelques doux baisers. Je l'ai prévenue, elle n'a aucune raison de tomber enceinte. Si elle se considère assez grande pour avoir des rapports sexuels, eh bien elle est assez grande pour se protéger et gérer la prise d'une pilule. Évidemment, je ne cherche pas à la culpabiliser et je l'accompagne autant qu'elle le souhaite.

Tu abordes facilement ces sujets avec Jeanne ?

Oui, on les aborde librement depuis un an. Jeanne peut me faire des petites cachotteries, quand elle sèche un cours par exemple, ce genre de truc que l'on ne dit pas aux parents de peur de prendre une bonne engueulade, mais elle parle aisément des sujets qui touchent à la sexualité, et elle a toute ma confiance. Jeanne a seize ans. Je suis vraiment satisfaite que nous puissions échanger sur ce sujet librement, c'est tellement important pour une ado d'être en confiance avec sa mère et vice-versa.

Et toi, tu parlais facilement de ces sujets avec tes parents ?

Non bien sûr, pour mes parents il était impensable de me parler de contraception quand j'avais quinze ans. Je ne pouvais pas non plus en discuter avec mes jeunes sœurs, elles n'en savaient pas plus que moi. À part Lydie, la plus précoce dans tous les domaines, alors je l'observais en douce, ou bien j'essayais d'interroger des copines de classe plus expérimentées. Enfin, je me débrouillais ! En tout cas, j'encourage les jeunes filles à prendre la pilule.

Poses-tu des limites à Jeanne quant à ses fréquentations, ses sorties en boîte, etc. ? Fais-tu preuve d'autorité ?

Jeanne ne traîne pas en boîte alors que j'y allais à son âge ! Elle me présente ses amis. La plupart des garçons ont connu une première expérience sexuelle, mais avec leur appareil dentaire, ils ont vraiment des bouilles de gamins. C'est amusant, on dirait des gros bébés ! Cela me rassure. Les filles au même âge ont déjà des formes féminines affirmées. Mon souci, ce sont ses retours en RER dans la soirée. Récemment, Jeanne et son petit copain se sont fait braquer par trois gamins de treize ans en revenant d'une fête entre amis. Heureusement, leurs portables n'étaient pas assez « classe », paraît-il ! Encore de bonnes raisons pour ne pas acheter de marques pour frimer.

Ta responsabilité de mère influence-t-elle le choix de tes rôles ?

Il y a des films ou des photos que je refuserais de faire par rapport à mes enfants, de toute façon on ne me les propose pas. Je pense toujours aux réactions des enfants confrontés à des scènes de viol ou de sexe d'une cruauté dérangeante, ou simplement à des photos de nu un peu trop complaisantes. Je pense particulièrement aux enfants d'actrices lorsqu'elles s'exposent de la sorte. J'ai habité un temps à Barbès et, sur le chemin de nos promenades pour aller au square de Clignancourt, ma fille dans sa poussette avait les yeux à hauteur des nanas qui exhibaient leurs seins et leur sexe sur des affiches et des couvertures de magazines porno. Il fallait à chaque fois changer de trottoir.

Il y a sans doute autant d'avantages que d'inconvénients à être la fille de comédiens célèbres, comment Jeanne le vit-elle ?

Elle est vue différemment, forcément. Elle le vit mieux aujourd'hui. À sept ou huit ans, Jeanne se plaignait parfois que je ne sois pas avec le pain au chocolat à la sortie de l'école. J'ai bien sûr eu droit à quelques petites réflexions du genre : « Ah, vous êtes là, votre fille va être contente de vous voir… » Si j'étais comptable ou banquière, me ferait-on ces petites remarques ? L'image sociale de l'actrice n'est pas facile à assumer, on peut très vite être cataloguée mauvaise mère, et ça peut être parfois blessant. J'ai expliqué à Jeanne qu'il existe différentes façons d'être une bonne mère. J'essaie d'être une maman heureuse, épanouie par son travail, bien dans sa peau, plutôt qu'une mère énervée, et frustrée que sa vie soit réduite à passer l'aspirateur avec des bigoudis sur la tête. Oui je suis une mère atypique, mais je pense être une bonne mère et j'espère être une femme libre. Le regard des autres et de la société n'aide pas les enfants à accepter la différence. Jeanne semble m'avoir comprise, elle m'a dit depuis : « Quand j'aurais des enfants, le plus tard possible, je crois que je te ressemblerai ! » Comme je vous le disais précédemment à propos du mariage, je n'ai pas envie de me plier aux codes, je veux dire aux « codes qui étriquent », ni être dans le moule et ressembler à tout le monde. Personne ne fera de moi ce que je n'ai pas envie d'être. Qu'il s'agisse d'un homme ou de mes enfants, je veux être amoureuse et libre !

J'aime les cailloux. Chez moi il y en a beaucoup, tu vas les voir.

Ils viennent de partout et un autre viendra s'y ajouter. Il vient de Bariloche, je l'ai ramassé le premier jour en te regardant pêcher. De cet endroit où j'étais assise j'ai fait un Polaroïd. J'ai photographié l'eau et ses fameux cailloux inconfortables. Je crois savoir pourquoi je t'ai donné rendez-vous dans ce lieu. L'eau. Je trouve que nous avons une relation forte avec l'eau. Je me souviens de ce moment magique, de nous dans ce garage attendant que la pluie s'arrête. Et ensuite quand nous avons marché dans les rues de Buenos Aires. Aussi Bariloche, ces rivières que nous avons admirées, écoutées. C'était incroyable. Maintenant le soleil est parti, je suis toujours sur la plage, les couleurs sont belles. J'écoute la mer. J'aimerais que tu sois là maintenant avec moi pour l'entendre.

Sourire

En 2001, ton fameux sourire rayonne sur les affiches de deux films, Mademoiselle *et* C'est la vie, *et illumine comme un coup de soleil les murs des villes et les couloirs du métro. Et le public répond à ce sourire.*

J'étais heureuse de faire ces films, heureuse de voir qu'ils touchaient le grand public. Philippe Lioret est le premier metteur en scène qui m'a imaginée dans une comédie. Il m'avait déjà proposé un joli rôle dans *Tenue correcte exigée*, mais j'étais engagée dans un autre projet. Ensuite, Philippe a développé trois scénarios en pensant à moi, dont *Mademoiselle* et *L'Équipier*. Son attention me flattait. Nous avons esquissé une relation amicale en nous voyant régulièrement et, à mon contact, Claire, le personnage de *Mademoiselle*, est devenue cette jeune femme qui aime la vie et a l'audace de remettre en question son quotidien un peu trop bien rangé. Je reste très attachée à cette comédie tendre et romantique, ce film a joué un rôle déterminant pour la suite de mon parcours. Nous nous sommes retrouvés avec Philippe Lioret pour un autre film, *L'Équipier*, une histoire d'amour émouvante avec pour décor l'île d'Ouessant. Nous retournerons certainement ensemble avec Philippe. Plus tard… Quand il sera plus calme !

Des tensions vous ont parfois dressés l'un contre l'autre.

Oui, Philippe fait partie de ces personnes chez qui le perfectionnisme excessif provoque un état d'angoisse et de doute permanent. Sur le plateau, il s'agite comme un chien fou, il est à bout de nerfs, et cela crée un climat désagréable pour l'ensemble de l'équipe. Je me sens définitivement malheureuse à travailler dans cet état de stress avec en plus la contrainte d'être précise à la virgule près. Sur *Mademoiselle*, l'atmosphère tendue du plateau me contrariait d'autant plus que j'éprouvais un immense bonheur à me couler dans ce personnage de femme qui redécouvre l'amour en se laissant embarquer dans un coup de foudre. Quoi de plus joyeux !

Mademoiselle *raconte l'histoire d'une femme mariée soudain saisie par un désir irrésistible d'aller voir ailleurs.*

Généralement, ce thème se développe à travers un point de vue masculin, un homme en proie au démon de midi, des choses de ce genre. Ici le même sujet se conjugue au féminin, une jeune femme moderne totalement insérée dans la société s'autorise l'audace d'aller jusqu'au bout de ses désirs. C'est excitant, un coup de foudre, en quelques secondes on est bouleversé et tout notre passé chavire. Le cœur bat plus vite, on a envie de découvrir la vie ensemble, comme si jusque-là elle nous avait échappé parce qu'on sommeillait. On est aussi traversé de mille questions : si je me lance dans cette aventure, est-ce que je ne risque pas de foutre en l'air tout ce que j'ai construit ? Oui, mais est-ce que je ne suis pas en train de rater ma vie en restant fidèle ? Pourquoi devrais-je me priver de cette histoire-là ? Envahie par tous ces tourments, finalement on ne raisonne plus, tout se précipite, seul l'instant présent compte. Ah, ça donne un sacré coup d'audace, le coup de foudre !

Il peut t'arriver de perdre la raison, de te lancer dans une liaison déraisonnable ?

On peut bien sûr être sensible au charme d'un beau garçon, se dire : « Tiens, pas mal ce mec ! » Il faut faire attention, car on se dévoile énormément dans ces moments-là, l'œil est tellement sincère… Moi, j'ai besoin de prendre mon temps, de ne pas m'emporter au premier échange de regards, de savoir vraiment ce que la personne a dans la tête, et surtout dans le cœur. Le désir s'estompe parfois aussi vite qu'il jaillit, et là on ne regarde plus l'autre les yeux dans les yeux, mais on regarde sa montre !

Nous apprécions le jeu de Jacques Gamblin, ton partenaire dans Mademoiselle. *Il a un côté funambule.*

Jacques est l'auteur de pièces de théâtre comme *Quincaillerie* et *Le Toucher de la hanche*, j'aime beaucoup son univers, justement son côté « quincaillier » dans le travail. Pour parvenir à une subtilité de jeu très particulière, il va chercher sans cesse un nouveau truc, il essaie, il bidouille. Il faut toujours qu'il farfouille dans sa boîte à idées ! Un peu comme William Hurt ou Kevin Kline, mon partenaire dans *Joueuse*, ces acteurs sont chargés d'un tel potentiel physique et intellectuel qu'ils ont l'impression de ne pas travailler s'ils ne traduisent pas leurs émotions par un geste ou une attitude à inventer.

Ils ne font pas confiance à leur simple présence dans la situation.

Nous avons eu des débats passionnants avec Kevin Kline sur le sujet. Kevin Kline, c'est Monsieur 100 000 volts, il ne tient pas en place, ce qui n'est pas évident pour le rôle d'un joueur d'échecs. Caroline Bottaro l'a beaucoup encouragé à aller vers une grande sobriété pour donner plus d'étrangeté à son personnage et à notre relation dans l'histoire. Du coup il s'appliquait à rester immobile sur sa chaise devant l'échiquier, mais au début ses yeux s'agitaient dans tous les sens ! Finalement, il a trouvé le ton, ou plutôt le calme pour ne rien faire, et dans le film il est très économe.

Ce film te va bien.

J'ai aimé accompagner ce film. Déjà pour cette réplique : « Quand on prend des risques, on peut perdre. Quand on n'en prend pas, on perd toujours. » Cette femme prend un risque, elle va au bout de sa passion. Une passion est souvent déraisonnable.

Une passion dévorante pour les échecs, un jeu qui autorise de nombreuses métaphores.

Si l'on décide de mener à bien une passion, tout est possible. D'ailleurs, en ce qui me concerne, j'étais passionnée par ce personnage. Nous aussi, avec Caroline Bottaro, on s'est acharnées pour mener à bien ce projet. On en a traversé, des étapes, avant que le film se fasse. Il y a des films qui me tiennent à cœur, des films difficiles à monter, comme *Un cœur simple* de Marion Laine.

Deux films que je n'aurais jamais abandonnés parce que je voulais défendre ces personnages de femmes simples avec de grands destins. Comme vous disait Pialat : « Sandrine, cette fille n'est pas faite pour jouer les petites bonnes femmes. » La force de ces deux films, c'est de défendre deux petites bonnes femmes de milieux populaires qui ont une grandeur d'âme et une ténacité qui les mènent loin. *Joueuse* se termine par une image où l'on me voit de dos à la proue d'un bateau. Cette image rappelle celle qui ouvrait *À nos amours*. Caroline souhaitait rendre hommage à Pialat. Je constate que, dans ce film, Caroline a chopé plusieurs visages de moi qui reflètent divers personnages que j'ai interprétés dans mon parcours. Ce film m'est précieux. Il est plein de symboles. Il résume ma carrière et ce n'est pas tout à fait un hasard que ce soit Dominique Besnehard qui l'ait produit. Puisqu'on parlait de métaphore avec cette image de « va de l'avant ma fille », *Joueuse* marque un tournant vers une nouvelle route.

En prévision de notre rendez-vous, on a revu en DVD, ce matin à l'aube, C'est la vie *de Jean-Pierre Améris, et...*

Et ça vous a flingué le moral, alors vous vous êtes recouchés !

Non, on dépasse très vite la première gêne face à cette histoire où rôdent la maladie et la mort. Jean-Pierre Améris a su rendre pudique et poignant ce sujet sur l'accompagnement de personnes en fin de vie dans un centre de soins palliatifs. Cette petite musique de la vie chez ces gens héroïques de courage nous requinque, elle nous incite à ne pas passer à côté des choses essentielles. Tu as des scènes extrêmement émouvantes avec Dutronc.

Jean-Pierre Améris est un très grand metteur en scène, il compte beaucoup pour moi à présent. Il était venu me rencontrer pour faire connaissance sur le plateau de *Mademoiselle* au moment où, dans une scène, j'éprouvais des difficultés à m'adresser à une assemblée d'invités lors d'un mariage. Je n'aime pas ce genre de situations ; parler dans un micro devant un parterre de gens me colle le trac. Un peu comme quand je dois monter sur scène pour remettre un prix par exemple. Ce jour-là, mon texte ne passait pas, et mon trouble augmentait d'autant plus que je pensais que Jean-Pierre Améris devait discrètement m'observer, tapi dans un coin du décor. Je me disais : « Il va penser que je suis mauvaise et repartir sans me dire un mot ! » On a dîné ensemble et étrangement on était aussi intimidés l'un que l'autre. Il m'a fallu écourter notre rendez-vous car je m'étais engagée ce soir-là à participer à un tournoi de pétanque organisé par le chef machino, et toute mon équipe comptait sur moi.

Tu te défends bien aux boules, tireuse ou pointeuse ?

Je pointe pas mal.

Donc tu laisses Améris en plan ?

Jean-Pierre ne s'est pas offusqué, il a trouvé la situation plutôt cocasse. Embarrassés l'un et l'autre par notre timidité, je crois que nous étions soulagés que ce dîner ne se soit pas éternisé.

Comment Jean-Pierre Améris t'a-t-il parlé de son sujet sur la fin de vie ?

Comme vous avez commencé à le raconter, il m'a dit : « Ce sera une histoire pleine de vie. » On apprécie plus intensément les petits plaisirs lorsqu'on sent qu'ils vont nous être retirés sous peu. Dans ces moments extrêmes, certains malades décident parfois de réaliser le grand rêve de leur vie. L'un des patients qui figurent dans le film et qui a malheureusement disparu depuis, m'avait particulièrement touchée. Bernard, cet homme que l'on voit en chaise roulante, s'était pris de passion pour le dessin. Il se savait condamné, mais n'en parlait jamais ; au contraire, il me racontait ses voyages aux quatre coins du monde, il avait beaucoup bourlingué et brûlait d'envie de repartir. Quelle belle leçon à tirer pour soi ! Dans cette urgence-là, on choisit parfois de retrouver l'affection d'un proche avec qui on s'était brouillé, on ose dire « je t'aime » ou « merci », les mots que l'on a jamais réussi à exprimer à ceux qui nous sont chers. On peut aussi s'offrir une dernière histoire d'amour, même si elle reste platonique.

Certains malades de la Maison de Gardanne jouent leur propre rôle.

Oui. Thierry, un ancien patient de la Maison de Gardanne, s'occupe à présent de la prise en charge du repas des malades. Il essaie d'adapter les menus aux envies de chacun afin de raviver leur plaisir de « bien manger », dont ils ont souvent perdu le goût après un séjour en hôpital. On voit aussi cette dame toujours tirée à quatre épingles, elle était arrivée à Gardanne bourrée de métastases et, grâce à la qualité de l'accompagnement, elle a pu repartir faire sa vie pendant quelque temps. Elle a rechuté, mais elle a bien profité de ce sursis inespéré. Sa rémission est restée une énigme pour les médecins. La maison propose une qualité d'accompagnement permettant parfois une accalmie de quelques années pour certains, de quelques mois pour d'autres, le but étant que chacun parte pour son dernier voyage le plus sereinement possible. Dans leurs derniers jours, ces gens ont un tel appétit de vivre !

Tu nous disais que Jacques Dutronc n'avait pas supporté de voir Pialat dans ses derniers instants. Comment a-t-il vécu ce tournage entouré de ces malades ?

C'est étonnant, ce film lui a fait un bien énorme. Quand on voit des gens aller beaucoup plus mal que soi, on se sent plus en forme, forcément. Jacques est un peu en vrac depuis quelques années. Il faut dire qu'il a eu envie de se cogner à tout… je veux dire, de bien profiter des plaisirs de la vie sans se ménager, en s'autorisant parfois certains excès.

C'est un bon vivant malgré son apparence d'« aquoiboniste » !

Oui, et là, soudain, il s'est aperçu que finalement il n'allait pas si mal que ça ! Avant le début du tournage, il avait adressé à Jean-Pierre Améris une liste d'interdits : « Ne me demandez pas de monter dans un petit avion, ni de me montrer en caleçon les jambes nues, etc. » Finalement, il a tout accepté. Une relation très forte s'est forgée entre Améris – qu'il surnommait « Itinéris » – et Jacques. En fait, Jacques voue une admiration discrète aux gens qui ne lâchent rien. Améris

est un Pialat gentil. Il finit toujours par obtenir ce qu'il désire avec douceur. Dutronc ne cesse de dire qu'il n'est pas acteur, pourtant il bosse énormément pour préparer un rôle. Et même s'il se cache derrière ses pirouettes ou ses traits d'humour cyniques, face à la caméra il tombe le masque et se livre à fond.

Alors il oublie ses défenses et sa façon de se cacher derrière sa panoplie, les Ray-Ban, le cigare...

Oui, il ne se cache pas quand il joue, c'est ça qui est formidable. Je ne suis pas d'accord lorsque j'entends dire que, quel que soit son personnage dans un film, Dutronc fait du Dutronc. À partir du moment où il se coule dans un rôle, il entre dans un état de vulnérabilité, et là, il est présent. C'est un très grand acteur, Jacques. Un acteur audacieux.

À la fin du film, il y a cette scène d'une grande tendresse où tu caresses le visage de Jacques Dutronc quand son personnage est à l'agonie. Ton geste est empreint d'une sensibilité qui déborde la situation, on a l'impression qu'à cet instant-là tu exprimes aussi à Jacques ta propre affection.

Bien vu. La femme que j'interprète aime cet homme en train de mourir, et je me retrouvais aussi face à un homme que j'aime vraiment profondément. Voilà, c'était très simple, j'ai dit à Jacques que je l'aimais. Je savais que cette déclaration ne parasiterait pas le film, simplement parce que cette scène résumait tout ce qui s'était passé sur le tournage. Les bons et les mauvais souvenirs. J'ai aperçu dans l'œil de Dutronc qu'il avait su traduire mon geste et le recevoir. Il a compris que l'on était au-delà du film. C'est amusant car ensuite, pendant que l'équipe installait la caméra pour un contrechamp, nous sommes sortis prendre l'air. On a marché un moment, je sentais Jacques ému, il ne disait pas un mot, sa pudeur l'en empêchait. Soudain, croisant sa maquilleuse, il lui a fièrement lancé : « Tu sais, Sandrine m'a dit qu'elle m'aimait ! » Jacques est vraiment un môme parfois.

Et un grand timide. Il masque sa timidité par son humour et ses jeux de mots.

Jacques adore faire des farces. Dans la scène où je le découvre sans vie, allongé sur son lit, alors que je dois exprimer toute la tristesse de cette situation, Jacques s'était accroché une étiquette autour de la cheville comme celle que l'on met aux cadavres pour les identifier, et s'était glissé un cigare et une coupe de champagne entre les doigts de pieds ! Il s'amusait aussi comme un fou avec un gadget rapporté des États-Unis, une machine à pets ! À la fin des prises, dès que Jean-Pierre Améris disait « couper », un bruit de flatulence résonnait dans cet instant de silence total. Au début, tout le monde se regardait de travers, puis on a vite compris le truc, Dutronc avait mis en branle sa machine. Seule Emmanuelle Riva, tout à sa propre fantaisie, est allée s'informer très poliment auprès d'Améris : « Comment expliquez-vous cela, Jean-Pierre, c'est quand même drôle, chaque fois que vous dites "couper", quelqu'un se lâche ! »

Il t'arrive à toi aussi de faire des blagues sur les tournages ?

Je suis assez blagueuse. Je me souviens sur *Jeanne la Pucelle*, toute l'équipe logeait dans le même hôtel près de Sedan, et un soir avec Jocelyne, ma maquilleuse, on s'est amusées à faire les lits des électros en portefeuille. C'étaient des Belges hypersympas, et très « belges » puisque l'un d'eux a dormi toute la nuit en chien de fusil, croyant que les draps en portefeuille étaient une coutume française ! J'apprécie ce bon esprit un peu colo que l'on retrouve au sein des équipes sur les tournages agréables. Parfois, les machinos me font aussi des blagues. Elle est connue, mais elle marche toujours : dans une scène où je dois monter rapidement dans un train, une valise à la main, ils la bourrent de gueuses, des contrepoids utilisés pour maintenir des décors. Évidemment, lorsque je m'élance pour sauter dans le wagon, je reste clouée au sol !

Vous êtes restés très liés avec Jacques, nous l'avons croisé à ton mariage, à tes anniversaires, tu lui rends parfois visite en Corse…

Jacques comptera toujours pour moi. Nous nous sommes adoptés l'un l'autre. Suite à l'agression dont j'ai été victime, le tournage de *C'est la vie* s'est interrompu pendant deux mois. Toute l'équipe s'est retrouvée fauchée dans son élan, avec bien sûr les problèmes financiers et d'assurances que cela supposait pour la production. On a pu reprendre le tournage alors que j'étais à peine « réparée ». Jean-Pierre Améris et son chef op essayaient de trouver les meilleurs angles pour masquer mes blessures toujours visibles. J'étais dans cet état de fragilité quand nous avons tourné la scène de la caresse que nous évoquions il y a quelques instants. Jacques avait lui aussi eu un problème de santé sans gravité. On était comme deux convalescents et l'on devait tourner la scène de sa mort ! Jacques a été extraordinairement présent pendant toute cette période, j'ai senti à quel point il était attaché à moi, et vice versa. Il a fait preuve d'une conduite chevaleresque en proposant des solutions pour réparer l'injustice à laquelle j'avais été confrontée.

On ne peut imaginer en te voyant sourire avec Jacques Dutronc sur l'affiche de C'est la vie *que tu as vécu un tel drame pendant le tournage de ce film.*

Je me souviens du jour où, profitant d'une pause, j'ai quitté le plateau pour aller passer quatre jours à Paris. Il faisait un soleil magnifique sur la route du bord de mer qui me conduisait vers l'aéroport d'Hyères, je me sentais bien, les vitres ouvertes, cheveux au vent, heureuse et rayonnante. Je tournais cette histoire sur des gens en fin de vie et je me sentais tellement vivante ! J'éprouvais du plaisir à travailler en complicité avec les acteurs sur le beau projet d'un metteur en scène agréable et talentueux. La vision des rushes des premières semaines nous satisfaisait. Je nageais dans le bonheur aussi de retrouver pour quelques jours ma petite fille, ma maison… Et quelques heures plus tard, j'étais détruite.

Tu as évoqué à plusieurs reprises cette agression. Tu souhaites en parler ?

Oui, je tiens à parler, pas tellement des dégâts que cette agression a causés sur moi, mais surtout de tout le travail de réparation que j'ai mené pour me reconstruire et renaître.

Tu veux dire comment on peut être anéanti et, malgré tout, réussir à se relever, c'est cela ?

Oui. Ce fut très long. C'est curieux, les coïncidences… Hier il m'est arrivé un truc qui exprime précisément ma confiance dans la vitalité de l'être humain à se reconstituer : en fin de soirée, après avoir rendu visite à Sabine avec mes deux frangines Corinne et Lydie, on arrive gare Montparnasse alors qu'une alerte à la bombe provoque toute une agitation, des masses de gens courent dans tous les sens. On saute dans un taxi. Le chauffeur, un homme d'une trentaine d'années, a une figure d'enfant avec une tristesse infinie dans ses yeux fiévreux. À peine sommes-nous installées à l'intérieur de la voiture qu'il s'allume une cigarette. Je lui fais remarquer que ce geste est plutôt rare de nos jours, mais il nous avoue qu'il a besoin de fumer pour calmer son angoisse.

Je lui demande :

– C'est à cause de l'alerte à la bombe ?

Et là, commence cette conversation entre nous quatre :

– Non, je traverse des moments difficiles… Ça vous est arrivé d'être très angoissé au point de ne plus pouvoir rien faire ?

Il nous explique avec un fort accent portugais et en cherchant parfois ses mots que, pendant plusieurs mois, il a été harcelé par des voisins et des habitants de sa commune.

– Il y a eu tout un complot contre moi, le maire a fini par m'expulser de mon petit appartement. Depuis, j'ai des crises d'angoisse terribles.

Il reste flou sur les causes de ce harcèlement et ne comprend pas lui-même ce qui lui est arrivé.

– Je n'en pouvais plus d'être dans cet état-là. Un soir, j'ai essayé de me pendre et en fait je me suis raté, une partie du plafond m'est tombée sur la tête…

Il ne plaisante absolument pas, il est même très touchant tellement il paraît démuni.

– Vous êtes marié, vous avez des enfants ?

– Oui, deux enfants et une femme que j'adore, mais je n'ai plus le goût de vivre. J'ai vraiment du mal à réagir.

– Pourtant vous travaillez !

– Je conduis comme un robot. De toute façon, il faut que je travaille, c'est le seul truc qui me maintient. Depuis un an et demi, je fais vraiment une énorme dépression. Parfois je peux rester quatre jours sans me laver. Ma femme me pousse à prendre un bain, sinon je me néglige…

– Vous voyez quelqu'un, vous êtes suivi ?

– Oui, un psychiatre. Mais ça ne marche pas, je ne l'aime pas. Il veut me faire prendre des médicaments, je ne veux pas. Avant je faisais beaucoup de sport, je n'étais jamais dépressif, maintenant plus rien.

Cet homme nous émeut, il semble au comble de la détresse.

Avec mes sœurs, chacune avec ses propres expériences, nous essayons de lui remonter le moral. Corinne sort d'une passe difficile, il y a dix jours elle était à ramasser à la petite cuillère, et à présent c'est elle qui se montre la plus optimiste et déterminée dans ses encouragements pour l'aider à réagir. Face à la douleur et au désarroi de cet homme, je lui confie que j'ai traversé moi aussi des moments difficiles après une agression qui a failli me laisser sur le carreau.

Je lui raconte la façon dont je m'en suis sortie après avoir pris la décision de me reconstruire. Je lui parle de ma fracture, de mes cauchemars récurrents. Je rêvais que l'on m'enfournait d'énormes pierres dans la bouche, ou que l'on me forçait à garder du gravier à l'intérieur en me serrant les lèvres. Je lui dis que j'ai pu me reconstituer grâce à un travail avec une personne compétente :

– Vous devriez peut-être changer de psychiatre si le vôtre ne vous propose que des médicaments.

– Oui… Mais vous, vous avez été angoissée combien de temps ?

– Près de trois ans.

– Ah, quand même !

– Si ça se trouve, pour vous, ça sera moins… ou un peu plus. Tout dépend de votre volonté à vous reconstruire. Il m'arrive parfois d'avoir un sommeil agité, de me réveiller en sursaut au milieu de la nuit parce que je crois perdre toutes mes dents, mais je me suis sortie du véritable cauchemar que j'ai vécu. Je suis heureuse, j'ai retrouvé mon sourire, vous voyez.

Il t'a reconnue ?

Pas du tout. Il m'a demandé, ainsi qu'à mes sœurs, si on était « psychologues ». Il nous parlait librement tout en conduisant. Au fil de la conversation, on apprend qu'il a été interné quelques jours à La Queue-en-Brie, dans le même hôpital que Sabine. Incroyable coïncidence, on vient de passer deux jours avec elle pour l'aider à chasser ses angoisses causées par le décès récent de notre frère Bruno, et à présent voilà que l'on essaie de réconforter un inconnu dans un tacot transformé en centre de thérapie ! À cet instant, l'homme avait vraiment besoin de réconfort, il chuchotait :

– Je suis tellement fragile…

– Mais c'est permis d'être fragile. En tout cas, vous faites déjà preuve d'un grand courage en osant dire aux autres : « Je ne vais pas bien. » Vous avez des amis ?

– Oui, mais je ne veux pas les embêter avec mes histoires.

– Les amis sont aussi là pour ça.

– Les vrais amis, on n'en a pas beaucoup, alors si on les ennuie avec nos problèmes, on en a encore moins…

– C'est sûr, mais il en suffit d'un pour vous aider.

Corinne, en pleine période de transformation dans sa vie, s'adresse à cet homme de façon extrêmement touchante. Elle lui fait les mêmes recommandations que je lui donnais dix jours auparavant, quand elle était venue me voir un soir de blues. J'étais heureuse pour elle, mes paroles avaient porté leurs fruits.

Arrivées en fin de course, on essaie de le faire sourire, on s'amuse, on rigole un peu fort. En toute sincérité, chacune y va de son compliment : « Vous dites que vous vous négligez en ce moment, mais quand vous prenez soin de vous, vous devez être un superbeau mec ! »

Quand il nous dépose devant chez moi, en pleine nuit face au bois, je remarque qu'il nous regarde bizarrement. Il se demande si ces trois filles un peu trop euphoriques ne vont pas lui faire un mauvais coup. Au moment de lui dire au revoir, pour le réconforter je lève les bras en l'air en criant : « Haut les cœurs ! » Ne connaissant pas cette expression, il croit que je le braque en lui disant : « Haut les mains ! » On le rassure, il finit par se détendre. Et on se quitte sur un fou rire.

Revenons à toi, tu avais perdu connaissance pendant ton agression, il me semble ? C'est pourtant à partir du souvenir que l'on peut se reconstruire. Il te reste des images de cette agression ?

Oui, j'ai le souvenir d'une strangulation. Je ne pouvais plus respirer, je me suis sentie mourir, un voile noir, et puis plus rien. Je ne sais pas précisément pendant combien de temps j'ai perdu connaissance. Le premier réflexe a été de me dire, mais que s'est-il passé ? Je tombais des nues, je n'avais plus de repères. Je me sentais étrange, je ne souffrais pas vraiment, pourtant je pissais le sang, et j'avais des cailloux plein la bouche... En crachant, j'ai vu des tas de morceaux de dents dans ma main. J'avais une ouverture de cinq centimètres sous le menton et la mâchoire tordue, le visage totalement déformé. À l'hôpital où j'ai été prise en urgence, les radios ont révélé une triple fracture de la mâchoire, les deux condyles cassés. On m'a opérée au petit matin. Pendant les heures d'attente, la douleur l'emporte, terrible, insupportable.

Physiquement mais aussi psychologiquement.

Oui, par rapport à mon image de femme et à mon image d'actrice. Les scènes du tournage que je venais de quitter me revenaient sans cesse, je me voyais comme les personnages de *C'est la vie*, brusquement vieillie, diminuée, foutue. Tout est agressif dans un environnement hospitalier, on devient un numéro parmi une masse de gens qui attendent leur tour pour se faire soigner devant les boxes du service maxillo-facial. Le personnel médical pressé par l'urgence parle fort, s'agite, passe et repasse sans un regard, on se sent tellement rien ! Évidemment, j'avais peur que l'on me reconnaisse, le chef de service a fait le nécessaire pour me mettre un peu à l'écart dès qu'il a compris ma situation.

Avec l'intervention chirurgicale et la rééducation, tu as dû supporter d'autres souffrances ?

Lors de la première opération, les chirurgiens n'ont pas pu intervenir sur les multiples fractures au niveau de l'os temporal qui accueille l'articulation temporo-mandibulaire, trop proche du cerveau. Malgré une rééducation intensive, la mâchoire était toujours de travers et j'étais paralysée. J'ai paniqué lorsque les médecins ont parlé de chirurgie esthétique. Mon état était plus grave que je ne le pensais, j'allais rester défigurée à vie. Deux petites plaques de titane ont été posées pour rafistoler mon menton fendu, eh oui, RoboCop, c'est moi ! Aujourd'hui, je me sens une autre physiquement. Grâce aux « hommes en blanc » qui m'ont opérée, et à une période interminable de rééducation très douloureuse, j'ai tout de même retrouvé mon sourire. Grâce aussi à la fasciathérapie que m'a fait découvrir mon amie Tabarat.

Tabarat nous a expliqué que les fascias forment le tissu conjonctif qui entoure tous les organes, les muscles, les os, les viscères, le cerveau, la moelle épinière, les ligaments, constituant une sorte d'immense toile d'araignée à travers tout le corps, c'est bien cela ?

La technique de la fasciathérapie consiste en une gestuelle bien particulière. Par exemple, Ève Berger, ma fasciathérapeute, par un toucher de gestes lents sur un rythme précis, libérait les tensions, crispations et blocages des chemins tissulaires et circulatoires. En procédant ainsi, le tissu conjonctif se détend, la circulation sanguine et lymphatique est restaurée et le potentiel énergétique stimulé. Dans mon cas, la fasciathérapie a permis une meilleure circulation du sang à l'intérieur des os fracturés et a contribué à leur solidification. De même la décrispation du traumatisme m'a aidée à retrouver l'harmonie avec mon corps.

Comment as-tu trouvé la force de parler, de dépasser ton sentiment d'humiliation, de haine peut-être ?

En agissant, comme j'ai encouragé ce chauffeur de taxi à le faire. Je me suis permis de dire : je ne vais pas bien. Je me suis permis d'être fragile, et sans avoir honte d'exprimer ma souffrance. Mais le point de départ de tout ce travail de reconstruction, c'est Jeanne. Avec un enfant, j'avais la responsabilité de me reconstruire physiquement et de garder ma force et ma dignité. J'ai essayé de me maintenir debout, de ne pas courber le dos devant l'épreuve que je venais de subir. Je devais me tenir droite devant ma fille. Grâce à la parole, j'ai récupéré ma force. Très vite j'ai entamé une analyse pour tenter de comprendre pourquoi on se laisse approcher par des gens malveillants. Pourquoi on se frotte, on se mêle à ces gens-là ?

Pourquoi on ne se protège pas, pourquoi on se met en état d'insécurité ou de risque d'être maltraité par d'autres ?

Oui, mais je dirais que, jusque-là, je m'étais davantage préservée que protégée, n'ayant jamais eu véritablement le sentiment d'être en danger. Par contre, j'ai compris que l'on est responsable d'approcher ou de rester en contact avec certaines personnes qui sont néfastes pour soi. On peut être inconscient, ou choisir de ne pas voir, mais de toute façon tout lien avec ces personnes, quel qu'il soit, leur accorde un crédit. Par conséquent, j'ai travaillé en profondeur.

Cela peut être aussi une manière de se punir soi-même que de ne pas s'entourer de personnes bienveillantes.

Je ne pense pas que c'était mon cas, mais j'en ai vu certains se faire prendre à ce piège.

Tu accordais sans crainte ta confiance à un analyste malgré le parcours psychiatrique tragique pour ta sœur Sabine ?

Je demandais de l'aide pour un problème concret et ponctuel, je ne cherchais pas à mettre toute ma vie en question dans une analyse interminable. Après m'être bien renseignée auprès d'une amie et d'autres personnes, je me suis décidée pour cette analyste et j'ai eu la chance d'être écoutée.

Pourquoi avoir choisi une analyste femme ?

Ma féminité avait été blessée et abîmée, je voulais que ce soit une femme qui me la restitue.

David Lynch nous avait raconté que sujet à des cauchemars et perturbé par toutes sortes de visions étranges, comme le montrent ses films, il avait décidé d'aller consulter. À la première séance, Lynch demande au psychanalyste : « Pensez-vous que le travail que nous allons faire risque d'affecter ma création ? – Certainement, lui répond l'analyste, car nous allons interroger votre inconscient. – Bon, alors au revoir monsieur. » Et Lynch n'est plus revenu !

Son univers est tellement étrange que Lynch doit effectivement exprimer ses névroses dans son cinéma ou ses peintures et, après une analyse, il en serait peut-être débarrassé au point d'avoir tari son imaginaire. Je pense moi aussi qu'une analyse trop pointue pourrait m'enlever certaines audaces inconscientes, me paralyser, ou faire de moi quelqu'un qui analyse tout ! Je crois me connaître assez bien, et je sais pourquoi je suis ce que je suis aujourd'hui. Mon métier m'a permis de me découvrir et m'apporte une sérénité pour affronter des personnages parfois dérangés ou dérangeants. Ce travail d'analyse à moyen terme m'a, comment dire, mise en paix. Forcément le problème pour lequel je consultais cette analyste m'a renvoyée à mon enfance, à mes parents, à tout ce qui me constitue. Mais, me considérant ni plus exceptionnelle ni plus traumatisée qu'une autre, je ne ressens pas le besoin de m'engager dans une mise à plat totale de ma vie.

Tu disais que cette personne a cherché à détruire ton sourire.

Elle a essayé de m'enlever ce qu'il y avait de meilleur en moi, mon sourire. Cibler la bouche, c'est vouloir porter atteinte à toute la vie. La bouche est le lieu de la nourriture, à commencer par un enfant qui tète le sein maternel, mais aussi c'est avec elle que l'on aime et embrasse, que l'on parle.

Que l'on prononce son premier et son dernier mot.

Oui… Cette agression, c'est ce qui s'appelle « se faire fermer la gueule par quelqu'un ». C'est vraiment ça : « Ferme ta gueule. Tu ne t'exprimeras plus. Tu seras sans défense. »

Mais toi, tu racontes ici qu'on n'a pas pu détruire ton sourire.

Non, jamais personne ne pourra me prendre mon sourire. Jamais.

Aujourd'hui, quelles sont les conséquences de cette agression ?

Il est difficile d'oublier et j'aurai physiquement des séquelles à vie, mais depuis cette agression je suis devenue beaucoup plus solide. J'ai réussi à transformer ce que j'ai vécu en effets positifs pour moi. Les coups durs me fragilisent puis me renforcent.

C'est ta propre interprétation de cette pensée nietzschéenne : « Tout ce qui ne me tue pas me rend plus fort ! »

Oui, c'est finalement ma philosophie de vie.

Ah, tu souris... Finalement, cet événement douloureux n'a pas altéré ta bonne nature.

Ma plus grande douleur, c'est de ne pas avoir dit au revoir à Ouidad. Le jour de son enterrement, peu de temps après l'agression, j'aurais dû être avec elle si je n'avais pas été moi-même détruite. Je regrette de ne pas avoir eu la force physique de l'accompagner là où elle demeure aujourd'hui, en Algérie, dans ce pays riche de symboles pour moi. Je ne peux même pas visualiser l'endroit précis où elle repose. Pourtant, j'aurais eu besoin, pour moi et pour notre histoire, d'accomplir ce geste symbolique. Sa mort a été si violente qu'elle reste injuste. Peut-être qu'un jour j'irai en pèlerinage à Souf…

Un samedi soir, je dis à ma mère :
Voulez-vous savoir le garçon que j'aime ?
C'est un jeune garçon à qui j'ai donné mon cœur
J'ai donné mon cœur à [nom du garçon]
J'ai donné mon cœur à [nom du garçon]
Est-ce bien la vérité ? Oui ou non sans
[vous tromper ?

Le facteur apporte une lettre, une lettre, une lettre
Sur la lettre il y a écrit : je t'aime, je t'aime
Ça commence par un mariage, mariage, mariage
Ça commence par un p'tit bébé, p'tit bébé,
[p'tit bébé...

Voulez-vous savoir le garçon que j'aime ?

... Je ne pouvais pas la laisser repartir. Elle était venue comme une alliée me tendre la main. Tout se jouait ici et maintenant. Si je ne prenais pas cette main, le sort qui me retenait de fenêtre en fenêtre ne serait jamais brisé.

Extrait du livre de Guillaume Laurant,
Les Années porte-fenêtre

C'est durant cette période douloureuse de reconstruction que tu rencontres Guillaume Laurant.

Guillaume a joué un rôle important dans ma reconstruction. J'étais comme un petit oiseau effrayé avec une aile cassée que l'on peut à peine caresser. Quand Jeanne arrivait vers moi pour sauter sur mes genoux en criant : « Maman ! », j'avais instinctivement une réaction de défense. Personne ne devait s'approcher de mon visage. Peu à peu, tous les soirs, Guillaume m'a massée longuement, délicatement. Je dirais qu'il m'a apprivoisée à la tendresse, à l'apaisement, aux sensations agréables. J'avais l'impression qu'il redonnait une unité à ce visage fracturé. Ce visage agressé par des mains d'homme se reconstituait grâce aux mains réparatrices d'un autre homme.

Avec Guillaume, vous vous êtes rencontrés au Festival du Film Romantique...

Un beau présage, n'est-ce pas ? Entre nous, immédiatement c'était une évidence. Pourtant, il n'y a rien de plus « superficiel » qu'une ambiance festivalière. Nous étions placés à la même table lors d'une soirée donnée au Grand Hôtel de Cabourg, un cadre peu propice aux tête-à-tête intimes. Et pourtant, nous avons longuement parlé des choses de la vie, de nos parcours respectifs, de la famille... Cette complicité immédiate a tissé nos liens. À cette époque, je n'avais pas du tout envie de m'engager avec qui que ce soit. J'avais à peine réappris à rire. Ce soir-là, nous avions échangé nos coordonnées. Il m'a appelée seulement un mois et demi plus tard pour me parler de son livre, *Les Années porte-fenêtre*, dont il achevait l'écriture. En lisant le manuscrit j'ai trouvé que l'héroïne avait des similitudes avec moi. Il m'a avoué plus tard qu'il avait changé la fin de son histoire grâce à notre rencontre. C'était très troublant, dans ce livre, Guillaume avait déjà écrit notre histoire avant même de la connaître et de la vivre. Le narrateur de son roman est en quête de trouver une « alliée », et à la fin il rencontre une femme idéalisée qui peut me ressembler, et en même temps qui n'est pas moi. Guillaume est un grand romantique.

Quelle rencontre romanesque ! En fait ce livre est le parcours d'un homme à la recherche d'une femme fantasmée.

En fait, il cherche l'amour. Le livre démarre sur un enfant de trois ans qui n'aime pas la maternelle, alors il imagine une histoire incroyable pour ne plus y aller. Il voudrait déterrer le grand chêne qui trône au milieu de la cour de l'école dans l'espoir qu'il écrase les bâtiments en tombant. Un jour qu'il mange un yaourt à la cantine, il vole une petite cuillère, puis, pendant toutes les récréations, il se met à creuser, creuser, creuser... Une petite fille se propose de l'aider. C'est cette « alliée » que ce petit garçon essaie de retrouver une fois adulte. Donc, je suis la femme à la petite cuillère, l'alliée…

Vous êtes tous deux dans des univers créatifs, cela influe sans doute sur votre façon d'appréhender la vie ?

Oui, nous travaillons tous deux dans la création, dans l'imagination, mais avec cette différence : Guillaume invente et écrit des histoires, moi je vis et donne vie à des histoires inventées par d'autres. Un auteur décide seul du destin de ses personnages, il peut les entraîner où il veut.

Ou se laisser entraîner par eux.

Oui, mais il garde son pouvoir de décider si cela lui convient. L'acteur est porté par son personnage, mais son interprétation est le fruit d'une vision partagée avec le metteur en scène. En plus, son jeu s'enrichit des imprévus, de ses découvertes sur le rôle, des surprises de jeu avec les autres acteurs, et aussi des exigences des conditions de tournage. L'acteur est en prise directe à chaque seconde avec le réel. Forcément, nos métiers influencent différemment notre façon d'appréhender la vie. Dans la réalité, un scénariste n'est pas toujours maître du destin, la vie n'est pas un livre ouvert, elle ne se déroule jamais comme on l'a imaginé. Et il peut arriver à une actrice de refuser certains rôles. Cela rend d'autant plus complexe mais passionnante notre tentative commune de réussir l'« œuvre » de notre couple !

Le premier roman de Guillaume Laurant était en grande partie autobiographique.

Oui, il est écrit à la première personne. Bien sûr, bon nombre de situations sont fictionnelles, mais en même temps il raconte sa propre vie depuis l'enfance. Guillaume dit d'ailleurs que ce livre lui a évité une analyse. C'est intéressant car je suis en train de faire avec vous le même travail d'introspection à travers ce livre, mais sans fiction.

Vous aviez donné une fête mémorable pour votre mariage, au Grand Hôtel de Cabourg précisément ! Nous vous avions surpris marchant tous les deux enlacés au petit matin, sur la plage aux Romantiques, devant cet hôtel hanté par la figure de Proust…

On a voulu faire une belle fête, élégante et folle, pour partager notre bonheur avec nos proches, nos amis. Notre mariage, on l'a décidé un peu à la fanfaronnade : « Tu ferais un bon mari ! – Toi, tu serais une bonne épouse ! Et si on se mariait ! » Quand j'étais gamine, on chantait une comptine dans laquelle on glissait le prénom du petit copain dont on était secrètement amoureuse : « Un samedi soir, je dis à ma mère, voulez-vous savoir le garçon que j'aime ? C'est un jeune garçon à qui j'ai donné mon cœur. J'ai donné mon cœur à Guillaume, à Guillaume, à Guillaume… » Cette fête était aussi une façon de dire à mes copines, « Hé, Tiffy, viens voir mon nouvel amoureux comme il est beau ! »

Cette évidence réciproque a favorisé ta décision à te marier ?

Pour moi qui suis assez bourlingueuse, le mariage représentait une expérience inédite. Avec nos alliances dans un sac à dos, on part tailler la route à deux ! Ce mariage symbolisait aussi le bonheur retrouvé à l'issue de ma reconstruction avec la bienveillance de Guillaume. Il a tout de suite fait preuve de disponibilité et de générosité dans son désir de m'accompagner alors que je n'allais pas bien. C'est sa qualité et sa force. Il est important pour notre histoire que notre rencontre ne se soit pas faite sur un coup de foudre ou sur la séduction – je n'étais pas belle à voir à l'époque – mais sur un sentiment profond d'évidence. Généralement, dans un couple, surmonter les difficultés ensemble s'acquiert avec le temps. Nous, on a commencé par ça !

Le mariage a ses lois, ses codes...

En fait, le mariage est une institution lourde, souvent pénible, et fréquemment en opposition aux sentiments partagés. Dans le contrat, la loi protège évidemment le plus faible. D'entrée de jeu, inconsciemment, il y a déjà un plus faible et un plus fort au sein du couple. L'autre est immédiatement posé comme un « attaqueur » potentiel, c'est fou ! Un rapport de force s'immisce dans des situations où il n'a pas lieu d'être. La liberté, financière par exemple, se retrouve contrainte par l'autre, même s'il n'y a pas de problème à l'intérieur du couple. C'est terrible de débuter une histoire d'amour en signant un contrat pour le meilleur et prévoyant le pire ! Oh, la paperasse, je déteste. Moi, en cas de divorce, je préférerais faire une belle fête !

Avec Guillaume, vous avez eu Adèle. Le mariage c'était aussi la concrétisation du désir partagé d'avoir un enfant.

Le vrai mariage dans un couple, pour moi, c'est l'enfant. Le mariage représente mon engagement avec l'homme qui va être le père de mon enfant et qui le restera. C'est simple: pourquoi j'ai fait un enfant avec Guillaume ? Parce que je l'aime.

féline

Belle à tomber, belle à croquer. Adèle est une princesse.
Son petit corps délicat se déplace comme un félin.
Ses pieds agiles comme une danseuse, elle est gracieuse.
Ce beau regard qui me désarme, ses grands yeux bleus
elle sait ce qu'elle veut. Du haut de ses cinq pommes,
les sourcils froncés, cette poupée quand
elle dit non, rugit comme un lion.

Sandrine Bonnaire, Tiffy Morgue et Jean-Yves Gaillac en conversation sur la plage de l'Hôtel des Bains à la Mostra de Venise

Être au bon endroit...

Tu as eu l'honneur de participer à la 66e édition de la Mostra en tant que membre du jury, et tu as présidé le jury du festival francophone d'Angoulême. Comment conçois-tu ton rôle de juré ?

J'attends d'un film qu'il me procure une émotion immédiate, totale, dévastatrice. Selon ma conception du cinéma et de l'art en général, face à une œuvre, j'espère recevoir en plein cœur des flux d'émotions, et ensuite que l'analyse en soit agréable et intéressante. Mon rôle de juré consiste à élire cet objet exceptionnel. Et si ce film-là n'existe pas, choisir celui qui s'en approche au maximum.

As-tu des critères de choix, quelle serait ta hiérarchie entre la mise en scène, l'interprétation, la singularité du sujet ?

À Venise par exemple, pour décerner le Lion d'or à un film, on a dû passer par des compromis, non pas des arrangements, mais trouver un équilibre entre la mise en scène, les acteurs, le thème… Cela doit être le cas pour l'attribution de n'importe quel prix. Je peux être extrêmement touchée par un sujet qui laissera d'autres jurés insensibles, ou inversement. Je pars du principe que si un film ne raconte rien, il faut l'éliminer, c'est le jeu, à moins qu'il y ait une pénurie totale de candidats ! Avant de participer à l'un des plus grands festivals internationaux, je n'imaginais pas à quel point la culture propre à chaque pays influence la réception d'un film.

Il y a une réelle différence d'appréciation en fonction de la nationalité d'un juré ?

Oui, tout de même. D'ailleurs on retrouve cette distinction dans les œuvres aussi. Le cinéma chinois, en particulier, offre une dimension féerique aussitôt identifiable, très lumineuse et colorée. Le cinéma japonais se distingue des films asiatiques par une capacité de puissance et de violence dans l'action, mais aussi une sensibilité tout en retenue, une lenteur dans la description et l'observation des sentiments et des rapports humains.

Quelle est la particularité du cinéma français pour ces jurés internationaux ?

Un cinéma bavard ! Pour nous, l'analyse des situations et des sentiments, la psychologie des personnages dont on apprécie les tours et les détours à travers les dialogues est presque une forme de tradition, alors que les étrangers sont moins réceptifs à ces émotions. C'est vrai que l'autoanalyse est une spécialité très française ! La subtilité des dialogues peut être difficile à apprécier dans une langue étrangère, et à force de suivre la traduction, on n'a plus le temps de regarder l'image.

Avec la mondialisation, la standardisation de l'art, les particularismes de chaque peuple tendent à s'uniformiser.

Être universel, voilà la fonction du cinéma ! Quand un film dépasse les frontières et traverse toutes les cultures, on touche au chef-d'œuvre absolu. Et pourtant, plus un film est une œuvre artistique, plus il est singulier. Qu'est-ce qu'on voyage au cours d'un festival international ! C'était tout aussi frappant au festival d'Angoulême autour de la francophonie. La langue française n'est pas la même dans les divers pays francophones. Le québécois, avec son accent et ses expressions colorées, ce n'est presque plus du français pour nous. On découvre aussi un autre langage avec le cinéma africain, dans sa manière de raconter une histoire et de la mettre en scène.

On entend et on lit toutes sortes de rumeurs pendant un festival, certains commentateurs affirment dès les premiers jours que tel film décrochera la Palme ou le Lion d'or, tel acteur ou telle actrice le prix d'interprétation !

Oui, mais ces commentateurs avisés voient-ils tous les films ? Il faut avoir tout vu pour comparer. De toute façon, je suis sourde à ce genre d'échos quand je participe à un jury et je crois que c'est le cas pour l'ensemble des membres.

Que répondrais-tu à cette grande question : pourquoi filmez-vous ?

Pour dire, pour raconter. Faire un film doit être un enjeu pour soi-même. Ne pas chercher un point de vue universel. Il faut choisir l'angle juste, être au bon endroit tout simplement.

Quelle est la spécificité du festival d'Angoulême ?

Dominique Besnehard, son fondateur, défend l'idée superbe que le cinéma en tant qu'art populaire doit être à la portée de tous. Le public peut visionner dix films pour 20 euros, des projections en plein air sont organisées sur l'esplanade du Champ-de-Mars, et aussi sur grand écran à l'intérieur des prisons. Je suis donc allée présenter *Joueuse* en compagnie de sa réalisatrice, Caroline Bottaro, à la prison des femmes d'Angoulême. Dans ce film, Hélène, la femme que j'interprète, décide de changer de vie et de forcer son destin. Ce personnage a ému ce public de femmes privées de liberté.

Quand j'y suis retournée,
il était mort depuis quelques mois.

On a retrouvé l'endroit avec beaucoup de difficulté. Je ne me souviens plus comment, peut-être que quelqu'un du coin nous a guidées, je ne sais pas. Le soleil était rasant. Je me suis assise exactement au même endroit, les cailloux étaient toujours aussi inconfortables et j'ai regardé droit devant moi. En face il y avait des arbres, que je n'avais sûrement pas vus la première fois tellement j'étais concentrée sur l'eau en espérant attraper un poisson. Ensuite j'ai tourné ma tête sur la gauche là où était assis mon père. J'ai fixé cette place en essayant de remémoriser ses gestes, ses rires, ses regards. Je n'y suis pas arrivée, ma tête était trop confuse. J'ai compris que ces images que j'essayais de retrouver devenaient comme un acharnement, une obsession, alors j'ai arrêté et j'ai ramassé un caillou. J'aime les cailloux.

Incarcération

Récemment, tu avais accepté de participer à la maison d'arrêt des femmes de Fleury-Mérogis à une émission télévisée diffusée en interne, conçue et réalisée par des taulardes. Je me souviens de moments intenses durant cette rencontre avec ces femmes. Tu étais très tendue avant d'y participer.

Tu te souviens, Tiffy, dans quel état on était toutes les trois avec Caroline ? Aller dans une prison, ce n'est pas rien. On a beau voir des reportages, la réalité est bien plus forte. On était anxieuses, on s'est dit, il faut être en forme, c'est fragilisant. Je m'étais préparée psychologiquement plusieurs jours auparavant. Je suis assez claustrophobe. Même si je savais pertinemment que j'allais ressortir, j'étais angoissée à l'idée d'être enfermée dans un lieu clos derrière des dizaines de portes fermées à clé.

C'est vrai, notre souci était de ne pas perdre notre calme face à des personnes qui supportent cet univers d'enfermement au quotidien.

Oui, ce genre d'état d'âme aurait été carrément déplacé. Je me souviens, sur ce parking devant la prison, on était fébriles, on riait nerveusement toutes les trois. Mais la prison d'Angoulême est pire que celle de Fleury-Mérogis. À l'intérieur, plus on avance, plus on est oppressé : des portes, des clés, des couloirs aveugles, des caméras, des fermetures électriques, des barreaux, tout ça sans jamais apercevoir la lumière du jour. Et, à chaque porte qui se referme sur soi, on a cette sensation étrange d'être nous aussi enfermé comme les matons chargés de la vidéosurveillance dans une rotonde vitrée. Toute la journée, ils se retrouvent doublement emmurés dans cette cage de verre.

Il n'y avait pas, comme à Fleury, cette sensation d'être malgré tout dans un lieu relativement aéré et lumineux. Tu te souviens, dans les larges couloirs, le soleil pénétrait à travers les baies ou les meurtrières ouvrant sur des cours et laissant apercevoir le ciel et la terre. Je ne veux pas dépeindre un cadre idyllique, mais…

Oui, je me souviens qu'on avait été surprises par la clarté des locaux. Fleury est une maison d'arrêt relativement récente où des verres incassables ont remplacé les barreaux.

Par contre il y a une sorte de bruit de fond permanent, les voix résonnent, c'est épuisant. Lors de sa construction dans les années soixante, Fleury se voulait une prison modèle. On a aperçu une nurserie où quelques femmes peuvent séjourner avec leurs bébés jusqu'à dix-huit mois. Arrivées dans la pièce qui servait de petit studio d'enregistrement pour la télévision, on était un peu moins angoissées.

Alors qu'à la prison d'Angoulême, on n'a pas du tout la même impression. Au bout d'un très long couloir, on débarque sur les deux cours de promenade pour les hommes. Beaucoup de jeunes, trente, trente-cinq ans maximum, certains tournent en rond, d'autres fument leurs clopes appuyés contre un mur ou jouent au ballon. On a rejoint la petite salle où était projetée *Joueuse*. À peine étions-nous discrètement assises dans le noir avec Caro que sur l'écran, Hélène, mon personnage, plantée droit sur un rocher face à la mer, face à l'immensité de la nature et du soleil, pousse un long cri de liberté. L'image de cette femme à la conquête de son indépendance prenait tout son sens dans cet univers carcéral. La vision de cette scène m'a fait froid dans le dos. La lumière s'est rallumée, sept détenues étaient là, très concentrées. En rencontrant leurs regards, j'ai eu une montée de larmes. Elles se sont présentées et ont commencé à parler toutes en même temps avec des mots simples : « Il est bien le film », « ça nous a plu. » C'étaient des femmes d'une quarantaine d'années, moins jeunes qu'à Fleury.

Elles devaient être très émues, même si elles ne l'exprimaient pas directement. C'est là où l'on prend vraiment conscience qu'un film peut résonner très fort dans la vie de certains spectateurs. Et même bien après la projection...

Oui, la première qui a parlé, la plus expansive, a d'ailleurs eu un mot incroyable, elle me dit : « Oh, vous jouez bien à l'échec ! » Une autre, plus posée, la reprend : « On dit aux échecs. » La première continue : « Oui je sais, mais vous saviez jouer à l'échec avant ? » Et l'autre, imperturbable, enchaîne : « Aux échecs... » Quelle tension, ce lapsus est tellement fort ! *Joueuse* s'inspire du livre de Bertina Henrichs, qui était avec nous lors de cette visite. La fille au lapsus nous a fait part de son désir d'écrire un livre sur son passé de détenue, une fois libérée. Quand on lui a suggéré de commencer dès à présent, elle a répondu d'un ton beaucoup plus réservé : « Oui, peut-être... » La vie s'arrête en prison. Toutes ont avoué que l'absence de liberté était vraiment très dure à vivre, et en même temps elles ont reconnu d'elles-mêmes être bien soignées. Certaines se sentent même suffisamment en confiance pour se confier aux matons. À Fleury, j'avais ressenti une pression supérieure, les filles ne s'étaient pas du tout exprimées sur ce sujet, et l'attitude des surveillantes semblait plus rigide.

Le nombre des détenues à Fleury, autour de trois cents, bien plus élevé qu'à Angoulême explique peut-être que les liens soient plus difficiles à créer. Nous ignorons les causes de leur détention, mais les matons en connaissent la gravité.

Évidemment, en tant que visiteuses, ils n'ont pas le droit de nous informer des délits commis par ces femmes, mais ils nous ont affirmé faire le maximum pour l'oublier. À Angoulême, le directeur m'a paru avoir une approche plus humaine de sa fonction que la directrice de la maison d'arrêt de Fleury. Tu te souviens, Tiffy, de la façon dont elle nous a reçues dans son bureau ? Je n'aimerais pas me retrouver face à elle en tant que détenue. En même temps, le directeur d'Angoulême nous a tenu le même discours : « On n'est pas là pour les juger. Notre tâche est de faire en sorte que les prisonniers soient traités le mieux possible. Il nous arrive de nous attacher à certains… »

L'émission de télévision en interne que les détenues avaient organisée autour de toi à Fleury a vu le jour grâce au travail d'une femme dévouée, une responsable de l'ARAC. Cette Association de Recherche d'Animations Culturelles met en place un programme de formation à l'expression orale et écrite au sein de la prison. Des personnalités sont invitées à se soumettre à des interviews sous forme de jeux, menées par plusieurs animatrices, et une présentatrice conduit l'émission. Ces détenues t'ont proposé un Portrait chinois, un Ni oui, ni non, un Pour ou Contre... Elles te bombardaient de questions à une vitesse incroyable avec des gages à la clé !

Oui, justement au Ni oui, ni non, l'une d'elles m'a demandé si j'avais déjà eu des relations avec des filles, comme je ne pouvais pas dire « non », j'ai bredouillé je ne sais plus quoi… Enfin j'ai pris un gage ! Curieusement, leur façon de mener les interviews m'a fait penser à un casting où le metteur en scène essaie de tirer du plus profond de toi ce que tu n'as jamais donné. Je me suis retrouvée dans la situation où je jouais à leurs jeux et, en même temps, elles me poussaient à être complètement moi-même.

Leurs questions étaient très directes, elles exigeaient que tu parles vrai.

Elles vont tout de suite au cœur du sujet, avec une forme de provocation et en même temps elles ne cherchent pas à piéger ni à discréditer, il n'y a rien de malsain. On n'est pas dans la même situation qu'avec un journaliste. Si un journaliste me demandait si j'ai déjà eu des rapports sexuels avec une femme, je lui rétorquerais vite fait : « Monsieur, je n'ai pas à vous répondre sur ma vie sexuelle. » J'avais accepté cette rencontre non pas pour parler de moi, mais pour apporter une bouffée d'air entre ces murs.

Oui, donner un peu d'humanité aussi... Comme gage, tu as dû danser. J'étais sidérée de voir, entre les murs de Fleury, Sandrine Bonnaire se lancer dans une danse du ventre endiablée sur une musique arabe à fond, à la joie de la taularde qui est venue danser avec toi. Un moment inoubliable dans ce lieu de détresse.

Oui, c'étaient des moments très forts. On m'avait proposé de leur rendre visite il y avait déjà quelques années, mais il avait été difficile de trouver une date entre leur programme et mes obligations. J'avais envie de le faire, j'aime bien me sentir utile, si je pouvais contribuer à un peu de joie dans ce lieu, pourquoi pas ? J'étais intéressée aussi de voir comment fonctionnait une prison de femmes, comment sont traitées les détenues. Enfin, on ne sait jamais vraiment trop ce qui s'y passe, les directeurs et le personnel disent bien ce qu'ils veulent dire… On sort de là en ayant éprouvé un peu ce qu'est l'enfermement. Un peu.

Finalement ces jeunes femmes n'étaient pas intimidées de recevoir une personnalité. J'ai ressenti chez elles une façon de te dire : « Tu es venue jusqu'à nous, eh bien tu vas voir que ce n'est pas facile ici. »

Et effectivement ce n'est pas facile… Pour me faire sentir que j'avais de la chance, elles voulaient m'emmener dans la dureté de leur univers, avec ce défi : « On va voir si tu tiens ! » Ces jeux servaient de tests. Le principe de cette émission télévisée avec des jeux-interviews était intéressant par rapport au cinéma. Je venais jouer mon rôle d'actrice comme sur n'importe quel plateau de télévision, donc je devais faire mon travail, et en même temps elles me poussaient à surtout ne pas être actrice, mais à être vraie.

À être au plus près de ta vérité.

Ça c'est chouette. J'ai l'impression d'avoir découvert des choses sur moi, jusqu'où je pouvais aller, comment je résistais, si j'avais de l'humour… Le fait que certaines se soient présentées déguisées avec des perruques m'a rappelé les espèces de shows qu'on faisait avec Ouidad et mes frangines. Il y avait un écho de mon enfance dans ces jeux: le Ni oui, ni non, je n'y avais jamais rejoué depuis que j'étais gamine. C'était étrange de me retrouver à Fleury-Mérogis, juste en face de chez moi quand on habitait Grigny. Même si ses filles pouvaient être tranchantes et dures, il y avait un côté bande de nanas qui délirent un peu, un côté bonne rigolade entre copines.

C'est étrange, dans ce lieu voué à l'inactivité et à l'attente, on sent constamment une tension stressante.

Les détenues sont pour la plupart dans un état de surexcitation, comme si elles étaient pressées par le temps. Tu te souviens, après l'enregistrement de l'émission, on a été conviées au traditionnel goûter offert par l'association. Les filles partagent avec l'invité des gâteaux tout en discutant autour d'une table, tout cela sous les caméras et le regard d'une surveillante qui nous rappelait qu'il fallait faire vite car les filles devaient retourner dans leur cellule.

Oh oui, ce goûter ! Lui aussi me ramène à l'enfance. Je n'aime pas les gâteaux, et il n'y avait que des trucs très crémeux, tout ce que je déteste. Elles ont avalé les gâteaux à toute vitesse, car elles doivent tout manger sur place, il leur est interdit de ramener un morceau en cellule.

On avait l'impression qu'elles engloutissaient sans plaisir, on sentait la frustration parce que après, en cellule, il y a le manque.

C'est terrible cette façon compulsive de s'empiffrer. Elles te pressent en te filant deux parts énormes : « Tiens, tiens, mange des gâteaux. » Elles ne font pas de distinction entre elles et toi. Et tout va très vite, je n'avais pas envie de les heurter, ni de les blesser en disant : « Non merci, je n'aime pas les gâteaux », et à la fois je ne voulais pas être dans la compassion. Moi je ne suis pas en prison, pourquoi serais-je obligée de me taper ces trucs hypersucrés !

C'était enfin un petit morceau de douceur qu'elles pouvaient partager avec toi. De toute façon, si on compose, si on triche, elles le sentent.

Oui, immédiatement. Elles défendent leur dignité aussi.

Il y avait plutôt un côté régressif dans ces jeux et ce goûter, dans le fait de jouer à « comme si on faisait une émission », alors que ce qui s'y joue, ce ne sont pas des enfantillages, au contraire.

Tout se fait tellement dans le stress et dans une violence contenue… Au moment de sortir, il y a eu la fouille sur elles, mais pas sur nous, ça aussi c'est dur. Je me souviens d'avoir dit à une fille qui m'avait amusée pendant les jeux que je la trouvais vraiment sympa. Elle m'a répondu du tac au tac avec un regard froid : « Méfie-toi de l'eau qui dort. » Là, on ne jouait plus.

La plupart des filles à Fleury étaient tellement jeunes !

Et plutôt sympathiques, on n'imagine pas une seconde qu'elles ont accompli des gestes horribles, mais plutôt des conneries de jeunesse, des vols de DVD, ou des petits braquages. Je pourrais presque éprouver un peu d'admiration pour les braqueurs, et encore plus pour les braqueuses. À partir du moment où il n'y a pas mort d'homme, évidemment, c'est capital… Hou là, je me rends compte que je dis une énormité, non ?

Tu vois ça comme un grand film avec une belle braqueuse à l'affiche ! Ça ne te fait pas peur, cette mythologie du héros qui brave la loi pour faire sa propre justice sociale ? La réalité est souvent plus tragique.

Oui, mais tout dépend de quelle loi on parle. En fait, je veux parler de l'idée de la rébellion. Si l'on pense aux grandes banques centrales internationales, à la distribution du crédit, aux paradis fiscaux, aux détournements de fonds publics, ou aux parachutes dorés des grands patrons, il y a aussi du hold-up dans l'air, non ? Il faut attendre une crise financière grave pour commencer à se poser des questions sur la légitimité de ces organisations au niveau mondial. Et tout ça est toléré au sein de pays démocratiques ! Je ne cherche pas à inciter à braquer des banques, je dis simplement que je peux comprendre que des gens dans la pénurie la plus totale, des gens hors circuit depuis toujours, en arrivent à cet acte de révolte. Souvent perdu d'avance d'ailleurs, peu s'en sortent bien. Je précise à nouveau que j'accepte l'idée de cette rébellion sans arme. Après, dans la réalité, je sais que cela n'est pas défendable.

Pourtant tu nous as dit : « On doit choisir son destin. » Même si l'on ne naît pas avec une cuillère en argent dans la bouche, personne n'est condamné à passer dans la délinquance.

À condition que l'on ait quelques cartes pour s'en sortir ! Je me souviens dans mon enfance, beaucoup de gens de Grigny étaient emprisonnés à Fleury. C'était bouleversant, les parents, le reste de la famille habitaient à cinq cents mètres ! C'est pratique pour les visites, mais ça raconte quelque chose de grave. Comment peut-on booster son destin si l'on n'est pas orienté, initié, si l'on ne rencontre pas quelqu'un dans sa famille ou à l'extérieur qui possède une force, une curiosité, une personne qui peut générer une transmission de valeurs et de confiance ? Ce que je ne supporte pas, ce sont les gens qui n'utilisent pas ce que la vie leur a donné. Moi j'ai eu ces cartes : mes parents, Lydie, Ouidad et sa famille, et mes maîtres de cinéma.

Les cartes, tu as su les prendre et les abattre au bon moment.

J'ai du mal avec cette idée de refuser ce qui nous est donné. J'ai le sentiment d'avoir pris la force que ces gens-là m'ont transmise. Moi toute seule, j'aurais été dans le rien. Je sais qu'il y a des situations sans issue. Sans aucun repère, dans quelle direction aller ? D'un autre côté, si tu joues avec le feu, tu te brûles. C'est complexe, mais je ne suis pas non plus contre la prison, parfois il faut remettre les pendules à l'heure.

Imposer des limites.

Exactement, comme avec un enfant qui fait une bêtise, ou qui n'est pas respectueux, une bonne fessée, ou une punition, « pas de dessert et dans ta chambre », ça ne fait pas de mal, ça structure. Ce principe fait partie de l'éducation, il ne s'agit pas d'enfermer son gamin dans un placard, mais…

J'ignorais ton côté « Père Fouettard » !

Mais oui, je suis pour la fessée. Je m'étonne que l'on puisse encore débattre sur ce thème : « Faut-il donner des fessées à ses enfants ? », et que des magazines fassent leur une avec ce genre d'accroche. Françoise Dolto a fait beaucoup de bien et, malgré elle, beaucoup de mal. Les gens ont déformé ses propos, elle disait simplement qu'il faut écouter son enfant, être en dialogue avec lui, à une époque où l'enfant n'était pas considéré comme une personne à part entière.

En tout cas, Dolto n'a jamais dit d'en faire un enfant-roi.

Surtout pas. Je pense que plus tu donnes de limites, moins tu donnes de fessées. Mes filles savent qu'une fessée leur pend au nez si elles ne respectent pas mon autorité. Le gamin qui se roule par terre au milieu des rayons d'une grande surface, quand on a tout un Caddie à remplir et qu'on est déjà en retard pour aller chercher son frangin à l'école, alors là, la fessée, ça démange ! Mais l'indifférence marche très bien, ça transforme le rapport, c'est génial. L'enfant est manipulateur, il sent les parents qui accourent aux moindres pleurs, il en profite. Je l'ai vécu avec Jeanne. Ce n'est pas évident avec un premier bébé de quelques mois, il hurle à s'étouffer, tu ne sais pas... Est-ce qu'il a mal au ventre, il a peut-être faim ? Tu cours partout, tu agites des jouets devant lui… Il faut vite comprendre que si tu te montres inquiet tout le temps, le môme le sent, même à trois mois.

Oui, il sent que tu n'as pas confiance en toi, alors comment pourrait-il avoir confiance, lui ? Il a peur, il pleure constamment pour vérifier si tu lui donnes ce qu'il désire le plus au monde, être protégé.

Oui, les repères commencent très tôt. S'il fait la comédie pour dormir, il faut lui parler, le rassurer, le nourrisson reçoit le ton de la voix, son intention. Si on accourt angoissé, tendu, il le sent, et notre peur crée de l'angoisse chez le gamin. C'est intéressant d'observer que les enfants violents baignent souvent dans des environnements identiques. Ils reproduisent la façon de s'exprimer des parents, le stress et la violence sont devenus leur langue maternelle… et paternelle. Adèle sait qu'il y a des choses qu'elle ne peut pas faire avec moi. Elle a tout pigé, elle sait quand elle dépasse la limite. Les repères, c'est le fondement de tout. Ça se joue depuis le ventre, dès la grossesse. On est partis des prisons, on reste dans le sujet. Si on est équilibré, même si on fait une connerie, on retrouve son chemin.

Tu crois en la vertu éducatrice de la prison ?

C'était l'une des questions du Pour ou Contre posées par une prévenue à Fleury, j'étais bien embêtée de répondre. Je ne sais pas.

Quelles impressions gardes-tu de la prison d'Angoulême ?

À la fin de la rencontre, le directeur nous a fait visiter une cellule où trois femmes sont incarcérées. Elles vivent dans une pièce de onze mètres carrés, avec des toilettes, une douche, un réfrigérateur, et une fenêtre avec des barreaux. Chacune a un coin pour ranger ses affaires. J'ai aperçu un flacon de vernis à ongles, c'était touchant de voir des produits de maquillage dans ce lieu si dépourvu d'intimité et de féminité. Puis le directeur nous a montré les aménagements du secteur des hommes : la bibliothèque, la cuisine, l'infirmerie, un cabinet dentaire et une cellule avec l'œilleton de surveillance sur la grosse porte en fer. À un moment j'ai suffoqué. Malgré le « confort » des lieux, on se sent oppressé par une ambiance lourde. Ensuite il nous a montré le mitard. C'est terrible, les W-C sont placés tout à côté du lit, comme une table de nuit, ça m'a fait un effet ! En sortant de cet endroit, j'ai pensé à Sabine.

Je me suis rappelé sa chambre à l'hôpital avec juste un lit, sans W-C, sans douche, juste un petit lavabo. Une fenêtre sans poignée, porte verrouillée, même ouverture vitrée pour la surveiller. Je me suis mise à pleurer. J'étais face à cette triste réalité qu'entre une cellule et sa chambre à l'hôpital psychiatrique, il n'y avait pas de différence. La visite de ce mitard confirmait mon impression que Sabine avait été « incarcérée » dans un lieu où elle était censée recevoir des soins.

Tu es révoltée ?

Oui. Être incarcéré est une punition. Les prisons sont construites pour ça. La psychiatrie, elle, est de l'ordre du soin. Qu'avait donc fait Sabine pour être enfermée dans une cellule ? Comment pouvait-elle supporter cette privation de vie intime autrement que comme une punition ?

Quand as-tu réellement senti monter en toi ce sentiment de révolte ?

Dès la première année où Sabine a été placée en hôpital psychiatrique, je sentais le piège. Les médecins étaient incapables de savoir ce qu'elle avait, en plus, nous, on ne réalisait pas, on a grandi avec son « étrangeté », alors tant que cela ne la faisait pas souffrir…

Mais que lui est-il arrivé précisément ?

Lorsqu'elle a perdu son fils, notre frère Patrice, ma mère a été s'installer avec Sabine dans l'Allier où il a été enterré. Tous les autres enfants faisaient leur vie, Sabine restait seule avec notre mère. Elle vivait une double souffrance, l'isolement de ne plus être auprès de ses frères et sœurs, avec en plus le chagrin de maman au quotidien. Et, surtout, la violence de la mort de Patrice dont elle a été témoin. Sabine était présente au moment de son malaise, elle l'a vu tomber. Alors avec mes sœurs, on a dit à maman : « Ne t'inquiète pas, on la prend et on s'en occupe », mais cette prise en charge est devenue de plus en plus difficile, Sabine devenait violente.

C'était sa façon de manifester son chagrin et sa culpabilité de rien avoir pu faire au moment de la mort de son frère.

Personne n'a rien pu faire, il est décédé deux heures après. C'est un traumatisme immense d'assister à un malaise qui va entraîner la mort de son frère, on garde des images inoubliables. Je ne m'en serais pas remise non plus. La mort est un drôle de truc.

Nous abordons ces questions alors que cette semaine tu éprouves à nouveau la douleur de la perte d'un autre frère.

Oui, j'ai été très perturbée de voir le corps de mon frère Bruno dans un cercueil, alors je peux imaginer pour Sabine qui a vu pire… À présent, elle peut exprimer sa tristesse et sa souffrance. De but en blanc, quand elle rencontre quelqu'un, elle lance : « Tu sais, j'ai un frère, il s'appelait Bruno et il est mort le 19 juin 2009. Je suis très triste. » Ou alors elle gémit : « J'ai perdu… mon frèrrrre… » À l'époque, le choc de voir la mort de Patrice a été trop puissant, elle est entrée en dépression. Et comme Sabine n'a pas les mots pour dire le chagrin, sa manière de l'exprimer, c'étaient les gestes, la violence, beaucoup de pleurs.

Elle éprouvait un sentiment d'abandon.

Oui, d'abandon. On comprenait que son problème était ponctuel. À un moment donné, ma sœur Corinne a proposé de l'amener en consultation à l'hôpital Paul-Guiraud à Villejuif, situé près de chez elle, pensant qu'un traitement léger permettrait de calmer sa violence.

Avant ce drame et son hospitalisation, Sabine était une fille magnifique. On voit dans ton film une adolescente d'une rare beauté, rieuse, frondeuse, musicienne...

Oui, cinq mois avant la mort de Patrice, Sabine était tout à fait normale. D'ailleurs je l'avais filmée dans une voiture en allant à l'anniversaire de notre grand-père maternel. Elle sourit, elle a les cheveux courts et porte un joli petit tailleur rose. Ce plan, je l'ai mis dans le film, c'est celui où je dis en voix off: « Sabine retourne à l'hôpital, elle y reste cinq ans... » Pendant ce repas je me souviens d'une discussion où elle nous questionnait sur la maternité. Lydie était enceinte. Je revois Sabine, son verre de vin à la main, demandant à Lydie si elle a peur, et à Jocelyne et à moi si l'on avait accouché sous péridurale. À ce moment-là, Sabine partageait cette intimité entre femmes comme ses autres sœurs.

Pourtant, le médecin psychiatre de l'hôpital de Villejuif demande son hospitalisation.

Avec mes sœurs, on pensait que les médecins avaient peut-être raison. Quand ils disaient à Sabine qu'elle était malade, on la rassurait : « C'est normal que tu sois malade, tu viens de perdre ton frère, et tu as assisté à ce qui s'est passé. » On essayait de la déculpabiliser. Corinne venait la voir quasiment tous les jours, et nous qui habitions plus loin, deux fois par semaine. Après on nous a dit : « Vous ne pourrez venir que le week-end, les visites fréquentes sont déconseillées, il faut que votre sœur coupe le cordon avec la famille. »

Tu as alors suivi la dégradation de son état lorsqu'elle était à l'hôpital.

Au bout de quinze jours sans visite, on a découvert Sabine, je me souviendrai toujours, elle portait une chemise de nuit, ce truc blanc ouvert derrière, comme la malheureuse héroïne de *Family Life*, le film de Ken Loach[1]. Sabine était prostrée sur son lit avec un trou énorme dans la tête et bourrée de médicaments. Elle ne parlait plus. C'est le moment où j'ai décidé de faire le film.

Pourquoi Sabine était-elle dans cet état ?

L'équipe médicale nous disait : « On lui donne un traitement plus fort parce que, regardez, elle s'automutile. Elle devient dangereuse pour elle-même et pour les autres. » Alors tu hésites, effectivement, si elle se cogne comme ça, elle peut s'exploser la tête, ils ont peut-être raison... En même temps, on refusait qu'elle soit totalement amorphe. Mais ils ont toujours une explication implacable : « Il lui faut cette dose-là, sinon on doit l'attacher. »

1. Dans ce film de Ken Loach, on suit la destruction d'une jeune femme dans un hôpital psychiatrique, elle est mise sous médicaments neuroleptiques et reçoit un traitement aux électrochocs.

Alors tu es contrainte à faire confiance.

Oui, enfin... Les médecins nous disent : « On pourra peut-être réduire progressivement ce traitement dès que son état aura évolué, mais pour l'instant ce n'est pas possible… » Et si on insiste, ils rétorquent sèchement : « Attention, vous la mettez en danger. » C'est terrifiant, que faire ? Oui, je ne peux pas la laisser se taper la tête contre les murs, alors on fait confiance aux médecins. Mais comme les traitements ne font pas effet, Sabine finit par être attachée, enfermée.

Tu décides alors de la prendre près de toi.

Je décide donc de la loger dans un appartement en face de chez moi en organisant un roulement de gardes-malade. Sabine part tous les matins en ambulance à l'hôpital de jour Paul-Guiraud avec un retour vers 16 heures en compagnie de la garde-malade. Une autre assure la surveillance de nuit. Ça se passe bien, mais parfois Sabine continue à être violente. Les gardes-malade se lassent et nous lâchent. Sabine retourne à l'hôpital. Je garde l'appartement, je connais Sabine, je sais qu'elle peut s'en sortir. Je tiens bon, je ne veux pas que l'hôpital soit son seul repère sinon elle y reste à vie. Ensuite Sabine fait à nouveauun séjour à l'appartement avec d'autres gardes-malade qui se découragent. À nouveau elle est hospitalisée, elle est attachée, enfermée.

Un cercle se referme sur elle, et sur vous.

Mais parallèlement on cherche un autre hôpital. On se dit tout simplement, on va la changer d'établissement, là ce sont des brutes, ailleurs ça ira mieux, elle s'en sortira. Sabine entre à l'hôpital de La Queue-en-Brie, les lieux sont modernes, les bâtiments de taille plus humaine, il y a un parc. L'équipe nous assure que leurs méthodes sont différentes de Villejuif, mais très vite on s'aperçoit que tout est pareil. Sabine subit à nouveau la camisole chimique, l'enfermement à double tour dans une cellule sans toilettes, ses affaires lui sont enlevées jusqu'à sa brosse à dents. « Pour sa protection », nous affirme-t-on.

Le fameux principe de sécurité : « Sabine est un danger pour elle-même et pour les autres. »

Voilà. Comme ils l'enferment dans la chambre, ça la rend hystérique, elle continue à se frapper ; elle crie pour sortir alors ils augmentent les doses. Je me souviens, un jour, lorsqu'ils ont ouvert la porte de sa cellule, on a pris une forte odeur d'urine en pleine figure. On ne pouvait pas respirer dans cette pièce. Elle avait fait dans sa chambre et avait tout essuyé avec les quelques vêtements qu'on lui avait laissés. Sans toilettes, elle est obligée de monter sur le lavabo. Je leur disais : « Vous lui enlevez sa brosse à dents sous prétexte que cet objet peut devenir dangereux pour elle, mais se casser la figure sur le carrelage en montant sur le lavabo, avec la dose de drogue qu'elle ingurgite, ça, ce n'est pas un danger ? » On se retrouvait engagés dans un système aberrant. Nous, on voyait bien que notre sœur avait peur, plus elle était enfermée, plus elle se montrait violente. Sabine n'est pas une méchante, si elle frappe, elle le regrette aussitôt et pleure. Elle n'est pas fière d'elle. Ensuite les médecins nous rassurent : « À présent, Sabine est enfermée à sa demande. » Forcément, Sabine sait que, enfermée, elle ne peut plus être violente avec les autres.

Que vous disait la psychiatre ? Quelle solution vous proposait l'équipe médicale ?

Ils l'ont mise dans une chambre capitonnée dans un service UMD, une unité pour malades difficiles qui demeurent en psychiatrie à vie, c'est-à-dire les meurtriers, les psychopathes… La psychiatre prétendait que l'isolement en service UMD avec une infirmière par malade s'avère très bénéfique pour des patients comme Sabine. Le fait d'être attaché calme et évite la prise de médicaments. Ils ne peuvent pas se violenter et la crise passe. On lui demandait : « Mais vous n'avez pas d'autres solutions, on ne peut pas la laisser attachée constamment ! » Elle répondait : « Vous savez, maintenant on fait des choses formidables. Le patient est tenu sur le lit avec des bandes de mousse aimantées, ça ne fait pas mal. » Cette psychiatre de l'hôpital de La Queue-en-Brie a tenu les mêmes propos lors de l'enquête que nous avons faite pour le journal *Libération* avec le journaliste Éric Favereau à la sortie du film. Elle soutient toujours que ce traitement en chambre d'isolement a eu un effet bénéfique sur Sabine. Soi-disant que l'isolement diminue sa culpabilité et son angoisse d'être violente contre les autres.

Et à nouveau les visites sont interdites.

Ils nous affirment que lorsque Sabine nous voit, ses conflits psychiques avec la famille remontent, la perturbent, et provoquent ses crises. Alors on a envie de se révolter. C'est terrible parce qu'on observe que cette solitude, ce silence absolu, ce vide, ce rien dans lesquels on la tient n'apportent aucune amélioration à son état. Mais les médecins donnent toujours une explication :

« Il y a deux jours, elle était très calme, aujourd'hui elle est agitée, c'est le fait de vous voir… »

Vous culpabilisiez de la laisser ainsi sans pouvoir intervenir. Et on vous culpabilisait de vouloir agir.

Oui, leur système consiste à faire le vide autour d'elle. À la fois, on se disait, si les médecins préconisent cet isolement, ça ne peut être que dans son intérêt. Alors on se résigne à ce qu'elle soit enfermée dans cette cellule, d'autant que l'on n'a pas d'autre solution. Pour essayer de briser sa solitude, on lui apporte tout ce qu'elle aime faire : des puzzles, du matériel pour dessiner, un poste pour écouter de la musique, elle adore ça, elle jouait magnifiquement du piano et composait avant son hospitalisation. Au fur et à mesure, tout lui est retiré sous prétexte qu'elle casse, elle déchire, elle peut se blesser. On leur disait : « Mais la musique l'a toujours accompagnée, elle fait partie de sa vie. » On nous répondait : « De toute façon, on ne sait plus où est le poste… » Alors on oublie le poste, mais « les gâteaux, on peut en apporter ? » Là on nous met en garde : « Il faut faire attention à son alimentation, les neuroleptiques font beaucoup grossir et toutes les familles ne peuvent pas en offrir… » Donc Sabine n'y a pas droit. On est confrontés à des situations absurdes. On sait bien aussi que le travail n'est pas toujours facile pour les équipes de soins psychiatriques. Les aberrations, on les retrouve aussi dans les services. Il y a un manque d'effectifs, trois infirmiers pour vingt patients, c'est trop peu. La nuit, deux infirmières ne suffisent pas, les crises sont fréquentes chez des patients hyperviolents, il y a régulièrement des accidents. Mais il faut savoir de quelle violence on parle ! Pour le papier paru dans *Libération* à la sortie du film, j'ai eu accès au dossier médical de Sabine à l'hôpital de Villejuif et j'ai pu lire les observations des infirmiers au jour le jour. L'un d'eux a noté : « Elle est d'une extrême violence, elle m'a mis une claque et mes lunettes ont valsé. » C'est ça l'extrême violence, une claque !

Quelle souffrance pour Sabine, cette solitude, elle qui a vécu entourée de toute votre affection !

Oui, comment cette solitude peut-elle être supportable, pour n'importe qui d'ailleurs ? On savait que Sabine s'agitait parce qu'elle comprenait son isolement comme une punition. Un châtiment. On a l'impression d'être pris dans un engrenage. Elle parvenait parfois à formuler son ennui, son malaise. On en arrive à devoir lui faire accepter que cet isolement est pour son bien, elle sortira dès qu'elle ira mieux. Pourtant, on sait bien que c'est elle qui a raison. C'est terrifiant ! Et le temps passe… Les années passent…

Alors avec tes sœurs, vous décidez à nouveau de la sortir de là.

On a entrepris de nombreuses démarches auprès de centres et de foyers pour adultes, en se heurtant chaque fois à la même réponse négative : « Non, on ne peut pas prendre Sabine, il n'y a pas de place. » Un samedi midi, ma sœur Corinne voit sur France 2 un reportage sur le centre La Ferme des Vallées, situé à trente kilomètres d'Angoulême où l'encadrement des autistes lui semble humain et très efficace. Aussitôt elle me presse d'appeler en jouant de ma notoriété. J'hésite, et finalement Corinne téléphone en se faisant passer pour moi.

Elles ne manquent pas d'audace, les sœurs Bonnaire !

Oui, Corinne a eu raison d'être audacieuse cette fois-là ! Bien que le directeur Joseph Desbrosse nous ait prévenues qu'il n'a pas de place pour Sabine, nous allons le rencontrer. Cet homme formidable est à la base de l'association, APEC, qui a fondé ce centre. Il nous enseigne sa conception de ces lieux de vie tout en nous faisant visiter le bâtiment. Les chambres individuelles sans vitre de surveillance sur les portes sont meublées selon le goût des occupants pour préserver leur intimité. La journée, pas question d'enfiler des perles ou de confectionner des petits paniers d'osier, chacun travaille selon ses possibilités ou ses aspirations. Le centre a mis en place une thérapie visant à responsabiliser la personne en lui proposant de prendre soin d'un animal. Le rapport de violence se transforme forcément face à un cheval qui pèse cinq cents kilos ! Sabine a tiré de grands bénéfices de ces échanges avec l'animal, sur les limites à respecter, sur les différences. Lors de notre entretien, Joseph Desbrosse me propose de devenir administratrice de son association, en me disant : « Avec votre notoriété et notre expérience, on pourra démarcher ensemble pour développer ce genre de petites structures d'accueil. » Dans notre pacte, si les projets voient le jour, il s'engage à prendre Sabine. Ensuite, nous rencontrons plusieurs hauts fonctionnaires d'État auxquels nous remettons trois dossiers de projets de petites unités. Mais leurs réponses sont floues et identiques : « C'est très bien mais… » En 2000, Sabine est toujours hospitalisée, les subventions n'arrivent pas, nous décidons d'adresser un courrier à Lionel Jospin, alors Premier ministre.

Tu fais cette démarche en ton nom ?

Oui, six mois auparavant, j'avais été invitée à un dîner à Matignon organisé par Lionel Jospin à l'issue d'une projection de film. Je n'ai pas parlé de l'association durant cette soirée, mais je me sentais plus à l'aise ensuite pour lui envoyer nos projets. Trois semaines plus tard, notre dossier est « remonté », placé en priorité, et l'on obtient une subvention pour la création de trois centres. Alors enfin Sabine intègre le centre de Juignac en octobre 2000, mais avec difficulté. Selon le docteur psychiatre de l'hôpital, Sabine a toujours besoin d'un encadrement médical très lourd, ce que ne peut lui offrir le centre. Avec mes sœurs, nous n'avions plus la tutelle de Sabine, donc plus aucun droit sur elle. On a dû se battre avec Joseph Desbrosse pour organiser sa prise en charge au centre de Juignac le jour, et son hospitalisation le soir à l'hôpital Camille-Claudel d'Angoulême qui travaille en collaboration avec l'association en cas de crises. Les visites fréquentes des éducateurs durant ces hospitalisations sont très bénéfiques car elles entretiennent le lien avec les patients. Dès son installation à Juignac, Sabine a dû se faire arracher quatre molaires à l'hôpital, car les neuroleptiques abîment aussi les dents. Sabine ne faisait plus confiance à personne, elle était terriblement angoissée d'être à nouveau hospitalisée, mais le soutien d'une éducatrice qui a veillé près d'elle toute la nuit lui a été d'un grand réconfort.

L'idée de réaliser ce film sur ta sœur, Elle s'appelle Sabine, *a commencé à se concrétiser.*

C'était l'idée de « faire appel », puisque je parle d'incarcération. On juge Sabine, on la condamne, alors j'ai envie de prouver qu'elle est innocente. Dès la première année de son hospitalisation, quand je quitte l'hôpital où je l'ai vue dans cette chemise de nuit blanche, avec ce trou dans la tête, et complètement amorphe, maltraitée physiquement, sa vivacité ruinée, je décide de la filmer. Mais très vite, je renonce. Ce serait lui violer sa dignité et je ne veux pas que cette image de Sabine reste à jamais. Et puis, il y a trop de colère en moi. Mais je continue à me répéter inlassablement durant toutes ces années : « Un jour je ferai ce film. » Comme je possède déjà ces images en super-huit où on la voit bien vivante, j'ai immédiatement l'idée de comparer les deux états.

En 2001, on te propose d'être marraine des Journées de l'autisme. Cela aussi a joué dans ta décision de faire ce film.

En m'investissant pendant plusieurs années dans cette fonction, j'ai pu voir combien de familles vivaient ce même désarroi. Il fallait en parler. Mon but premier est de convaincre, ou en tout cas de sensibiliser les pouvoirs publics sur la prise en charge de l'autisme, et de témoigner au nom des familles en détresse car la France manque de lieux spécialisés pour accueillir les autistes ou les malades mentaux. Donc, avec ce film, ma démarche est politique. À travers ce constat, je ne cherche pas à démontrer que les traitements et les médicaments sont inutiles, ou qu'il faut fermer les hôpitaux. Je veux dire que l'hôpital est un lieu de soins, un lieu de transition, mais en aucun cas un lieu de vie.

Salut Sandrine
comment tu va c'est toujou salina qui
t'écris qui pense toujou a toi moi je te
tricote une belle jupe avec des petits carros
vert et orange j'ai en train de toujou
tricotée. J'ai désidée de faire une annonce au
geans - ou j'abitte J'ai voulut leurs donnée
mon adresse et le numéros de téléphone de chez
maman Pour que je leurs tricote des vêtements
Pour eu même Je vais faire une vendeuse
des tricot je je vais leurs tricotée c'est pour pouvoir
travailler comme si je travailler a l'usine
comme les Hautres c'est pour pouvoir
m'en sortir de ma misère c'est pour ça
que je veut travailler en fesait une vendeuse
de tricoteuse c'est pour avoir de l'argent
Pour mon avenir pour avoir des sous dans
ma vie Je te propose que si tu veut
tu Peut venir chez Maman
Pour que je te donne des pulls
Pour toi que je vais tricotée
a la main
au revoir gros Bisous

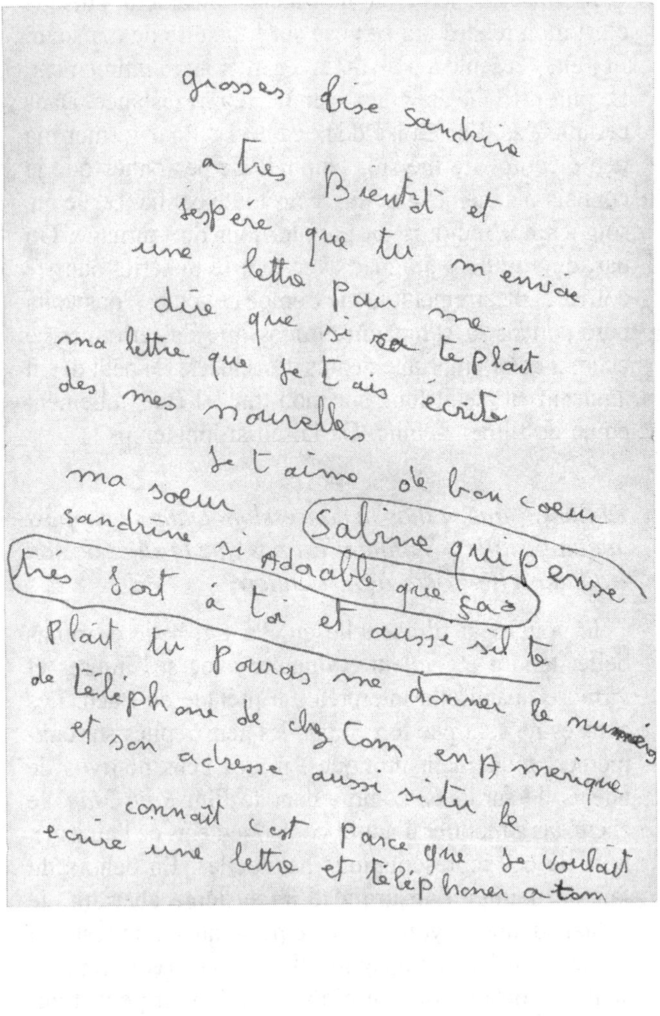
grosses bise Sandrine
a très Bientôt et
j'espère que tu
une lettre m'envoie
dire pour me
que si ça
ma lettre te plait
que je t'ais
des mes écrite
nouvelles
Je t'aime
ma soeur de bon coeur
sandrine Sabine qui pense
si Adorable que ça
très fort à toi et aussi s'il te
plait tu pourras me donner le numéro
de téléphone de chez Tom
et son adresse en Amerique
aussi si tu le
connait c'est parce que je voulait
écrire une lettre et téléphoner a tom

Quels étaient tes choix de mise en scène pour ce film si inédit dans la forme et dans le fond ?

Il fallait que je tienne moi-même la caméra, puisque c'est mon regard qui se pose sur l'histoire de ma sœur. Et j'étais la seule à pouvoir la regarder aussi intimement. Le plus difficile était de rester à la bonne distance. Dans certains cas, j'ai utilisé deux caméras. Pour former ma petite équipe, je me suis entourée de personnes que je connaissais bien et en qui j'avais toute confiance. Je me souviendrai toujours du premier jour du tournage. On part en voiture à Juignac avec tout le matériel dans le coffre, et bizarrement, je me trompe de route. Nous voilà perdus dans la campagne, impossible de retrouver ce chemin que j'emprunte depuis des années. Ce petit détail amusant en disait long sur mon trac ! J'étais tellement émue de filmer Sabine. Ça faisait si longtemps !

Tu filmes sans pathos ni concession. Dans ce rapport que tu installes, Sabine n'est pas que le sujet de son malheur, elle existe à part entière.

Je voulais la filmer telle qu'elle est, belle et moins belle, tendre et violente, vulgaire avec ses injures et virtuose quand elle interprète un prélude de Bach. Les autistes ne sont pas forcément des gens repliés sur eux-mêmes, totalement mutiques, ni des gens pourvus de talents de surdoués comme dans le film *Rain Man*. Je cherchais à montrer d'autres comportements de l'autisme, hors de ces représentations habituelles. En dehors du fait de pointer l'absurdité d'un système aberrant. Je voulais donner à voir ce qui se passe quand on reste un moment en leur compagnie. Ils ne sont pas si repoussants qu'on le croit, on n'a pas à en avoir peur. Leur mode d'expression est différent, mais pas tant que ça. Ils ressentent les mêmes choses que nous quand ils traversent des moments d'angoisse ou de tristesse. La différence c'est que nous, nous savons doser nos émotions dans nos rapports avec les autres, nous respectons des codes que l'on nous a appris. Eux s'expriment avec le corps quand les émotions débordent et que la parole leur est difficile. À trente-huit ans, Sabine qui est psycho-infantile se mord les mains pour dire qu'elle n'est pas contente, comme le ferait un petit enfant. Mais ce qu'on accepte d'un petit enfant parce qu'on sait qu'il va évoluer avec l'éducation, on l'accepte moins d'une personne adulte.

Pourquoi était-il important de ne pas cacher la violence de Sabine ?

Je voulais montrer qu'il n'est pas simple de gérer cette violence pour une famille. En même temps, Sabine nous renvoie la violence que nous lui avons infligée. La violence appelle la violence, c'est pour cela qu'il était important de la montrer. Comment peut-on répondre à cette violence ? Est-ce qu'on calme les gens en les empêchant de s'exprimer ? On les enferme, on les interne ? Ou est-ce qu'on essaie de comprendre pourquoi la personne est violente ? Parfois les violences sont justifiées.

Dans une séquence poignante, la mère d'Olivier, un jeune épileptique résidant aussi au centre, avoue sa culpabilité d'avoir donné vie à son fils. As-tu éprouvé toi aussi un sentiment de culpabilité pour être aussi dévouée à ta sœur ?

Une mère peut ressentir un sentiment de culpabilité, elle a tendance à penser : « J'ai mal fait mon travail lorsque j'ai porté mon enfant. » Non, la famille n'est pas coupable. Je revendique vraiment que la prise en charge de l'autisme, et plus généralement des troubles mentaux, doit être assumée par l'État. Le manque de moyens cause les dysfonctionnements. Effectivement, j'ai ressenti un sentiment de culpabilité en revoyant ces images d'archives en super-huit. J'ai été frappée de constater à quel point je n'étais pas toujours patiente à l'époque avec ma sœur. Combien de fois je l'ai rembarrée quand elle me bombardait de questions. Je lui disais : « Oh, Sabine, tu me barbes, je t'ai déjà répondu, maintenant ça suffit. » Mais on était jeunes, Sabine avait dix-neuf ans, moi vingt, je n'avais pas assez de distance, de maturité. Depuis que je suis mère, ma démarche de protection vis-à-vis d'elle s'est renforcée. J'ai le sentiment que je peux l'accompagner, l'aider à évoluer. Sabine est comme un enfant, sans défense. C'est pour ça qu'elle est merveilleuse, elle prend tout ce qu'on lui donne. Elle demande à être guidée et que des limites soient fixées, comme mes filles, et je remarque aussi ses progrès. Sabine est ma sœur, et en même temps j'ai l'impression d'avoir un troisième enfant.

Avant la sortie du film et de sa diffusion sur France 3, tu es reçue par le président de la République.

Lors du rendez-vous que monsieur Sarkozy nous a accordé à l'Élysée, nous avons constaté avec Joseph Desbrosse que le Président avait parfaitement évalué les problèmes de la prise en charge des autistes que nous lui avions exposés dans une lettre. Selon lui, la lenteur de la concrétisation des projets résulterait souvent des rapports difficiles entre les Régions et l'État concernant les financements, les terrains, etc. Il nous a organisé un rendez-vous trois jours plus tard avec Xavier Bertrand, alors ministre du Travail et des Affaires sociales.

Votre rencontre avec le ministre s'avère satisfaisante ?

Xavier Bertrand, attentif et motivé, nous reçoit longuement, il comprend tout de suite les enjeux des petites unités. Dans ces foyers où il y a deux éducateurs pour cinq résidents, une grande partie du travail thérapeutique se fait à travers le rapport humain et dans l'échange, donc cela apporte un meilleur encadrement aux autistes. Xavier Bertrand soutient aussi l'existence de ces lieux de vie car, finalement, les séjours y sont moins onéreux pour la collectivité qu'à l'hôpital. Il se propose lors d'une visite à Juignac de constater par lui-même le fonctionnement de ce genre d'unités considérées comme étant encore au stade expérimental. Il déplore aussi le manque de structures consacrées à l'accueil de jour. Une de ses priorités est de mettre en place des réseaux d'aide à domicile pour permettre aux handicapés et autistes de rester si possible sur leurs lieux d'habitation.

Et il a tenu parole ?

Oui, un petit raout est organisé avec le maire, le conseil général, le président de l'association, les éducateurs et tous les résidents du centre avec leurs familles alignées en rangs d'oignons pour attendre l'arrivée de M. le ministre. Xavier Bertrand manifeste aussitôt un réel souci de respecter l'intimité des résidents. Il se fie à nos conseils pour approcher au mieux la vie interne du centre. Je fais les présentations, Sabine lui sert la main en disant : « Comment tu t'appelles ? – Xavier », lui répond-il avec un large sourire. Elle ajoute, imperturbable : « Ah comme le chéri de ma sœur Lydie ! » La glace est rompue. En explorant le centre, le ministre parle avec les éducateurs, montre son intérêt pour ces petites structures et constate que ces propositions d'accueil sont rassurantes, elles peuvent servir de modèles pour d'autres créations de lieux de vie. Le souci des responsables est aussi d'assurer la sécurité des résidents par une médicalisation rigoureuse des centres et un travail de relations avec des structures hospitalières aux alentours. Au cours d'un petit déjeuner servi dans le jardin, Sabine reprend sa conversation avec Xavier Bertrand : « Tu t'en vas vite, hein, parce que je dois aller boire un coup avec ma sœur Sandrine ! » Le ministre promet de lui laisser du temps pour notre escapade. Il fait beau, Sabine s'allonge dans l'herbe, comme elle adore le faire. Au moment de son départ, Xavier Bertrand va lui dire au revoir. Il s'accroupit à côté d'elle pour la saluer en lui prenant les mains longuement, chaleureusement, et lui glisse à l'oreille : « Voilà, je te rends ta sœur. Allez faire votre petite sortie… » J'ai trouvé son attention élégante.

Quelles ont été les retombées de cette visite ?

Le lieu où vit Sabine n'est pas aux normes, il est prévu de faire des travaux de rénovation. Le propriétaire ne veut pas les assumer et l'association n'a pas les moyens d'y subvenir toute seule. Le ministre ayant constaté que ces lieux de vie avaient un rôle important et efficace à jouer dans l'encadrement des autistes, une somme importante a été débloquée pour assurer ces frais de mise en sécurité. Voilà du concret. Xavier Bertrand m'a aussi associée au Plan autisme 2008-2010 pour une meilleure prise en charge des autistes. Au cours des réunions interministérielles qui se déroulent plusieurs fois par an, les avis et propositions des médecins, des représentants d'associations, des parents, de tous les gens sur le terrain sont débattus et référencés pour que les meilleures décisions soient prises par le cabinet du ministre. Je pense que l'idée de privilégier des petites structures mieux adaptées à la maladie et aux patients fait son chemin. C'est une goutte d'eau, mais ça bouge.

Vous avez réussi avec Joseph Desbrosse à développer ensemble de petites structures d'accueil.

On a déplacé des montagnes avec Joseph. D'ailleurs il y a très peu de temps, quand Jo s'est marié, il m'a dit au téléphone : « À deux on est plus forts. » Il faisait allusion à son mariage et aussi à notre collaboration. C'est un grand homme Joseph ! C'est une personne très importante pour moi. Je lui dois beaucoup car, sans lui, Sabine serait toujours à l'hôpital.

Comment cette expérience du tournage puis la vision de son portrait filmé ont-elles été vécues par Sabine ?

Je l'ai questionnée, elle m'a répondu : « C'est du travail. » Pour elle, cela signifie une reconnaissance d'elle-même par le dépassement de soi, et une reconnaissance sociale. Avec ce travail que nous avons fait ensemble, je suis devenue pour Sabine un fil conducteur qui l'a ramenée dans la société. Son point de repère aussi.

À présent, tu peux dire que ce tournage a aidé Sabine à reprendre confiance en elle ?

Je crois que ce film que l'on a fait ensemble l'a transformée. Elle va mieux. Depuis notre adolescence, chaque moment où je l'ai filmée était associé à des moments heureux, dans le partage et dans l'échange, puis malheureusement ça s'est arrêté pendant dix ans. Avant de commencer à tourner le film, j'avais peur que la caméra soit intrusive, eh bien pas du tout, Sabine l'a retrouvée comme si c'était la veille !

Le succès du film a-t-il eu un effet sur Sabine ?

La première du film a eu lieu à Montmoreau, à côté du centre, en l'honneur des personnes que j'avais filmées. Pendant le cocktail qui a suivi la projection, Sabine était le centre d'intérêt de la soirée, tout le monde venait la féliciter, l'embrasser, on lui proposait du jus de pomme, des petits-fours, je crois qu'elle en a avalé un plateau entier à elle seule ! Sensible à la reconnaissance des gens, Sabine rayonnait. Toute habillée de blanc, elle était magnifique. Sabine recevait l'attention que j'ai pu connaître. Émue, je la regardais... c'était elle l'actrice.

Elle t'a parlé du film après la projection ?

Sur le moment, pas vraiment, sinon qu'il lui a plu. Puis il y a eu la projection au festival de Cannes. J'ai raconté à Sabine comment le film avait été reçu, et elle m'a demandé le DVD. En le revoyant, elle a pris conscience que l'on avait fait un film sur son histoire. Donc pour elle, c'est son film.

Elle s'appelle Sabine*, présenté à la Quinzaine des réalisateurs, a été magnifiquement reçu.*

J'étais terriblement impressionnée de débarquer dans le plus grand festival de cinéma avec un premier film racontant l'histoire de ma sœur. Un public international se pressait dans cette salle. À la fin de la projection, le film a reçu une ovation incroyable. J'étais rassurée et presque gênée par ces applaudissements sans fin. Ce que j'avais voulu transmettre par mon travail de cinéaste était reconnu mais, surtout, les applaudissements s'adressaient à Sabine. Elle qui avait toujours été cachée, était vue là par le monde entier. J'avais la satisfaction de pouvoir me dire, voilà, ça y est, Sabine est adoptée. Tout le monde l'aime. Tout le monde a envie de sauver Sabine.

Distingué par un prix de la critique internationale, le film s'est vendu et a été diffusé en salles dans de nombreux pays.

À New York, Tokyo, Berlin, au Portugal, en Espagne, en Angleterre, au Pays-Bas, au Canada, en Australie, dans les pays de l'Est... Le film a été vendu sur tous les continents, sauf l'Afrique. D'ailleurs je remercie Jean-Jacques Varret, mon distributeur, de s'être associé à moi pour reverser une partie des droits à diverses associations. Je suis allée le présenter dans divers festivals internationaux. Il a fait plus de cinquante mille entrées sur vingt-huit copies en France, ce qui est tout à fait honorable pour un documentaire, surtout après avoir été vu par trois millions et demi de téléspectateurs sur France 3 qui était coproducteur.

Lors de nos conversations à la Mostra de Venise, tu nous disais que « le cinéma se doit d'être universel ». À l'évidence, ton film répond à cette exigence, il a été apprécié, compris et ressenti à Angoulême comme à Pusan en Corée...

Sans doute parce que la prise en charge des autistes reste un problème dans tous les pays. Je n'ai pas voulu faire un film didactique sur la maladie, ni un film social, mais un portrait de Sabine. Un film sur une personne. C'est peut-être là ma contribution à une attention plus sensible du public et, j'espère, à une réflexion qui débouchera sur des améliorations concrètes.

À la sortie du film, ta photo faisait la une de Libération *avec en titre : « Le "J'accuse" de Sandrine Bonnaire ». « Ma sœur a été endormie, enfermée, droguée, et tout cela a servi à quoi ? » À l'intérieur, Éric Favereau, le journaliste de la rubrique Santé du journal, proposait trois pages consacrées à une enquête où tu refaisais le parcours de Sabine. Tu as voulu rencontrer les médecins de l'hôpital Paul-Guiraud de Villejuif et l'hôpital des Murets à La Queue-en-Brie. Quelle question souhaitais-tu leur poser ?*

« Est-ce que vous vous êtes trompés ? » On a dû faire un sacré parcours du combattant avant d'avoir leur réponse ! Éric Favereau, avec beaucoup de discernement, m'a proposé de questionner les médecins sur la fin ouverte du film. Le portrait de Sabine pose un constat, il n'y a aucun jugement, mais je voulais savoir comment les médecins considèrent son parcours thérapeutique aujourd'hui. Le Dr Daniel Bréhier, le chef de service, le docteur L., psychiatre qui a suivi Sabine au quotidien à l'hôpital des Murets de La Queue-en-Brie, les Drs Jean Ferrandi, Francesca Biagi-Chai, psychiatres de l'hôpital Paul-Guiraud de Villejuif, parlent d'une même voix, leurs réponses sont identiques : « Non, on ne s'est pas trompé. De toute façon, c'est un travail de groupe, les décisions ne sont jamais prises par une seule personne. Si on est plusieurs à avoir fait ces choix, ça veut dire que l'on ne s'est pas trompés. Ou alors on s'est tous trompés ! » No comment !

Aucun doute de leur part, aucune incertitude sur la façon dont Sabine a été prise en charge lors de ces séjours en hôpital alors que, manifestement, son état est bien meilleur depuis qu'elle réside au centre ?

Non, aucun doute manifesté, aucune erreur possible, et pire, dix ans après, aucune remise en question ni souci d'amélioration des méthodes thérapeutiques. Pour les médecins, il n'y avait pas d'autre manière de soigner Sabine. Elle n'a pas été détruite par les soins et les traitements qu'elle a reçus. Et ils déplorent le manque de moyens et de personnel, les locaux vieillots, etc., tout ce que je n'ai jamais contesté d'ailleurs. Évidemment il faudrait de meilleures conditions d'encadrement, j'ai parlé moi-même de dysfonctionnement social. Mais ces raisons ne suffisent pas à expliquer les dommages subis par Sabine. Les images du film parlent d'elles-mêmes.

À l'évidence, Sabine va mieux, et surtout elle est plus heureuse. Elle réapprend à vivre et se sent vivante. Elle voulait absolument danser la salsa à ton anniversaire !

Tout cela est déjà une victoire ! Ces rencontres avec les médecins m'ont laissée dans une grande tristesse. J'espérais juste que, avec le temps, ils accepteraient de concevoir que l'enfermement d'un patient pendant des mois et la privation de son intimité et de sa dignité peut engendrer davantage de violence, et ne pas être bénéfique. Et que ces traitements ne convenaient sans doute pas à Sabine. Les médecins eux-mêmes ont affirmé que les neuroleptiques n'apportaient pas d'amélioration à son état. Le fait qu'elle n'ait pas été bien traitée est déjà une erreur. Sa violence est sa manière de raconter le chagrin. C'est peut-être ce chagrin qu'il aurait fallu entendre.

Tu as tout de même la douce satisfaction du travail accompli, auprès de Sabine déjà.

Je pense avoir fait ce que je pouvais dans mon domaine. Quant à Sabine, aujourd'hui elle n'est pas complètement brisée parce qu'elle aspire au rêve. Dans le film, elle raconte son désir d'avoir des enfants. Au fond d'elle-même, elle connaît la réalité. Mais je suis sûre que, après quarante ans, elle gardera tout de même le rêve d'avoir des enfants et de se marier. Avec son optimisme et sa vitalité, elle se projette sans cesse dans un avenir plus grand, plus beau, rempli de découvertes. Hier au téléphone elle m'a dit : « J'ai fait un joli rêve cette nuit, j'ai rêvé que j'étais en Amérique. Quand je me suis réveillée, je me suis aperçue que ce n'était qu'un rêve. » Voilà, Sabine est très consciente de la réalité, mais elle continue de rêver.

Le regard qui nous anime

Une autre vie commence pour toi. Ton projet de long métrage avance. Comment s'est affirmée ta volonté de passer à la réalisation ?

Je ne tourne pas une page, mais je me lance dans une nouvelle voie. Le tournage de mon film sur Sabine, qui aurait pu être très douloureux, s'est passé de façon agréable. À part de rares moments difficiles, j'ai éprouvé la pleine satisfaction d'être le « regard ». Les acteurs, comme disait si justement Marcello Mastroianni, sont de grands privilégiés, on est pris en charge sur un tournage, on nous cocoone comme des petits êtres fragiles et nos moindres désirs sont satisfaits. Réaliser exige une totale responsabilité. J'aime cette implication et me sentir utile. Une fois que l'acteur a cerné l'idée de son personnage, il attend le moment de tourner, une prise ne dure que quelques brèves minutes, ensuite c'est à nouveau l'attente. La réalisation, c'est du plein-temps.

Tu passes derrière la caméra forte de tes vingt-sept ans de carrière de comédienne.

En effet, je connais quasiment toutes les ficelles de ce métier, en tout cas devant la caméra. Par chance, on m'a offert une gamme de rôles extrêmement diverse, à tel point que les belles rencontres avec des personnages totalement inédits deviennent rares.

Ce désir d'écrire tes scénarios, et de les réaliser, est-ce aussi une autre façon de laisser des traces, de t'inscrire différemment dans ton métier ?

Je ne sais pas. Des traces, j'espère en avoir laissé dans le petit monde du spectacle en tant qu'actrice. Je souhaite que certains de mes films demeurent dans les archives du cinéma. Comment vieilliront-ils et que dira-t-on en 2080 de la jeune interprète d'*À nos amours*, voilà une autre histoire...

Et des traces dans la vie ?

Ah, dans la vie, je laisse au monde, à la société, à la France, eh oui… mes deux filles magnifiques qui, à leur tour, feront don à ce pays de leur progéniture ! Plus sérieusement, je suis heureuse d'avoir des enfants. Je pense que je partirai tranquille puisque la vie continue avec mes deux filles. Sur mon lit de mort, je me dirai que j'ai accompli une forme de passation de la vie.

Puisque tu évoques ta mort, tu ne couperas pas à la question : « Si Dieu existe, que voudriez-vous l'entendre vous dire après votre mort ? »

Eh bien, je crois que je prendrais la parole avant lui pour lui dire : « Laisse-moi un peu en paix maintenant que je suis au ciel, qu'est-ce que tu as pu nous pourrir la vie sur Terre ! » Comment ce Dieu de bonté peut-il infliger aux hommes autant de guerres et de souffrances… Comme dit Woody Allen : « Si Dieu existe, j'espère qu'il a une bonne excuse. »

Récemment, lors d'un débat, à la question : « Pourquoi Dieu n'est-il pas intervenu pour éviter la Shoah ? », un rabbin a répondu : « Dieu a donné le monde en gestion aux hommes. Il est trop facile de dire : "Où était Dieu à ce moment-là ?", on peut aussi se poser la question : "Où étaient les hommes à ce moment-là ?" »

Oui, c'est aux hommes de rendre ce monde meilleur. Nous en avons déjà parlé, et je vous disais qu'il y a de bonnes choses à prendre dans chaque religion, ce sont les hommes qui les salissent ou les pervertissent en détournant le sens des textes sacrés. Le monde est ce que l'homme en fait. Je pense que les hommes ont créé Dieu, et non pas le contraire.

Les hommes ont besoin de transcendance.

On se fabrique les rêves que l'on peut… Personnellement, je ne ressens pas le besoin de sentir une force supérieure au-dessus de ma tête. L'important est de croire en soi, de se respecter et de respecter les autres. Si Dieu existe, il sera content de nous si l'on applique sa parole: « Aimez-vous les uns les autres. » Ainsi on gagnera le ciel !

Revenons sur terre. Tu es en écriture d'un scénario original. Parle-nous plus précisément de ce que tu désires exprimer au moyen de la réalisation.

C'est un désir, voire une nécessité indéfinissable pour moi avec des mots, de même que je ne peux répondre clairement aux questions concernant le métier d'actrice sur l'alchimie entre la personnalité d'une actrice et le personnage qu'elle interprète. Il y a l'envie de partager des émotions. Le scénario de mon prochain film, intitulé pour l'instant *L'Homme dans la cave*, s'inspire d'une histoire vécue durant mon enfance. Ce n'est pas une autobiographie, je m'éloigne de la réalité ; mais on ne peut pas faire ce métier sans y mettre un peu de soi-même. Un cinéaste convaincu de son histoire pourra d'autant mieux la faire partager au spectateur. S'il commence à suivre ce qu'il suppose être les goûts du public pour tenter de les satisfaire, il fait du racolage par besoin de reconnaissance et pour plaire absolument. Au contraire, puiser en soi pour faire un film, c'est partager le regard qui nous anime avec les spectateurs. Il ne s'agit pas de plaire à tout le monde, mais de toucher des personnes.

Tu peux dévoiler ton sujet ?

Mon personnage principal a existé, mais le scénario s'inspire librement de la réalité de sa vie. Cette personne a été ponctuellement très présente dans mon enfance, puis elle a disparu. Un soir, j'avais alors une vingtaine d'années, je l'ai croisée à nouveau tout à fait par hasard. Cet homme auquel j'ai été très attachée autrefois était devenu SDF. Le retrouver dans cet état m'a fait mal, manifestement il lui restait peu de temps à vivre… Voilà, j'ai envie de rendre hommage à cet homme qui ne s'est jamais remis d'un amour pour une femme. Et cette femme était ma mère.

Que s'est-il passé quand tu as revu cet homme, tu lui as parlé, il t'a reconnue ?

Oui, c'est d'ailleurs lui qui m'a adressé la parole en premier. Curieusement, on n'a pas parlé de lui, mais de moi, de la petite gamine qu'il avait connue. Il n'en revenait pas de voir que j'étais devenue une actrice reconnue, il avait suivi mon parcours à travers les médias. Moi je demeurais tout aussi étonnée et peinée de le voir devenu clochard et au bout de son destin.

Il ne t'a rien demandé ?

Non, sa dignité l'honore. Ce qui m'a toujours plu chez cet homme, c'est sa dignité et sa classe, malgré son côté asocial qui le poussait à se dépouiller de tout plus il avançait dans sa vie. Ce jour-là, il a même insisté pour m'offrir un café alors qu'il n'avait que dix balles en poche. Ce geste raconte ce qu'est le bonhomme ! Voilà pourquoi j'ai envie de lui offrir un film.

Parle-nous encore de cet homme auquel tu étais attachée alors qu'il se posait en rival de ton père que tu adorais plus que tout.

Oui, ce n'est pas rien… Comme quoi un enfant est débordant d'amour. En fait, le film parle de ça aussi. Cet homme nous aimait profondément, alors qu'il aurait pu nous rejeter, nous qui étions les enfants d'un homme qui lui avait pris la femme qu'il aimait. Nous étions aussi les enfants qu'il aurait dû avoir avec cette femme. On sentait que c'était un homme bienveillant, un homme amoureux qui respectait profondément notre mère. Il était légitime pour notre mère aussi. Sans doute parce qu'il était un grand monsieur, il arrivait justement à nous faire dépasser tout ça.

Mais vous avez dû assister à de violentes scènes de jalousie entre vos parents, des empoignades peut-être entre les deux hommes ?

Je me souviens d'une bagarre dans la cage d'escalier… C'est curieux, aucun de nous n'a crié : « Allez vas-y papa, cogne-le, c'est toi le plus fort. » Non, on restait silencieux, trop effrayés de voir ces deux hommes se battre. Deux hommes que l'on aimait.

Il n'est plus de ce monde aujourd'hui ?

Il est mort, paraît-il.

Quelle liberté prends-tu avec la réalité de cette histoire ?

Je ne fais pas un film sur ma mère, ni sur cet homme d'ailleurs. Ce qui m'intéresse plus largement c'est le chemin qui mène à s'auto-détruire. Comment une personne au départ bien établie dans la société devient SDF ? Et surtout pourquoi un couple séparé reste inséparable ? Comme vous le savez, j'adore les histoires d'amour impossible au cinéma ! À partir de ces questionnements, je cherche, j'imagine et j'invente des situations pour mon histoire. Cet homme et cette femme se retrouvent, qu'est-ce qui les a séparés mais les lie toujours ? C'est la disparition tragique d'un premier enfant.

Et toi, tu te situes dans cet enfant perdu ?

Non... Mais vous avez raison, ce qui m'intéresse dans cette histoire, pour parler de choses très personnelles, c'est effectivement de savoir où je me situe. Je suis l'enfant de cette femme aimée, mais dont il n'est pas le père.

Toi qui as toujours refusé de te laisser enfermer dans ta banlieue, ta famille, ton métier, dans tes relations ou tes amours, tu choisis de raconter l'histoire d'un homme qui s'enferme en lui-même.

Et ramène les murs à lui… Tu veux dire, je choisis de fantasmer sur ce que je rejette le plus ? Oui, la dévotion à l'autre me terrifie dans la vie, mais m'intéresse énormément au cinéma. Je suis incapable de dévotion. Dans ma relation aux hommes que j'aime, comme dans toute autre relation, je ne peux supporter ni l'emprise, ni la dévotion de quelqu'un pour moi. Cela équivaut à s'oublier, à ne plus être centré sur soi.

Ne plus exister.

Oui, n'exister que dans l'œil de l'autre, c'est terrifiant, et je l'ai toujours refusé dès que j'ai senti qu'une personne pouvait m'emmener dans cette dépendance. Ce n'est pas bon pour l'autre comme pour soi. J'aime bien me sentir libre, et que l'autre soit libre d'être ce qu'il est.

Parle-nous de ton plaisir à écrire, à t'initier à cette écriture si spécifique d'un scénario.

Ce genre d'écriture réclame en effet un style particulier, un style concis, des indications réduites à quelques mots, on ne fait pas de la littérature. Les scènes vaguement imaginées visuellement deviennent concrètes, les décors, plus précis. Ce travail d'écriture sera de toute façon remis en question lors du tournage car je n'obtiendrai pas forcément le décor dont je rêve actuellement. Ce monstre de scénario permet de cerner les situations, de donner le rythme, la respiration de cette histoire. On croit même parfois entendre parler les personnages ! Je suis plutôt satisfaite de cette première version car, même si les situations ne sont pas suffisamment développées, le film a trouvé sa couleur. Je pourrais dire que j'entends sa mélodie. C'est important pour ce film qui va jouer sur les silences.

Tu creuses un sujet extrêmement intime, pourtant tu n'as pas souhaité travailler seule pour écrire ton scénario.

Le cinéma est un travail collectif. Une vision à deux permet de ne pas rester collé à son idée, à ses propres images. J'ai choisi Jérôme Tonnerre[1] pour écrire avec moi, son travail est subtil et raffiné. Il a su apporter de la lumière, de beaux rayons de soleil dans cette sombre cave. Je suis heureuse de cette belle collaboration. Heureuse aussi de retrouver Thomas Schmitt qui a produit *Elle s'appelle Sabine*, et Dominique Besnehard, mon frère de cinéma, qui m'accompagnait déjà dans *À nos Amours*.

Comment penses-tu filmer l'enfermement ?

Je connais la tonalité de mon film, même s'il est encore trop tôt pour parler de plan par plan, je sais déjà ce que je ne veux pas. Je souhaite m'approcher au plus près de ce que ressent cet homme dans la saleté, dans

1. Scénariste, dialoguiste de près d'une trentaine de films, Jérôme Tonnerre a écrit ou coécrit pour Claude Sautet, Yves Robert, Philippe de Broca, Patrice Leconte, Emmanuelle Bercot, Arnaud Desplechin.

l'ombre, dans l'exiguïté d'un lieu et l'absence d'air. La caméra voisinera le sol ou sera à hauteur d'homme. Je souhaite avoir Guillaume Schiffman comme chef opérateur pour accompagner mon regard.

Tu penses plus à des plans à la Ozu qu'à des effets « wellessiens » ?

Voilà, mais on va déjà essayer de faire du Bonnaire ! Il n'y aura aucun artifice, pas d'effets spéciaux, pas de voix off, pas de flash-backs. Pas de morphing pour marquer le passage du temps.

Nous avons assisté ensemble dernièrement, au Théâtre des Champs-Élysées, à un concert de l'Ensemble orchestral de Paris dirigé par Paul Watkins qui donnait Trois pièces dans le style ancien *de Gorecki. Tu souhaites toujours cette pièce musicale pour ton film ?*

J'ai découvert Gorecki en Corse chez Jacques Dutronc. Cette œuvre m'a beaucoup inspirée en écrivant, mais je me méfie des apports musicaux sur une bande-son, parfois ils ne collent pas du tout avec l'image.

*Quel est ton regard de femme de quarante ans sur la gamine d'*À nos amours, *sur son parcours que tu viens de raconter sous forme de livre ? À l'époque où l'on s'est connus, déjà tu nous disais : « Je crois qu'on choisit son destin, on l'oriente, on lui botte le cul ! »*

C'est encore plus intéressant de penser cela aujourd'hui, à mon âge. En mettant bout à bout des morceaux de vécu, on voit sa vie et on en est conscient. Dans ce livre, même si nous évoquons le cinéma, nous parlons surtout de la vie. Être actrice, au fond, c'est donner vie.

Qu'est-ce que tu as osé en faisant ce livre ?

Oser parler tout simplement. C'est juste ça au fond.

À présent face à ta vie étalée devant toi, qu'est-ce qui te semble le plus grave ?

De ce que j'ai pu dire dans le livre ?

Ou ne pas dire d'ailleurs.

Rien n'est grave. Il y a des choses tristes, mais rien n'est grave. Il y a des joies et des grandes tristesses. Des gens s'éteignent, et puis il y a des renaissances. Ces gens-là me tracent la route. Avec ce livre, revisiter mon histoire me donne envie d'avoir les cheveux dans le vent !

Des racines du père...

... à la proue du bateau

De l'arbre de mon père, des yeux fermés, au rendez-vous donné.
Du caillou ramassé aux petits Lego, tu m'as offert mes ailes.
De celui qui m'a donné la vie, tu m'as fait naître.
Ce rendez-vous à l'homme aimé, cet arbre de l'Auvergne, tu viens de là.
De ce chemin de terre où je me suis perdue, je sais qui je suis.
De la proue du bateau, grâce à toi, ma vie est devenue celle-là.
C'est maintenant moi qui te regarde.
Le manque de l'homme aimé, tu es à présent celui-là.
Je voudrais te dire à nos amours, mais puisque tu n'es plus là...
À mon amour pour toi.

Filmographie de Sandrine Bonnaire

Auteur cinéma

Long métrage

2009 *L'Homme dans la cave*, coscénariste avec Jérome Tonnerre

2006 *J'te souhaite au revoir*, coscénariste avec Guillaume Laurant

Auteur télévision

Documentaire TV

2006 *Elle s'appelle Sabine*, France 3. (Nomination pour le César 2009 du meilleur film documentaire ; prix télévision de la critique 2008 : meilleur documentaire ; prix du syndicat de la critique 2008 : meilleur premier film français ; prix France Culture cinéma 2008 ; Globe de cristal 2008 du meilleur documentaire ; Sélection officielle de la Quinzaine des réalisateurs du festival de Cannes 2007 ; prix de la critique internationale de Cannes 2007 ; festival de Namur 2007 : prix du jury et du public)

Artiste interprète au cinéma

Long métrage

2008 *Joueuse*, réalisation Caroline Bottaro

2007 *L'Empreinte de l'ange*, réalisation Safy Nebbou

2007 *Un cœur simple*, réalisation Marion Laine

2006 *Demandez la permission aux enfants*, réalisation Éric Civanyan

2006 *Je crois que je l'aime*, réalisation Pierre Jolivet
2004 *L'Équipier*, réalisation Philippe Lioret
2004 *Le Cou de la girafe*, réalisation Safy Nebbou
2004 *Confidences trop intimes*, réalisation Patrice Leconte
2003 *Résistance*, réalisation Todd Komarnicki
2001 *C'est la vie*, réalisation Jean-Pierre Améris
2001 *Mademoiselle*, réalisation Philippe Lioret
1999 *Au cœur du mensonge*, réalisation Claude Chabrol
1999 *Est-ouest*, réalisation Régis Wargnier (nomination pour le César 2000 de la meilleure actrice)
1998 *Voleur de vie*, réalisation Yves Angelo
1998 *Secret défense*, réalisation Jacques Rivette
1997 *La Dette d'amour*, réalisation Andreas Gruber
1996 *Never Ever*, réalisation Charles Finch
1995 *Les Cent et Une Nuits de Simon Cinéma*, réalisation Agnès Varda
1995 *La Cérémonie*, réalisation Claude Chabrol (prix d'interprétation 1995 du festival de Venise, nomination pour le César 1996 de la meilleure actrice)
1994 *Confidences à un inconnu*, réalisation Georges Bardawil
1994 *Jeanne la Pucelle II – Les prisons*, réalisation Jacques Rivette (nomination pour le César 1995 de la meilleure actrice)
1994 *Jeanne la Pucelle I – Les batailles*, réalisation Jacques Rivette (nomination pour le César 1995 de la meilleure actrice)
1992 *Prague*, réalisation Ian Sellar
1992 *La Peste*, réalisation Luis Puenzo
1991 *Le Ciel de Paris*, réalisation Michel Béna
1991 *Dans la soirée*, réalisation Francesca Archibugi
1990 *La Captive du désert*, réalisation Raymond Depardon
1989 *Monsieur Hire*, réalisation Patrice Leconte (sélection officielle du festival de Cannes 1989, nomination pour le César 1990 de la meilleure actrice)
1988 *Quelques jours avec moi*, réalisation Claude Sautet

1988 *Peaux de vaches*, réalisation Patricia Mazuy
1987 *Les Innocents*, réalisation André Téchiné
1987 *Jaune revolver*, réalisation Olivier Langlois
1987 *Sous le soleil de Satan*, réalisation Maurice Pialat (Palme d'or 1988 du festival de Cannes ; nomination pour le César 1988 de la meilleure actrice)
1986 *La Puritaine*, réalisation Jacques Doillon
1985 *Police*, réalisation Maurice Pialat
1985 *Le Meilleur de la vie*, réalisation Renaud Victor
1985 *Sans toit ni loi*, réalisation Agnès Varda (César 1984 de la meilleure actrice)
1984 *Tir à vue*, réalisation Marc Angelo
1984 *Blanche et Marie*, réalisation Jacques Renard
1983 *À nos amours*, réalisation Maurice Pialat (César 1984 du meilleur espoir féminin)

Artiste interprète télévision

Série télévisée

2003 *La Maison des enfants*, réalisation Aline Issermann
1997 *Une femme en blanc*, réalisation Aline Issermann

Téléfilm

2005 *Le Procès de Bobigny*, réalisation François Luciani
1997 *La Lettre*, réalisation Bertrand Tavernier
1990 *La Bonne Âme de Setchouan*, réalisation Bernard Sobel

Documentaire TV

2006 *L'Aventurière*, réalisation Jean-Claude Guidicelli, France 5

Renseignements complémentaires

Membre du jury Cinéfondation pour le festival de Cannes 2006
Coprésidente d'honneur du festival de Cabourg 2006

Jean-Yves Gaillac – Tiffy Morgue

Presse : Journalistes, ils ont signé sous la signature commune de Gaillac-Morgue de nombreux entretiens, articles et grands reportages dans *Actuel*, *Starfix*, *Rock and Folk*, *Libération*, *Première*, *Le Nouvel Observateur*, *L'Écho des Savanes*, *Elle*, *Rolling Stone*, *Vogue*, *Citizen K*, *AD*, *Paris-Match*...

Créateurs de la rubrique « Autoportrait » dans *Paris-Match*.

Auteurs de *L'Âge du siècle* (Éditions du Félin), une série de rencontres et d'entretiens intimes avec les grands témoins du XXe siècle.

Soixante-dix personnalités du monde des arts, de la culture, des sciences, du sport, de la politique ou de la société civile, parmi lesquelles : Arletty, Jean-Louis Barrault, le professeur Jean Bernard, Hubert Beuve-Méry, Cioran, Robert Doisneau, Sœur Emmanuelle, l'abbé Pierre, Jean Guitton, Ionesco, Mireille, Théodore Monod, Antoine Pinay, Henry Troyat, Paul-Émile Victor, Vasarely, Vercors…

Et de *Lolita Lempicka, 20 ans de création* (Éditions de La Martinière).

Scénaristes : Coauteurs des six épisodes du feuilleton *Une femme en blanc*, avec Sandrine Bonnaire, diffusé sur France 2. Et de la série *La Maison des enfants*, diffusée sur TF1.

Télévision : Réalisation pour Capa de divers sujets autour du cinéma et du théâtre pour les principales chaînes de télévision.

Crédits photographiques

Pages 11, 36, 263, 304, 339, 390 : Un arbre, © D.R.
Page 13 : Trois photos de Sandrine Bonnaire, © D.R.
Page 51 : Sandrine Bonnaire avec Ouidad, © D.R.
Page 69 : L'amie, © D.R.
Page 70 : *À nos amours*, © Gaumont
Page 109 : Avec l'aimable autorisation de Georges Wolinski
Page 132 : *Sans toit ni loi*, © Agnès Varda
Page 149 : Les cinq sœurs, © D.R.
Page 151 : © Sylvie Lancrenon
Page 165 : © Jean-Yves Escoffier
Page 175 : *Quelques jours avec moi*, © Étienne George/Sygma/Corbis
Page 184 : *La Captive du désert*, © Raymond Depardon
Page 206 : Montée des marches à Cannes, © Emanuele Scorcelletti/Gamma/Eyedea
Page 219 : *Confidences trop intimes*, © Catherine Cabrol/H&K
Page 232 : *La Bonne Âme de Setchouan*, © Théâtre de Gennevilliers, D.R.
Page 246 : Sandrine Bonnaire devant Jacques Dutronc, © Jean-Yves Gaillac
Page 247 : Dessin de William Hurt pour Sandrine Bonnaire, © D.R.
Pages 261, 262, 271, 278 : © D.R.
Page 279 : Montage de photographies de *Jeanne la Pucelle*, © Moune Jamet
Pages 314, 328, 334 : © D.R.
Page 335 : Conversation entre Sandrine Bonnaire, Tiffy Morgue et Jean-Yves Gaillac, © D.R.
Pages 341, 378 : Deux sœurs, Sabine et Sandrine, © Catherine Cabrol
Pages 366, 367 : Lettre de Sabine, © D.R.
Page 391 : Maurice Pialat, © William Karel/Sygma/Corbis

Remerciements

Sandrine Bonnaire, Tiffy Morgue et Jean-Yves Gaillac remercient particulièrement Catherine Winckelmuller, Claire Blondel, Maryse Le Mestique, Caroline Bottaro et tous ceux qui ont contribué à la réalisation de ce livre.

Table

RÉALISATION : NORD COMPO À VILLENEUVE D'ASCQ
IMPRESSION : NORMANDIE ROTO S.A.S. À LONRAI
DÉPÔT LÉGAL : MARS 2011. N°104044 (110647)
Imprimé en France